KB216289

유한독서

윤정용 독서에세이

유한독서

윤정용 지음

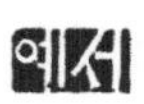

일러두기

1. 잡지와 신문은 ≪ ≫, 영화, 노래, 그림은 〈 〉, 단행본은 『 』, 단편소설, 시, 논문, 기사 등은 「 」로 표기한다.
2. 외국어는 국립국어원 외래어 표기법을 따르되, 일부 우리말로 굳어진 것은 관용을 따른다.
3. 글의 가독성을 위해 출처 표기는 생략한다.

프롤로그

나의 도서관 활용史

2022년은 대학에 입학한 지 햇수로 31년, 만으로 30년이 되는 해다. 지난 30년을 되돌아보면 도서관이 삶의 전부였다고 말할 수는 없지만 중요한 부분이었다. 여러 가지 이유로 남들보다 오랫동안 학교에 다녔기 때문에 조금 과장해서 말하면 '학교' 그중에서도 '도서관'이라는 키워드로 지난 30년의 세월을 정리할 수도 있다. 그런데 생각해보니 때에 따라 도서관을 다르게 활용했던 것 같다. 지금부터 그 역사를 톺아보려 한다.

지금은 도서관에서 무인 대출반납기를 통해 책을 대출하고 반납하지만, 예전에는 대출자가 책 뒤에 있는 도서대여카드를 직접 작성했다. 그렇기 때문에 책의 도서대여카드를 보면 대출자, 대출일, 반납일 등 대출과 관련된 모든 정보를 알 수 있었다. 사실 영화 〈러브레터〉(이와이 슌지, 1995)에도 이와 비슷한 장면이 나온다. 남자 후지이 이츠키는 다른 사람들이 빌리지 않는 책만 골라서 일부러 대출한다. 그런 뒤 여자 후지이 이츠키에게 책을 건넨다. 그녀는 그가 책을 읽는 것보다 자신의 이름을 새겨 넣는 것을 더 좋아하는 특이한 사람이라고 생각한다. 영화를 보면 왜 그가 그런 행동을 하는지 이유를 확인할 수 있다.

대학에 입학한 1990년대 초반에는 영화 〈러브레터〉에서처럼 도서대출카드를 통해서 책을 대출했다. 기억을 더듬어 보면 그때 복거일, 이인성, 이문열 등의 소설들을 대출했던 것 같다. 그 당시 도서관은 책을 빌리고 반납하러 가는 장소였다. 그런데 처음에는 호기심으로 몇 번 갔지만 금세 흥미를 잃고 말았다. 지금 생각해보면 말도 안 되지만 1990년대 초반에는 대학 신입생, 특히 남자 신입생이 도서관에 발을 들이는 것은 불경한 일이었다. 그리고 그때는 도서관보다 바깥에 재미있는 일들이 훨씬 더 많았다. 영화 〈건축학개론〉(이용주, 2012)은 판타지가 아니라 실제였다.

도서관을 다시 찾은 것은 군 제대 후였다. 군대 가기 전에는 불경한 것으로 여겼던 도서관 출입을 복학 후에는 당연한 것으로 여겼다. 공부를 떠나 도서관은 복학생들이라면 누구나 당연하게도 많은 시간을 보내야만 하는 공간이었다. 누군가는 그곳에서 운명적인 만남을 소망하기도 했다. 사실 많은 예비역 복학생들이 그랬다. 그때는 책을 대출한 기억이 별로 없어 대출이 어떻게 이루어졌는지 정확히 기억이 안 난다. 그렇지만 아마도 바코드 인식으로 대출이 이루어지기 시작했을 것 같다. 아무튼 이때 도서관은 책을 빌리는 곳이라기보다는 머무는 공간 혹은 만남의 공간이었다.

그러다가 1997년 외환위기가 찾아왔다. 일명 IMF로 불린 외환위기는 대한민국 사회를 뿌리째 흔들었다. 외환 위기로 '낭만'이나 '꿈' 등의 단어는 단어 그대로 낭만이나 꿈이 되어 버렸다. 외환위기 때는 지금처럼 역설적으로 취업난이 없었다. 왜냐하면 취업하는 사람이 아예 없었기 때문이다. 선택지는 '기다리는 것'과 '대학원 진학' 두 가지였다. 나의 경우 대학원 진학은 처음부터 생각한 적도 없었는데 어쩌다 보니 대학원에 진학하게 되었다. 그런데 대학원에 들어오고 나서야 도서관에 책에 얼마나 많은지, 또한 책이 얼마나 다양한지 깨달았다. 대학원 과제와 교수님 심부름 덕분에 어떤 책이 어디에 있고, 책을 어떻게 찾고, 책을 어떻게 활용하는지 배울 수 있었다. 도서관의 구조도 알게 되었고, 그때까지 눈여겨보지 않았던 서가의 위치, 장서 번호 등이 눈에 들어오기 시작했다. 도서관을 알게 된 것은 누군가의 말처럼 마치 새로운 세상을 만나는 느낌이었다.

아무 것도 모르는 상태에서 석사학위 논문을 쓰고 2002년에 얼떨결에 박사 과정에 진학했다. 돌이켜 보면 이때부터 본격적으로 책을 읽기 시작했던 것 같다. 특별한 계획이나 체계 없이 전공 관련 서적뿐만 아니라 문학, 사회과학, 역사, 철학 등 다종다양하게 많은 책을 읽었다. 학위 논문 때문에 움베르토 에코, 스티븐 킹, 김인환, 김우창, 강준만, 고종석 등 소위 글쓰기 대가들의 글쓰기 관련 책도 많이 읽은 것 같다. 하지만 박사학위 논문을 취득하고 강의를 시작하면서부터는 도서관에 가는 횟수가 줄어들기 시작했다. 강의가 많아질수록 도서관 가는 횟수는 점점 줄어들었다. 그렇게 몇 년을 보냈다.

2013년은 개인적으로 의미 있는 해다. 이때부터 본격적으로 '최근에 읽은 책들'이라는 제목으로 독서 목록을 작성하기 시작했기 때문이다. 원래 게으르고 어떤 일을 끝까지 제대로 하지 못하는 성격인데도 이 일만큼은 지금까지 십 년 넘게 해오고 있다. 컴퓨터에 저장한 목록을 보니 일 년에 대략 150권, 십 년 동안 거의 1,500권을 읽은 것 같다. 그 가운데는 직접 산 책들도 있지만 대다수는 도서관에서 빌린 책들이다. 처음에는 읽은 책에 대해 간단하게 독서일기를 썼지만, 나중에는 이것도 귀찮아서 월별로 읽은 책에 대한 서지 정보만 기록했다. 그럼에도 나중에 큰 자산이 되었다.

2018년부터 현재까지 총 아홉 권의 책을 출간했다. 함께 쓴 책까지 포함한다면 아마도 몇 권 더 될 것이다. 그 책들은 영화평론집, 독서평론집, 산문집, 문학평론집, 연구서 등의 제목을 달고 나왔다. 2018년과 2019년에는 각각 두 권씩 총 네 권의 책을 출간했다. 이 책들의 초고를 대부분 도서관에서 썼다. 도서관 리모델링 전에는 구관 1층, 리모델링 후에는 신관 3층 컴퓨터 열람실에서 썼다. 독서평론집 『무한독서』(2019)의 경우에는 대부분 도서관에서 빌린 책들에 대한 독후감 또는 평론이기 때문에 도서관이 아니었다면 아마도 세상의 빛을 못 봤을 것이다. 정도의 차이가 있을 뿐이지 다른 책들도 사정은 이와 비슷하다. 도서관은 학기 중에는 책을 빌리는 공간이었지만 방학 중에는 책을 읽고 글을 쓰는 공간이었다. 2020년 2월 초까지 그랬다.

하지만 2020년 '코로나19'가 그 일상을 송두리째 바꿔 놓았다. 대학 수업조차 온라인으로 진행되었기 때문에 도서관에 책을 빌리러 가는 것도 쉽지 않았다. 도서관 안으로 들어가지 못하고 미리 대출 신청한 도서를 1층에서 받았다. 정확히 얼마 동안인지 기억나지 않지만 몇 달 동안 그렇게 대출을 한 것 같다. 한 달에 한두 번 정도 도서관을 찾았다. 코로나가 기승을 부리기 전 학기 중에 도서관을 찾은 횟수와 비교해보면 큰 차이는 없다. 하지만 심리적으로는 크게 달랐다. 못 가는 것과 안 가는 것은 차이가 크다.

코로나 중에도 직장인들은 회사에 출근했고 자영업자들은 가게를 열었다. 하지만 학교에서 강의를 하는 선생들은 학교가 거의 폐쇄되었기 때문에 심리적으로 많이 위축되었다. 많은 사람들이 '코로나 블루'를 겪었고 나 또한 마찬가지였다. 그것을 견디게 해준 것은 전적으로 도서관과 책이었다. 코로나도 물러가고 일상도 회복되었지만 도서관에서 책을 보고 글을 쓰는 일은 여전히 조심스럽다. 시간이 더 흘러도 코로나 이전으로 완벽하게 돌아가는 것은 결코 쉽지 않을 것 같다.

흔히 책을 읽는 목적은 삶을 변화시키기 위해서라고 말한다. 지금까지 제법 꽤 많은 책을 읽었지만 내 삶이 얼마나 변했는지 장담할 수 없다. 대신 이것 하나만큼은 자신 있게 말할 수 있을 것 같다. 도서관이 없었다면 그리고 책이 없었다면 지금보다 훨씬 형편없는 사람이 되었을 것이다. 많은 사람들은 은퇴 후 도시에서 벗어나 시골에서의 여유로운 삶을 꿈꾼다. 하지만 나는 이와 정반대다. 지금도 그렇지만 앞으로도 도시에서 살 것이다. 그 이유는 단 한 가지, 바로 '도서관' 때문이다. 물론 시골에도 도서관이 있겠지만 규모나 접근성으로 보았을 때 도시의 도서관이 메리트가 더 크다. 단언하건대 지금까지 도서관이 삶의 일부였다면 앞으로는 도서관이 삶의 전부일 것이다.

코로나 이전 방학 때면 아침부터 저녁까지 도서관에서 책을 읽고 글을 쓰곤 했다. 점심때쯤 되면 나이 지긋한 어르신 몇 분이 도서관에 자리를 잡는다. 나는 시쳇말로 책에서 무언가를 뜯어먹기 위해 책에 '포스트-잇'을 붙이고 열심히 타이핑을 하고 원고를 고치는데 그분들은 여유롭게 책을 읽는다. 그리고 다섯 시 오십 분에 안내 방송이 나오면 읽던 책을 덮고 유유히 도서관을 나선다.

「외국어를 배우는 비밀(The Secrets of Learning a Foreign Language)」이라는 유명한 TED 영상이 있다. 강연자는 외국어를 배우는 비밀로 '즐거움', '방법', '체계', '인내심'을 꼽는다. 개인적인 생각에 책 읽기 역시 마찬가지다. 즐거움으로 시작해, 자기만의 방법을 찾고, 이를 체계화하고, 꾸준히 하는 게 필요하다. 여기에 한마디를 보태면 꾸준히 하면서 다시 즐거움을 찾아야 한다. 앞에서 언급한 나이 지긋한 어르신들은 만족한 표정으로 도서관을 나선다. 그분들에게 책 읽기는 되풀이되는 즐거움이다. 개인적으로 은퇴 후 이런 삶을 살고 싶다. 이런 삶을 가능케 하는 공간이 바로 도서관이다.

학술논문에서는 도서관을 대체로 기능적인 장소로 간주하곤 한다. 이 관점에 따르면, 도서관은 보존적 기능과 더불어 봉사지역 이용자들의 전통이나 신념, 사상 등을 표현한 문화적 유산이나 그들의 문화생활을 반영하고 있는 문화적 기능을 수행한다. 그뿐만 아니라 도서관은 교육 기능, 여가 선용적 기능, 정보제공의 기능, 그리고 연구적 기능도 수행한다. 나에게도 지금까지 도서관은 책을 빌리는 곳, 공부를 하는 곳, 자료를 찾는 곳, 책을 읽는 곳, 글을 쓰는 곳 등 기능적인 혹은 실용적인 장소였다. 앞으로도 당분간은 이와 비슷할 것이다. 하지만 얼마간의 시간이 흐른 뒤에는 그분들이 그랬던 것처럼 도서관은 즐거움을 찾는 공간이 될 것이다. 바로 이 점은 앞으로의 '나의 도서관 활용史'의 중핵이 될 것이다.

차 례

제1부 소설 1

제2부 소설 2

제3부 시와 음악

제4부 영화

제5부 연극

제6부 정치와 경제

제7부 문화와 예술

제1부 소설 1

'격정적인 러브스토리' 또는 '막장드라마'

#1

한 젊은 '남자'가 있다. 자질과 재능을 모두 갖춘 그의 장래 희망은 농학자 또는 화학자가 되는 것이다. 하지만 그는 어려운 집안 형편 때문에 자신의 꿈을 접을 수밖에 없다. 그의 아버지는 농장에서 일하다가 정신착란을 일으켜 사망했고, 그의 어머니 또한 비슷한 병으로 사망했다. 어머니를 돌보던 먼 친척과 결혼하면서 그의 꿈은 더욱 멀어졌다. 그의 아내는 그보다 일곱 살이나 많다. 처음부터 애정이 없던 그들의 결혼은 그녀가 질병에 시달리면서 더욱 악화된다. 그녀는 신경질에 지친 그는 자신의 꿈을 실현하기 위해 집을 떠날 생각도 해보았지만 암담한 현실에 절망한다. 왜냐하면 그가 가진 전 재산이라고 해봐야 척박한 농장과 목재소뿐이고, 그것으로는 식구들이 겨우 입에 풀칠할 정도밖에 되지 않기 때문이다. 바로 그때 아내의 조카가 그녀를 돌보기 위해 그의 집에 들어온다. 그는 첫눈에 그녀에게 반하고, 그녀 또한 그의 친절함에 끌린다. 그의

아내는 둘의 관계를 눈치채고 조카를 집에서 내쫓으려 한다. 이별의 슬픔에 절망한 두 사람은 함께 썰매를 타고 언덕 밑에 있는 느릅나무에 부딪혀 자살을 시도한다. 다행인지 불행인지 두 사람 모두 살아남는다. 하지만 여자는 척추가 부러졌고 남자는 절름발이가 되었다. 아내는 불구가 된 남편과 자기 조카이자 남편이 사랑했던 여자를 돌본다.

#2

한 젊은 '여자'가 있다. 그녀는 산에서 태어났지만 부유한 변호사의 지극한 보살핌을 받으며 소도시에서 불편함 없이 자랐다. 그녀가 열여덟 살이 되자 변호사는 그녀에게 청혼을 한다. 두 사람은 부녀지간에 가까울 정도로 나이 차이가 크게 난다. 그녀는 그의 청혼을 거절하는 것을 넘어 그를 극도로 증오하기 시작한다. 그러던 어느 날 대도시 출신의 젊은 건축가가 그녀 앞에 등장한다. 그녀는 첫눈에 그에게 매료된다. 그 또한 처음 그녀를 보았을 때 그녀의 매력에 빠졌다. 두 사람은 각자 산간 지방의 가옥을 연구한다는 핑계로, 마을 곳곳을 소개한다는 핑계로 숲속을 거닐며 밀회를 즐긴다. 격정적인 사랑으로 그들 사이에는 아이가 생긴다. 남자는 여자에게 결혼을 약속하며 떠나지만 돌아오지 않는다. 얼마의 시간이 흐른 뒤 그녀는 그의 결혼 소식을 듣게 된다. 하지만 여자는 그를 원망하거나 자신의 처지를 절망하지 않는다. 그리고 자신을 오랫동안 돌보고 곁에서 지켜 준 변호사의 청혼을 받아들인다.

이디스 워튼의 '쌍둥이 소설'이라고 불리는 『이선 프롬』(1911)과

『여름』(1917)의 줄거리를 단순하고 거칠게 요약한 것이다. 따라서 내용이 조금 다를 수도 있다. 뉴욕 상류 귀족 출신의 워튼은 대중 독자의 취향에 영합하지 않고 순수 문학의 길을 걸은 최초의 미국 여성 작가로 평가된다. 그녀가 태어난 존스 가문은 뉴욕의 명문가 중에서도 명문가로 꼽힌다. 상류 사회에서 "존스 가문과 발을 맞춘다"라는 표현이 있을 정도로 그녀의 집안은 유명했다. 당시 상류 귀족 계층 여성에게 기대되는 역할은 '정숙한 부인'과 '자애로운 어머니' 두 가지였다. 여성이 글을 쓰는 일은 예술 활동이 아니라 일종의 노동이었다. 더군다나 시도 아닌 장편소설을 쓰는 일은 육체노동이나 다름이 없었다. 하지만 워튼은 뉴욕의 상류 사회를 풍자하는 풍속소설인 『순수의 시대』(1920)로 여성 최초로 퓰리처상을 수상했다. 그리고 미국문학에서 '자연주의 소설의 정수'로 꼽히는 『이선 프롬』과 『여름』을 통해 미국문학사에 길이 남을 작가로 자리매김했다.

줄거리로만 보면 『이선 프롬』과 『여름』은 각각 '한 남자와 두 여자', '한 여자와 두 남자' 사이의 삼각관계에서 빚어지는 흔하디흔한 사랑 이야기로 도식화될 수 있다. 얼핏 보면 제인 오스틴의 『오만과 편견』(1813)이나 샬럿 브론테의 『제인 에어』(1847)의 '낭만적인 사랑 이야기'와 비교되고 동류항으로 묶일 수도 있다. 하지만 사랑의 방점이 낭만이 아니라 격정에 찍힌다는 점에서 『이선 프롬』과 『여름』은 『오만과 편견』과 『제인 에어』와 본질적으로 다르다. 『이선 프롬』과 『여름』의 사랑 이야기에는 낭만이 비집고

틀어갈 틈이 없다. 오직 '격정'만이 있을 뿐이다. 어쩌면 이 작품들은 에밀리 브론테의 『폭풍의 언덕』(1847)에 더 가까울지도 모른다.

그런데 앞의 두 이야기를 워튼의 작품의 줄거리라는 사실을 모른 채 읽는다면 어떨까? 아마도 적지 않은 사람들은 '막장 드라마' 혹은 '불륜의 서사'로 폄하할 것이다. 『이선 프롬』에서 이선은 아내 지나와 그녀의 조카 매티와 한집에서 지낸다. 매티는 이 집의 가정부이자 간병인이다. 이선은 그녀에게 성적 욕망을 갖고 있고 매티 또한 마찬가지다. 지나는 둘의 관계를 알고 매티를 집에서 내쫓으려 한다. 하지만 둘의 자살 시도가 실패로 끝나자 지나는 불구가 된 두 사람을 돌본다. 『여름』에서 채리티는 자신을 어렸을 때부터 돌보고 보살펴준 후견인 로열 씨로부터 청혼을 받는다. 하지만 그녀는 그 청혼을 뿌리치고 루시어스와 열정적인 사랑에 빠진다. 그녀는 그의 아이를 품고 있지만 그로부터 배신당하고, 결국 또는 어쩔 수 없이 로열의 청혼을 받아들인다.

『이선 프롬』의 이선과 『여름』의 채리티는 결국 자신이 원하는 사랑을 성취하지 못하기 때문에 해피 엔딩이라고 말하기 어렵다. 그렇다고 새드 엔딩이라고 말할 수도 없다. 『이선 프롬』의 경우 이선, 지나, 매티의 삼각관계는 나름 안정된 형태를 취하고 있다. 삼각형의 꼭짓점인 매티를 중심으로 멀리 떨어져 있던 이선과 지나는 사고를 계기로 점점 가까워졌다. 세 사람은 정삼각형을 이루고 있다. 꼭짓점이 누가 되든 간에 이선−지나, 이선−매티, 지나−매티의 관계에서는 갈등과 불안이 느껴지지 않는다. 『여름』의 경우

채리티는 루시어스를 마음속에서 지우고 로열 씨를 받아들인다.

비슷한 소재를 다루고 있다고 하더라도 어떤 작품은 '예술'로 불리고 또 어떤 작품은 '외설'로 불린다. 『이선 프롬』과 『여름』도 소재로만 본다면 소위 '막장드라마'와 크게 다르지 않다. 하지만 앞에서도 말했듯이 이 작품들은 미국문학에서 '자연주의 소설의 정수'로 꼽힌다. 그렇다면 예술과 외설의 기준은 뭘까? 개인적인 생각에 그 기준은 소재가 아니라 방법이다. 즉 예술에서는 다루어지는 소재가 '얼마나 비도덕적이고 비윤리적이냐'라는 것보다도 그 소재를 '얼마나 설득력 있게 예술 작품으로 형상화하느냐'를 더 중요하게 여긴다. 반면 외설은 다루어지는 그 소재가 '얼마나 비도덕이고 비윤리적이냐'에 방점을 찍는다.

거듭 말하지만 워튼의 소설은 미국문학에서 '자연주의 소설의 정수'로 꼽힌다. 간단히 말해 자연주의는 사실주의라는 큰 틀 속에서 '유전'과 '환경'의 영향을 강조하는 문예사조다. 미국문학에서 자연주의 작가를 꼽으라면 잭 런던, 스티븐 크레인, 시어도어 드라이저, 프랭크 노리스 등을 들 수 있다. 그들은 공통적으로 자연주의 문학의 비조라 할 수 있는 프랑스의 소설가 에밀 졸라의 영향을 받아 인간의 자유 의지를 인정하지 않았다. 그렇기 때문에 인간에게 도덕이나 윤리에 대한 책임을 묻지 않았다. 그들은 인간의 행동은 동물적이거나 비합리적인 동기와 관계가 있다고 보았다. 때로는 성과 폭력이 직접적으로 관계가 있다고 주장했다.

반면 워튼은 자연주의 경향을 따르지만 인간을 단순히 유전과 환경이 힘에 따라 움직이는 꼭두각시로만 보지 않는다. 그녀는 '개인과 사회의 갈등'을 작품의 주제로 형상화했다. 그녀의 소설 속 주인공들도 다른 자연주의 소설의 주인공들처럼 유전과 환경에 영향을 많이 받는다. 그들은 결정론이라는 거대한 벽에 가로막힌다. 하지만 그들은 결정론의 장벽을 박차고 나서지는 못해도 최소한 자신들의 그런 처지를 인식한다. 『이선 프롬』에서 이선은 엔지니어나 화학자가 될 충분한 자질과 능력을 지니고 있었지만 현실적 환경은 그 꿈과 이상을 실현하기 어렵다. 그렇기 때문에 그는 "낡은 폐선"처럼 살아간다. 그는 아주 잠깐 매티와 서부로 떠나 새로운 삶을 시작하겠다는 꿈을 품어보지만 결국 포기하고 만다. 사회 제도나 규범, 도덕적 인습이나 윤리적 전통과 맞서 싸운다. 결과적으로는 실패하고 포기한다는 점에서 큰 차이가 없지만 말이다.

실존주의자 장 폴 사르트르는 인간의 선천적인 기질이나 타고난 운명을 믿지 않았다. 대신 그는 인간의 자유 의지를 믿었다. 그런데 그가 생각하는 자유는 "우리가 올바른 일을 할 수 있게 해줄 뿐 아니라 정해진 대답이 없는 상황에서 선택을 내릴 수 있도록 도와주는 능력"이다. 그는 『실존주의는 휴머니즘이다』(1946)에서 다음과 같이 말했다. "인간이란 스스로 생각하는 자신 이외의 그 무엇도 아니다." 이렇게 풀어서 말할 수도 있을 것 같다. '세상에는 오직 선택만이 존재한다. 따라서 당신의 인생을 스스로 선택하라.'

『이선 프롬』은 격정적인 러브스토리일 뿐만 아니라 사회 경제학의 보고서로 읽힐 수도 있다. 이 작품은 남북전쟁 이후 미국의 상황, 특히 산업화와 공업화가 본격적으로 시작되면서 경제적으로 피폐해진 농촌의 참혹한 상황을 구체화하고 있다. 워튼은 시골을 관념적으로 그리지 않는다. 오히려 사실적이고 구체적으로 묘사한다. 그리고 묘사의 사실성과 구체성은 실제 경험보다는 작가의 상상력에서 비롯된다.

『여름』은 여성을 주인공으로 한 미국 최초의 '성장소설'이라 할 수 있다. '교양소설'로도 불리는 성장소설은 '보통 유년기에서 소년기를 거쳐 성인의 세계로 입문하는 과정에서 한 인물이 겪는 갈등을 통해 정신적 성장과 사회에 대한 각성 등의 과정'을 담는다. 어린아이나 소년이 주인공이며 자신의 고유한 존재가치나 세계의 의미를 깨닫게 되는 것으로 끝나는 경우가 대부분이다. 즉 성장소설에서 중요한 것은 주인공의 '성장' 또는 '자기 형성'이다. 하지만 『여름』은 루시어스를 포기하고 로열 씨를 선택한 채리티의 결정이 과연 올바른 것일까, 라는 질문을 남긴다는 점에서 보통의 성장소설과 차별된다. 다시 말하지만 소재가 아니라 소재를 다루는 방법이 예술과 외설의 경계를 가른다. 게다가 그 방법이 얼마나 설득력 있느냐에 따라 예술적 진심이 통하기도 하고 통하지 않기도 한다.

끝난 게 아니라 아직 제대로 시작도 안 했다

마거릿 애트우드의 『시녀 이야기』(1985)와 『증언들』(2019)을 꽤 인상 깊게 읽었기 때문에 『먹을 수 있는 여자』(1969)를 읽을 때도 내심 기대했다. 국내에 번역되어 소개된 것은 『시녀 이야기』와 『증언들』이 먼저지만 출간 순으로 보면 『먹을 수 있는 여자』가 훨씬 앞선다. 그런데 『먹을 수 있는 여자』를 읽는 내내 기대했던 것과는 달리 예전에 읽었던 「내가 아내를 원하는 이유」라는 주디 브래디의 에세이가 겹쳤다. 1971년에 창간한 잡지 ≪미즈(Ms.)≫의 창간호에 실린 브래디의 이 글은 페미니스트적인 풍자와 유머로 가득해 당시 미국 사회에 큰 반향을 일으켰고, 국내의 한 대학 영어 교재에도 실렸다. 이 글은 작가 브래디의 개인적인 경험에 기초하고 있다. 그녀는 이혼한 지 얼마 안 된 남자 동창생을 우연히 만난다. 그에게서 그와 이혼한 전 부인 사이에는 아이가 하나 있지만, 그 아이의 양육은 전적으로 그녀가 떠맡고, 그는 또 다른 아내를 찾는 중이라는 말을 듣는다. 그날 저녁 작가는 옷을 다림질하면서 그에 대해 생각하다가 문득 '나도 아내를 갖고 싶다'라는 생각을 하게 된다. 작가는 자신을 남성으로 가정해서 왜 아내를 원하는지 그 이유를 하나씩 나열한다.

「내가 아내를 원하는 이유」에 따르면, 아내는 남편이 더 나은 직장을 얻기 위해 학교를 다시 다닌다면 그가 경제적으로 독립할 때까지 전적으로 생계를 꾸려나가야 하고, 아이를 양육해야 하고, 청소, 빨래, 요리 등 잡다한 집안일까지 해야 한다. 심지어 남편이 아프면 그의 고통과 학교에 가지 못한 시간상의 손실에 대해 동정을 표해야 한다. 가족이 휴가를 떠날 때면 남편이 편하게 쉴 수 있도록 그와 아이를 돌봐야 한다. 남편이 공부할 때는 사소한 일로 바가지를 긁어서는 안 된다. 하지만 남편이 공부하다가 어려운 문제에 직면하면 그가 하는 말에 주의를 기울여야 하고 숙제도 타이핑을 해주어야 한다. 남편의 성적 요구에도 민감해야 한다. 성적인 문제로 남편을 불편하게 해서는 안 된다. 만일 남편이 아내로 적합한 또 다른 여성을 만난다면 그가 새 출발할 수 있도록 아이를 책임져야 한다. 남편이 학교를 졸업하고 직장을 얻는다면 하던 일을 '당장' 그만두고 집에서 아내와 엄마의 의무에 충실해야 한다. 작가는 "누가 [이런] 아내를 원하지 않겠느냐?"는 반문으로 끝맺음한다. 이 글은 비교적 짧고 아주 쉬운 영어로 쓰였고 읽는 내내 시종일관 웃음 짓게 만들지만 작가가 이 글에서 전하려는 메시지는 간결하고 분명하다.

「내가 아내를 원하는 이유」의 마지막 문장, 즉 "누가 [이런] 아내를 원하지 않겠느냐?"는 "누구든 [이런] 아내를 원한다"로 바꿔 읽어도 의미는 똑같다. 오히려 수사의문문이 평서문의 의미를 강조하고 있다. 작가 브래디는 이 글에서 '아내에게 모든 집안일을 떠넘기면서도 그녀의 희생을 아무렇지도 않게 여기는 미국의 가부장제 사회'를 통렬하게 풍자하고 비판한다. 당시 여성은 남성과 동등한 독립된 주체로 간주되지 않았고, 누군가의 아내 또는 누군가의 엄마로 정체성이 결정되었다. 오늘날 보편적으로 사용되는 '미즈'라는 호칭은 당시에는 대단히 낯설었고 혁명적이었다. 당시 여성은 결혼을 아직 안 했으면 '미스', 결혼을 했으면 '미시즈'였다. 반면 남성은 결혼 여부와 관계없이 '미스터'였다. 하지만 오늘날에는 여성도 결혼 여부와 관계없이 '미즈'로 불린다. 여성이 '미즈'로 불리게 된 것은 결코 우연이 아니다. 이름 없는 수많은 이들이 끊임없이 애쓴 결과다. 어쩌면 그 출발은 ≪미즈≫라는 잡지였고, 출발의 씨앗은 거기에 실린 「내가 아내를 원하는 이유」라는 짧은 에세이였을지 모른다.

많은 사람들은 "페미니즘 소설"로 불리는 『먹을 수 있는 여자』가 애트우드 문학의 출발점으로 알고 있지만 그녀의 문학의 출발점은 소설이 아니라 시다. 그녀는 첫 시집 『서클 게임』(1964)을 통해 캐나다 총리상을 수상한다. 『먹을 수 있는 여자』는 공식적으로 1969년도에 출간되었지만 1965년에 이미 그녀가 "시험 답안용 공책에 써내려"갔고 도입부의 탄생은 이보다 일 년이나 더 거슬러

올라간다. 사실 『먹을 수 있는 여자』도 그녀의 첫 소설이 아니다. "토론토의 손바닥만한 셋방에서 쓴 첫 작품은 너무 암울하다는 이유로" 출판사로부터 거절을 당한다. 그녀는 "여주인공이 옥상에서 남주인공을 밀쳐서 떨어뜨릴까 말까, 고민하는 장면으로 끝이 나는 [첫 소설은] (…) 당시 기준으로는 시대를 너무 앞서갔지만 지금은 너무 우유부단하게 느껴질지 모른다"라고 한다.

『먹을 수 있는 여자』는 여주인공 메리언과 그 주변 사람들의 이야기다. 친구 클래라에 따르면 그녀는 "거의 비정상에 가까울 정도로 정상"적이다. 겉보기에 그녀는 완벽한 삶을 사는 것처럼 보인다. 그녀에게는 안정적인 직장과 재미있는 친구들과 잘생기고 장래가 촉망되는 약혼자 피터가 있다. 하지만 그녀는 어느 순간부터 음식에 대해 거부 반응을 갖기 시작하고 그녀가 '먹을 수 없는' 음식이 점점 늘어간다. 그녀의 거식 증상은 피터의 프러포즈를 수락하면서부터 시작되었다. 그전까지 그녀는 전통적인 여성의 성 역할을 거부감 없이 받아들였다. 하지만 프러포즈의 수락 이후 그녀에게 요구되는 성 역할에 변화가 생겼고, 그 변화된 역할에 거부감이 생기면서 그녀에게 거식 증상이 나타난 것이다.

거식 증상과 함께 불안감이 메리언을 엄습한다. 그녀는 방문 설문 조사 업무를 하다 알게 된 덩컨을 빨래방에서 우연히 다시 만나고 그에게 자신의 속마음을 털어놓는다. 그녀는 많은 하객을 초대한 약혼 축하 파티를 거의 의도적으로 망친다. 그녀는 약혼자 피터를 남겨 둔 채 덩컨을 만나기 위해 파티장을 떠난다. 하지만 도피처라고 여겼던 덩컨과 함께 보낸 하룻밤도 그녀의 불안을 치유하지 못한다. 결국 그녀는 빈집에 홀로 돌아와 사람 모양의 케이크를 만들어 먹는다. 모든 사람이 떠난 뒤 그녀는 '먹을 수 있는' 여자로 돌아왔다.

『먹을 수 있는 여자』에는 많은 주변 인물들이 등장한다. 남성 인물들은 대체로 그 시대의 전형적인 남성상을 예거한다. 메리언의 약혼자인 피터는 대부분의 여자를 약탈자로 간주한다. 그녀를 잠깐 설레게 했던 덩컨은 여자를 남자를 위한 도구로 간주한다. 그녀의 오래된 친구 렌은 여자를 성적 도구 아니면 여신처럼 받든다. 메리언은 친구 클래라에게 자신의 속마음을 유일하게 털어놓는데, 그녀의 남편 조는 여자를 연약한 제물로 취급하며 보호의 대상으로 여긴다.

여성 인물도 전형적이기는 마찬가지다. 메리언의 룸메이트 에인슬리는 남성을 자신의 보호자로 간주한다. 그녀에게 결혼은 인생의 유일한 목적이자 문제의 해결책이다. 그녀는 렌을 남편으로 점찍고 그의 아이를 가져 그와 결혼하려 한다. 하지만 렌이 그녀의 뜻대로 움직이지 않자 그 대상을 덩컨의 친구인 피셔로 바꾼다. 메리언이 "사무실 처녀들"이라고 부르는 그녀의 회사 동료들 루시, 에미, 밀리는 마치 19세기 초 무도회장에서 나온 처녀들처럼 메리언의 약혼 파티에서 피터의 결혼하지 않은 남성들의 구애를 얻기 위해 애를 쓴다. 세 아이의 엄마인 클래라는 자신의 정체성을 스스로 아내로 엄마로 규정한다.

『먹을 수 있는 여자』가 다루는 주제는 남자, 사회, 음식, 먹는 행위와 여성의 관계 등 다양하다. 작가는 이 작품에서 음식과 먹는 행위를 통해 남성 위주의 현대사회를 향한 젊은 여성의 반항에 관해 이야기한다. 다시 말하지만 메리언은 사회에서 부여하는 성 역할과 자신이 생각하고 느끼는 자아 사이에서 괴로워한다. 그녀의 갈등과 반항의 상징이 바로 '음식'이다. 그녀가 잘 보여주듯이 사회에서 여성들은 자신들에게 강요되는 역할에서 벗어나고 불공정한 시스템에서 살아남기 위해서는 더 강인하고 독립적인 자아를 구축해야 한다. 결국 그녀는 음식과 새로운 관계를 맺음으로써 독립적인 자아를 구축하는 데 어느 정도 성공한다. 즉 그녀는 여자 형상의 케이크를 먹으면서 거짓되고 공허한 정체성에서 탈출하고 자신의 주도권을 되찾는다.

앞서 언급했듯이 『먹을 수 있는 여자』는 4년의 탈고 끝에 1969년도에 세상의 빛을 보게 된 작품이다. 그런데 이때는 때마침 북미에서 페미니즘의 열풍이 시작된 시기였다. 그렇기 때문에 혹자는 이 작품을 페미니즘 운동의 소산이자 진원지라고 간주한다. 하지만 작가는 서문에서 이 작품은 "페미니즘이 아니라 프로토페미니즘의 문학이라고 말하고 싶다"라고 밝힌다. 그녀는 이렇게 말한다. "초반부에 여주인공 앞에 놓인 선택의 갈림길이 막판까지 그대로인 것은 주목할 만하다. 미래가 없는 직장 생활을 계속할 것인가, 결혼을 탈출구로 삼을 것인가. 하지만 1960년대 초반에 캐나다의 젊은 여성들은 아무리 고학력자라도 이런 고민에서 벗어날 수 없었다. 이후로 모든 게 달라졌다고 생각한다면 착각일 것이다. (…) 페미니즘 운동은 목표를 달성하지 못했고, 우리가 포스트페미니즘 시대에 살고 있다고 주장하는 사람들은 안타깝게도 착각의 늪에 빠져 있거나 페미니즘 자체를 고민하는 데 신물이 났거나 둘 중의 하나다." 더 나아가 작가는 "이 작품의 논조는 (…) 현재에 더 걸맞지 않나 싶다"라고 말한다. 그녀가 말하는 현재는 이 소설의 서문이 쓰인 1979년이지만, 그 현재를 지금의 현재로 연장해도 전혀 문제가 되지 않는다.

『먹을 수 있는 여자』의 배경은 1960년대 초반의 캐나다의 어느 도시다. 시간적으로나 공간적으로나 지금 우리와 멀리 떨어져 있다. 그럼에도 불구하고 이 소설의 풍경과 등장인물들 사이에 오가는 대화는 오늘날 우리에게도 전혀 이질적이지 않다. 겉으로 보았을 때는 남녀평등이 이루어져 페미니즘이 끝난 것처럼 보이지만 제대로 된 페미니즘은 아직 시작도 안 했다. 페미니즘은 현재 진행형이고 남의 일이 아니라 우리 모두의 일이다.

페미니즘 운동의 역사를 톺아보면 두 번의 중요한 변곡점이 있었다. 첫 번째 변곡점은 19세기 말 20세기 초반으로서, 이때 페미니즘은 주로 여성 참정권을 비롯해 제도적인 성평등에 집중했다. 두 번째 변곡점은 1960년대 중반부터 1970년대 전반이다. 미국에서 시작되어 서구 전반으로 번진 이때 페미니즘은 담론의 범위를 섹슈얼리티, 가족과 직장 내에서의 실질적인 불평등, 법적인 불평등, 재산권 등으로 넓혔다. 그런 점에서 1960년대 중반에 쓰인

『먹을 수 있는 여자』는 저자의 말처럼 페미니즘 문학이 아니라 "프로토페미니즘 문학"에 가깝다. 즉 이 작품은 페미니즘의 '정수'나 '핵심'이 아니라 '원형'이자 '출발점이다'.

사실 페미니즘에 대해서는 다양한 주장과 견해가 존재한다. 일례로 리베카 솔닛은 『남자들은 자꾸 나를 가르치려 든다』(2014)에서 페미니즘을 "여성도 남성과 똑같이 존엄한 인간이라는 사상"으로 규정했다. 정의로 본다면 누구도 대놓고 부정하지 못할 만큼 당연해 보이는 이 사상이 혁명성을 띤 것은 현실이 그렇지 않기 때문일 것이다. 유시민의 『나의 한국현대사』(2021)에 따르면 우리나라의 초창기 페미니즘 운동은 주로 법과 제도의 개선에 집중했다. 하지만 최근에 등장한 페미니즘 운동은 법과 제도의 개선뿐만 아니라 관습, 문화, 언어에 이르기까지 사회생활 모든 영역에 존재하는 성차별과 여성혐오를 표적으로 삼는다는 점에서 초기 페미니즘 운동과 대별된다. 특히 메갈리아와 워마드에서 시작된 여성혐오를 남성혐오로 바꿔 되돌려주는 '미러링'은 격렬한 찬반 논쟁을 불러일으켰다. 미러링은 제도 개선 요구를 넘어 남성 중심의 관습과 언어습관까지 공격 대상으로 삼았던 만큼 강력한 '백래시'를 불렀다.

솔닛의 주장을 조금 바꿔 말하며 이 글을 맺으려 한다. '여성이 남성과 똑같이 존엄한 인간인 만큼 남성 또한 여성과 똑같이 존엄한 인간이다. 모든 인간은 성별에 관계없이 존엄하다. 성별뿐만 아니라 재산, 종교, 성적 취향, 장애 여부와 관계없이 모든 인간은 존엄하다.' 이 문장에서 방점은 당연히 '존엄'에 있다. 제대로 된 페미니즘이라면 마땅히 이렇게 말해야 한다. 하지만 최근의 페미니즘은 이와 정반대의 길을 가고 있는 것 같아 마음이 무겁다. 혐오와 폭력으로 무장한 미러링과 백래시를 보며 우리나라의 페미니즘은 '끝난 게 아니라 아직 제대로 시작도 안 했다'라는 생각을 멈출 수 없다. 「내가 아내를 원하는 이유」와 『먹을 수 있는 여자』는 그 생각이 틀리지 않았음을 예거한다.

역사와 철학으로서의 소설

중고등학교 국사 시간에 근현대사를 제대로 배우지 않았기 때문인지, 아니면 배웠는데도 제대로 기억을 못 하기 때문인지, 한국현대사의 중요한 사건인 '제주 4·3사건'은 '제주 4·3사태', '여순사건'은 '여순반란', '광주민중항쟁'은 '광주사태'로 아주 오랫동안 각인되었다. 학습 효과는 생각보다 깊고 오래 간다. 이를 거창하게 '언어가 생각과 의식을 지배한다'고 말할 수 있다. 사태와 사건에 대해 크게 신경 쓰지 않았는데 언젠가부터 신경 쓰이기 시작했다. 사태와 사건은 어떻게 다를까? 국어사전을 찾아보았더니 사태는 '일이 되어 가는 형편이나 상황 또는 벌어진 일의 상태', 사건은 '사회적으로 문제를 일으키거나 주목을 받을 만한 뜻밖의 일'로 설명되어 있다.

과문한 탓인지 사전에 나와 있는 설명으로는 사태와 사건이 잘 구별되지 않는다. 하지만 맥락과 어감으로 보면 두 단어는 분명하게 구별된다. 보통 사태는 폭력 사태, 산사태, 눈사태, 난동 사태 등에서처럼 부정적인 뉘앙스를 풍긴다. 반면 사건은 가치중립적이고 객관적인 느낌을 준다. 과거의 사태, 폭동, 반란 등은 사건 또는 항쟁으로 바뀌며 제 이름을 찾았다. 정부 차원에서도 피해자들에게 공식적으로 사과를 했고, 관련법을 통해 명예 회복과 보상도 이루어지고 있다.

오랫동안 한국현대사에서 제주 4·3사건은 제주 4·3사태였고 여순사건은 여순반란이었다. 시간상으로는 제주 4·3사건이 여순사건보다 먼저다. 그런데 두 사건은 별개의 사건이 아니라 서로 연동되어 있다. 제주 4·3사건이 여순사건을 촉발했다. 자칫 오해할 수도 있는데 여순사건은 여수와 순천에서 민간인이 반란을 일으킨 것이 아니다. 여수에 주둔 중이었던 14연대 소속 좌익 성향 군인들이 제주 4·3사건을 진압하라는 이승만 정부의 명령에 항명해 일으킨 군사 반란 사건이고 그 과정에서 수많은 민간인이 학살당했다. 피해자와 유가족들은 무고하게 희생당했음에도 목소리를 내지 못하고 고통 속에서 살아야만 했다. 하지만 2020년 민간인 희생자에 대한 무죄가 72년 만에 확정되었고, 전남 순천에 여순사건을 다룬 역사관이 개관했다. 2021년에는 여순사건 특별법이 여야 만장일치로 통과되었다.

여순사건을 촉발한 제주 4·3사건은 1947년 3월부터 1954년 9월까지 무려 7년 7개월에 걸쳐 제주도에서 일어난 사건이다. 사실 제주도는 일제 강점기에도 가혹하게 수탈을 당했고, 일명 '결7호작전'으로 섬 전체가 초토화될 뻔했다. 해방 이후에는 사상 최악의 기근으로 고통을 겪었다. 4·3사건이라는 명칭은 1948년 4월 3일에 발생했던 대규모 소요에서 유래했다. 남조선노동당 제주도당에서 대한민국 정부 수립 5·10 총선을 방해하기 위해 무장대를 조직해 경찰서 기습을 감행하는 등 반란을 일으키면서 시작되었다.

제주 4·3사건은 '남로당계 공산주의자들의 반란'을 진압한다는 명분으로 무고한 민간인들을 학살한 서북청년단 등 '극우 단체의 폭력'이 문제의 본질적인 원인이다. 일제의 패망 이후 남조선노동당의 인민유격대는 해방 이후 반란을 일으키며 국군·경찰과 계속해서 충돌했다. 서북청년단으로 대표되는 극우 단체는 민간인을 상대로 백색 테러를 감행했고 이승만 정부와 미군정은 북한의 남침 위협이라는 이유로 그들의 테러 행위를 방조, 묵인, 조장했다. 그들은 인민유격대, 즉 무장대 토벌에 투입되었다. 그런데 토벌 기간 중 낮에는 국군과 경찰, 밤에는 인민유격대와 좌익이 마을을 점령했고, 그 과정에서 수많은 민간인들을 학살했다. 민간인들은 국군과 경찰에 협조했다는 이유로, 국군과 경찰은 무장대와 내통했다는 이유로 무고하게 학살당했다. 제주 4·3사건의 피해자와 유가족들 또한 큰 고통을 감내해야만 했다.

제주 4·3사건이 발발했을 때 제주도는 '한반도의 축소판'이나 다름이 없었다. 분단을 코앞에 두고 이념적으로 끓어오른 용광로였고, 좌익과 우익이 무엇인지 알지도 못한 채 무장대와 토벌대를 두려워했고, 살기 위해서 서로를 죽여야만 했다. 제주 4·3사건은

6·25전쟁 직후 한반도 전역에서 일어나게 되는 민간인 학살의 전주곡이었다. 제주도에서 더 강렬하고 끔찍하게 일어났을 뿐이다. 민간인 학살의 경우 남한 각지에서 발생한 국민보도연맹 집단 학살이 규모가 더 컸지만, 제주도의 민간인 집단 학살은 한 지역에서 일어난 학살로는 규모가 가장 컸다. 한마디로 제주 4.3사건은 한국현대사에서 가장 비극적인 '홀로코스트'였다.

제주 4.3사건은 오랫동안 한국현대사에서 지워진 역사였다. 그러다가 2000년 벽두에 '제주 4.3특별법'이 공포되고, 2003년 ≪제주 4·3사건 진상 보고서≫가 채택되면서 현대사에 당당하게 얼굴을 드러낸다. 대통령이 사과 성명을 발표했고, 이어서 제주도를 '평화의 섬'으로 선포했다. 마침내 2014년에는 제주 4·3사건이 국가기념일로 지정되었다. 4·3희생자추념일은 4·3희생자에 대한 추념일로서 의의가 있지만, 다른 여러 집단 학살 희생자 추념일로서도 의미가 크다. 제주 4·3사건은 국가 기념일 지정으로 끝난 게 아니다. 끝난 게 아니라 이제 시작이다. 즉 국가 기념일에 걸맞게 국민 모두가 제주 4·3사건을 기억하고 참회해야 한다.

오랜 기간 동안 제주 4·3사건은 금지어에 가까웠다. 제주도에서는 더욱 그랬다. 제주도에서 '4·3'은 공적으로는 말할 것도 없고 사적으로도 입 밖으로 꺼낼 수 없는 금기시되는 단어였다. 제주 4·3사건으로 젊은 남자들은 말할 것도 없고 노인, 여성, 어린아이까지 수많은 무고한 사람들이 학살당했다. 때로는 자신이 살기 위해 가까운 친구나 친척을 팔아야만 했다. 살아남은 이들은 피해자와 가해자가 같은 마을에서 살아야 했던 참극 속에서 암묵적으로 침묵을 택했다. 어쩌면 이는 자연스럽고 불가피한 선택이었는지 모른다.

하지만 세월이 지난다고 해서, 혹은 침묵을 선택한다고 해서, 그들 가슴 속의 피맺힌 고통과 억울함이 사라지지 않는다. 어떤 상처는 아무는 데 시간만 필요하지만 또 어떤 상처는 물리적인 치료도 필요하다. 제주 4·3사건의 경우에는 시간과 물리적 치료 모두 필요했다. 그 물리적 치료 가운데 하나가 바로 문학이다. 2만 5천 명에서 3만 명이 죄 없이 목숨을 잃은 이 사건의 억울함을 제일 먼저 드러낸 것은 언론이나 학술 등이 아닌 문학작품이었다.

제주 4·3사건의 진실을 가장 먼저 알린 작품은 현기영의 『순이 삼촌』(1978)이다. 잘 알려진 것처럼 이 작품은 1949년 1월 16일 북제주군 조천면 북촌리에서 벌어진 양민 학살을 모티브로 한다. 제목 그대로 이 작품은 학살 현장에서 살아나온 순이 삼촌에 대한 이야기다. 참고로 제주에서는 남녀 구별 없이 먼 친척 어른을 모두 '삼촌'이라고 부른다. 순이 삼촌은 30년 전의 '그 사건'으로 수십 명씩 옴팡밭에서 총살당하는 와중에서 혼자 살아남았다. 그녀의 남편과 두 아이 모두 죽었다. 또 다른 아이를 밴 순이 삼촌은 자신이 일궈 먹던 옴팡밭에서 총살당해 죽은 시신들을 치운 후 어린 오누이의 무덤을 만들고 그 밭을 30년 동안 일구며 산다. 하지만 그녀는 총소리 환청을 듣는 등 정신병에 시달리다가 결국 스스로 목숨을 끊는다. 작가는 『순이 삼촌』을 통해 제주 4.3사건의 참혹상과 그 후유증을 고발함과 동시에 30여 년 동안이나 묻혀 있던 사건의 진실을 공론화했다.

이산하 시인은 1987년 한 무크지에 장편 서사시 『한라산』을 발표했다. 그는 이 시를 통해 제주 4·3사건의 참상뿐 아니라 배경과 원인까지 짚어냈다. 그는 기본적으로 제주 4·3사건을 "미 제국주의에 맞선 인민들의 무장투쟁"으로 규정했다. 남한을 미제국주의의 식민지 사회로 규정하고 무장 폭동을 민족해방을 위한 도민항쟁으로 미화했다는 혐의로 그는 구속되었고 작품은 출간되지 못했다. 하지만 이 작품은 필사본으로 학생들과 문인들 사이에서 읽혔고 2003년 단행본 시집으로 출간되었다. 그리고 출간 당시 인쇄소의 거부로 삭제한 부분까지 모두 되살린 복원판이 2018년 출간되었다.

재일소설가 김석범의 『화산도』(2015)는 제주 4·3사건이 발생하기 직전인 1948년 2월 말부터 이듬해인 1949년 6월 제주 빨치산들의 무장봉기가 완전히 진압될 때까지의 시기를 다루고 있다. 이 작품은 제주뿐만 아니라 서울, 목포, 오사카 교토, 도쿄 등 각지에서 벌어지는 사건, 빨치산들의 무장투쟁 자금의 유입 경로, 재일 동포들의 실상과 일본공산당과의 관계 등도 담고 있다. 재일 제주인인 작가는 지난 1957년 최초의 4·3사건 소설인 『까마귀의 죽음』을 발표해 일본 사회에 이 사건의 진상을 알렸고, 1976년부터 1997년까지 20년 넘게 『화산도』를 집필했다. 그는 이 작품으로 1984년에 오사라기 지로상, 1998년에 마이니치 예술상, 2015년에 제1회 제주

4·3평화상, 2017년에 제1회 이호철 통일로 문학상을 수상했다.

허영선 시인의 『제주 4·3을 묻는 너에게』(2014)는 제주 4·3사건을 생생하게 전한다. 생생한 구술과 증언을 토대로 했기 때문에 마치 눈앞에서 듣는 것처럼 생동감이 있고 생기가 넘쳐흐른다. 아이를 안고 달리는 여인의 모습, 죽어가는 아이들의 얼굴, 다랑쉬동굴·동광큰넓궤·빌레못동굴·중간산마을의 고통, 떼죽음, 해변의 학살터 등의 묘사는 구체적이고 사실적이다. 『제주 4·3을 묻는 너에게』는 단순히 학살의 고발로 머물지 않는다. 저자는 제주 4·3사건이 일어날 수 밖은 역사적 배경을 시작으로 무장대와 토벌대의 전투, 민간인 집단 학살 경과, 집단 학살의 증언, 살아남은 자의 고통 등을 연대기적으로 이야기한다. 그래도 마지막에는 "그래도 희망의 얼굴은 있었다"며 희망의 봄날을 노래한다. 형언할 수 없는 슬픔과 분노가 가득하지만 인간에 대한 따스한 마음도 배어 있고, 그 마음은 어린이와 여성에 대한 연민으로 향한다. 저자는 '살아지면 살아진다'는 한 생존자의 말을 인용하며 "견디는 게 바로 인생"이라고 역설한다.

제주 토박이로 오랫동안 제주 4·3사건을 시로 표현해온 시인 김수열의 시선집 『꽃 진 자리』(2018), 한국작가회의 소속 90명 시인의 시를 모은 '제주 4·3사건 70주년 기념 시 모음집' 『검은 돌 숨비소리』(2018), 제주 4·3사건 당시 무장대의 유격대장 김달삼 얘기를 다룬 강기희의 소설 『위험한 특종』(2018) 등도 제주 4·3문학에서 결코 빼놓을 수 없는 작품들이다.

누군가는 제주 4·3문학이 이제는 충분하다고 말하고, 또 다른 누군가는 제주 4·3사건의 진실이 정치적으로 왜곡되었다고 주장한다. 후자의 경우 대표적으로 소설가 현길언을 들 수 있다. 그는 제주 4·3사건은 본질적으로 '남로당의 반란'이고 토벌대의 민간인 학살은 없었다고 주장한다. 이처럼 제주 4·3사건은 아직 끝나지 않았고 여전히 진행 중이다. 그렇다면 제주 4.3문학은 계속되어야 한다. 개인적으로 제주 4·3문학 목록에 한 권을 추가하고 싶은데 바로 심진규 작가의 『섬, 1948』(2022)이다.

『섬, 1948』은 제주 4·3사건을 모티브로 한 '청소년 역사 소설'이다. 외지인들은 아름다운 섬 제주도에서 민간인 집단 학살이 있었는데 수십 년 동안이나 알지 못했다. 제주 사람들이 침묵을 지켰기 때문이기도 했지만 외지인들은 사건의 진실을 알려고 노력하지 않았다. 아직도 적지 않은 사람들이 제주 4·3사건을 단순히 빨갱이를 소탕한 사건으로 알고 있다. 하지만 비극을 겪은 사람들의 외침이 있었고, 그 역사를 들여다보고자 한 사람들이 있었기 때문에, 마침내 진실이 드러났다. 더 정확히 말하면 그 진실이 계속해서 조금씩 드러나고 있다. 작가는 상처와 슬픔으로 가득한 우리의 역사를 오롯이 마주하고 '들여다보며' 되풀이되지 않도록 기억해야 한다고 말한다.

작가 심진규의 말처럼 사물을 보는 것과 들여다보는 것 사이에는 큰 차이가 있다. 몸을 기울여 가까이 다가가 사물을 '들여다보는' 행위는 보이는 대로 보는 것이 아니라 잘 보이지 않는 것까지 자세히 살피는 것이다. 그런 점에서 우리는 역사를 보이는 대로 보는 것이 아니라 들여다보아야 한다. 역사는 기록도 중요하지만 못지않게 해석도 중요하다. 어떤 시각과 관점으로 보느냐에 따라 해석이 달라진다. 역사는 수많은 사람들의 다층적인 이야기를 담고 있기 때문에 해석은 다양할 수밖에 없다. 한 가지 해석만 존재하고 그것을 강요하는 게 오히려 더 이상해 보인다. 역사에는 틈이 있게 마련이고 그 틈을 파고드는 게 바로 소설이다.

17세기 중반까지 서양에서 소설과 역사는 구분되지 않고 그냥 '이야기(story)'였다. 소설은 '허구의 산물'이고 역사는 '사실의 기록'이라는 생각은 근대적 개념이다. 처음에는 소설이나 역사 모두 절대적 진실을 추구하지 않았다. 절대적 진실을 말하지 않는다는 점에서, 또 이야기라는 점에서 역사와 소설은 같은 뿌리에서 나왔다. 그런 점에서 『섬, 1948』는 역사이면서 소설이다. 작가는 감정을 드러내지 않은 채 시종일관 중립적이고 객관적인 태도를 유지한다. 영화적으로 말한다면 피사체를 따라 수평으로 이동할 뿐 피사체에 가까이 다가가거나 뒤로 물러나지 않는다.

『섬, 1948』에서 서북청년단은 잔인한 괴물이자 시대가 만들어낸 악마로 형상화된다. 그들은 사람의 생명을 하찮게 여긴다. 한 명이 차가운 겨울 바닷가로 끌려온 아이들에게 "나는 빨갱이입니다. 잘못했습니다."라고 말하면 살려주겠다고 말하자, 나머지는 재미있는 놀이를 하듯 저희끼리 웃고 떠든다. 추위를 참지 못하고 한 아이가 그렇게 말하자마자, 아니 그 말을 끝마치지도 않은 상태에서 죽창으로 아이의 등을 찌른다. 서북청년단원 장동춘은 제주 도민에게 빨갱이 누명을 씌우고 끔찍한 폭력도 서슴지 않는 '악마적인' 인물이다. 그런데 작가는 그의 악행을 구체적이고 사실적으로 묘사하지 않는다. 그보다는 왜 그가 그토록 잔인하고 폭력적으로 변하게 되었는지 설명하는 데 더 힘을 쓴다. 악행보다는 그런 악행을 만드는 사회에 관심을 더 기울인다.

작가가 생각하기에 제주 4·3사건은 '악인'에 의해 일어난 일이 아니라 서로의 이념과 사상이 깊게 틀어지면서 벌어진 사건이다. 서북청년단과 같은 괴물 또는 악마는 세상이 바뀌면서 사라졌을 것으로 생각하지만 언제든지 나올 수 있다. 실제로 우리는 아주 가까운 곳에서 혹은 조금 멀리 떨어진 곳에서 그런 괴물 또는 악마를 목도하고 있다. 그들은 그 형태와 이름을 바꾼 채 잠복했다가 등장한다. 작가는 그런 괴물이나 악마의 출현을 막기 위해서 개인과 사회가 어떻게 해야 하는지 근원적이고 보편적인 질문을 던진다. 이 작품은 단순히 과거의 제주의 아픔과 고통만 담고 있는 게 아니라 다양한 인간들의 모습을 통해 오늘의 사회를 성찰하고 미래를 준비할 수 있는 실마리를 제공한다.

흔히 '역사는 반복된다'고 말해진다. 더 정확히 말하면 인간은 같은 실수를 반복한다. 누군가는 반복되는 실수의 이유로 공감과 성찰의 결여를 들며 이에 대한 해결책으로 인문 고전 읽기를 제시한다. 주지하듯 인문학은 '사람에 대한 글을 배우는 학문' 또는 '사람이 쓴 글을 배우는 학문'이다. 인문학에서 사람은 주체인 동시에 객체다. 보통 인문학은 '문, 사, 철', 즉 문학, 역사, 철학으로 구성되는데, 문학은 '인간이 살아가는 이야기', 역사는 '인간이 살아온 이야기', 철학은 '인간이란 무엇이고 무엇을 위해 살 것인가라는 질문'으로 각각 정의된다. 철학은 과학이나 수학처럼 정답을 찾는 학문이 아니다. 버트런드 러셀의 말처럼 "철학의 핵심은 언급할 가치도 없어 보이는 단순한 지점에서 시작하여 누구도 믿지 않을 만큼 역설적인 지점에서 끝을 맺는 것이다". 모든 지식의 기본 토대라고 당연하게 생각했던 개념에 의문을 제기하는 게 철학의 본령이다. 『섬, 1948』은 문학이자, 역사이자, 철학이다. 왜냐하면 이 책은 예전에 어떻게 살았는지 톺아보고, 지금 어떻게 살아가고 있는지 성찰하고, 앞으로 어떻게 살아야 하는지 고민하게 하기 때문이다.

삶은 그냥 좋아지지 않는다

황석영의 『철도원 삼대』(2020)는 "식민지 시기부터 분단된 후기 자본주의 세계화 체제의 한반도에서 지난 백여 년 동안 살아온 노동자들의 꿈이 어떻게 변형되고 일그러져왔는지"를 긴 호흡으로 일별하고 있다. 작가는 이 소설을 통해 산업노동자를 전면에 내세워 그들의 근현대 백여 년에 걸친 삶의 노정을 거쳐 현재 한국 노동자들의 삶의 뿌리를 드러내려 한다. 하지만 작가의 말처럼 "[노동자] 의식은 감춰지거나 사라졌지만 그들의 삶의 조건은 별로 달라지지 않았다". 작가의 말에 따르면, 『철도원 삼대』(2020)에 대한 구상이 1989년 방북 때 평양에서 만난 어느 노인의 이야기에서 비롯되었다. 작가는 그 노인이 서울말을 쓰고 있다는 데 흥미를 느껴 초대소 보장성원들에게 간청해 다시 만나 그의 인생 이야기를 들을 수 있었다. 구체적으로는 그 노인으로부터 그의 아버지가 영등포 철도공작창에 다니던 이야기, 자신이 철도학교에 들어간

이야기, 기관수로 대륙을 넘나들던 이야기, 해방 이후 전평이 미군정의 압박을 받고 그가 도피하여 아들을 데리고 월북했던 이야기, 십대 소년이었던 그의 아들이 전쟁이 터지자 단기 속성 과정을 마치고 기관수가 되어 낙동강 전선의 군수물자 수송을 위하여 나갔다가 돌아오지 못한 이야기 등이다.

작가 황석영이 노인으로부터 들은 이야기는 『철도원 삼대』 속 이백만, 이일철, 이지산 삼대의 이야기로 형상화된다. 주지하듯 한국 근현대문학에서 산업노동자의 이야기는 제대로 다루어지지 않았다. 작가의 말처럼, 최근까지 쓰인 장편소설의 경우 대부분 농민을 위주로 한 작품들이다. 한국의 노동운동의 역사는 대략 백 년을 전후로 한다. 조선의 항일운동 역사는 사회주의가 기본 이념의 출발점이었다. 『철도원 삼대』에서도 노동운동을 전개한 일철과 그의 동료들은 일제에 의해 '빨갱이'로 낙인찍힌다. 해방된 이후에도 상황은 바뀌지 않는다. 생존권 투쟁에 나선 노동자들은 일제강점기와 마찬가지로 '빨갱이'로 매도당했고, 한국전쟁이 터지고 세계적인 냉전체제가 되면서 수십 년 동안의 개발 독재 시대에도 거의 모든 노동운동은 빨갱이 운동으로 불온하게 여겨졌다.

이백만의 증손자이자, 이일철의 손자이자, 이지산의 아들인 이진오는 회사 측의 부당해고에 맞서 굴뚝 농성을 무려 사백 일 동안 전개한다. 처음에 회사 측은 노조 측의 주장에 아무런 대응도 하지 않지만 이진오의 투쟁으로 사회적으로 이슈가 되자 어쩔 수 없이 협상 테이블에 나온다. 회사 측은 '자회사를 신설해서 고용을 승계하고 노조 활동을 보장하겠다', '단체협약은 내년 초까지 해결하겠다', '더 이상 세상을 시끄럽게 하거나 쟁의를 벌이지 않고 농성자가 굴뚝에서 내려온다면 그동안 고소해 놓았던 민형사상의 법적 책임도 묻지 않겠다' 등 노조 측의 요구 조건에 합의한다. 그래서 이진오는 굴뚝에서 내려온다. 하지만 경찰이 업무방해죄로 일단 이진오를 경찰서로 데려가겠다고 주장하면서 노사 양측의 협상은 다시 난항을 겪는다.

결국 이진오는 굴뚝에서 내려왔고 한 달쯤 경찰 유치장 신세를 진 뒤 우여곡절 끝에 석방되었다. 이제 협상의 합의안에 따라 해고자 가운데 끝까지 버틴 열한 명이 복직을 할 차례다. 하지만 회사는 약속을 지키지 않고 계속 노조에 기다리라고 말한다. 회사는 그들이 지쳐 나가떨어지기를 기다리는 듯하다. 회사의 바람대로 몇몇은 떠났고 몇몇은 남았다. 마지막까지 남은 이진오, 그의 동료 김 형, 막내 차 군은 서로의 눈길을 피하며 소주잔만 들여다본다. 고개를 숙이던 김 형이 "다시 올라가자. 이번엔 내가 올라가겠어"라고 말하자, 차 군은 "저두요. 김 선배, 저두 올라가겠어요"라고 답한다. 거기서 대화가 끊기고 그들은 더 이상 아무도 말하지 않는다.

사전적 정의에 따르면, 노동자는 '노동력을 제공하고 얻은 임금으로 생활을 유지하는 사람'이다. 이에 따르면 대부분의 사람들이 노동자의 범주에 들 것이다. 고용주로부터 월급을 받는 임노동자든 자영업자든 마찬가지다. 자영업자 역시 '스스로에게 고용된

(self-employed)' 노동자이니 말이다. 그런데도 많은 사람들은 자신을 노동자로 규정하지 않고 자신이 노동자라는 사실조차 의식하지 못한다. 어쩌면 '노동'이라는 단어가 갖는 어감 때문에 노동자로 규정하는 것을 꺼리고 있는지 모른다. 그래서 누군가는 노동보다는 근로라는 단어를 선호한다. 하지만 노동은 '행위'이고 근로는 '태도'라는 점에 있어 차이가 있다. 노동자는 자신을 노동자로 규정하고 마땅히 노동자로서의 의식을 가져야 한다. 노동자 의식은 노동자 스스로 노동자 계급으로서 갖는 기업이나 노동조합에 대한 의식으로 다른 누군가에 의해 주입되거나 규정될 수 없다.

『철도원 삼대』를 읽으며 내심 이백만에서 시작된 한국의 노동운동이 이진오에 이르러 온전히 결실을 보기를 바랐다. 즉 현실에는 이루어지기 어려운 소망이기에 소설 속에서나마 이루어지길 바랐다. 하지만 소설에서도 끝내 그 소망은 이루어지지 않았다. 그렇다고 실망하거나 포기할 필요는 없다. 왜냐하면 노동운동은 본래 완성형이 아니라 진행형이기 때문이다. 노동자 의식 또한 마찬가지다. 노동의 형태가 어떻게 바뀌어도 노동이 존재하는 한 노동자는 존재하고 노동운동은 계속될 것이다. 엄밀히 말하면 우리 모두 노동자다. 지금이야말로 "감춰지거나 사라졌"던 노동자 의식을 다시 꺼내고 "별로 달라지지 않"은 노동자의 "삶의 조건"을 바꿔나가야 할 때이다.

사실 이는 노동에만 국한되지 않는다. 오늘날 우리가 공기처럼 느끼는 자유, 평등, 정의, 공정 등과 같은 상식에도 해당한다. 지금 당연하다고 생각하는 것 가운데 처음부터 당연한 것은 아무 것도 없었다. 나라마다 조금씩 차이가 있지만 선거인의 자격에 재산, 신분, 성별, 교육 정도 따위의 제한을 두지 아니하고, 성년에 도달하면 누구에게나 선거권이 주어지는 보통선거가 이루어진 게 불과 백 년도 안 된다.

사람들은 역사가 우연한 사고와 부당한 사건으로 점철된 채 명확하지 않은 결말로 나아가는 과정이라고 여기면서도 그것이 궁극적으로는 더 나은 방향으로 향하는 흐름이라고 믿는 경향이 있다. 하지만 독일의 철학자 게오르크 헤겔은 역사는 확실한 목적을 지향할 뿐 아니라 필연적으로 그 목적을 성취하는 대상이라고 보았다. 인류의 역사가 예거하듯이 삶의 조건은 저절로 바뀌지 않는다. 바꿔 말하면 '삶은 그냥 좋아지지 않는다'. 이름 모를 누군가의 땀과 노력을 통해 삶의 조건이 바뀌고 좋아진 것이다. 그렇다면 이제는 우리 스스로 삶의 조건을 바꿔 나갈 때다.

카를 마르크스는 진정한 평등을 실현하기 위해서는 사회 계급은 물론 지식인 엘리트, 정치인, 공무원을 포함해 국민을 대표한다는 명목으로 대중에게서 권력을 훔치는 모든 계층적 구분을 무너뜨려야 한다고 주장했다. 그는 구체적인 방법으로 사유재산 폐지와 모든 재산의 공동 소유를 주장했다. 그는 혁명이 끝나면 일시적인 프롤레타리아 독재 정부가 자본주의를 해체하고 공산주의를 확립할 것이라고 예상했다. 하지만 역사가 증명하듯 그의 예상은 빗나갔다. 그럼에도 불구하고 그의 이 말만큼은 여전히 유효하다. "철학자들은 지금껏 세상을 다양한 방법으로 해석하는 데만 급급했다. 하지만 중요한 것은 세상을 바꾸는 일이다." 완벽한 세상이란 존재하지 않는다. 거듭 말하지만 세상은 저절로 좋아지지 않고 바꾸려 시도할 때 비로소 좋아진다.

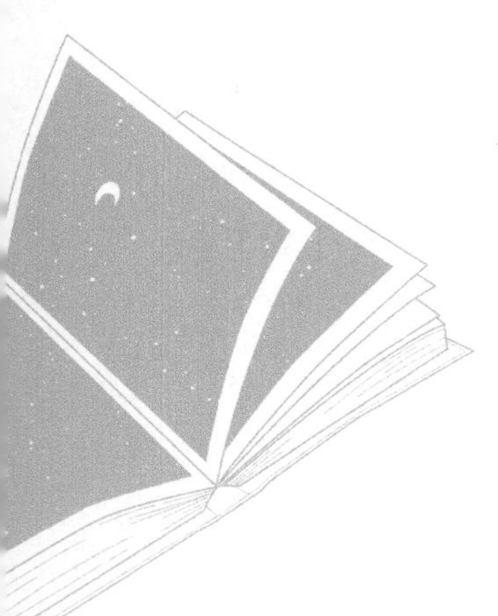

전업 작가라는 험난한 길

작가 알렉산더 포프는 영국의 신고전주의 시대를 대표하는 문인이다. 그가 살던 18세기 말 19세기 초 영국은 종교적으로 첨예하게 대립했다. 오늘날 영국 의회주의를 확립했다고 평가되는 명예혁명도 원래는 종교적인 갈등에서 시작되었다. 당시 성공회가 국교인 영국에서 가톨릭 신자였던 그는 대학에 입학할 수도 없었고 공직자가 될 수도 없었다. 심지어 런던에서 10마일 이내에 사는 것도 허용되지 않았다. 게다가 어렸을 때 그는 포트병을 앓아 척추장애가 있다. 그는 고열, 두통, 심한 기침, 복부 통증, 눈이 붓는 증상 등으로 평생 고생했다. 운명은 그에게 너무나 모질었다. 하지만 그는 자신의 운명을 저주하지 않고 모든 사회적·신체적 악조건을 이겨냈다.

포프는 불법으로 운영되는 가톨릭계 학교와 가정교사로부터 초·중등 교육을 받았다. 열세 살 때부터 독학으로 라틴어, 그리스어, 프랑스어, 이탈리아어를 익혔다. 그는 『일리아스』, 『오디세이아』 등 서양 고전을 영어로 번역해 돈을 벌었다. 그는 글을 써서 얻은 수입만으로 생계를 이어간 적어도 영국에서는 최초의 '전업 작가'가 되었다. 또한 그는 영국 사교계에서 제인 오스틴이나 찰스 디킨스에 앞서 최초의 '명사'이기도 했다. 그는 1744년 5월 25일 친구들이 지켜보는 가운데 평온하게 세상을 떴고 성공회 성당 묘지에 묻혔다. 그의 삶은 '시작은 미미했지만 끝은 창대했다'는 한 문장으로 설명된다.

반면 미국의 소설가 에이모 토울스의 삶은 포프의 삶과는 정반대다. 그는 예일대학교에서 영문학을 전공했고 스탠퍼드대학교에서 영문학 석사 학위를 받았다. 그는 금융업에 진출하여 투자전문가로 20여 년을 근무하다가 소설 『우아한 연인』(2011)으로 데뷔하여 베스트셀러 작가가 되었다. 그는 『우아한 연인』의 성공으로 전업 작가의 길을 걸었고, 이후 『모스크바의 신사』(2016)와 『링컨 하이웨이』(2021)를 발표하며 평단과 독자들로부터 찬사를 받고 있다. 그는 지금까지 한 작품을 완성하기 위해 1년간 독서하고 4년간 집필을 하는 과정을 밟으며 5년 주기로 작품을 발표해 왔다.

토울스의 『우아한 연인』은 1930년대 대공황을 배경으로 권위, 야망, 절제, 성공의 대명사인 미국 초대 대통령 조지 워싱턴의 예의와 품위를 유지하고 야망을 갖춘 젊은 은행가 팅커를 통해서 사랑의 본질과 인간의 야망, 그리고 헨리 데이비드 소로의 자연주의가 조화를 이루는 방법을 알려준다. 즉 그들은 워싱턴 같은 성공담을 지향하지만, 다른 한편으로 소로와 같은 낭만적 자유와 무위를 누리고 싶어 하기도 한다.

케이트와 이브는 젊고 유능한 신사 팅커와의 만남을 계기로 맨해튼의 사교계에 발을 들인다. 새로운 음악과 대공황 끝자락의 자유로운 분위기 속에서 세 사람은 서로에게 끌린다. 하지만 갑작스러운 교통사고로 이브는 얼굴을 다치고 오랜 꿈을 포기한다. 죄책감에 괴로운 팅커는 남은 인생을 그녀를 위해 바치기로 한다. 마치 F. S. 피츠제럴드의 『위대한 개츠비』(1925)에서 데이지를 위해 자신의 모든 것을 헌신하는 개츠비처럼 말이다. 조지 워싱턴의 '품위의 규칙'을 성실히 따르던 팅커의 충동적인 결정적으로 인해 그들의 관계는 새로운 국면을 맞이하게 된다.

케이티는 너새니얼 페리시의 조수로 '펨브로크 출판사'에 취직한다. 페리시는 그녀에게 자신의 일자리 제안을 신중하게 생각하라고 조언한다. 그는 월급도 형편없는데다가 특별하게 할 일이 없기 때문에 이곳에서의 조수라는 일자리는 결국 막다른 길이 될 거라고 말한다. 그녀는 펨브로크에서 일을 하며 그의 말이 결코 틀리지 않았음을 깨닫게 된다. 그러던 어느 날 그는 페리시의 사무실에서 메이슨 테이트를 만난다. 그는 "귀족적인 말씨"를 쓰는 "잘생긴 남자"다. 그녀는 그가 한때 그는 페리시 밑에서 일하다가 현재는 새 문학지를 준비하면서 편집 조수를 구하는 중이라는 것을 전해 듣는다. 페리시의 소개와 제안으로 그녀는 테이트와 면접을 본다. 그녀는 테이트와 이야기를 나누면서 자신이 할 일이 편집 조수가 아니라 개인 비서라는 사실을 알게 된다.

테이트는 자신이 준비 중인 잡지 ≪고담≫은 "이 도시[뉴욕]의 불빛, 연인, 글, 실패자 들을 다"룰 것이라고 말한다. 즉 그가 하는 일은 "파괴 전문가"처럼 "뉴욕이라는 감자의 껍질을 벗겨"내는 일이다. 케이티는 테이트의 잡지사로 자리를 옮긴다. 그녀는 전화 받기, 식당 예약하기, 편지 분류하기, 자료 찾기 등 온갖 잡무를 하며 그의 말처럼 개인 비서 역할을 한다. 창간호를 준비하던 테이트는 기자들이 가져온 기사들에 만족하지 못한다. 그러자 케이티는 그에게 귀부인들 대신에 도어맨들을 인터뷰하는 게 어떻겠냐고 제안한다. 테이트가 그녀의 제안에 의구심을 갖자 그녀는 한 달 월급을 걸고 그와 내기를 한다.

결국 그녀의 아이디어가 창간호에 실리고 그녀는 '실력'으로 당당하게 기자가 된다. 케이티는 자신을 테이트에게 소개한 사람이 페리시라고 알고 있었다. 하지만 그녀는 테이트로부터 앤 그랜딘의 협박 때문에 자신이 고용되었다는 사실을 전해 듣는다. 비록 나중에 휴전을 했다고 하지만 케이티는 팅커를 사이에 두고 앤과 불편한 관계였다. 케이티는 뛰어난 직관과 따뜻한 감성, 그리고 깊은 통찰력을 갖고 있다고 해도, 결국 앤 그랜딘 덕분에 잡지 편집자가 되었고 그 후로 승승장구한다.

케이티는 술집에서 우연히 팅커(테디)의 형 행크(헨리)를 만난다. 그녀는 행크로부터 자신이 몰랐던 팅커의 어린 시절 이야기를 듣게 된다. 팅커와 행크가 태어났을 때는 경제적으로 부유한 상황이었지만 그들의 아버지가 재산을 탕진하면서 그들의 삶은 점점 궁핍해진다. 방이 하나씩 줄어들고 사는 집은 점점 부두에 가까워진다. 그럼에도 그들의 어머니는 테디만큼은 사립학교에 보내려 했고 돈을 모아 마침내 그를 사립학교에 보낸다. 하지만 어머니가 암으로 죽고 아버지가 숨겨 놓은 돈을 발견하면서 테디는 1학년도 채 마치지 못하고 어쩔 수 없이 학교를 그만두게 된다. 행크는 "테디는 그 망할 놈의 사립학교로 돌아가려고 애쓰고 있는 것 같아"라고 말한다. 케이티는 행크의 이 말을 들으며 팅커의 삶이 왜 거짓으로 점철되었는지 어느 정도 이해하게 된다.

행크에 따르면 팅커는 다른 사람들에게뿐만 아니라 자신에게 거짓말을 한다. 아니 거짓말을 할 수 있다. 그것도 5개 국어로 말이다. 즉 팅커는 현재의 자신에 만족하지 못하기 때문에 끊임없이 다른 사람들뿐만 아니라 자기 자신을 속이고 포장한다. 반면 행크는 현재의 자기 자신을 직시하고 인정한다. 케이티 역시 마찬가지다. 그래서 팅커는 케이티에게 그녀가 자신의 형 행크와 성격적으로 죽이 잘 맞는다고 말했다. 행크는 사람들한테 니사나무꿀이랑 테레빈유를 사오라고 시키고, 돈을 조금씩 나누어주었다. 그러다가 새벽 2시쯤에 사람들을 시켜서 자기 그림을 옥상으로 끌어내게 하고 불을 질렀다. 그런 뒤 그는 사람들의 기대와 다르게 군대에 지원했다.

사실 행크가 횡재한 돈도 자신의 그림을 팔아서 번 돈이 아니라 그랜딘의 재산의 일부인 스튜어트 데이비스의 그림을 팔아 번 돈이다. 사실 그 돈은 팅커가 자신의 인간적인 품위를 희생해서 번 돈이기도 하다. 행크는 그 돈을 아무렇게나 써버리는 것 외에 다른 방법이 없었을 것으로 생각해서 탕진했다. 케이티는 그의 행동을 이해하기 어렵지 않다고 말한다.

케이티의 아버지는 인생의 결말을 앞두고 딸에게 삶에서 소박한 즐거움을 지키기 위해 어떤 노력이 필요한지 구체적으로 조언해준다. 케이트는 아버지가 돌아가시기 얼마 전의 어느 날 밤, 침대 옆에 앉아서 기운을 좀 북돋아드리려고 멍청한 직장 동료 이야기를 하고 있는데 아버지가 느닷없이 옛날 꺼냈다. 아버지는 살면서 아무리 힘든 일이 닥쳐도, 아무리 풀이 죽고 기운이 빠져도, 자신이 언제나 이겨낼 수 있다고 확신했다고 말했다. 케이티는 수십 년이 지난 뒤에야 비로소 그것이 아버지가 자신에게 해준 조언이었음을 깨닫게 된다. 아버지는 타협을 모르고 목표를 추구하는 자세와 영원한 진리를 향한 탐구는 고귀한 이상을 지닌 젊은이들에게 확실히 매력적이지만, 사람이 일상적인 것의 즐거움을 느끼지 못하게 된다면 쓸데없는 위험 속에 몸을 담근 것이라고 말한다.

아버지가 케이티에게 말하고자 한 바는 “소박한 즐거움을 위해 싸울 준비가 되어 있어야 한다. 우아함이나 박학다식처럼 온갖 화려한 유혹들에 맞서서 소박한 즐거움을 지켜야 한다”는 것이다. 개인적인 생각에 소박한 즐거움을 지키기 위해서는 과거에 대해 후회하고, 현재에 대해 불만을 터뜨리고, 미래에 대해 불안해하기 보다는 지금 이 순간에 충실해야 한다. 이 책에서 언급되는 소로의 말처럼 '지금, 당장'이 중요하다. 그렇기 때문에 우리는 현재에 충실해야 한다.

『우아한 연인』에서 소로의 『월든』(1854)의 다음 구절이 인용된다. "사람들은 진리가 멀리 어딘가에 있는 것으로 생각한다. 그러나 이 모든 시간과 장소와 사건은 지금 여기에 있는 것이다." 이 구절은 영화 〈죽은 시인의 사회〉(1989)에서 키팅 선생이 말하는 "현재를 잡아라!", '지금 살고 있는 이 순간에 충실하라'라는 뜻이 라틴어 경구 '카르페 디엠'과도 일맥상통한다. 가슴 깊이 새기고 또 행동으로 실행해야 할 경구다. 그런데 여기에 한 가지 보태고 싶다.

데일 카네기의 『인간관계론』(1936)은 미국뿐만 아니라 전 세계적으로 가장 많이 팔린 자기계발서라고 한다. 한마디로 말해 이 책은 좋은 인간관계를 유지하는 방법론이라고 할 수 있다. 이 책에서 저자는 이렇게 말한다. "나에게 가장 중요한 사람은 멀리 있는 누군가가 아니라 '지금 이 순간' 나와 함께 있는 사람이다." 그렇다면 "지금 이 순간 지금 여기" 나와 함께 있는 바로 그 사람과 가장 충실한 시간을 만들어야 한다.

토울스의 소설은 낙관주의를 설파한다. 즉 어떠한 힘든 상황에서도 꿈과 의지만 있으면 모든 난관을 극복하고 자기를 실현할 수 있다는 교훈을 준다. 그럼에도 불구하고 향수와 감상에 빠지지 않는다. 누군가의 말처럼 "사랑과 사회 계층, 행운과 운명이라는 위대한 주제들을 이디스 워튼의 소설과 조우시키는 듯하다".

사실 토울스의 낙관주의는 『모스크바의 신사』와 『링컨 하이웨이』에도 관통한다. 『모스크바의 신사』는 1922년부터 1954년까지 32년간 모스크바의 메트로폴호텔에 유폐된 주인공 혁명의 시대에 귀족 로스토프 백작의 이야기다. 로스토프 백작은 귀족의 권위와 영광, 그리고 과거에 대한 후회를 내려놓고 주어진 어렵고 힘든 환경 속에서도 우아하면서도 지혜롭게 적응하는 신사의 품격을 알려준다. 그는 혁명의 상황에서 목숨이 위태로웠지만 혁명정부를 지지하는 시를 발표했다는 이유로 가까스로 총살형을 모면한다.

대신 그는 메트로폴호텔에만 머물러야만 했다. 그럼에도 불구하고 그는 자신의 처지를 비관하거나 절망하지 않는다. 그의 거처는 크고 화려한 호텔 객실에서 옥상의 좁은 다락방으로 바뀌었다. 그는 자신의 짐을 다 옮기지 못하고 좋아하는 발자크, 디킨스, 톨스토이, 몽테뉴의 작품들, 그리고 대부인 대공 데미토프가 사용했던 책상, 여동생 엘레나의 초상화 등을 겨우 옮겼다. 하지만 주변 사람들과 좋은 인간관계를 유지하고 주위에서 일어나는 일들을 세심하게 관찰한다. 나중에 피아노 경연에서 우승한 딸 소피아가 프랑스의 미국대사관으로 망명하자 그 자신도 러시아에서 탈출한다.

『링컨 하이웨이』는 표면적으로 주인공 에멧과 빌리 형제가 어머니를 찾아가는 노정이지만, 실제로는 어머니를 찾아 나서지 못하고 친구들로 인해 엉뚱하게 뉴욕으로 향하면서 많은 사람을 만나고 다양한 일들을 겪게 되는 모험담이다. 링컨 하이웨이는 뉴욕의 타임스 스퀘어에서 샌프란시스코의 링컨 파크까지 이어지는 미국 최초의 횡단 고속도로다. 에멧은 집을 떠난 어머니가 보낸 그림엽서의 배경이 링컨하이웨이라는 것을 알아내고 엄마를 찾아 나서기로 결심한다. 이 작품은 그의 다층적인 문학적 스타일의 팬들을 만족시키는 동시에, 새롭고 풍부하게 상상된 설정과 캐릭터 및 주제의 배열을 제공하고 있다. 바로 이 점은 『우아한 연인』에서 이어지는 토울스의 특장(特長)이다. 이는 전업 작가로 살아남을 수 있는 굳건한 동력이기도 하다.

때문에 아프고 덕분에 성숙해진다

인간의 삶은 사랑에서 시작해서 사랑으로 끝난다고 해도 과언이 아니다. 인간은 바로 그 사랑 때문에 아프고 그 사랑 덕분에 성숙해진다. 남녀 간의 사랑도 마찬가지다. 사람들은 마음속에 자신만의 이상형을 품고 살아간다. 흔히들 여자는 '백마 탄 왕자'를 남자는 '잠자는 숲속의 공주'를 기다린다고 말한다. 꿈에 그리던 이상형을 만나게 되면 첫눈에 반하고 단어 그대로 사랑에 빠진다. 그런 사랑이 많지 않겠지만 만일 그런 사랑이 있다면 첫눈에 반하는 사랑일 확률이 높다. 첫눈에 반하는 사랑은 대체로 사랑의 '대상'이 아니라 자신의 욕망이 투영된 '이미지'에 목매는 사랑이다. 사랑의 당사자들은 사랑의 실체가 아니라 사랑의 이미지를 사랑하기 때문에, 사랑은 종종 행복이 아니라 아픔으로 끝나 버리고 만다. 사랑한다고 말하지만 사실은 자신의 마음이 투사된 이미지를 사랑하는 것이다. '실체가 아닌 이미지에 대한 집착'에서 비롯되는 사랑의 희극성을 잘 보여주는 작품이 윌리엄 셰익스피어의 희극 『십이야』(1601~1602)다.

주지하듯 셰익스피어의 희극은 관객이나 독자에게 전체적으로 슬픔보다는 기쁨을, 울음보다는 웃음을 제공한다. 그 웃음이 대체로 밝고 순수하지만 때에 따라서는 조소나 실소에 가까울 수도 있다. 하지만 그 웃음은 우리를 심각한 슬픔에 빠뜨리거나 울게 하지 않는다. 셰익스피어의 희극에서는 비극에서처럼 주인공이 죽은 일은 없다. 시작될 때는 심각하고 비극적이지만 끝날 때는 가볍고 희극적이다. 사건은 해결되고 서로 다투던 등장인물들은 극적으로 화해를 한다. 만일 남녀 사이라면 그 갈등은 결혼으로 마무리된다.

『십이야』는 셰익스피어의 여느 희극과 마찬가지로 사랑으로 빚어진 희극적 상황을 다룬다. 이 작품은 크게 두 가지 종류의 사랑, 즉 '첫눈에 반하는 사랑'과 '귀를 통해 일어나는 사랑'을 다룬다. 첫눈에 반하는 사랑은 사랑 자체를 위해 사랑하고 결국 결혼으로 끝나는 낭만적 사랑이다. 반면 귀를 통해 일어나는 사랑은 사랑이 목적이 아니라 개인적으로나 사회적으로 얻을 수 있는 어떤 이해관계가 동기가 되어 결혼에 이르는 사랑이다. 이 작품은 메인 플롯과 서브플롯에 걸쳐서 이 두 가지 종류의 사랑을 다루고 있다.

비올라는 오르시노 공작이 다스리는 일리리아의 해안에 난파하고 쌍둥이 오빠 세바스티안과도 헤어진다. 남장한 그녀는 세자리오라는 이름으로 오르시노의 시종이 된다. 사랑의 욕망에 심취된 오르시노는 올리비아를 처음 본 순간 그녀를 사랑하게 된다. 하지만 올리비아는 오르시노의 사랑을 받아들이지 않는다. 그녀는 죽은 오빠를 그리워하며 7년 동안 어떤 남자도 만나지 않는다. 그녀는 오빠 외에는 그 어떤 남자도 만나지 않겠다고 다짐한다. 오르시노는 올리비아가 자신의 사랑을 받아들이지 않자 괴로워한다. 오르시노와 올리비아의 사랑은 근본적으로 환상에 집착하는 사랑이다.

오르시노 공작은 시종 비올라에게 올리비아에 대한 자신의 사랑을 고백한다. 결국 비올라는 오르시노의 사랑의 전령으로 올리비아를 찾아간다. 그런데 뜻하지 않은 일이 일어난다. 그 어떤 남자도 만나지 않겠다고 다짐한 올리비아가 비올라를 보고 첫눈에 반한다. 그녀는 비올라에게서 자신이 마음속에 품어 왔던 '백마 탄 왕자'의 모습을 발견한 것이다.

오르시노는 자신이 올리비아를 사랑하고 있다고 믿지만 실제로는 자신의 이상형을 사랑하고 있다. 이는 그의 사랑이 실체가 아니라 이미지를 사랑에 대한 사랑이라는 것을 예거한다. 비올라에 대한 올리비아의 사랑 역시 이미지에 대한 사랑이다. 올리비아는 비올라에게 오르시노가 모든 면에서 탁월한 남자인 것을 알지만 사랑의 감정이 일어나지 않는다고 솔직한 감정을 토로한다. 그러면서 신분이 낮은 비올라에게 끌리는 자신의 감정을 '운명'의 탓으로 돌린다.

그런데 비올라는 오르시노로부터 올리비아에게 가서 자기 사랑을 얻어오라는 명령을 받았을 때 "최선을 다하여/ 그 숙녀께 구애하죠. (방백) 그렇지만 험난해라,/ 누구에게 구애하든 그의 아낸 내가 되리"라고 말한다. 이는 오르시노의 사랑을 결국에는 자기가 차지하리라는 야무진 다짐이다. 비올라는 자신의 목적, 즉 오르시노에 대한 자신의 사랑을 이루기 위해 현명하게 때를 기다리는 적극성을 발휘한다.

'오르시노—올리비아', '올리비아—비올라', '비올라—오르시노'의 복잡하게 얽힌 사랑의 실타래는 그 근원이 성 정체성에 대한 오해에서 비롯되기 때문에 비올라의 쌍둥이 오빠 세바스티안이 나타날 때까지는 절대 인위적으로 풀리지 않는다. 그것을 억지로 풀려고 하면 할수록 오히려 혼란만 가중될 뿐이다. 이 상황에서 비올라가 보이는 태도는 '현명한 수동성' 혹은 '능동적인 수동성'이다. 그녀는 사태 해결을 시간에 맡기고 침착하게 인내하며 기다리는 자세다. 이것이 그녀가 오르시노와 결혼하려는 목적을 이루는 열쇠이고 여기에 이 작품의 주제가 담겨 있다.

비올라와 오르시노의 사랑은 신화 속의 나르키소스와 에코의 사랑을 떠올리게 한다. 오르시노의 사랑은 사랑하는 대상이 아닌 이미지를 사랑한다는 점에서 나르키소스의 사랑과 비슷하다. 나르키소스가 물에 비친 자신의 이미지를 사랑하며 반응이 없어 괴로워하듯이 오르시노는 자신의 마음속에 간직하고 있는 사랑의 이미지를 사랑하며 괴로워한다. 비올라는 오르시노 공작을 사랑하지만 사랑의 전령으로서 그의 말을 반향해야 하기 때문에 그에 대한 자신의 사랑을 말할 수가 없다. 이런 비올라의 처지는 에코와 비슷하다. 실제로 그녀는 자신의 사랑을 에코의 사랑에 빗대어 말하기도 한다.

사랑은 이미지를 보고 있는 한 그 실체를 볼 수가 없다. 실체를 보기 위해서는 이미지로부터 실체로 눈을 돌려야 한다. 오르시노가 올리비아를 만나지 못하는 이유는 그 자신이 실체가 아닌 이미지만을 사랑하고 있기 때문이다. 올리비아 또한 비올라의 실체가 아닌 이미지만을 사랑하고 있다. 그들의 '이미지 소동'은 쉽게 해결되지 않는다. 바로 그때 비올라의 쌍둥이 오빠 세바스티안이 등장한다. 그의 등장은 이미지에만 사로잡혀 있던 사람들이 환상에서 벗어날 수 있는 계기가 된다. 올리비아는 사랑의 이미지만 쫓다가 실체를 만나면서 '환상적 사랑(fancy love)'에서 벗어나 '실제적 사랑(real love)'을 하게 된다.

앞서 살펴본 것처럼 오르시노는 자신이 가슴속에 간직했던 '잠자는 숲속의 공주'를 올리비아로 생각하고 그녀에 대한 자신의 사랑을 비올라에게 고백했다. 사실 그가 자신의 이상형을 비올라에게 이야기한 까닭은 비올라의 이미지를 좋아했기 때문이기도 하다. 그가 비올라를 처음 보자 그를 총애함으로써 주위 사람들을 놀라게 한 것이라든지, 그녀에게 자신의 속마음을 털어놓은 것 등은 그의 이상형이 비올라였음을 방증한다. 즉 그는 자신의 이상형이 올리비아라고 생각했지만 실제로는 비올라의 모습에서 발견한 것이다. 일리리아 사람들은 비올라와 세바스티안이 함께 있는 모습을 보고 놀란다. 그들은 남장한 올리비아가 아닌, 실제 남자인 세바스티안을 통해 허상이 아닌 실체를 보았기 때문이다.

『십이야』의 결말에서는 세 쌍의 남녀가 결혼한다. 오르시노와 비올라, 비올라의 쌍둥이 오빠 세바스티안과 여백작 올리비아, 올리비아의 친척 토비 경과 그녀의 시녀 마리아가 그들이다. 이 가운데 가장 중요한 쌍은 오르시노와 비올라다. 그중에서도 비올라는 희극의 핵심적인 역할을 떠맡는다. 모든 중요한 사건은 그녀를 중심으로 펼쳐진다. 비올라는 그녀가 원했던 오르시노의 사랑을 얻게 되고, 그 과정에서 바다에 빠져 죽은 줄로만 알았던 쌍둥이 오빠 세바스티안이 살아 있을 뿐만 아니라 올리비아와 결혼까지 해 자신이 빠진 사랑의 난제를 해결해준 사실을 뒤늦게 알게 된다. 그녀의 현명한 기다림이 드디어 성공한 셈이다.

오르시노－비올라, 올리비아－세바스티안, 토비－마리아는 새로운 자아를 깨닫고 성장해 결혼에 이르게 된다. 결혼을 통해 자아를 깨닫고 성장했다고 말할 수도 있다. 셰익스피어 희극은 등장인물 간의 결혼으로 마무리되곤 한다. 그의 희극에서 결혼은 플롯의 마지막 단계이기도 하지만 성장이라는 주제 의식을 반영하는 중요한 극적 소도구이기도 하다. 셰익스피어는 희극에서 나르키소스의 자기애를 죽이지 않고는 결코 어른이 될 수 없다는 사실을 결혼이라는 장치를 통해 일관되게 보여주었다.

전술했듯이 『십이야』는 첫눈에 반하는 사랑을 통해 사랑의 희극성을 잘 예거하고 있다. 첫눈에 반하는 사랑은 나쁘게 말하면 '실체가 아닌 이미지에 대한 집착'이다. 하지만 이 사랑에는 순수한 면이 있기에 전적으로 이해할 수는 없을지라도 감정적으로는 수긍할 수 있다. 그런데 이 작품에는 첫눈에 반하는 사랑뿐만 아니라 또 다른 사랑도 다루고 있다. 다름 아닌 '세속적인 목적을 위한 사랑'이다. 그 사랑에는 기본적으로 재산을 탐하거나 신분을 상승하려는 욕구가 내재해 있다. 말볼리오의 사랑이 바로 그런 사랑이다. 그는 스스로 "가장 훌륭한 인물"이라고 생각하고 신분이 높은 사람과 결혼하여 사회적으로 신분 상승을 꾀한다. 그는 청교도적 태도를 보이며 자기애가 강하다. 그는 나르키소스처럼 자기만을 사랑하며 세상 사람들로부터 고립된다. 하지만 그는 자신의 고립을 자신이 우월하다는 증거라고 착각한다.

말볼리오는 마리아가 꾸민 계획에 속아 토비 경과 동료들로부터 웃음거리가 된다. 그가 웃음거리가 된 이유는 자기애에 빠져 있기 때문이다. 그는 자기가 대단한 인물이기 때문에 자기 여주인 올리비아가 자신을 사랑한다고 생각한다. 그래서 그는 마리아가 조작한 터무니없는 내용의 연애편지에 너무나 쉽게 속는다. 그는 미친 사람 취급을 받고 토비 경에 의해 어두운 곳에 갇힌다. 그는 사랑 때문에 아픈 게 아니라 너무나 큰 고통을 받는다.

말볼리오의 자기애는 오르시노와 올리비아의 자기애와는 다르다. 오르시노와 올리비아는 간절히 원하는 이상성을 찾아 사랑하고 사랑받으려 한다. 하지만 말볼리오는 자기만 잘났다는 망상에 사로잡혀 상대방으로부터 존경과 사랑을 받을 생각뿐이다. 이런 일방적인 나르키소스적인 말볼리오의 자기애는 반사회적인 사랑으로써 결국 그가 혐오하던 인물들의 꼬임에 속아 파탄에 이르게 된다. 그는 자신이 속았다는 사실을 깨달았을 때도 자신의 허물을 반성하기보다는 복수하겠다며 자신의 독선을 끝까지 버리지 못한다.

사랑 자체를 목적으로 생각한 오르시노와 올리비아는 진실한 사랑을 찾아 행복한 결말에 다다른다. 하지만 결혼을 신분 상승의 수단으로 생각한 말볼리오는 비현실적이고 반사회적인 자화상을 좇다가 불행한 결말에 이르게 된다. 이처럼 자신의 욕망이 만들어 낸 '환상'에 빠져 있던 인물들이 환상에서 깨어나 실제적인 사랑을 하는 것은 '아이에서 어른으로의 성장'과 비슷하다. 다시 말하지만 인간은 사랑 때문에 아프고 사랑 덕분에 성숙해진다. 하지만 또 누군가는 사랑 때문에 웃음거리가 되고 더욱 비참해진다.

인생, 어떻게 될지 아무도 모른다

어렸을 때 누구나 한 번쯤 '이솝우화'를 읽었거나 들어봤을 것이다. 이솝우화는 고대 그리스에 살았던 노예이자 이야기꾼이었던 아이소포스가 지은 우화 모음집이다. 이솝우화는 친숙한 동물이 나오고 도덕적인 교훈을 주고 있기 때문에 오늘날에도 여전히 인기가 있다. 부모들은 아이들에게 도덕적 교훈을 알려주기 위해 직접 이 책을 읽어주거나 아니면 읽으라고 권유한다. 이솝우화 가운데 「북풍과 태양」, 「곰과 나그네」, 「사자와 쥐」, 「금도끼 은도끼」, 「농부와 독사」, 「양치기 소년」, 「시골쥐와 도시쥐」, 「토끼와 거북이」, 「개미와 베짱이」, 「여우와 신포도」, 「여우와 두루미」, 「고양이 목에 방울 달기」 등의 이야기가 비교적 널리 알려졌고 다양하게 변주되었다.

영국의 소설가 서머싯 몸이 쓴 「개미와 배짱이」(1924)라는 단편소설이 있다. 이 작품은 프랑스의 시인 장 드 라퐁텐의 우화시집

『이솝우화』(1688)에 실린 같은 제목의 「개미와 배짱이」를 비틀어 쓴 작품이다. 책 제목에서 알 수 있듯이 라퐁텐의 『이솝우화』는 이솝우화를 바탕으로 하고 있다. 이솝우화의 「개미와 배짱이」에서 개미는 무더운 여름 동안에 땀을 뻘뻘 흘리며 일을 하고, 베짱이는 나무 그늘에서 노래만 부르고 놀기만 한다. 그러다가 여름과 가을이 끝나고 추운 겨울에 굶어 죽게 된 베짱이가 양식을 얻기 위해 개미에게 도움을 청한다. 이에 개미가 "여름에는 노래를 했으니 겨울에는 춤이나 추렴"이라고 하면서 베짱이의 도움 요청을 거절한다. 베짱이는 게을렀던 자신의 지난날을 부끄러워하고 반성한다.

몸의 「개미와 배짱이」에는 개미처럼 근검절약하는 형 조지와 집안의 지독한 골칫덩어리인 동생 톰이 등장한다. 톰은 나이가 오십 줄에 가까워질 때까지도 주변 사람들로부터 돈을 빌리고 그 돈을 흥청망청 써대며 향락적인 삶을 살아간다. 조지는 그런 동생의 빚을 갚느라 등골이 휜다. 그는 "신의 섭리를 다 하는 것에 나를 두는 삶의 상태에서 의무를 다했다"고 자신의 삶을 규정한다. 더 나아가 "톰은 게으르고, 쓸모없고, 무절제하고, 방탕하고, 수치스러운 악당"이기 때문에 "만일 정의가 있다면 그는 구빈원에 있게 될 것이다"라고 말한다.

하지만 조지는 화가 잔뜩 나 있는 상태로 얼굴은 울그락불그락 달아올라 있다. 왜냐하면 톰이 얼마 전 자기 어머니뻘 되는 귀부인과 재혼했는데 며칠 전 그녀가 죽었고 그에게 유산으로 50만 파운드의 현금, 요트 한 척, 런던과 시골에 각각 집 한 채를 유산으로 남겼기 때문이다. 조지는 구빈원에나 가야 할 톰이 자신의 기대와 예상과 달리 갑부가 된 것에 분개하고 있다. 조지는 "이건 공평치 못해, 공평치 않단 말이야, 제기랄"이라며 평소답지 않게 욕설을 내뱉는다. 조지의 이야기를 들은 소설 속 화자는 웃음을 주체하지 못해 하마터면 의자에서 굴러떨어질 뻔했다. 그는 톰으로부터 종종 훌륭한 저녁 식사를 초대받는다. 사실 그가 톰에게 돈을 빌려주었다고 하더라도 1파운드도 되지 않는다. 그에 따르면 톰이 친구들로부터 돈을 빌리는 것은 습관에서 비롯된 행위일 뿐, 거기에는 결코 다른 어떤 사악한 의도가 숨어 있지 않다.

몸의 소설에는 언제나 이런 큰 반전이 있고, 반전은 그의 소설을 읽는 가장 큰 즐거움 가운데 하나다. 앞에서 몸은 「개미와 베짱이」를 통해 이솝우화의 교훈을 비틀고 있다고 말했다. 그렇다면 그는 이 작품에서 개미처럼 모범적인 삶을 산 조지를 조롱하며 베짱이처럼 향락적인 삶을 즐긴 톰을 옹호하는 것일까? 얼핏 그렇게 보일 수도 있다. 왜냐하면 소설 속 화자는 소설에서 조지를 시종일관 "가엾게(poor)" 여기기 때문이다. 하지만 작가 몸이 소설 속 화자를 통해 말하고자 하는 진정한 의미는 '인생은 결코 알 수 없다'는 사실이다.

조지의 근면 성실한 삶의 태도는 분명히 존경받을 만하지만, 자신만의 잣대로 다른 사람의 삶을 평가하고 재단하는 그의 태도까지 존경하기는 어렵다. 몸은 조지의 그런 완고하고 경직된 태도를 가엾게 여기고 있다. 그렇다고 그가 조지의 삶을 재미없고 지루

한 것으로 여기는 톰의 태도를 결코 긍정하는 것은 아니다. 다시 말하지만 몸이 생각하기에 인생은 한 치 앞도 예측할 수 없고, 그렇기 때문에 어느 한 가지 잣대로 평가하기 어렵다. 각자 출발선도 다르고, 과정도 다르다. 중간에 다른 길로 빠질 수도 있고, 심지어 전혀 다른 곳에 도착할 수도 있다.

우리는 살아가면서 '성공에 있어 노력과 운 가운데 어느 것이 더 중요한가?'라는 질문을 수없이 한다. 보통 자신이 성공하면 노력 덕분이고 다른 사람이 성공하면 운 때문이라고 생각한다. 반대로 자신이 실패하면 운이 없어서고 다른 사람이 실패하면 노력이 부족해서 생각한다. 그렇게 생각해야 마음이 편하기 때문이다.

나심 니콜라스 탈렙의 『행운에 속지 마라』(2004)라는 책이 있다. 이 책의 국내 번역본 부제는 '불확실한 시대에 살아남는 투자 생존법'이다. 이 책의 추천사를 쓴 한 이코노미스트는 "예측의 정확성은 상당 부분은 운에 달려 있"기 때문에 "안정적으로 돈을 벌기 위해서는 확률에 관한 공부가 필요하며 더 나아가 자신이 어떤 포지션을 쥐고 있는지에 대해 이해하는 게 필요하다"고 말한다. 그는 직업적으로 투자에 대해 말하고 있지만, 개인적으로는 투자에 관한 이야기로만 읽히지 않고 인생 전반에 관한 이야기로 읽힌다.

그런데 투자와 인생 간에는 차이점이 하나 있다. 일반적으로 투자는 돈을 따는 사람과 돈을 잃는 사람이 있는 일종의 '제로섬' 게임이지만, 인생은 '논제로섬' 게임이다. 한 개인의 인생만 그런 게 아니라 타인과의 관계에서도 마찬가지다. 드니 빌뇌브의 영화

〈컨택트〉(2017)가 잘 보여주듯이 '논제로섬 게임'에서는 양측의 손과 실을 합쳐 플러스가 될 수도 있고, 손과 실을 합쳤을 때 마이너스가 될 수도 있다.

다시 몸의 「개미와 베짱이」로 돌아가자. 이 소설에서 톰의 불행이 조지의 행운이 아닌 것처럼, 톰의 행운 또한 조지의 불행이 아니다. 다시 말하면 조지의 인생과 톰의 인생은 서로에게 독립변수에 가깝다. 톰이 위기에 닥치거나 위기에 닥친 것처럼 위장했을 때, 그 행동이 조지의 인생에 어느 정도 영향을 끼친 것 사실이다. 하지만 조지가 화를 내는 이유는 다른 데 있다. 그는 톰이 얻은 것만큼 자신이 잃었다고 생각한다. 하지만 실제로 그가 잃은 것은 없다. 그는 여전히 "쉰 살이 되면 3만 파운드를 받게 된다". 그 돈은 그가 25년 동안 월급의 3분의 1일을 저축하면서 애써 모은 돈이다. 그의 3만 파운드는 톰이 하루아침에 유산으로 물려받은 50만 파운드와 전혀 상관이 없다.

거듭 말하지만 인생은 아무도 모른다. 때때로 기여와 보상은 반비례하기도 한다. 확실성이 행복을 가져다줄 것으로 생각하지만 그 반대의 경우도 있다. 마치 「개미와 베짱이」의 톰과 조지처럼 말이다. 그럼에도 불구하고 우리는 탈렙의 '행운에 속으면 안 된다'는 말을 그냥 넘겨서는 안 된다. 사실 그가 말하는 행운은 영어로 'luck'이 아니라 'randomness', 즉 '무작위성'이다. 그의 주장은 '인생은 알 수 없지만 그렇다고 무작위성에 맡겨서도 안 된다'는 한 문장으로 요약된다. 그는 거기에 "남에게 당하고 싶지 않은 일을 남에게 하지 마라"라는 경구를 더한다.

주지하듯 찰스 다윈은 모든 종이 생존을 위해 치열한 '경쟁'을 벌인다고 했다. 반면 표트르 크로폿킨은 생물이 본성이 반드시 경쟁에 의해 좌우되는 것은 아니라고 보았다. 그는 "윤리적 진보를 이끈 것은 상호투쟁이 아니라 상호지지였다"고 주장한다. 그가 생각하기에 자연은 경쟁만큼이나 상호부조에 의해 움직인다. 그는 자연이 그런 것처럼 인간도 서로 도우며 살아갈 수 있다고 생각했다. 하지만 그의 생각과 달리 인간은 같은 종을 '절멸'시키려 전쟁을 벌이기도 한다. 쇠렌 키르케고르가 실존주의자로 평가받는 것은 그가 개인의 선택과 책임을 강조하고 이성과 지적 사유가 선택의 기준이 되지 못한다고 주장을 했기 때문이 아니라 이 과정에서 인간의 감정과 심리 상태가 어떤 영향을 미쳤는지 면밀하게 분석했기 때문이다.

삶은 단순하지도 질서정연하지도 않다. 과학자들이 원하는 것처럼 이상적인 원칙 몇 개로 설명할 수도 없다. 프리드리히 니체는 허무주의의 시대를 살아가는 인간들에게 두 가지 삶의 방식이 있다고 주장했다. 부활과 재창조를 추구하는 '위버멘쉬'와 복잡한 혼돈으로 가득한 삶을 방정식 몇 개로 정리하고 쉽고 편안하게 고통 없는 삶을 추구하며 갈등과 상실을 곤란을 피하려 하는 '최후의 인간'이 그것이다. 어떤 삶을 선택하느냐는 전적으로 개인의 몫이다. 아마도 "신은 죽었다"는 그의 외침은 자신의 무신론의 천명이 아니라 '위머멘쉬'를 지향하라는 그의 철학적 사자후였을지 모른다.

제2부 소설 2

광기의 시대를 견디는 힘

진화생물학자 리처드 랭엄은 『한없이 사악하고 더없이 관대한』(2020)에서 "인간성의 아주 기이한 점은 인간의 도덕적 범위가 말할 수 없이 사악한 데서부터 애끓도록 관대한 것까지라는 것이다"라고 역설한다. 그에 따르면, 우리가 흔히 '인간성'이라고 말하는 한 인간의 속성에는 놀라울 정도의 '사악함'과 '관대함'이 공존한다.

랭엄은 인간에게는 '사악함'과 '관대함'이 공존한다는 증거로 아돌프 히틀러, 폴 포트, 이오시프 스탈린을 제시한다. 수백만 명의 유대인을 학살한 히틀러는 동물 학대를 끔찍하게 혐오한 채식주의자였다. 자국민을 4분의 1이나 죽인 캄보디아 크메르 루주의 지도자 포트는 원래 학생들에게 친절한 역사 교사였다. 소련의 악명 높은 독재자 스탈린은 놀랍도록 조용하고 유순한 모범수였다고 한다.

랭엄은 성선설과 성악설을 일축하며 "인간은 전적으로 선하지도 전적으로 악하지도 않다. 우리는 두 가지 방향으로 진화를 했을 뿐"이라고 주장한다. 거듭 말하지만 인간은 절대적으로 선하지도 악하지도 않다. 선과 악, 그리고 관대함과 폭력이 공존한다. 그런데 인간은 유인원과는 조금 다른 측면으로 진화해 왔다. 인간은 진화를 거치면서 반응적 공격성은 순치됐고 주도적 공격성은 강화되었다.

반응적 공격성은 누가 나를 건드리거나 자극했을 때 버럭 화를 내는 것처럼 '즉각적'이다. 반면 주도적 공격성은 홀로코스트처럼 어떤 목적을 위해 전략적으로 계획되고 주도면밀하게 실행되기에 '계산적'이다. 공동체 내에서 반응적 공격은 훈육, 규율, 감시, 처벌 등을 통해 관리된다. 하지만 주도적 공격은 공동체의 경계를 넘으면 폭력적이고 잔인해진다. 즉 사람들은 옆집 사람에게는 사소한 일에 대해서도 사과하며 깍듯하게 예의를 지키지만, 국경을 넘어 전쟁에서 양민을 학살하고 고성능 폭탄을 퍼붓는 것에 대해 죄책감을 전혀 느끼지 않는다. 오히려 그런 행위들은 전체의 이익이라는 이름으로 정당화된다.

한나 아렌트는 『전체주의의 기원』(1951)에서 국가가 어려움에 처해 대중이 절망에 빠졌을 때 달콤한 미래를 말하는 지도자가 나타나 선동하면 전체주의를 받아들이게 된다고 했다. 아렌트는 히틀러 치하의 독일인들이 다양한 개성과 사고를 포기하고 한 사람처럼 움직이는 폭력적 군중으로 변했고 이들을 '폭민'이라고 정의했다.

제1차 세계대전 패전 후 독일은 베르사유 조약에 따라 막대한 규모의 전쟁배상금을 지불해야만 했다. 게다가 경제대공황으로 경제는 파탄 났고 거리는 실업자들로 넘쳐났다. 바로 그 때 히틀러가 등장했다. 그는 독일 민족이 단결하면 불황을 극복할 수 있을 뿐 아니라 세계를 지배할 수 있다는 허황된 미래를 패배감에 빠진 독일 국민들에게 제시했다. 더 나아가 그는 위대한 독일 국민들이 이러한 역사관을 받아들이고 실현시키는 주체가 되어야 한다고 역설했다.

새로운 지도자와 위대하고 강한 독일을 열망하고 있던 독일인들은 순식간에 국가주의를 받아들이고 히틀러에게 열광하게 된다. 국가는 '국가 전체의 이익'이라는 명분과 목적이라는 이름으로 개인의 자유를 제한했고, 개인은 국가가 저지르는 엄청난 죄를 묵인하거나 때로는 동조했다. 하지만 인류 역사에서 보듯이 개인이 인간을 인간으로 간주하지 않을 때 엄청난 비극이 발생한다.

로셀라 포스토리노의 『히틀러의 음식을 먹는 여자들』(2018)에는 제1차 세계대전 이후 발흥해 제2차 세계대전이 끝날 때까지 독일 사회 전체를 지배한 나치즘, 즉 '민족사회주의'라는 전체주의가 관류한다. 이 작품은 히틀러의 시식가로서 유일한 생존자였던 마고 뵐크의 고백을 바탕으로 한다. 작품 제목이 잘 말해주듯이 채식주의자 히틀러와 그의 시식가들, 즉 '히틀러의 음식을 먹는 여자들'의 이야기다. 하지만 이 작품은 선과 악, 사랑, 자유, 믿음, 국가와 개인, 삶과 죽음, 역사적 책임, 인간의 존엄성 등 인간의 본질과 관련된 심층적인 주제도 다룬다.

로자를 포함한 열 명의 여인들은 짐승을 살육하는 야만적 행위를 혐오하는 채식주의자 히틀러를 위해 도살장에 끌려온 짐승과도 같다. 그들 앞에는 진수성찬이 차려진다. 그들은 공포를 압도하는 허기에 못 이겨 눈앞에 놓은 음식을 게걸스럽게 먹는다. 그들은 독이 들었을지도 모르는 음식으로 사육당하며 생명을 부지한다. 극한의 상황에서 이성은 식욕이라는 일차적인 본능을 억누르지 못한다.

로자, 엘프리데, 레니 등은 채식주의자인 히틀러가 식사를 하기 전 음식에 독이 있는지 없는지를 확인하기 위해 음식을 미리 먹어보는 '히틀러의 음식을 먹는 여자들'이다. 소위 히틀러의 시식가들로서 그녀들은 끊임없이 죽음의 위험에 노출되는 '희생양'이자, 동시에 모든 이들이 굶주리는 전쟁 통에서 히틀러 덕분에 호의호식하는 '전체주의의 수혜자'이기도 하다. 일종의 실험용 쥐인 그녀들은 똑같은 음식을 먹지 않는다. 각기 다른 음식을 먹는다. 어느 날 엘프리데와 로자는 디저트 케이크를 먹었고 쓰러진다. 레니는 "의사라도 보내주었으면. (…) 그러면 살릴 수 있을 텐데"라고 안타까워한다.

하지만 엘프리데는 "저들은 우리를 살려주는 게 아니야. 우리가 무슨 독을 먹었는지 알고 싶을 뿐이지"라고 일갈한다. 그러자 레니는 "한 명으로 충분하다면 왜 우리 모두 여기 갇혀 있어야 해?"라고 말한다. 로자는 레니의 그 말을 듣고 충격에 빠진다. 왜냐하면 레니의 그 말은 "다른 사람들을 살리기 위해 한 명을 희생시키자는 의미", 즉 전체주의의 본질을 천명하기 때문이다. 물론 레니가 악의나 특별한 의도로 그 말을 한 것은 아니다. 그녀는 자신이 뱉은 그 말의 의미를 모른다. 그녀는 '다수를 위한 소수의 희생'이라는 전체주의에 어떤 문제의식도 느끼지 못한다. 로자는 레니가 무심코 내뱉은 이 한 마디 말을 통해 전체주의를 내면화하는 평범한 독일 사람들의 의식과 태도에 대해 숙고한다.

『히틀러의 음식을 먹는 여자들』은 전쟁이라는 비인간적이고 비이성적인 상황의 다양한 인간 군상들을 보여준다. 테어도라나 크뤼멜은 아무 생각 없이 무작정 히틀러를 추종한다. 그레고어는 나치 추종자가 아니었지만 당시의 치욕을 기억하기 때문에 군에 자원했다. 치글러는 유대인을 특별히 증오하지도 혐오하지도 않지만 임무에 충실하기 위해 명령을 수행한다. 어쩌면 그는 아렌트가 『예루살렘의 아이히만』(1963)에서 언급한 '악의 평범성'의 전형일 수 있다. 아렌트가 아이히만을 '무사유' 혹은 '생각의 무능'을 이유로 단죄한 것처럼, 로자는 규칙에 따라 엘프리데를 유대인 수용소로 보낸 치글러에게 책임을 묻는다.

독일 육군 소속 하사관인 에른스트 코흐는 여성 시식가들의 숙소를 침입해 레니를 겁탈한다. 엘프리데는 폭행의 당사자인 레니의 의사와 무관하게, 아니 그녀의 반대에도 불구하고 에른스트를 치글러에게 고발했고, 치글러는 그 사실을 상부에 보고했다. 로자는 "보호받지 않길 원하는 사람을 보호하는 것도 폭력"이라고 주장하며 엘프리데의 행동을 비판하지만 엘프리데는 자신의 행동을 정의에서 비롯된 것이라고 정당화한다.

하지만 엘프리데는 결국 그 일 때문에 자신이 유대인 에트나 코프슈타인이라는 사실이 탄로난다. 에른스트는 엘프리데가 숲속에 숨어사는 남자를 통해 여성 시식가인 하이케의 낙태를 도왔다고 진술한다. 그리고 조사를 통해 그 남자는 앨프리데의 아버지라는 게 밝혀진다. 순수 독일일이었던 엘프리데의 어머니는 남편과 이혼을 선택한다. 유대인의 피가 섞인 엘프리데는 아버지와 함께 살지는 않았지만 그를 버리지는 못했다. 그녀는 친구의 신분증을 위조해 에트나 코프슈타인에서 엘프리데 쿤이 되었고 그녀의 뜻에 상관없이 히틀러의 시식가가 되었다.

로자는 나치에 동조하지는 않지만 가해자인 독일인으로 태어났다는 원죄의식을 지니고 있다. 비록 자발적인 선택은 아니지만 그녀는 히틀러의 시식가가 됨으로써 히틀러의 생존을 돕는다. 그녀는 히틀러의 시식가로서 끊임없이 죽음의 위험에 노출되는 전체주의의 '희생양'이자 모든 이들이 굶주리는 전쟁 속에서 히틀러 덕분에 호의호식하는 '수혜자'라는 양면적 특징을 지니고 있다. '비자발적인' 죄악의 산물인 히틀러의 음식이 체내에 쌓여가는 동안 그녀는 일련의 '자발적인' 죄도 저지른다. 즉 그녀는 공동체의 일원으로 받아들여지기 위해 도둑질도 하고, 진실을 은폐함으로써 친구를 배신하기도 하고, 무엇보다도 나치 장교를 사랑함으로써 남편을 배신한다.

로자는 친위대 장교 치글러와 사랑에 빠지게 되고 헛간에서 그와 사랑을 나눈 뒤에는 그에게 아버지가 가르쳐준 자장가를 불러준다. 그녀는 히틀러를 위해 일한다는 사실에 죄책감을 느끼고 있다. 그녀는 자신이 나치가 된 것은 정치와 상관없다고 말한다. 그녀는 자신이 히틀러를 뽑은 게 아니라고 변명한다. 환영 속 그녀의 아버지는 그녀에게 다음과 같이 말한다. "일단 용인하면 그 정권에 대한 책임은 네게도 있는 것이다. 모든 인간은 각자가 속한 국가 체제 덕분에 존재할 수 있는 것이다. (…) 네게는 정치적 죄악에 대해 면죄부가 없다." 로자는 '인간은 왜 독재에 순응하는가?'라는 질문을 던진다. 또한 인간은 살아남기 위해 과연 어떤 선택까지 할 수 있는지 자문한다. 로자는 그런 자신에게 모멸감을 느끼지만 증오의 대상이었던 나치 장교에게 사랑을 느끼며 삶의 의미를 찾는다.

『히틀러의 음식을 먹는 여자들』은 암흑에서 살아남기 위해 몸부림치는 생존에 관한 소설이다. 소설 속에서 히틀러의 식당은 로자와 그녀의 동료들에게 매일 죽음을 강요당하는 암흑의 세계다. 히틀러의 식당은 나치즘의 광기이자, 전쟁이자, 홀로코스트다. 또한 인간이 살아가는 세계를 표상한다. 세상 자체가 독이 든 음식이지만 인간은 이 세상을 자양분 삼아 살아가고 있다. 그레고어는 독이 든 음식인 이 세상에서 아이 낳는 것을 거부한다.

작가 포스토리노는 죽음의 위험이 내재된 세상에서 삶은 무엇을 의미하는지 되묻는다. 독이 든 것을 알면서도 음식을 먹을 수밖에 없는 이 상황에서 어떻게 미치지 않고 살아갈 수 있는지 자문하고, 그 질문에 대해 사랑이라고, 서로에 대한 믿음이라고 스스로 답한다. 그녀는 오직 타인에 대한 믿음을 통해서만 광기의 시대에서 살아남을 수 있다고 역설한다. 그레고어에 대한 로자의 사랑, 로자에 대한 치글러의 사랑이 그들을 살렸다. 바꿔 말하면 그 사랑 덕분에 그들은 그 참혹한 현실을 이겨낼 수 있었다. 누군가의 말처럼 모든 시대는 '광기'의 시대다. 그리고 이 광기의 시대를 견딜 수 있는 힘은 늘 사랑이다. 로자는 엘프리데를 비롯해 자신과 음식을 나눈 여인들에 연민으로 그 절망적인 상황을 이겨낼 수 있었다.

남성의 시각을 바탕으로 형성된 일반 문화는 여성의 진정한 표현 능력을 제한하고 현대 자본주의사회는 여성을 그저 상품으로만 취급한다. 남성성과 여성성은 사회와 문화에 의해 형성된 도식적이고 인위적인 개념이다. 남녀 모두에게 부과된 가짜 정체성의 제약과 지금 이 순간에도 우리를 정의하고 제한하는 성 역할로부터 해방되기 위해서는 사회 자체의 환경이 새로이 창조되어야 할 것이다. 다름 아닌 '개인주의'다. 여기서 말하는 개인주의란 당연히 개인의 이익에 따라 움직이는 개인주의가 아니라 개인의 개성을 존중하는 개인주의를 말한다.

이해할 수 없는 자와의 공생

한 소년이 있다. 고등학교 1학년인 그는 남들에게 말할 수 없는 어떤 '충동'을 갖고 있다. 다름 아닌 사람을 죽여 보고 싶다는 강렬한 살인 충동이다. 어떤 상황이 만들어지면 주저 없이 살인 충동이 고개를 들지만 그 충동을 행동으로 옮기기를 주저하며 괴로워한다. 사건을 저지르면 주변에 있는 사랑하는 가족, 피해자, 피해자 가족이 받을 충격이 어떨지 알고 있기 때문이다. 그래서 그는 자신의 내면을 마주하며 언젠가 충동에 패배할 수도 있는 그날을 위해 '죽여 마땅한 사람'을 찾는다.

한 남자가 있다. 30대 후반에 머리를 뒤덮은 흰 머리카락이 외모적 특징이다. 그는 어렸을 때 우연히 목격한 어떤 장면을 보고 자신의 검은 충동에 눈을 떴고, 이십대에 마을을 돌아다니며 불법 주거 침입, 강간, 폭행, 감금, 살인 미수 등 끔찍한 일들을 저지른다. 총 세 번의 사건 모두 참혹하기 그지없지만 기묘하게도 그는 마지막 사건을 저지른 후 "상대가 죽을 것 같아서"라는 이유로 스스로 경찰에 신고한다. 그는 범행 당시 정신 상태가 온전했다는 판정을 받아 십오 년의 복역 생활을 마치고 출소한 뒤에는 금속 야구 배트를 손에 들고 동네를 어슬렁거리며 마을 사람들을 불안에 떨게 한다. 결국 그는 '절대 악'이라는 의심을 받으며 배척의 대상이 된다.

한 여인이 있다. 그녀는 초중고가 한데 모여 있는 학교 재단에서 스쿨 카운슬러로 일한다. 대학에서 심리학을 전공한 그녀는 「포용과 공생에 이르는 심리」라는 제목의 논문을 쓸 정도로 평소 특이한 성격을 지닌 자들을 품을 줄 아는 사회적 포용의 중요성을 설파한다. 그런 그녀는 살인 충동을 겪고 있는 한 소년의 고백을 듣고 큰 충격을 받는다. 그녀는 '죽여 마땅한 사람'을 찾는 소년과 '절대 악'으로 의심받는 남자가 작은 마을 안에서 맞닥뜨릴 상황을 두려워한다. 그런데 사실 그녀도 남들에게 말할 수 없는 어두운 과거를 갖고 있다.

오승호의 『하얀 충동』(2017)의 이 세 주인공의 이야기다. '악'은 소설 속 소년, 남자, 여인 이 셋을 서로 연결하고 그들의 관계를 관통한다. 통상적으로 이 세상에는 올바른 일만 하는 사람은 없다. 때로는 의도적으로 때로는 의도치 않게 악한 일도 한다. 악한 일을 하다 보면 악에 대한 충동이 생긴다. 악의 충동은 처음에는 매우 달콤하다. 하지만 그것이 끝났을 때는 매우 쓰다. 악의 충동은 차츰 선에 대한 충동보다 커지고 강해진다. 악에 대한 충동은 구리와 같아서 불 속에 있을 때는 어떤 모양으로도 만들 수가 있다. 누군가는 인간에게 악에 대한 충동이 없다면, 집도 짓지 않고, 아내도 얻지 않고, 아이도 낳지 않고, 일도 하지 않을 것이라고 말한다. 그 정도로 악의 충동은 강렬하다.

『하얀 충동』을 읽으며 예전에 보았던 영화 〈케빈에 대하여〉(린 램지, 2011)가 떠올랐다. 〈케빈에 대하여〉는 엄마 때문에 사이코패스 살인마가 된 아들의 이야기다. 영화에서 사람들은 세상의 지탄을 받는 아들의 곁을 지키는 어머니의 입장에서 생각하는 게 아니라 왜 아들을 사이코패스로 키웠느냐고 그녀를 비난한다. 그런데 이 영화는 사실 이해할 수 없는 악의 근원에 대한 탐구지 악인을 아들로 둔 엄마에 대한 책임 전가가 아니다. 영화나 드라마에서 사이코패스 살인마의 범죄가 발생하면 종종 엄마가 사과하는데 이는 윤리적으로 옳지 않아 보인다. 우리에게 진짜 필요한 것은 생물학적 엄마가 아니라 사회적 엄마다.

『하얀 충동』의 작가 오승호 또는 고 가쓰히로는 아오모리현 출신의 재일 한국인 3세로 오사카 예술대학을 졸업했고 2015년 『도덕의 시간』으로 제61회 에도가와 란포상을 수상하며 소설가로 데뷔했다. 『도덕의 시간』은 "충격적이고 파격적인 전개와 결말을 통해 도덕의 의미를 곱씹게 하는 사회파 미스터리"다. 심사 위원들은 이 작품이 "일반 독자의 가치관과 상식을 뒤흔들며 수수께끼를 만들어가는 방식이 탁월하다"고 평가했다. 과거의 살인 사건과 현재의 경범죄 사건의 타래를 좇으면서, 또 예리한 '도덕'의 칼 끝과 마주하면서 느껴지는 전율과 충격, 스릴을 전한다.

『하얀 충동』이 다루고 있는 주제는 '이해할 수 없는 자와의 공생'이다. 작가는 이 세상에서 '절대 악'이라고 부를 수밖에 없는 인간의 존재 가능성을 짚는다. 그리고 우리 사회는 그들을 어떻게 마주하고 또 우리는 그들과 어떻게 함께 살아가야 하는지 질문을 던진다. 지금 이 순간에도 우리의 머릿속을 비롯해 세상 모든 곳에서 배제와 포용이 가치관이 격렬하게 대립 중인 상태로 언제 한쪽으로 무너질지 모를 아슬아슬한 균형을 이루고 있다. 여인은 다음과 같이 말한다. "편견과 갈등을 동반한 자유와 그런 것들에서 분리된 속박, 어느 쪽이 더 나은지는 모르겠어요. 하지만 그곳에서라면 그들과 조금 더 함께 부대끼며 살아갈 수 있겠다는 느낌이 들어요." 그녀가 생각하기에 인권은 계약이 아니라서 비로소 가치가 있고, 모두가 당연히 따라야 하는 규칙이기 때문에 의미가 있다.

인간은 필연적으로 다른 누군가와 함께 살아가야 한다. 그렇기 때문에 배타적인 태도는 좋지 않다고 배우고 그렇게 생각한다. 하지만 이해하지 못할 타자를 향한 공포는 무릇 이성과 논리의 영역을 쉽사리 뛰어넘기 마련이다. 특히 나와 나의 소중한 사람이 엮일 경우 그런 감정을 마냥 저속하고 야만적인 감정으로 치부하기 어렵다. 작가는 인터뷰에서 "소설을 쓰며 인간의 마음이 가장 이해하기 어렵고 거기에는 어떤 해답도 없다는 것을 알게 됐다. 따라서 인간에게는 추하고 어리석은 감정이 있다는 것을 깨끗이 인정하고, 냉정하면서도 이성적으로 그 마음을 고찰하는 소설을 앞으로도 써 나가고 싶다"고 했다. 그의 말처럼 인간의 마음은 복잡다단하고 우리 사회가 떠안은 문제는 결론을 내리기 쉽지 않다. 그러나 충분히 상상할 수 있고, 마땅히 상상해야 한다.

인간의 마음은 자유롭게 바꿀 수 있고 의지가 가장 중요하다는 사고방식은 신체적 우열과 외모지상주의에 대한 반격 기제로써는 일정한 역할을 달성하지만, 뒤집어 보면 마음이 불편한 이들을 소외하고 배척하는 결과를 낳는다. 남들이 느끼기에 이기적이고 다혈질 같은 성격, 직설적인 말과 행동이 당사자의 자유 의지에 의한 것이라면 그것은 자기 책임일 것이다. 바로 거기에 정신질환의 어려움이 있다. 정말로 본인의 의사에 의한 것인지 의심스럽거나, 본인조차 자각하지 못하는 부분이 있기 때문이다.

『하얀 충동』에서 여인은 지도교수와 논쟁을 벌이다가 문득 생각한다.

> 프로이트가 처음 주장한 정신 분석은 획기적인 발명품이었지만 분석가의 직감과 경험, 개인의 자질과 능력에 의지해야 하는 방법이라 끊임없이 불확실성이 따라붙었다. 분석가의 해석이 난해함을 더하고 신조어가 남발됨에 따라 정작 임상 현장에서는 '자아도취적 시구에 불과하다'라고 조롱당하는 처지가 돼버렸다.

하지만 교수는 오히려 "대상을 향한 감정 이입은 금물이라고 입에서 단내가 나도록 주의했을 텐데"라고 말하며 대상에게 지나치게 감정을 이입하는 그녀의 태도를 문제 삼는다. 하지만 그녀도 일련의 사건이 벌어지고 그 진상이 드러났을 때 동료 카운슬러가 자신에게 했던 말을 곱씹는다. "그녀는 카운슬러의 임무는 상담자가 카운슬러를 필요로 하지 않게 하는 것이라는 이야기를 들은 적이 있어, 그 말이 맞아, 난 지금 네게 집착하고 있어."라고 자신의 문제점을 받아들인다. 하지만 그녀는 "살고 싶다는 충동, 죽고 싶다는 충동, 죽이고 싶다는 충동, 세상에는 모순이 맞물린 수많은 충동이 있고 우리는 그 모든 걸 갖고 있어."라고 말한다. 즉 그녀의 생각과 말은 '충동'에 수렴한다.

『하얀 충동』에서 여인과 그녀의 지도교수 사이에는 시종일관 긴장감이 흐른다. 사실 여인이 학자의 길을 포기하고 스쿨 카운슬러가 된 것도 지도교수 때문이다. 둘의 비밀은 나중에 밝혀진다. 교수와 여인의 관계는 흡사 지그문트 프로이트와 카를 구스타프 융의 관계를 떠올리게 한다. 프로이트와 융은 현대 심층심리학의 개척자들이다. 그들은 정신의학이 막 태동하려던 20세기 초 인간의 정신에는 의식뿐만 아니라 무의식의 작용도 있다는 사실을 발견하고 정신질환이 정체를 규명하려 했다. 융은 프로이트의 범성욕설을 비판하면서도 독자적인 연구를 진행시키며 정신분석이 아닌 분석심리학이라는 새로운 분야를 형성했다.

프로이트와 융의 학문적 갈림길은 무의식에서 비롯된다. 주지하듯 프로이트는 무의식은 의식과 함께 있을 수 없는 정신적 내용들이 모여서 만들어진 것으로 생각했다. 하지만 융은 무의식에는 그런 부분 외에도 의식과 무관하게 인류가 태초 이래 살았던 모든 기록을 보관하고 있는 층인 '집단적 무의식'도 존재한다고 생각했다. 무의식은 프로이트가 생각하는 것처럼 부정적인 작용만 하는 게 아니라 긍정적인 작용도 할 수 있다. 융은 모든 증상을 없애버려만 할 것들로만 보지 않았고 그 안에서 정신을 통합하려는 목적적 의미까지 보면서 치료했다. 마치 『하얀 충동』의 여인처럼 말이다.

독일의 심리학자 롤프 데겐도 『악의 종말』(2010)에서 "악의 충동이란 없앨 수 있는 본능"이라고 주장한다. 그런데 그의 주장의 핵심은 인간의 본성에 있지 않다. 그보다는 악 또는 이기적 성향을 억누를 수 있는 원동력에 있다. 그는 '악은 선을 원하지 않는, 불멸의 의지인가', 아니면 '통제 가능하거나 제어되거나 딴 형태로 전화할 수 있는가' 등과 같은 문제를 학문적 화두로 삼았다.

데겐은 진화생물학적 발견에 주목한다. 먼저 공생 관계를 비롯해 비혈연 간의 호혜적 이타주의 등 동물의 행태에서 발견되는 특성들이 인간의 진화 프로그램에 내장됐다고 그는 주장한다. 나아가 교환과 상호 행위에서 관계를 형성해나가는 인간의 경우, 정의와 공정성 등 특유의 가치 평가적 요소들도 자연이 미리 각인해 놓은 감정적 반응 기제에 따라 예민한 감각을 발전시켜 나온 결과라는 것이다. 동물적 감정이 없으면 인간적 도덕도 없다는 이 책의 명제가 그래서 나온다.

데겐은 인간의 해부를 위해 죄책감과 수치심을 엄밀히 구분한다. 죄책감을 자주 느끼는 사람은 평균 이상의 각별한 공감 능력을 갖추고 있다. 반면 수치심과 직결되는 창피함은 우울증, 책임 전가, 분노 등 부정적 결과로 이어질 공산이 크다. 이 모든 것들의 총합이 자아의 법정, 곧 양심이다. 시기와 질투는 타인의 기쁨에 대한 고통이자 애정의 상실을 알리는 경종이다.

리처드 레티에리의 범죄심리서 『충동과 광기의 암호를 해독하다』(2021)』는 편집증, 우울증, 종교적 망상, 스트레스, 애정결핍, 상실감, 정신 장애, 성격 장애 등 개인의 삶 속에서 흔하게 마주하는 인간의 충동과 광기의 심연을 탐구하고, 거부되고 억압돼 있던 이 같은 어두운 감정들이 끝내 충동과 광기로 분출돼 끔찍한 범죄로 나타나는 과정을 면밀하게 분석하고 있다.

『하얀 충동』에서 여인이 인권을 내세워 여인이 "생명을 죽여서는 안 된다"고 말하자 끔찍한 일을 저지르는 남자의 외삼촌인 이소베는 "그놈과 같은 하늘 아래에서 도저히 살 수 없다면 대체 그놈을 왜 담장 밖에 내보낸 거야? 왜 계속 담장 안에 가둬두지 않은 거야? 인권이니 뭐니를 들먹일 작정이라면 이 동네에 사는 인간들부터 다 설득하고 나서 들먹이라고!"라고 반박한다.

융의 『무엇이 개인을 이렇게 만드는가?』(1958)는 '잘못을 저지르는 심리'보다 더 무서운 것은 '잘못을 저지르고도 뉘우치지 않는 심리'라는 것을 일깨운다. 뉘우치지 않는 자는 또 다른 죄를 거리낌없이 짓는다. 뉘우치는 자들을 도리어 경멸하며 또 다른 악행까지 저지른다. 인간은 어린 시절부터 사악함을 마음속 가장 어두운 창고에 격리수용하는 법을 학습해 왔다. '무엇이 옳은 일인가'에 대한 자발적인 믿음을 키우는 것이 아니라 강박적으로 사회질서를 지키는 모범생만을 우대하는 교육 속에서, 진정으로 악행을 뉘우치고 용서하며 극복하는 상생의 지혜를 가르치는 교육은 없었다.

'악은 악한 자가 저지르는 것이다'라는 순환논법 속에는 '누구나 죄를 저지를 수 있다'는 지극히 보편적인 진실이 은폐되어 있다. '절대 죄를 저지르지 말라'는 계명만을 반복하며 죄를 저지르고 싶은 충동을 어떻게 억제할 수 있는가', '만약 죄를 저지른 후라면 어떻게 할 것인가'에 대한 매뉴얼은 찾아보기 어려웠다. 악은 보지도 듣지도 말라는 식으로 악에 대한 사유 자체를 금지하고 범죄자들만 잘 격리하면 이 사회를 보호할 수 있다는 환상이 유포되었다.

융은 바로 이런 '악에 대한 사유의 금지'야말로 악을 잠재적으로 양산하는 문화적 뿌리임을 간파한다. 인류가 이미 저지른 죄들을 깊이 성찰하는 것이야말로 교육의 주제가 되어야 하며, '그러한 죄를 어느 때든, 누구나 저지를 수 있다'는 현실을 인정할 때 이 세계에 대한 더 깊은 배움이 시작되지 않을까. 융은 수많은 전쟁과 식민 지배를 정당화한 백인들이야말로 태생적으로 '무거운 짐'을 지고 있다고 말한다. 우리 자신이 인종차별을 하지 않았다 하더라도, 인간은 역사 속에서 선조들이 행한 죄악에 대한 공통의 짐을 떠안고 있다. 옛사람들의 과오를 통해 우리는 인간의 무의식에 잠재된 거대한 악의 실체를 인식해야 한다. 트라우마가 개인의 그림자라면, 홀로코스트는 집단의 그림자인 셈이다. 융은 우리가 '악'으로부터 자유로울 수 있을지는 몰라도, '악에 대한 상상'으로부터 자유로울 수는 없다고 말한다. 중요한 것은 단지 '악행을 저지르지 않는 자제력'뿐 아니라 '악의 충동에서 무엇을 배울 것인가'를 사유하는 지성의 힘이다. 악행은 통제할 수 있지만 악의는 통제할 수 없다. 이미 일어난 악행을 그저 멀리서 비판하는 것이 아니라, 아직 결과나 행위가 되지 않는 '보이지 않는 악의'를 통찰하는 것이야말로 지성의 힘이다.

부끄럽고 오만한 청춘

개인적으로 '아버지와 아들'이나 '엄마와 딸' 이야기는 익숙하지만 '아버지와 딸'의 이야기는 사뭇 낯설기만 하다. '아빠와 딸'은 그나마 살갑고 가깝게 느껴지지만 '아버지와 딸'은 서먹하고 멀게만 느껴진다. 정지아의 『아버지의 해방일지』(2022)는 바로 그런 '아버지와 딸'의 이야기다. 소설 속 아버지는 이름만으로 무시무시한 전직 '빨치산'이다. 작가 정지아는 신춘문예로 문단에 정식으로 발을 들여놓기 전 『빨치산의 딸』(1990)로 자신의 이름을 알린 바 있다. 작가는 그 사실을 숨기기는커녕 소설을 통해 자신이 '빨치산의 딸'이라는 사실을 시쳇말로 동네방네 떠들고 다녔다.

『아버지의 해방일지』는 누군가의 말처럼 "미스터리 같은 한 남자가 헤쳐 온 역사의 격랑"을 담고 있다. 전직 빨치산 고상욱은 평생 빨치산이란 이름표를 달고 살았다. 그렇기 때문에 그에게는 빨갱이 인생이 전부였을 것 같았다. 하지만 그도 한 사람이었고,

아버지였고, 형제였으며, 이웃이었다. 딸은 그걸 아버지가 죽은 후에야 알게 되었다.

빨치산 고상욱의 딸 아리는 스스로 '혁명가도 아니고 신념도 없는 주제에 진지하지 않은 것은 참지 못하는 꼰대 같은 어른'이라고 생각한다. 아버지의 장례식장에서 아버지의 동지들은 돌아가며 추모사를 하자 아리는 조문실을 가득 메운 늙은 혁명 전사들 주변으로 이상한 결계 같은 것을 느꼈다. 조문객들은 들어오려다 뭔가 이상하다 싶은지 머뭇머뭇 발걸음을 돌렸다. 아리는 접객실까지 흘러나오는 결의에 찬 그들의 말투도, 통일을 목전에 둔 듯한 흥분도 불편해했다.

오래전 부녀는 분단의 현실을 주제로 논쟁을 벌인 적이 있다. 분단을 당연하게 생각하는 사람들이 더 많은 세상이 되었는데, 젊은 세대가 민족의 통일을 지상 최대의 과제라 생각하지 않는다는 사실에 그녀의 아버지는 분개했다. 그녀는 "아버지가 어떻게 생각하든 그게 현실인 걸 어쩌겠어요? 있는 현실을 아니라고 우길 셈이신가? 사회주의자께서?" 그녀는 주로 비아냥거렸고, 그녀의 아버지는 분노에 찬 시선으로 그녀를 노려보았지만 입을 다물었다. 그녀는 자신들의 투쟁이 무의미했을지도 모른다는 것을 깨달았을 때 아버지가 어떤 마음이었을지 생각했지만 묻지 않았다. 아버지가 옳았든 틀렸든 목숨을 걸고 무언가를 지키려 했지만 그녀는 불편한 모든 현실에서 물러나 노상 투덜댔다. 그녀는 아버지의 동지들을 보며 처음으로 아버지에게 미안함을 느꼈다.

아버지는 1952년 위장 자수를 했다. 위장 자수이므로 당연히 최상급자인 전남도당 김선우 위원장만 그 사실을 알았다. 이대로 가면 빨치산은 전멸한다는 게, 그러기 전에 어떻게든 세상으로 내려가 조직을 재건해야 한다는 게 아버지의 정세 판단이었다. 아버지는 조직 재건을 하다 걸려 무기형을 선고받았을 때도 같은 판단으로 어떻게든 세상으로 돌아가기 위해 전향했다. 아리는 아버지가 위장 자수했다는 사실을 아버지로부터 직접 들어서 이미 알고 있었다. 그런데 어느 날 비전향 장기수였던 아버지의 동지가 북으로 가기 전 그녀에게 아버지가 위장 자수했다는 사실을 확인시켜 준다. 그는 그녀에게 아버지를 의심하지 말라고 당부한다.

사실 아리에게 아버지의 위장 자수든 전향이든 큰 문제가 아니었다. 그녀는 그것으로 아버지를 비난할 생각이 없다. 하지만 북으로 간 아버지의 동지와 장례식에 참석한 아버지의 동지들에게 위장 자수이냐 아니면 전향이냐는 중요한 문제였다. 한 사람의 생 전체를 판단한 좌표 같은 것이었다. 그렇기 때문에 장례식에 온 동지들에게 아버지는 '통일애국동지'가 아니라 '통일애국인사'다. 즉 아버지는 함께 통일애국운동을 하기는 했던 어떤 사람에 불과했다.

아버지는 언제나 새벽 네 시가 되기도 전에 잠에서 깼다. 새벽이 되기 직전, 어둠이 가장 깊은 시각, 아버지는 늘 베란다에서 담배를 피웠다. 환한 낮이라면 지리산 능선과 노고단이 한눈에 바라보일 테지만 아버지 눈앞에 펼쳐진 것은 깊은 어둠뿐이었다. 아리는 불도 켜지 않은 베란다에서 하얀 담배 연기를 어둠 속으로 피워 올리던 아버지의 여윈 등을 불쑥 떠올렸다. 아리는 아버지가 자신에게는 '빨치산 혁명 전사'라는 삶처럼 비장한 풍경으로 각인되었지만, 사실은 언제나 '덤덤'한 표정이었을 것이라 생각한다. 왜냐하면 아버지는 언제나 모든 일에 덤덤했기 때문이다. 아버지는 할머니가 세상을 떠날 때도, 빨치산 시절 보급 투쟁을 마치고 아지트로 돌아와 나뒹구는 동지들의 시신을 발견했을 때도 덤덤했다. 아버지에게는 소멸을 담담하게 긍정하는 것이 인간의 숙명이었고, 개인의 불멸이 아닌 역사의 진보가 소멸에 맞설 수 있는 인간의 유일한 무기였다.

아리는 고3 여름방학 때 연좌제라는 것을 알고 공부를 작파했다. 당연히 성적은 바닥을 치는 중이었고, 대학에 갈 계획도 없었다. 담임은 그녀를 생각해 공부 잘하는 학생들로 스터디 그룹을 만들어 그녀의 집으로 보냈다. 하지만 그녀는 자신을 끔찍하게 아낀 담임의 호의를 의심했다. 왜냐하면 '빨갱이의 딸'인 그녀에게 타인의 호의는 악의보다 더 비참하고 자존심 상하는 일이었기 때문이다. 그녀는 공부는 뒷전이고 '팔자 늘어진' 채 소설만 읽었다. 노기에 찬 아버지가 호되게 꾸짖었지만 그녀는 반성은커녕 가출을 감행한다. 작은아버지 손에 이끌려 집으로 돌아왔지만 아버지에게 원하는 것은 여전히 '빨치산의 딸로 살게 해서 미안하다는 진정한 사과'였다. 하지만 그녀는 아버지의 장례식에 온 사람들로부터 아버지에 대해 그때까지 몰랐던 사실을 전해 듣는다.

나이가 들면서 사람의 마음속에는 어렸을 때의 때 묻지 않은 순수함은 점점 사라진다. 대신 타인에 대한 의심, 시기, 질투, 분노

등과 같은 때 묻은 감정이 그 자리를 채운다. 그 때문에 개인은 점점 불행해지고 세상은 팍팍해진다. "사램이 오죽하면 글겄냐"는 소설 속 아버지의 십팔 번이었다. 아리는 아버지의 그 말을 받아들이지 못한 것을 뒤늦게 후회한다. 그리고 그의 오만, 무례, 어리석음을 너그러이 용서해 달라고 청한다. 그리고 고마움을 전한다.

작가가 그랬던 것처럼 나 또한 지금까지의 삶을 '비극'으로 규정했다. 그리고 그 비극의 출발이자 원인은 아버지 때문이라고 생각했다. 그런데 사실 "나의 비극은 (…) 더 멀리 더 높이 나가고 싶다는 욕망"에서 비롯되었다. 성장하고자 하는 욕망이 성장을 막았다. 더 이상 성장하지 못하자 더 멀리 더 높이 나가지 않겠다고 위악을 부리기도 했다. 아버지 때문에 성장하지 못한 게 아니었음에도 말이다. 철이 없었을 때는 아버지처럼 살지 않겠다고 호기를 부리기도 했다. 하지만 이제는 아버지만큼 사는 게 얼마나 힘든지 알 것 같다. 아버지보다 더 잘 살 자신이 없다. 하지만 이제 더 잘못 살지 않겠다는 다짐은 할 수 있을 것 같다. 아니 해야겠다.

작가는 『아버지의 해방일지』를 "나 잘났다고 뻰대며 살아온 지난 세월에 대한 통렬한 반성"이라고 규정한다. '작가의 말'에서 "오만했던 청춘의 부끄러움을 감당한 자신이 없"다고 말하고 있는데 나 또한 마찬가지다. 만일 내가 소설 속 아리처럼 새벽 네 시 아버지 곁에 서게 된다면 그녀가 그랬던 것처럼 그간의 오만, 무례, 어리석음을 너그러이 용서해 달라고 청하고 고마움을 전할 것 같다. 이렇게 말이다. "죄송합니다. 그리고 감사합니다."

나는 나를 파괴할 권리가 없다

루이제 린저의 『삶의 한가운데』(1950)를 한 문장으로 요약한다면 '여주인공 니나를 사랑하는 남주인공 슈타인의 이루지 못한 사랑 이야기'라 할 수 있다. 이 소설은 구성 면에서 보면 크게 여주인공 니나를 사랑하는 슈타인의 일기와 편지, 니나와 그녀의 언니의 며칠 간의 만남과 대화로 이루어져 있다. 니나는 10대 후반에 자신보다 스무 살 많은 슈타인을 만난다. 그녀는 그가 자신을 진심으로 사랑하고 있음을 알고 있지만 그의 구애를 거절한다. 대신 그녀는 다른 남자와 결혼하고, 아버지가 다른 두 아이를 임신하고, 반나치즘 투쟁으로 인해 투옥되고, 자살을 시도한다.

『삶의 한가운데』는 독일에서만 100만 부 이상이 팔릴 정도로 제2차 세계대전 이후 허무주의에 빠져 있던 젊은이들을 열광시켰다. 니나는 자신의 삶이 절망과 고통 속에 던져지는 것을 주저하지 않는다. 그렇기 때문에 그녀는 삶에 대해 당당하고 모험적인 자세를 갖는 생명력을 가진 여성으로 작가의 분신이라고 해석된다. 작가는 니나를 통해 자신이 말하는 인생의 모든 것, 즉 생이 지니고 있는 원초적인 비애, 우수와 절망, 사랑과 희망, 그리고 자유 등을 표출한다. 궁극적으로 그 생의 한가운데를 지나서 마침내 도달하게 되는 인간적인 구원이라는 주제를 형상화한다. 좋게 말하면 니나는 전부를 잃더라도 수동적인 삶을 살기보다 자신의 욕망에 충실하고 충동과 격정 속에 삶을 주체적으로 살아가려는 인물이다. 하지만 조금 극단적으로 생각하면 그녀는 자신에게 해를 끼치고 자신의 삶을 타락으로 이끄는 자기 파괴적인 인물이다.

『삶의 한가운데』의 니나를 보면서 문득 프랑스의 작가 프랑수아즈 사강이 떠올랐다. 사강은 부유한 집안에서 성장했고 원래 이름은 '프랑수아즈 꾸아레'였다. 하지만 사회적인 평판을 중요하게 여기는 그녀의 아버지가 그녀가 쓴 소설『슬픔이여 안녕』(1954)을 읽고 발표 후의 사회적 파장을 우려하며 가족의 성을 쓰는 것을 반대했기 때문에 그녀는 '프랑수아즈 사강'이라는 필명으로 작품 활동을 한다.

사실 사강의 삶은 『삶의 한가운데』의 니나의 삶과 여러 면에서 겹친다. 그녀는 리옹에서 초등학교를 마친 후 수녀원에서 운영하는 중학교에 입학했으나 3개월도 못 다니고 퇴학당했다. 소르본 대학에 입학하지만 공부에는 별다른 흥미를 보이지 않고 카페에 드나든다. 그녀는 그곳에서 담배를 피우고 위스키를 마시며 재즈를 즐겼고, 결국 입학 후 첫 시험에 낙제하고 만다.

사강은 1953년 여름 바캉스에서 요트 사고를 당해 병원에 입원한다. 이듬해 그녀는 병상에서 심심풀이로 불과 6주 만에 소설 『슬픔이여 안녕』을 쓴다. 열일곱 살의 세실, 15년째 독신으로 지내고 있는 바람둥이 아버지 레몽, 그의 정부 엘자가 여름 동안 해변에 있는 별장에서 행복한 나날을 보낸다. 하지만 세상을 떠난 어머니의 친구 안이 찾아오면서 그들의 삶에 균열이 발생한다. 세실과 레몽은 즉흥적이고 자유분방한 삶을 추구하는 반면, 안은 계획적이고 정돈된 삶을 추구하기 때문이다. 하지만 레몽과 안이 사랑에 빠지게 되자 세실은 자신의 남자친구 시릴과 아버지의 정부 엘자를 꼬드겨서 모종의 사건을 꾸민다.

『슬픔이여 안녕』은 대중성뿐만 아니라 비평가상을 받을 정도로 작품성도 인정을 받는다. 참고로 '안녕'은 헤어질 때가 아니라 만날 때 하는 인사말이다. 즉 '슬픔이여 안녕'은 '슬픔에 작별을 고한다'라는 뜻의 '슬픔이여 잘 가라'가 아니라, 오히려 '슬픔이라는 감정을 처음 맞아들인다'라는 뜻의 '슬픔이여 반가워'라는 뜻이다. 이후 사강은 『어떤 미소』(1956), 『한 달 후 일 년 후』(1957) 등을 연달아 발표한다. 그녀의 작품들은 모두 인기를 끌면서 '사강 신드롬'이라는 말까지 나올 정도로 주목받는다. 1958년에는 『슬픔이여 안녕』이 영화화되고 1959년에는 그녀의 대표작이자 프랑스 현대소설의 대반향으로 손꼽히는 『브람스를 좋아하세요』를 발표한다. 이때 사강의 나이는 불과 스물네 살에 불과했다.

그런데 사강은 '매혹적인 작은 악마'라는 별명이 붙을 정도로 온갖 비행을 일삼았다. 『슬픔이여 안녕』으로 받은 비평가상 상금 10만 프랑으로 재규어사의 스포츠카를 구입한다. 그 후에도 그녀는 여러 스포츠카를 구입하여 속도를 즐겼다. 결국 그녀는 1957년 4월 자신이 소유한 애스턴 마틴의 스포츠카로 시속 160km로 달리던 중 교통사고를 내고 병원에 입원한다. 그녀는 이때 치료 목적으로 사용한 모르핀에 중독되었다. 그녀는 1964년에 발표한 첫 번째 자서전 『중독』에서 자신의 모르핀 중독을 고백했다.

사강의 '자기파괴'는 모르핀 중독으로 끝나지 않았다. 그녀는 약물 중독에 여러 번 빠졌고 과도한 음주로 죽음 직전까지 갔다. 또한 그녀는 1956년 스물한 살의 나이로 카지노에 처음 출입한 것을 시작으로 도박에 중독되어 수많은 재산을 탕진했다. 급기야는 프랑스 정부에 자신의 카지노 입장 금지를 스스로 요청하기도 했다. 그녀는 1984년에 발표한 에세이 『고통과 환희의 순간들』을 통해 과거 자신의 방탕한 생활상을 담담하게 묘사하여 화제를 일으켰다.

1980년대 들어서 사강은 대통령에 당선된 친구 프랑수아 미테랑과 함께 정치 개혁에 뛰어든다. 그녀는 지식인으로서 사회 현안에 있어 자신의 목소리를 강하게 냈다. 프랑스에서 인신 보호 영장 청구권에 대한 법률이 제정되는데 크게 기여했고 교도소 개혁 운동을 벌이기도 했다. 하지만 미테랑 대통령 퇴임 직후인 1995년에 코카인 소지 혐의로 체포되면서 다시 추락한다. 그녀는 한 TV쇼 프로그램에 나와 "타인에게 피해를 주지 않는 한, 나는 나를 파괴할 권리가 있다"고 자신을 변호한다.

앞서 살펴본 것처럼 사강은 열아홉 살의 나이에 『슬픔이여 안녕』으로 프랑스 문단에 큰 반향을 일으킨 문학적인 천재 또는 신동이었다. 역사적으로 적지 않은 천재 또는 신동들이 기행을 일삼으며 자신의 천재성을 뽐냈다. 잘 알려진 볼프강 아마데우스 모차르트가 그랬고, 그보다 조금 덜 알려진 레몽 라디게, 토머스 채터턴 등도 그랬다. 라디게는 스무 살에 『육체의 악마』(1923)를 썼고, 영국의 최연소 시인이자 낭만주의 운동의 선구자였던 채터턴은 열한 살 때 옛 양피지 문서에 「엘리노어와 주가」(1763)라는 시를 발표했다. 하지만 그들 모두 요절했다. 모차르트는 급성 미란성 발열, 라디게는 장티푸스, 채터턴은 기아 또는 청산가리 복용으로 죽었다.

하지만 사강은 예순아홉 살의 나이로 세상을 떠났다. 그녀의 삶은 범죄와 자기 파괴의 아슬아슬한 한계를 걸었다. 그녀는 코카인 소지 혐의로 체포되었지만 이후 두 차례 기소에서 모두 선고유예 처분을 받았다. 당시 프랑스의 극우 정치인 장마리 르펜은 사강의 약물 중독을 부도덕하다고 비난하면서 그녀를 "단두대에 보내야 한다"고 주장했다. 물론 그 주장을 그대로 받아들일 수는 없지만 마약이나 도박의 문제를 전적으로 개인의 자유에 맡겨야 하는지에 대해서는 의문이다.

즉 자신을 파괴하는 행위를 자유 또는 권리로 인정할 수 있는지 의문이다. 존 스튜어트 밀은 『자유론』(1859)에서 "공동체의 이익을 해치지 않는 한, 타인의 자유를 침해하지 않는 한 개인의 자유는 보장되어야 한다"고 역설했다. 자유 보장의 과정에서 마약을 투약하는 것이 허용된다면 마약을 파는 것 또한 허용되어야 한다. 도박을 할지 말지는 순전히 개인이 결정할 문제라면 도박장을 여는 것 또한 개인이 결정할 문제다.

하지만 대부분의 보통 사람들은 그렇게 생각하지 않는다. 마약을 사고파는 사람들로 거리가 넘쳐나고 도박장이 골목 구석구석을 차지하는 것을 상식적으로 받아들이지 않는다. 진부하게 말하면 자기 파괴는 한 개인에 머물지 않고 주변 사람들에게까지 전파되고 그들을 전염시킬 수 있다. 범죄를 '남에게 해를 끼치는 행위'로 보고 스스로에게 피해를 주는 것은 질병일 뿐 범죄가 아니라는 시각은 광범위하게 받아들여지는 생각이다. 도박을 비롯해 마약 투약, 음주 등 중독 양상을 보이는 행위를 질병으로 분류하는 것은 일반적이고 타당하고, 처벌보다는 마땅히 치료가 필요하다.

그렇다면 자기 파괴의 극단이라고 할 수 있는 자살은 어떻게 봐야 하는지 궁금하다. 소설가 김영하는 앞서 인용한 사강의 말, 즉 "타인에게 피해를 주지 않는 한, 나는 나를 파괴할 권리가 있다"에서 영감을 얻어 동명의 소설 『나는 나를 파괴할 권리가 있다』(1996)를 썼다. 소설은 자살안내자라는 기괴한 직업을 가진 작중화자 '나'가 자신의 삶에 충만함을 느끼지 못하고 하루하루의 결핍을 버티며 사는 이들에게 자살을 권하고 그것이 성공적으로 끝나기를 도와준다. 그리고 그 대가로 그들의 이야기를 받는다. '나'가 수집한 이야기는 '유디트'와 '미미'라는 여자의 삶의 이야기다.

유디트는 한 번도 자신이 원하는 방향으로 인생을 끌고 가본 적 없고, 미미는 예술가이기는 하지만 항상 비슷한 작업을 반복할 뿐이다. 그들은 자신의 삶을 바꿀 수 없다는 무력감에 사로잡혀 있다. 그들에게는 삶을 이어나가게 할 어떤 목표도 없고 생기를 불어넣는 유일한 것은 자살뿐이다. 그들에게 '나를 파괴할 권리'는 자신을 속박하고 있던 어떤 틀을 부순다거나 자신을 진창에 빠트리는 것을 넘어 '스스로 자신의 삶을 끊을 수 있는 권리'를 의미한다.

마약 복용, 도박 등 이른바 '피해자 없는 범죄'의 처벌 근거를 찾는 것은 생각처럼 그렇게 단순하지 않다. 만일 사회가 개인의 건강과 안녕에 관여할 권리가 있다면 자기 파괴의 극단적 형태인 자살은 왜 처벌하지 않는가? 이미 죽었기 때문에 처벌하지 않나? 자살을 방조하거나 도움을 준 사람은 처벌하지만 자살했거나 자살을 시도한 사람은 처벌하지 않는다.

사실 어떤 행위는 처벌하고 어떤 행위는 처벌하지 않는지에 대한 정교한 논리는 존재하지 않는다. 이를 상세히 정할 수 없다. 마약 복용이나 도박을 처벌하는 근거로 흔히 다른 범죄로 연결될 수 있다는 점을 든다. 그런 식으로 따지면 상당수 범죄가 음주 상태에서 발생하기 때문에 마땅히 음주 행위를 처벌해야 한다. 하지만 대부분의 나라에서 술 마시는 행위를 처벌하지 않는다. 담배 또한 마찬가지다.

사실 건강에 끼치는 해악으로 보면 마리화나가 담배보다 덜 해롭다. 그럼에도 불구하고 마리화나는 우리나라를 비롯해 대부분의 나라에서 금지 품목이다. 반면 담배는 금지 품목이 아니다. 이는 법적 합목적성에 부합되지 않는다. 우리가 살고 있는 세계가 완벽하고 정교한 이론에 따라 돌아가지 않듯이 법도 항상 정치한 논리로 구성되는 것도 아니다. 세상을 살아가는 데 있어서 법보다도 도덕과 윤리가 선행한다.

일찍이 독일의 법학자 게오르크 옐리네크는 "법은 도덕의 최소한이다"라고 천명했다. 이는 법은 도덕을 기초로 형성된 것이며 법의 규율은 필요한 최소한에 그쳐야 한다는 점을 상징적으로 표현한 말이다. 법과 도덕의 가장 큰 차이는 강제성 유무에 있다. 법은 조직적 국가 권력에 의한 강제가 가능하지만, 도덕은 강제가 불가하고 그 이행은 양심에 맡겨진다. 한편, 법의 목적은 '정의'고 도덕의 목적은 '선'이다. 법의 특징이 외면성, 양면성, 타율성, 상대성이라면, 도덕의 특징은 내면성, 평면성, 자율성, 절대성을 들 수 있다. 또한 법은 합법성 여부를 중시하는 데 반해 도덕은 윤리성 여부를 중시한다. 철학자 이마누엘 칸트는 도덕성을 의무론적으로, 다시 말해 합리적인 의무로 정의했다. 그가 말하는 도덕률은 애매한 양심의 영역이 아니라 이성 그 자체에 의해 결정되는 요소로 일종의 명령이다.

세상에는 소극적 자유와 적극적 자유가 있다. 통상적으로 개인의 생각과 행동의 자유, 즉 표현의 자유는 소극적 자유에 속한다. 미국을 포함한 서구 자유주의 민주주의 국가들은 전통적으로 이 접근법의 모범을 보여 왔다. 하지만 자유에는 적극적인 자유도 있다. 마땅히 적극적인 측면이 있어야 한다. 우리가 사회의 완전한 구성원이 되고, 성장과 번영을 이루고, 타고난 재능과 기회를 활용하려면 어느 정도 사회의 도움을 받아야 한다. 이게 바로 적극적인 자유다. 자유시장과 자본주의가 규제의 제약 없이 무분별하게 성장하고 권력을 가진 자가 약하고 덜 가진 이들 위에서 탐욕과 부도덕을 마음껏 펼칠 수 있는 환경이 형성된다면 우리는 소극적 자유가 선을 넘었다고 판단할 수 있다. 이사야 벌린의 말처럼 늑대에게 주어진 자유가 양들에게는 죽음을 의미할 수도 있기 때문이다.

타인에게 피해를 주지 않는 한 나는 나를 파괴할 권리가 있다는 생각은 법적으로 논리적으로 보일 수 있지만 적어도 우리가 사는 세상에 그래도 적용하기에는 무리가 있다. 그보다는 '나는 다른 사람의 행동에 영향을 받는가' 혹은 '내 행동이 다른 사람에게 영향을 주는가'라는 도덕적 질문을 던지는 게 먼저다. 그런 점에서 '나는 나를 파괴할 권리가 없다'.

내면화된 식민지의 삶

아프리카 문학은 크게 두 갈래로 나뉜다. 첫 번째는 아프리카 문화 본연의 색과 전통이 잘 녹아 있는 구전문학이다. 다른 지역의 그것과 마찬가지로 아프리카 구전문학에는 전통적인 신화, 전설, 콩트, 시, 가요 등이 있다. 두 번째는 영어, 프랑스어, 독일어 등 유럽 국가의 언어로 쓰인 더욱 현대적인 작품이다. 아프리카 대륙은 수많은 민족이 살고 있고, 그렇기 때문에 수많은 언어가 존재한다. 하지만 아프리카의 식민 지배는 길게는 몇 백 년, 짧게는 수십 년 동안 이어지면서 피할 수 없는 운명이자 굴레가 되었다. 대부분의 나라가 영국과 프랑스의 식민 지배를 받으면서 일상생활에 영어와 프랑스어가 강제적으로 주입되었고 문학 작품도 마찬가지였다.

아프리카 대륙이 식민 지배에서 벗어나게 된 것은 제2차 세계대전 이후다. 영국과 프랑스를 포함해 아프리카에 식민지들 두고 있던 유럽 국가들은 승패와 관계없이 전쟁으로 국력이 쇠약해졌다. 게다가 곳곳에서 벌어지는 식민지인들의 저항운동과 제2차 세계대전 이후 급격하게 변한 정세 변화로 식민 지배는 더 이상 불가능해졌고, 그 결과 아프리카의 수많은 국가들은 독립했다. 그렇다고 하더라도 식민 지배의 뿌리는 쉽게 뽑히지 않았다. 여러 차별적인 정책과 불합리하고 부당한 사회적인 인식은 수많은 사람들을 괴롭혔다. 그것을 타파하기 위해 대두된 것이 바로 '탈식민주의'다.

사전적으로 탈식민주의는 제2차 세계대전 후 유럽의 열강 제국들이 붕괴한 이후에 세계의 많은 식민지 지배를 받은 국가들이 경험한 역사의 한 단계를 가리킨다. 탈식민주의는 후기식민주의, 포스트식민주의, 포스트콜로니얼리즘 등으로 불리기도 한다. 탈식민주의는 인종, 민족, 제국에 대한 문제 등을 포스트구조주의 이론을 바탕으로 서구 중심주의를 해체하고, 타자성에 대한 문제를 고민하며 비판 패러다임 내에서 중요한 연구 성과를 축적하고 있다. 또한 차이와 다원성의 담론에 힘입어 중심을 해체하려는 포스트모더니즘에 적지 않게 영향을 받았다. 포스트모더니즘은 지배 민족 대 피지배 민족, 지배 계급 대 피지배 계급으로만 식민을 설명할 수 없어 그 경계를 해체하려는 탈식민주의 이론의 주요한 이론적 기반으로 자리 잡고 있다.

탈식민주의 연구는 계보와 정체성, 그리고 정치적 효과에 관한 논쟁이 여러 층위와 방면에 걸쳐 전개되고 있다. 논쟁의 핵심은 용어와 연원인데, 이를 정체성과 계보로 바꿔 말할 수도 있다. 즉 탈식민주의의 정체성과 계보를 둘러싼 논란은 '포스트'의 의미를 둘러싸고 제3세계의 민족주의 마르크스주의 계열과 제1세계의 포스트모더니즘과 포스트구조주의 영향을 받은 포스트콜로니얼즘 학자들 사이에 현재까지도 치열하게 전개되고 있다.

식민주의는 한 국가나 사회가 다른 국가나 사회에 가하는 정치적·경제적 지배를 가리키는데, 정치이론가들은 이를 선진자본주의 국가의 발전에서 필연적으로 따르는 제국주의 단계의 산물로 파악했다. 탈식민주의가 '식민주의에서 벗어나기'라는 명료한 문제의식을 드러내는 데 비해 포스트식민주의는 포스트라는 접두사가 지닌 양가적 의미, 즉 후기와 초극으로 인해 그 용어의 의미론적 범주가 탈식민주의보다 더 넓다.

포스트를 초극으로 해석한다면 탈식민주의는 어떤 역사적 사건이나 시대의 종식과 함께 새로운 시대로의 진입을 의미한다. 하지만 제3세계의 경우 정치적으로는 탈식민화되었지만 경제적·문화적으로는 여전히 식민지 상태에 머물러 있기 때문에 초극으로서의 포스트콜로니얼이라는 표현 자체가 모순일 수 있다. 포스트를 어떻게 이해하느냐에 따라 포스트콜로니얼리즘이라는 단어가 지칭하는 담론의 정체성과 역할의 지형도가 달라질 수 있고 탈식민주의 연구가 언제부터 시작되었는가 하는 문제가 제기된다. 탈식민주의 비평가 바트 무어 길버트는 에드워드 사이드의 『오리엔탈리즘』(1978)의 등장을 탈식민주의 출발점이 아닌 분기점으로 간주하고, 그 이전을 탈식민주의 비평, 그 이후를 탈식민주의 이론으로 구분한다.

사이드의 『오리엔탈리즘』은 탈식민주의가 체계적인 담론으로 자리 잡는 분기점이 되었다. 그에 따르면 오리엔탈리즘은 한마디로 '서구의 눈으로 본 동양의 정체성 형성이며 서양의 자기 이미지를 우월한 문명으로 강화하는 일종의 책략'으로 규정될 수 있다. 이러한 오리엔탈리즘은 정치적인 권력과 직접적인 대응 관계에 있는 것이 아니라 다종다양한 권력과 불균등한 교환관계 속에서 생산·확대·재생산된다. 서구인이 보는 동양의 모습은 여러 가지 방법으로 재생산되면서 직접적인 지배나 경제적인 우의의 실현이 아니더라도 서구인의 우월성, 동양의 신비화를 제공하는 역할을 하게 되었다.

길버트에 따르면 탈식민주의 비평은 아프리카와 서인도제도의 반식민적 민족 문학, 뉴질랜드, 캐나다를 무대로 한 영연방 문학까지 포함한다. 탈식민주의 비평은 급진적 반체제 운동이나 좌익 테러리즘과도 연관된 제3세계의 자생적이고 주체적인 독립운동이었다. 이러한 탈식민주의 비평이 유럽의 고급 이론과 만나 빚어낸 것이 바로 탈식민주의 이론이다. 하지만 탈식민주의 이론은 서구 이론과 출판 자본의 개입으로 이루어졌기 때문에 탈식민주의 비평의 확장인 동시에 변질이라고 비판받는다.

문학적으로 탈식민주의는 포괄적인 개념이어서 광범위한 분야를 포함할 수도 있지만 기본적으로 제국주의 시대 이후, 즉 독립을 한 후에도 여전히 남아 있는 제국주의의 잔재를 탐색해서 그것들의 정체를 드러내고 극복하자는 문예사조다. 그래서 탈식민주의는 현재를 또 다른 형태의 식민지적 상황으로 파악하고, 제국주의적인 억압구조로부터의 해방의 추구, 제국이 부여한 정체성에서 벗어나는 새로운 정체성의 수립, 그리고 더 나아가 불가시적인 문화적·경제적 제국주의에 대한 경계를 제안한다. 식민주의가 주로 지리적 식민지 그 자체에 주된 관심이 있다면, 탈식민주의는 문화적 또는 정신적 식민지 상황에 더 많은 관심을 두고 있다.

탈식민주의의 첫 번째 형태는 캐나다, 오스트레일리아, 뉴질랜드, 또는 남아프리카 공화국처럼 신대륙의 토착성과 자신들의 유럽적 유산 사이의 조화와 상충에 대해 관심을 두는 것이다. 이 나라들은 백인이 주류이고 영어를 사용하면서도 과거에는 영국의 식민지였고, 지금도 주류에 편입되지 못하는 주변부로 남아 있는 나라들이다. 제국주의 시대에 교양의 전범으로 자리 잡은 '정통 영문학(English Studies)'에 저항하는 위 국가들은 자신들의 언어를 소문자를 사용해 'english'라고 표기하며, 제국의 정전 텍스트들을 패러디하고 해체하는 소위 '되받아 쓰기' 전략을 채택한다.

탈식민주의의 두 번째 형태는 아프리카나 서인도제도처럼 비백인/비서구 국가들처럼 인종적·문화적 차이에 관심을 갖는 것이다. 이러한 탈식민주의 초기 형태는 에메 세제르, 레오폴 세다르 생고르, 레옹 다마스의 '네그리튀드' 운동으로 나타났지만, 흑인성에 대한 이러한 주장은 오히려 백인들이 만들어놓은 흑인에 대한 전형 틀을 인정하게 되는 문제를 수반했다. 본격적인 탈식민주의는 그보다 한 세대 후 작가들인 나이지리아의 월레 소잉카, 케냐의 응구기 와 시옹오, 트리니다드 토바고 출신의 V. S. 나이폴, 그리고 인도의 살만 루슈디 등에 의해 전개되었다. 이들은 식민지 이후의 상황에 놓인 개인적 삶의 갈등과 모순을 작품의 주요 주제로 다루었다.

탈식민주의의 세 번째 형태는 국가와 국가 또는 인종과 인종 사이의 관계와 차이를 비교 문화적으로 바라보는 것이다. 여기에는 아프리카, 아시아, 서인도제도, 중남미 등 모든 대륙과 나라들이 포함된다. 남아프리카공화국의 나딘 고디머나 존 쿳시, 캐나다의 티모시 핀들리, 서인도제도의 진 리스 등의 작가들, 현재 미국에서 활동하고 있는 사이드, 휴스턴 베이커, 호미 바바, 가야트리 스피박, 프란츠 파농 등과 같은 비평가들은 모두 여기에 속한다.

특히 프랑스령 마르티니크섬 출신의 평론가이자 혁명가인 파농의 『지상의 저주받은 사람들』(1961)은 토착민의 관점에서 식민지의 경험을 분석하여 작품화한 것으로 제3세계에 관한 진보적 정치사상에 지대한 영향을 끼쳤다. 그에 따르면 탈식민주의 작가들은 제국주의 세력과의 긴장 관계를 통해서, 그리고 제국주의 본국이 수행하는 동일화 논리와 차별화를 통해 정체성을 되찾고자 한다.

파농은 또 다른 역작 『검은 피부 하얀 가면』(1952)에서 "흑인은 백인이 되고자 한다. 백인은 자신의 노예적 삶을 인간적인 삶으로 위장하고 있다"고 선언한다. 그에 따르면 백인은 스스로를 흑인보다 우수하다고 생각한다. 흑인은 어떤 대가를 치르더라도 그들 사상사의 풍요로움과 그들 지성사의 뒤떨어지지 않는 가치를 백인들에게 증명하려고 애쓴다. 흑인들의 열등 콤플렉스는 그것에 줄기차게 맞서 싸워야 할 흑인 지식인 계층 내부에서 오히려 보다 심각한 형태로 현상되고 있다. 유럽인들이 부과한 그 차이라는 것을 인정하게 되면 바로 그 순간부터 흑인에게는 유예의 의미가 사라지고 만다. 그렇기 때문에 그는 "모든 관계 속에서 인간관계를 구성하는 기본적인 가치를 존중하도록 가르치는 것, 그리고 인간을 반작용의 존재가 아닌 작용의 존재가 되도록 교육하는 것, 그것이 사유하고 행동하는 인간이 취해야 할 일차적인 의무다"라고 역설한다.

탈식민주의는 비백인 작가들과 비평가들이 주도한 최초의 문예사조라는 점에서 의의가 크다. 그로 인해 유색인들의 문학적 및 학문적 지위가 크게 격상되었고, 비백인들의 논문과 저서들이 비로소 세계의 주목을 받게 되었다. 탈식민주의가 세계적인 주목을 받으며 부상함에 따라 지난 수년간 탈식민주의 계열의 작가들이 노벨문학상, 부커상, 공쿠르상 등 세계 주요 문학상을 수상했다. 특히 아프리카 작가들의 문학적 성취가 두드러진다. 대표적으로 고디머, 치누아 아체베, 응구기 와 시옹오 등을 들 수 있다.

고디머는 남아공의 사상가이자 소설가이며 『보호주의자』(1974)라는 작품으로 부커상을 수상했고 1991년에는 노벨문학상을 수상했다. 그녀는 남아공의 상류층이라고 볼 수 있는 백인 계층이었지만, 어렸을 때부터 아파르트헤이트로 인한 인종 차별을 몸소 겪으면서 이를 타파해야 할 필요성을 느꼈다. 아파르트헤이트는 백인 우월주의에 근거해 남아공의 국민을 백인, 흑인, 유색인으로 구분하여 그에 따라 분리·격리하는 것을 법으로 정해서 차별을 하는 정책이다. 아파르트헤이트는 식민 지배의 산물이며 탈식민주의를 외치는 사람들이 최우선으로 타파해야 하는 목표였다. 아파르트헤이트 철폐는 삶뿐만 아니라 문학에서도 고디머의 화두였다.

고디머는 남아프리카 공화국 어느 농장을 배경으로 하는 이 작품에서 백인 주인공인 메링의 부흥과 몰락을 통해서 아파르트헤이트의 종말을 표현하고 예견하고자 했다. 작품의 주요 인물은 백인 농장주 메링과 그의 농장을 관리하는 흑인 관리자 자코버스다. 메링은 독일계 백인으로 선철 거래로 부를 축적했다. 그는 '아파르트헤이트의 화신'일 정도로 흑인 차별을 당연하게 여기는 비도덕적인 인물이다. 넓고 다양한 인간관계를 맺고 있지만 진정성이 결여되어 있다. 아들뿐만 아니라 백인 이웃들과의 인간관계도 다분히 형식적이다. 반면 자코버스는 착취당하고 있는 노동자, 식민지인의 애환의 표상이지만 따뜻하고 인간적이다. 메링은 스스로 농장의 보호주의자라고 자처하지만 실제로 흑인이 농장의 보호주의자다. 고디머는 이 작품을 통해 아파르트헤이트가 흑인은 물론이고 백인 계층의 사람들도 파멸로 몰고 갈 것을 보여준다.

그런데 모든 아프리카 작가를 고디머로 일반화할 수 없다. 즉 고디머가 백인으로서 아파르트헤이트의 부당함과 불합리성을 묘파했다면, 아체베와 응구기는 각각 나이지리아와 케냐 출신의 흑인으로 백인의 흑인 지배의 부당함을 비판했다. 하지만 그들 사이에도 약간의 차이가 있다. 특히 둘은 공통적으로 아프리카에 대한 유럽의 식민 지배를 비판하지만 아프리카인들이 영어를 사용하는 것에 대해 입장차가 크다. 아체베는 아프리카 문학에서 영어의 위치는 뭐라 반박하기 힘든 어떤 지위를 가질 수밖에 없다는 숙명론을 수용한다. 반면 응구기는 아프리카 작가의 영어 사용은 문화적 노예화의 증거라는 입장을 견지한다.

아체베의 『모든 것이 산산이 부서지다』(1958)는 19세기 말 아프리카 우무오피아 마을이 폭력적인 서구 세력의 유입으로 서서히 몰락하는 과정을 생생하게 그리고 있다. 오콩코를 중심으로 벌어지는 크고 작은 사건들 속에서 19세기 아프리카 부족 마을의 삶과 아름다운 정신세계, 아프리카의 문화들이 솔직하게 담겨 있다. 작가는 영국이 아프리카 대륙에 들어선 19세기 중후반을 소설의 시공간적 배경으로 삼는다. 하지만 그는 '침입자'인 백인들에게 무작정 책임을 묻거나 비난하기보다는 "우리의 세계는 왜 이토록 무력하게 무너질 수밖에 없었나?" 하는 질문을 던진다. 즉 그는 서구 제국주의 세력을 비판하면서 동시에 경계한다.

반면 응구기의 『한 톨의 밀알』(1967)의 시공간적 배경은 독립을 앞둔 케냐다. 19세기 말 서양 제국주의 세력이 전 세계를 멋대로 지배하던 시절, 동부 아프리카의 케냐 역시 '해가 지지 않는' 제국의 식민지가 되었다. 백인 지배자들은 케냐의 비옥한 토지를 차지하고, 흑인들을 형편없는 임금으로 자신들의 대농장에서 착취했다. 히틀러와의 전쟁에도 동원했다. 제2차 세계대전이 끝난 뒤, 도도한 민족자결의 역사 앞에 케냐 역시 예외는 아니었다. 그들은 조상들의 땅을 백인이 차지하고 자신들은 노예와 같은 처지에 있어야 하는지 문제의식을 느꼈다. 따라서 조모 케냐타로 대변되는 흑인 민족주의자들의 독립운동은 필연적일 수밖에 없었다. 이 작품에는 다양한 갈등이 형상화된다. 백인 지배층과 흑인 피지배층의 갈등뿐만 아니라 백인의 지배를 두고 흑인 간의 갈등도 형상화된다. 작가 응구기는 '우후루'(해방), '마우마우'(독립운동)와 같이 영어를 쓰지 않고, 아프리카 언어를 쓰는 것이 식민주의를 벗어나는 방법이라고 역설한다.

현재 식민주의와 탈식민주의 연구는 확장 추세에 있다. 식민주의는 단순히 제국주의와 같은 어떤 역사적 현상을 가리키는 것이 아니라 모든 억압 상황을 의미하는 용어로 광범위하게 수용되고 있다. 20세기에 식민지인의 상황을 뜻하던 '식민화된 상태'는 현재는 자유와 권리와 평등을 박탈당한 모든 상황을 뜻하는 말로 그 의미와 용례가 더욱 확장되고 있다. 탈식민주의는 문화연구와 상당히 비슷한 문제의식과 문제 틀을 공유하고 있고 모든 사람에게 억압의 이념이 존속하기 때문에 탈식민주의 담론은 앞으로도 지속될 것으로 예상된다.

이름을 제대로 부른다는 것의 의미

물리적으로 남아메리카는 우리나라에서 가장 멀리 떨어진 대륙이다. 지리적으로 북위인 우리와 정반대 편에 있는 나라들은 남위의 아르헨티나, 우루과이, 브라질 등이다. 당연히 계절도 반대다. 즉 우리가 여름일 때 그곳은 겨울이고, 우리가 겨울일 때 그곳은 여름이다. 거리가 멀기 때문에 남미까지 가는 직항 항공이 거의 없어서 대부분 미국, 캐나다를 포함한 북미를 경유하거나 유럽 혹은 중동을 경유해서 들어가야 한다. 물리적으로뿐만 아니라 정서적으로도 남아메리카는 멀다. 아무래도 남아메리카에 대해서 잘 모른다는 이유가 가장 클 것이다.

사전적으로 남아메리카는 파나마 지협의 아메리카 이남 지역을 의미하고 통상적으로 '남미'로 약칭한다. 멕시코는 북미에 속하지만 통상적으로 멕시코부터 칠레, 아르헨티나까지 뭉뚱그려 그냥 남미 때로는 중남미로 불린다. 남아메리카는 브라질을 제외하고는 모두 스페인어를 쓰기 때문에 스페인 문화권이라고 통칭되기도 한다. 하지만 유럽의 수많은 나라들이 역사, 언어, 인종, 문화가 다른 것처럼, 동북아시아의 한국, 중국, 일본 등의 나라들이 역사, 언어, 문화, 인종이 다른 것처럼, 남아메리카의 멕시코, 브라질, 아르헨티나, 페루, 칠레 등도 역사, 언어, 문화, 인종이 서로 다르다. 그냥 남미로 통칭될 수 없다. 그렇다면 이제부터라도 이름을 제대로 불러야 한다. 모든 것은 이름을 제대로 부르는 것에서 출발한다.

남아메리카 주민들 대부분은 '메스티소'를 비롯해 '혼혈인'으로 규정된다. 사실 학교 다닐 때 남아메리카 주민 대부분은 메스티소를 비롯한 혼혈인이라고 배웠다. 그 당시에는 메스티소가 무슨 뜻인지 알지 못했다. 더 정확히 말하면 알려고 하지 않았다. 사전적으로 메스티소는 '중간'을 뜻한다. 원래 메스티소는 유럽인과 아메리카 원주민 사이에서 태어난 자녀 혹은 두 메스티소 부모 사이에서 태어난 자녀를 가리키는 말로 쓰였다. 메스티소는 혼혈 비율이 50:50이다.

메스티소와 구별하기 위해 '카스티소'와 '콰르테론 데 인디오' 혹은 '촐로' 등의 용어들도 쓰인다. 참고로 카스티소는 3/4은 유럽, 1/4은 아메리카 혈통이다. 반면 콰르테론 데 인디오나 촐로는 1/4은 유럽, 3/4은 아메리카 혈통이다. 모두 유럽인들과 원주민들을 분리하기 위한 목적의 용어였고 기본적으로 부정적인 함의를 지니고 있다. 그럼에도 불구하고 남아메리카 원주민은 원주민으로서 받는 차별과 박해를 피하고자 메스티소로 등록했다.

비록 순수 백인이라기보다는 백인 혈통이 짙은 카스티소에 가깝지만 백인 정체성을 갖고 있으면 그냥 편의상 백인으로 보기 때문에, 우루과이, 아르헨티나 동부 및 브라질 남부는 근대화 이후 19세기 말부터 20세기, 그리고 현재에도 유럽에서 대량 이민으로 백인들이 많다. 예컨대 아르헨티나와 우루과이는 스페인과 이탈리아계가 주류를 형성한다. 브라질 남부의 경우는 독일과 이탈리아계가 주류를 형성하고, 스페인계는 소수다.

반면 콜롬비아, 에콰도르, 파라과이, 엘살바도르, 파나마, 칠레 등은 아메리카 원주민과 메스티소 비율이 높고, 볼리비아나 페루는 아메리카 원주민이 70%로 다수를 차지한다. 반면 서아프리카에서 노예로 잡혀 온 흑인들은 주로 카리브해나 대서양 연안에 많이 정착했다. 그래서 브라질 북부 바이아주, 콜롬비아 등에는 흑인 인구가 많다. 브라질의 오래된 도시인 리우데자네이루는 남부와 달리 포르투갈인과 흑인, 원주민 혼혈이 대다수이다. 월드컵에 참가한 남아메리카 국가들의 선수들을 잘 보면 각 나라의 인종적 구성이 차이, 더 나아가 역사와 문화의 차이를 알 수 있다. 그럼에도 우리는 그냥 남미라고 통칭한다. 미국의 50개 주의 역사와 지리는 궁금해하고 모르면 부끄러워하면서도 남아메리카 각 나라에 대해서는 모르는 것을 당연하게 여긴다.

물론 남아메리카 국가들은 유럽의 식민 지배를 받았다는 공통적인 역사가 있다. 포르투갈의 식민지였던 브라질을 제외한 대부분의 국가들은 스페인의 지배를 받았다. 오랜 기간 동안 식민 지배를 받았기 때문에 독립을 한 후에도 유럽의 영향에서 벗어나지 못했다. 쿠데타로 인한 군부독재 및 잦은 정권 교체 등으로 정치적으로 늘 불안했다. 불안한 정치는 그에 대응하는 문학을 낳기 마련이다.

1970년대 남아메리카에서는 독재를 주제로 한 많은 작품들이 등장하면서 '독재(자) 문학'을 하나의 장르로 보아야 한다는 이견이 대두되었다. 특히 소설을 통해 독재 문학은 역사를 증언하고 독재와 폭력을 고발하는 사실주의적 주제적 특성을 확고하게 굳혀나갔다. 실제 역사를 활용하여 독재자의 원형을 직시하면서 지금 여기에서 벌어지는 사건을 증언하는 독재 문학 작품들은 권력의 형태가 미시적으로 변화하는 근대화 과정에서 독재 후일담과 같은 이야기를 다양한 담론적 차원에서 묘사하는 것으로 변주되었다.

남아메리카 문학을 이야기할 때 '마술적 사실주의'라는 용어를 결코 빼놓을 수 없다. 한마디로 마술적 사실주의는 '하나의 문학 기법으로 현실 세계에 적용하기에는 인과 법칙에 맞지 않는 문학적 서사'를 의미한다. 원래 마술적 사실주의는 독일의 예술 평론가 프랑크 로가 1920년대 종래의 사실 표현을 뒤엎는 화가들을 이르기 위해 만들었지만, 20세기 미하일 불가코프, 에른스트 윙거, 가브리엘 가르시아 마르케스 등의 많은 남아메리카 작가들의 등장과 함께 유명해졌다.

사실 전통적인 허구적 사실주의와 마술적 사실주의를 구별하는 것은 쉽지 않다. 허구적 사실주의에서는 플롯이나 인물, 서술자는 사실적이고 고정적이다. 반면 마술적 사실주의에서는 비사실적이고 유동적이다. 즉 리얼리티를 고정적인 것으로 간주하지 않는다. 게다가 남아메리카는 역사적으로 폭력이 수반된 '피의 식민화' 과정을 거쳤고, 억압적이고 권위주의적인 독재 사회를 경험했다. 혁명과 폭력으로 점철되면서 국민들은 두려움과 공포 속에서 하루하루를 보내야만 했고 정치적으로 위험한 표현은 순화의 과정을 거칠 수밖에 없다. 그들의 신산한 역사를 '건강한 상상력'으로 길어올린 게 바로 마술적 사실주의다.

남아메리카 문학 혹은 마술적 사실주의를 논할 때 빼놓을 수 없는 작가는 당연히 마르케스다. 혹자는 남아메리카 문학을 대표하는 작가로 마르케스 대신 파블로 네루다 또는 호르헤 루이스 보르헤스를 꼽기도 한다. 아니면 『영혼의 집』(1982)으로 유명한 이사벨 아옌데나 『연애소설을 읽는 노인』(1989)의 루이스 세풀베다를 꼽기도 한다. 하지만 마르케스가 마술적 사실주의를 대표한다는 것에 대해서는 이론의 여지가 없다. 그런데 주지하듯 마르케스의 문학은 너무나 깊고 넓기 때문에, 또한 내 역량이 너무나 부족하기에 이 짧은 지면에 모두 담을 수 없다. 대신 미겔 앙헬 아스투리아스의 『대통령 각하』(1946)와 마리오 바르가스 요사의 『염소의 축제』(2000)를 살펴보려 한다.

남아메리카 독재 문학의 효시로 평가되는 아스투리아스의 『대통령 각하』는 22년 동안 과테말라를 통치한 마누엘 에스트라다 카브레라의 독재 체제를 증언한다. 이 작품은 독재 정권을 비판하는 주제 의식 측면과 아울러 예술성의 측면에서도 탁월하다. 그는 이 작품을 통해 현실에 기반을 두며 신화와 같은 환상적인 이야기를 세련되게 표현해 마술적 사실주의의 시작을 알렸다. 이 작품은 마야 신화와 전설에 관한 개인적인 관심과 더불어 초현실주의와 같은 아방가르드 운동에 심취한 파리 유학 시절의 개인적인 경험이 결합된 산물이다.

『대통령 각하』에는 아무도 믿지 않고 교활하고 치밀한 감시망을 통해 통치하는 대통령 각하, 그런 각하와 대칭을 이루는 카날레스 장군, 잔인한 독재의 하수인으로 사리사욕을 채우는 국방 법무감, 한때 자신을 구해주었던 카라 데 앙헬을 체포함으로써 출세를 도모하는 파르판 소장, 각하의 적이 된 형을 부인하고 조카를 외면하는 후안 카날레스, 체포되었다가 카라 데 앙헬을 감시하라는 제안을 받고 파르관 소장의 조수로 일하게 되는 헤나로 로다스 등 많은 주변 인물들이 등장한다. 그들을 통해 확인하게 되는 사실은 비열하고 잔인한 권력의 속성과 그런 권력으로 지탱되는 후진적인 지배 체제의 부정성이다.

『대통령 각하』는 '독재자 한 사람이 사회에 미치는 해악이 너무나 크다'는 사실을 웅변한다. 악의 화신이라 할 수 있는 각하는 모든 도덕적 가치를 말살한다. 그의 주변에는 부패, 공포, 부정, 밀고, 잔인함이 만연하고 사회의 모든 영역으로 넓고 깊게 퍼져나간다. 그가 만든 사회는 경쟁에서 이긴 자가 모든 것을 가져가는 사회, 패배자에게 실패보다 큰 심리적 상처를 주는 사회다. 그 사회에서 공동체의 유대관계는 비열한 배신으로 깨어지고, 조작과 합리화하는 일상이 된다. 개인은 사회 전체가 좋아지기를 바라기보다는 혼자 출세하기를 바라고, 힘든 사람을 돕기보다는 힘센 사람에게 아부하려 한다. 작가는 그런 사회가 바로 독재 사회고, 그런 사회에서는 언제라도 독재자가 나올 수 있다는 사실을 역설한다.

『염소의 축제』의 작가 바르가스 요사는 현재 남아메리카 문학에서 가장 중요한 문학가로 손꼽힌다. 그는 주로 남아메리카의 현대사를 소설의 주제로 다루었다. 그의 대표작 『염소의 축제』는 도미니카 공화국의 라파엘 레오니다스 트루히요의 독재 정부를 작품의 모티브로 삼는다. 이 작품은 3년에 걸친 작가의 철저한 자료 조사와 고증, 그리고 문학적 상상력을 통해 완성되었다. 작품은 세 가지 관점으로 분리되어 형성되는데, 이 세 가지 관점은 각각 트루히요, 암살자들, 우라니아의 관점이다. 바르가스 요사는 그들의 기억을 통해 트루히요 시대의 이미지를 재구성한다.

첫째, 31년에 걸쳐 독재 정치로 도미니카 공화국을 장악한 독재자 트루히요의 관점이다. 여기에는 소위 공식 문서에 포함되지 않은 이야기들도 포함된다. 암살당하기 하루 전의 일과로 시작해 점점 몰락해 가는 그의 내면이 그려진다. 회상 속에서 그는 막강한 권력을 휘두르는 독재자인 동시에 발기부전으로 절망하는 평범한 남자다. 화려한 여성 편력을 자랑하는 그는 미성년자인 유라니아를 성적으로 유린했다. 하지만 자신의 행동을 아무렇지도 않게 생각한다. 이런 그의 모습은 중남미 문화 속에 있던 마치스모, 즉 '남성우월주의'의 체현이다.

둘째, 트루히요 독재 정권에 맞서 그의 암살을 계획하고 시도하는 일곱 명의 암살자들의 관점이다. 그들은 회상과 독백을 통해 왜 암살자 모임에 가담하게 되었는지 그 이유를 명확하게 드러낸다. 사실 이 장면은 바르가스 요사의 조사와 문학적 상상력에 바탕을 두고 있다. 그는 여러 명의 암살자들을 등장시켜 객관성을, 현재와 과거의 시점을 교차시켜 사실성을 높였다.

마지막은 우라니아의 관점이다. 미국에서 성공한 그녀는 35년 만에 도미니카 공화국을 방문한다. 그녀는 아버지를 만나고 열네 살에 있었던 끔찍한 일을 회상한다. 그녀의 내면에서는 트루히요 시절 이인자로서 상원의원직에 있던 아구스틴 카브랄의 모습과 아버지에 대한 원망과 동시에 연민을 느끼는 자신의 모습이 교차된다. 전술했듯이 당시 그녀는 트루히요에게 성적으로 유린당했고, 가족들에게조차 왜 아무 말 없이 급하게 도미니카 공화국을 떠났다. 마지막 장면에서야 비로소 그 이유가 밝혀진다.

고백하건대 바르가스 요사의 『염소의 축제』를 읽고 난 뒤에 한동안 머리가 무거웠다. 가슴이 먹먹해졌다고 할까. 이 작품은 지리적으로 우리나라와 가장 멀리 떨어진 남아메리카, 그중에서 이름도 생소한 도미니카 공화국의 한 독재자의 독재 시절의 이야기를 피해자와 가해자 또는 협력자들의 다양한 시선과 관점을 통해 보여주고 있는데, 이야기가 왠지 낯설지 않다. 도미니카 공화국의 이야기인데, 도미니카만의 이야기로 읽히지 않는다. 페루의 이야기 같기도 하고, 아르헨티나의 이야기 같기도 하고, 칠레의 이야기

같기도 하다. 낯설지만 익숙하다.

당시 '그곳'에서는 납치, 고문, 폭력, 강간 등이 일상이었다. 제도화된 폭력뿐만 아니라 사적 폭력이 넘쳐났다. 1973년 칠레 쿠데타와 아우구스토 피노체트의 군부독재 시절 정치범을 강제로 수용한 사이비 종교단체 '콜로니아 디그니다드'를 배경으로 한 영화 〈콜로니아〉(플로리안 갈렌베르거, 2015)는 이를 잘 예거한다. 하지만 지금 그곳에는 직접적인 피해자, 가해자, 방관자들이 여전히 함께 살고 있다. 사실 '그곳'만 그런 게 아니라 '이곳'도 마찬가지다. 지난 일들을 여전히 기억하며. 역사는 한 나라에서 또는 다른 곳에서, 다른 시대에 반복된다는 말이 허언은 아니라는 생각이 들었다. 바로 그렇기 때문에 우리가 역사를 배워야 하는 것인지도 모른다.

독재 문학을 읽으며 문득 '마키아벨리즘'이라는 단어가 떠올랐다. 주지하듯 마키아벨리즘은 니콜로 마키아벨리에서 비롯된다. 그는 질서 있고 정의로운 사회를 유지하기 위해서는 통치자가 자신이 손을 더럽힐 수 있어야 한다고 보았다. 그에 따르면 나쁜 수단으로 좋은 목적을 실행할 수도 있고 결과가 과정을 정당화할 수 있다. 하지만 나쁜 수단이 좋은 목적을 실행하거나 결과가 과정을 정당화하는 경우는 손에 꼽을 정도로 '극소수'다. 대부분의 경우에는 좋은 목적은 좋은 수단에 의해, 좋은 결과는 좋은 과정을 거칠 때 발생한다. 물론 찾아보면 그렇지 않은 경우도 더러 있을 수 있다. 그렇다 하더라도 나쁜 수단을 선택해 좋은 결과를 얻으려는 모험은 피해야 한다.

홍구범 소설 다시 읽기*

한국근현대사에서 1945년 광복에서부터 1950년 한국전쟁이 발발하기까지 약 5년여의 기간은 일제의 잔재를 청산하여 정신적 상처를 치유하고, 잃었던 우리말과 우리글을 되찾고, 이데올로기를 극복하여 새로운 국가 건설이 절실히 요청되던 시기였다. 하지만 광복의 기쁨도 잠시 정치적으로 좌우 양측이 날카롭게 대립하더니 마침내 한 민족이 두 국가로 갈라지고 만다. 문단의 경우도 정치와 똑같이 대립과 분리의 과정을 거친다. 이런 가운데 사회는 혼란에 빠지고 일반 대중은 극도의 굶주림에 빠진다.

공교롭게도 이 시기는 작가 홍구범이 왕성하게 문학 활동한 시기와 겹친다. 이 기간에 그는 단편소설, 중편소설, 장편소설, 동화, 콩트, 수필, 평론, 시나리오 등 여러 장르에 걸쳐 많은 작품을 발표

---

*이 글은 2023년 제2차 충북학포럼 '탄생100주년 홍구범의 삶과 문학' 발제문을 원용했다.

하였다. 이 중 그가 작가로서 뚜렷한 성과를 거둔 분야는 단편소설이다. 그의 단편소설은 주로 일제강점기와 해방 후의 혼란한 시대를 배경으로 한다. 그가 발표한 다수의 작품은 문단의 화제를 불러일으켰다. 특히 1949년에는 '화제작 제조기'라는 별칭을 얻을 만큼 수준 높은 작품들을 쏟아낸다. 홍구범은 1945년 광복에서부터 1950년 한국전쟁이 발발하기까지 약 5년여에 걸쳐 장래가 촉망되는 신예로서 큰 주목을 받았다.

홍구범의 문학은 해방정국과 한국전쟁 시기의 사회상을 집중적으로 묘파했다. 특히 떠도는 존재들의 빈궁과 고통의 타자화된 삶을 사실적으로 보여주었다. 그의 작품들은 해방 전후 삶의 비참함과 돈과 권력 구조의 폭력성을 비판했다. 그리고 이를 촉발한 일본의 동아시아 군국주의 전쟁과 식민주의의 제국적 속성을 상징적으로 서사화했다. 자본과 권력의 비대칭성으로 비롯되는 비도덕적·비윤리성에 대한 밀도 있는 전개, 감정을 최대한 자제하는 묘사, 현실을 재현한 소설 언어를 통해 단편소설의 미학성을 성취했다.

홍구범 소설의 예술성은 무엇보다도 뛰어난 '구성(plot)'에서 찾을 수 있다. 그의 단편소설들은 치밀한 구성으로 예술성이 높다. 주지하듯 플롯 중심의 소설은 시간적 순서에 의한 사건의 진술이 아니라 인과관계에 의한 사건의 진술을 특징으로 한다. 인과관계에 의한 사건의 서술은 사건에 대한 이유와 근거를 캐묻고, 주제를 구현하고, 소설의 초점화가 명확하게 하며, 신비감을 주는 서술 방법이다. 그런데 홍구범의 소설은 뛰어난 플롯 구성 못지않게 등장인물의 설정에서도 날카롭다. 그의 소설은 시대의 아픔을 외면하지 않고 결핍을 꿰뚫어 보는 무산자 계급을 작중 주인공으로 삼는다. 때로는 졸인(拙人)을 작중 주인공으로 삼기도 한다. 이 모든 것은 사회를 바라보는 그의 시선이 예리한 통찰력을 지니고 있기에 가능했다.

주지하듯 해방 후 한국의 문단은 좌우 이데올로기의 갈등으로 조선문학가동맹과 조선문학가협회로 이원화되고 신탁통치 후 남한 단독정부가 수립되는 과정에서 조선문학가협회를 중심으로 순수문학계열의 작가들이 대거 중심을 이루게 된다. 홍구범은 우익 진영의 조선문학가협회에서 문학 활동을 한다. 하지만 그는 몸은 우익 쪽에 있었지만 작품에서는 균형 잡힌 시선을 견지하며 혼란스러운 당대를 사실적으로 그려냈다. 때로 그의 작품은 좌익문학이라 할 만큼 리얼리즘 색채가 강하다. 그는 무산자 계급의 순수와 유산자 계급의 타락을 명징하게 대비한다. 그의 소설은 민중 지향적이면서도 계급주의의 이분법적 도식을 탈피하고 있다.

홍구범 소설은 '의식의 사물화'를 목표로 삼는다. 의식의 사물화란 자본주의 시장경제 체제에서 인간이 사용가치보다 교환가치의 지배를 받게 되면서 마침내 의식까지 물질화되어 간다는 개념이다. 광복 후의 자본주의 물결이 들이닥치자 교환가치에 지배당하여 의식조차 물질화되는 사회를 향한 통렬한 비판인 셈이다. 「봄이 오면」, 「서울 길」, 「탄식」 등이 여기에 해당된다. 이 작품들은 오늘날에도 전혀 낡은 느낌이 들지 않는 탁월한 문학성이 돋보인다.

홍구범 소설은 인물의 자아 회복과 타자와의 관계 회복이라는 주제를 형상화한다. 작품 속 주인공은 분열된 자아를 회복하여 자신의 정체성을 찾거나, 타인과의 갈등을 해소하고 관계를 회복한다. 「귀거래」와 「노리개」는 자아 회복, 「어떤 부자」와 「폭소」는 타자와의 관계 회복을 다루고 있다. 정체성 찾기와 관계 회복이라는 주제는 작가의 갈망이자 꿈이었다.

홍구범 소설의 탁월함은 아이러니, 역설, 풍자, 탁월한 묘사 능력에서 비롯된다. 역설은 반전의 낙차가 크기 때문에 독자가 해석할 공간을 크게 남겨 둔다. 풍자는 타락한 지배자에 대한 공격성이 강하기 때문에 독자들에게 카타르시스를 준다. 「폭소」, 「봄이 오면」, 「구일장」 등 대부분의 작품이 역설적 구조를 띤다. 반면 「전설」, 「농민」 등은 풍자적인 작품에 해당한다. 해방 공간에서 1950년에 이르는 이 시기는 역설과 아이러니의 공간이었다. 해방 공간은 수면 아래 잠자고 있던 모든 욕망을 들떠 세웠다. 그 어떤 이념이 선택도 자유로웠던 초창기 해방 공간에서는 각각 좌우 이념 지지자들의 치열한 권력 헤게모니 싸움이 진행되었고 해방과 거의 동시에 남한에 들어온 미군정의 설익은 자본주의는 자본에 대한 욕망을 부추겨 온갖 기회주의자와 모리배를 양산했다. 홍구범의 소설은 아이러니, 역설, 풍자, 탁월한 묘사 등을 통해 당시 혼란스럽고 부조리한 시대 상황과 개인의 모습을 형상화한다.

홍구범은 감정 개입을 최대한 절제하고 묘사를 특장(特長)으로 삼고 있지만 서술적 화자의 심리적 거리는 늘 갖지 못한 약자에게로 향해 있다. 그는 순진하고 못 배운 사람들이 속수무책으로 당하고 심지어 죽음에까지 이르는 상황을 무심할 정도로 담담하게 그려냈다. 그가 지향하는 세상은 이기적인 속물이 사라진 세상, 냉혹한 이기주의가 판치는 세상이 아닌, 서로 정으로 교감하면서 인간의 도리를 지켜나가는 세상, 포근한 맛이 느껴지는 세상이었다. 그의 소설에는 수많은 속물이 등장한다. 그는 그들을 통해 우리 자신을 돌아보고 우리가 사회가 좀 더 윤리성을 회복하기를 기대하고 소망했다.

하지만 홍구범은 뛰어난 문학적 재능과 명성에도 불구하고 우리 문학사에서 오랫동안 잊혀졌다. 하지만 충북민예총과 충주지역 문학단체의 노력으로 잊혀진 지 거의 반세기 만에 비로소 대중의 관심을 받게 되었다. 홍구범문학제가 개최되어 '홍구범의 생애와 문학'을 조명하고 그의 작품 「창고근처 사람들」이 연극으로 상연되었다. 홍구범의 단편소설집 『창고근처 사람들』과 전집도 출간되었다. 전집 출간은 홍구범 연구의 지표가 되었다. 그 결과 홍구범은 1940년대 후반 한국문학사에 비어 있던 한 자리를 떳떳하게 차지하게 되었다.

홍구범은 작품을 통해 '윤리성의 회복'과 '인간다움의 회복'을 역설했다. 혹자는 그의 작품에는 현실 비판이 결여되어 있고 미래에 대한 대안이 제시되지 않는다고 비판한다. 하지만 개인적인 생각에 그가 작품 활동을 하던 해방 정국은 대혼란의 상황이었기 때문에 그에게 뚜렷한 비전과 사상적 깊이를 요구하는 것은 조금은 가혹하게 느껴진다. 그럼에도 불구하고 윤리성의 회복과 인간다움의 회복이라는 주제는 다소 소박한 해결책으로 보인다. 왜냐하면 소설가는 독자에게 '세상을 보여주기'도 하지만 '세상에 대해 생각하도록 추동'해야 하기 때문이다.

해방 정국에서 활동한 대부분의 작가들이 그렇듯이 홍구범의 작품도 발굴에 어려움을 겪고 있는데, 그 이유 중 하나는 당시 수를 헤아릴 수 없을 만큼 많은 문예지가 존재했기 때문이다. 해방 공간에서 좌우 문인의 대립이 극심했고 해당 계열의 지면전 또한 치열했다. 「소녀 황진이」는 최근에 발굴된 홍구범의 작품 중 하나다. 「소녀 황진이」는 이웃집 총각이 황진이를 연모하여 상사병으로 죽은 후 장지로 가는 도중 관이 움직이지 않자 황진이가 자신의 치마로 관을 덮어주자 다시 움직였다는 설화에 바탕을 두고 있다. 「소녀 황진이」에서 황진이는 양반과의 혼례가 깨지고 난 후 자신의 비참한 처지와 운명을 받아들이고 기생의 삶을 선택한다. 그럼에도 불구하고 전체적으로 분위기가 밝다. 이 작품을 발굴한 연구자는 작가가 「소녀 황진이」를 통해 중학생들에게 낭만적 요소와 밝은 분위기로 주체적 메시지를 주고자 했을 것이라고 논평한다.

기존의 홍구범 연구는 총론적인 입장에서 전개되었기에 앞으로는 각론적인 연구가 진행될 필요가 있다. 무엇보다도 가장 시급한 과제는 홍구범 문학의 '문학 지리' 연구로 홍구범 문학의 생태학으로 작품의 배경이 된 장소를 찾아 그곳의 인문 지리를 종합적으로 연구하여 작품 해석에 리얼리티를 획득하는 일이다. 홍구범의 소설에는 다양한 충북의 지명이 언급된다. 그 지명이 갖는 기표 너머에, 그곳에 살고 있는 사람들의 삶과 언어가 있다. 홍구범은 충북 지역의 '로컬리티'를 가장 잘 그려낸 작가 중 한 명이다. 그의 소설에 등장하는 수많은 방언에 대한 정밀하고 세심한 연구가 뒷받침된다면 그는 '충북의 정체성'을 가장 드러낸 작가로서 보다 확고하게 자리매김을 할 것이다.

충북의 정체성은 곧 충북정신이다. 충북정신은 충북인과 충북의 역사에 내재한 사상, 의식, 감정, 영혼의 총체다. 충북정신은 공허한 관념이 아니라 충북인이 걸어온 실천의 진심이기에 역동적인 생명력이 강렬하다. 충북정신을 이야기할 때 우암 송시열, 의암 손병희, 단재 신채호, 벽초 홍명희 등을 꼽는데 홍구범을 여기 넣어도 결코 부족하지 않다.

제3부 시와 음악

고독의 시간을 지나가다

영화 〈죽은 시인의 사회〉(1989)에서 키팅 선생은 수업 중에 학생들에게 『시의 이해』라는 교재의 서문을 찢으라고 하면서 시를 읽는 이유에 대해 다음과 같이 말한다. "우리는 시가 예쁘기 때문에 읽고 쓰지 않는다. 인류의 일원이기 때문에 시를 읽고 쓴다. 인류는 정열로 가득 차 있다. 의학, 법학, 경영학, 공학 등은 모두 고상한 목적을 가지고 있고 삶을 유지하는 데 필요하다. 그러나 시, 아름다움, 낭만, 사랑과 같은 것들은 우리가 살아가는 목적이다." 또한 그는 수업 중 갑자기 책상 위에 올라서고, 학생들에게도 자신을 따라 그렇게 해보라고 독려한다. 주지하듯 그가 그런 행동을 하는 이유는 학생들에게 "어떤 것을 안다고 생각할 때 그것을 다르게 보아야 한다"는 사실을 알려주기 위해서다. 그는 "자신의 목소리를 찾도록 노력해야 한다. 늦게 시작하면 할수록 너희 목소리를 찾을 수 있는 기회는 적어진다"고 역설한다. 그러고는 학생들에게

'자기를 찾는 기회'의 일환으로 자작시 낭독을 숙제로 낸다.

〈죽은 시인의 사회〉에는 월트 휘트먼, 조지 바이런, 로버트 헤릭, 윌리엄 셰익스피어, 로버트 프로스트, 존 키츠 등 수 많은 영미 시인들이 언급되고 인용된다. 헨리 데이비드 소로의 『월든』(1854)도 여러 차례 인용된다. 키팅은 수업 중 『월든』의 "대부분의 사람들은 침묵의 절망 가운데 삶을 영위한다"라는 구절을 인용하면서, 학생들에게 '물러나지 마라, 깨고 일어나라'고 역설한다. 그에 따르면, 인간은 비록 틀리고 어리석어 보일 지라도 시도를 해 봐야 한다. 또한 책을 읽을 때 저자가 무엇을 생각했는지 생각하지 말고, 각자의 생각하는 게 무엇인지 생각해야 한다.

〈죽은 시인의 사회〉를 보며 문득 박정대 시인이 떠올랐다. 어쩌면 박정대 시인의 시를 읽으며 예전에 보았던 그 영화가 떠올랐는지도 모르겠다. 일찍이 시인은 자신의 여러 시에서 "시를 쓰는 사람은 전직 천사"라고 말한 바 있다. 그 전직 천사가 시인 자신만을 가리키는 것인지 아니면 모든 시인을 포함하는지 분명치 않다. 아무튼 그의 주장에 따르면 "인류를 위해 시를 쓰는 지금은 천사의 시간"이고, 그는 "시를 쓰기 위해 천사의 외투를 빌려 입는다". 그는 "천사의 외투를 입고 시를 쓰며 꿈틀거리는 인류의 육체에 숨결을 불어 넣는다". 그에게 인간의 "삶이란 원래 그런 것 하염없이 쳐다보는 것 오지 않는 것들을 기다리며 노래나 부르는 것"과 다름이 없다. 인간의 삶은 생각만큼 아름답지 않다. 아름답지 않은 인간의 삶을 노래한 시 역시 아름답지 않다. 그럼에도 불구하고 시인들은 인간의 삶을 시로 쓰고 우리는 그런 시를 읽는다. 박정대의 시를 읽으니 "시가 예쁘기 때문에 읽고 쓰지 않는다"라는 영화 속 문장이 비로소 이해가 된다.

〈죽은 시인의 사회〉에서 키팅은 실패를 두려워하지 말고 어떤 일이든 시도를 해야 한다고 역설한다. 박정대 또한 「겨울 북대」라는 시에서 "다시 시도하라, 또 실패하라, 더 낫게 실패하라"고 키팅과 비슷하게 말한다. 〈죽은 시인의 사회〉의 토드는 키팅의 시 쓰기 숙제를 포기한다. 처음에는 쭈뼛거렸지만 키팅의 도움으로 마음속 깊은 곳에 감춰졌던 '두려움'을 밖으로 꺼내고 내면의 목소리에 귀를 기울이기 시작한다. 즉 그의 시 쓰기는 처음에는 실패했지만 다시 시도해 더 나은 실패로 끝났다. 토드의 시 쓰기뿐만 아니라, 어쩌면 모든 시 쓰기, 더 나아가 모든 글쓰기는 '시도와 실패의 연속'이다. 시도와 실패를 거듭하면서 더 나은 실패를 하는 게 궁극적인 글쓰기다. 시가 되었든 소설이 되었든 간에 완벽한 글쓰기는 없다. 단지 더 나은 실패의 글쓰기만 있을 뿐이다. 글쓰기만 그런 게 아니라 세상 모든 일이 다 그렇다. 누군가의 말처럼 시행착오를 거치면서 '더 낫게 실패하는' 게 바로 우리의 삶이다.

범박하게 말해 시인은 아이의 동심을 지니고 있고 소설가는 어른의 완숙함을 지니고 있다. 엄밀히 말해 그런 자질을 요구한다. 그렇기 때문에 시인에게는 논리보다는 사물에 대한 직관이 필요하다. 이와 함께 다양하고 복잡한 의미망을 간결하게 응축시킬 수 있는 역량이 필요하다. 시인은 다른 사람이 아닌 자기 자신을 드러내고 지키려고 한다. 때로는 유아독존적 태도가 필요하다. 순수한 직관을 표출하기 위해서 자신의 내면을 대단히 오만하고 강렬하게 표출해야 한다. 그 오만함을 예리한 단도처럼 날카롭게 벼려야 한다. 세상과 조화, 또는 합일을 추구하는 순간, 다시 말하면 그 오만함이 뭉툭해지는 바로 그 순간, 시는 죽는다. 따라서 시인은 생각의 젊음을 유지해야 한다. 세상뿐만 아니라 사물을 뾰족하게 바라봐야 한다. 박정대 시인은 짐 자무시의 말을 빌려 이렇게 말한다. "짐 자무시가 말하길, Only lovers left alive/ 누군가 바꿔 말하길, 오직 사랑하는 이들만이 살아남는다/ 전직 천사가 덧붙이길, 시란 시인이 오역한, 오열한 이 세계다."(「Only lovers left alive」)

> 사물의 상태, 내가 만지고 쓰다듬는 사물의 상태, 내가 닿을 수 없는 곳에 사물의 상태에 다하여 생각해 본다, 모든 사물들은 뜨겁고 동시에 차갑다, 반응하는 것이 아니라 호응하는 것이다, 끊임없이 움직이며 정렬하는 것이다, 내가 밤에 당도한 것이 아니라 밤과 내가 여기에 당도한 것이다, 그냥 당도한 것이 아니라 끊임없이 꿈꾸었기에 지금 여기에 내가 고요한 사물의 상태로 당도해 있다.
>
> —「짐 자무시 67 행성」 부분

시인에게는 독창성보다도 젊음이 더 중요하다. 박정대는 「파르동, 파르동 박정대」에서 "시의 독창성이란 허상이다, 시는 경전이 아니다, 시인은 누구나 자기 한계를 갖고 있다. 시를 쓸 때 나는 아무것도 통제하지 않는다"라고 말했다. 그에게 있어 "시를 쓰는 것은 위대한 탐험이다, 시인은 순수하게 개인적인 이유 때문에, 자신을 위한 무언가를 발견하려고 시를 쓴다, 그러니까 시 쓰기란 되도록 소수의 독자를 목표로 해야 하는 시라는 표현 수단을 통해 일어나는 사적인 과정이다, 시가 그 시만의 관점을 가진 흥미로운 감정을 전달하는 한, 기술적인 실수에 대해서는 아무도 불평하지 않는다는 사실이 증명되었다, 지금 이 순간 만약 시를 쓰고 싶은 사람이 있다면 어떻게 하는지 모르더라도 그냥 착수하라, 그러면 알게 된다, 이것이 시를 쓸 수 있는 가장 확실하고 본질적인 방법이다".

박정대는 역사의 진보에 대해서도 회의적이다. 그는 "인류는 더 이상 진보하지 않을 것이다 시인들은 더 이상 시를 쓰지 않고 침묵할 것이기 때문이다"(「우리는 밤중에 배회하고 소멸한다」)라고 말한다. 그럼에도 그는 희망의 끈을 놓지 않는다. 물론 그 희망은 역사의 진보에 대한 희망이라기보다는 '시'에 대한 희망에 가깝다. "오직 시에서 인류의 희망과 미래를 본다"(「오직 사랑하는 자만이 살아 남는다」). "틈나는 대로 시를 읽어라, 시인의 목소리에 귀를 기울여라"(「오, 박정대」)라고 역설한다. 하지만 그는 반성을 거부한다. 그가 생각하기에 "삶은 언제나 치열하고 격렬하게 뜨거웠"고 "반성하는 삶은 이미 삶에서 벗어나 있다"(「오직 사랑하는 자만이 살아 남는다」). "언어로 서술되는 모든 과거는 현재다/ 끊임없는 현재가 횡단을 위한 주파수를 결정한다"(「횡단을 위한 주파수」).

지극히 개인적인 생각에 박정대의 시는 예쁘지 않다. 그렇다고 그의 시에 결여된 혹은 부족한 그 예쁨을 상쇄할 만큼의 독창성이 있다고 말하기 어렵다. 하지만 그는 예쁘지 않아도 독창적이지 않아도 시가 될 수 있다는 것을 유감없이 보여준다. 그의 시에는 무엇보다 "삶이 있"고 "꿈꾸는 사랑이 있"(「오, 박정대」)다. 그는 자신의 시론에 대해 다음과 같이 말한다. "저에게, 시의 정수는 그 시에서 어떤 궁극의 이미지를 보여주는가 하는 점이지, 자신의 생각을 생각하나 것과 똑 같이 표현하는 것은 아니에요"(「불란서 고아의 음악」). 더 나아가 "시는 음악을 종이에 녹음한 것이며 음악은 세상의 모든 사물이다. (…) 소리가 굳어져 하나의 형태를 이룬다면 세상의 모든 사물은 음악이 되는 것이다"라고도 말한다. 또 "모든 소리들이 글자로 환원되지는 않는다, 반면 모든 글자는 소리로 환원된다, 여기에서 소리의 개별성으로서의 시가 탄생한다"(「인터내셔널 포에트리 급진 오랑캐 밴드」)고 말하기도 한다.

박정대의 시를 읽다보면 시적 소재, 이미지, 정서 등이 반복된다는 것을 느끼게 된다. 앞서 말했듯이 일단 '전직 천사'가 여러 차례 등장한다. '고독', '상실', '자조' 등은 그의 시 전체를 관통하는 정서이다. '고아', '짐 자무시', '톰 웨이츠', '체 게바라' 등은 시에서 반복적으로 등장하고 변주된다. 사실 반복은 시작되는 순간부터 낡아버리는 운명에 처해지거나, 아니면 이전의 것을 압도하는 풍부함으로 되살아나거나 하는 두 길만을 갖고 있다. 동일한 주제와 동일한 사태, 동일한 서정이 지속적으로 반복될 때 대부분의 시는 절박함을 끝내 올려주지 못한 채 낡음과 지루함으로 떨어지고 만다. 이 때 반복은 한 시인의 상상력이 사멸하는 징후일 수도 있다.

시인이 동일한 서정을 반복해서 밀고 간다는 것은 결코 쉬운 일이 아니다. 그럼에도 불구하고 그의 시는 반복되고, 그 반복 속에서 미묘한 차이를 만들어낸다. 그의 시는 "낡았고, (…) 새로우며 (…) 더 이상 그곳이 아니다"(「여기는 낡았고, 여기는 새로우며 여기는 더 이상 그곳이 아니다」). 다시 말하면 그의 시는 '반복과 차이의 변주'로 정식화될 수 있다. 반복과 차이의 변주는 정상성의 회복보다는 비정상성의 추구를 목표로 삼는다. 정상성이 지배의 욕망에 의해 추동된다면 비정상성은 정상성으로부터의 저항에서 비롯된다. 그렇기 때문에 그는 "말할 수 없는 것에 대해서는 침묵해야 한다/ 그러나 침묵을 강요하는 것에 대해서는 끝까지 말해야 한다"(「몇 개의 음향으로 이루어진 시」)고 말한다.

시의 특성을 이야기할 때 빠지지 않는 게 바로 '서정성'인데, 시의 서정성은 소설의 '서사성'과 구별되는 특징이라고 말할 수 있다. '서정(敍情)'을 한마디로 정의하기 쉽지 않다. 일반적으로는 시의 서정성은 시인이 느끼는 감정과 영혼의 상태를 독자의 심중에서 일깨우려 하는 시도로 설명할 수 있다. 그렇다면 서정은 시인과 독자의 감정의 동기화라고 부를 수도 있다. 박정대의 시에서 그 감정은 대체로 '고독'으로 수렴된다. 고독은 그의 시 세계를 관통하는 키워드라 할 수 있다. 하지만 그는 스스로 고독에 압도되어 무거운 감상성으로 독자를 압박하지 않는다. 낭만적 정신이 현실에 대한 비애와 절망에서 비롯한다고 할 때 그것이 비탄과 슬픔의 외연을 불러오는 것은 어찌 보면 자연스러운 귀결일지도 모른다. 그러나 비탄과 슬픔이 자기 위안의 형식으로 변질될 때 그 낭만성은 허위로 화하고 만다. 그는 자신의 고독을 독자에게 강요하지 않는다. 혼자서 그 고독의 풍성함을 느낀다. 그에게 있어 고독은 인간의 감각을 초능력화하는 물질의 연금술이다. '시인은 고독의 시간을 지나간다'. 마치 이 시처럼 말이다.

나를 따라다니던 그림자를
이젠 조용히 여기에 두고 떠나요
내가 좋아하는
고독의 돌맹이 하나만 가방에 넣고
다른 삶으로 가요, 그래요
다시 날아오르진 못할 거에요
뭐 그래도
안녕

—「다른 삶을 살고 싶어요」 부분

“시를 번역하는 것은 우비를 입고 샤워를 하는 것과 같다”

영화 〈패터슨〉(짐 자무시, 2016)은 『패터슨』(1946~1958)이라는 제목의 시집을 출간한 미국의 소도시 ‘패터슨’ 출신의 시인 윌리엄 카를로스 윌리엄스를 동경하는 영화 속 주인공 ‘패터슨’의 일상을 조명한 영화다. 패터슨은 버스 기사이자 시인이다. 이 영화는 시를 통해 사물 그 자체를 조명하고자 했던 윌리엄스의 시도를 영화의 방식으로 새롭게 구현하고 있다. 질 들뢰즈는 시에서의 이미지와 영화에서의 이미지 개념을 다른 것으로 파악한다. 그에 따르면 영화에서의 이미지는 무엇보다도 움직이는 이미지이기 때문에, 운동성과 시간성을 수반한다. 반면 시에서의 이미지는 주로 시간성에 의존한다.

누군가는 〈패터슨〉을 시인 윌리엄 카를로스 윌리엄스의 시집 『패터슨』에 담긴 미학적 관점과 조응하는 영화로 규정한다. 그런데 이는 〈패터슨〉이 추구하고 있는 물질의 객관성, 혹은 그 실재에 대한 탐구라는 관점에서는 옳은 평가이지만, 물질의 지속이라는 관점에서 본다면 꼭 그렇지만은 않다. 〈패터슨〉은 기존의 언어 양식을 영화라는 운동적인 매체를 통해 다른 방식으로 구현하고 있기 때문에 지속이라는 관점에서는 윌리엄스 시론에 대한 이율배반적인 영화이기도 하다.

〈패터슨〉은 주인공 패터슨이 매일 아침 비슷한 시간에 침대에서 잠을 깨는 장면으로 시작되는 일주일의 시간을 다루고 있다. 버스 기사인 그는 같은 이름의 도시 패터슨에 살았던 시인 윌리엄스의 시를 좋아하고 지하실에 마련된 서재에서 윌리엄스의 시를 읽는다. 그는 하루 종일 23번 버스를 운전하면서 틈틈이 시를 쓰고, 퇴근해서는 아내와 저녁을 먹는다. 식사를 마친 뒤에는 아내의 요청에 따라 반려견 마빈을 산책시키고, 동네 바에 들러 주인과 담소를 나누며 맥주를 마시다가 집으로 돌아온다.

〈패터슨〉은 패터슨의 똑같은 일상을 반복하는 것처럼 보인다. 하지만 그 반복에서의 차이가 이 영화의 주제다. 그의 사소한 일상은 비슷한 것 같지만 조금씩 다르다. 일상적 행위의 반복처럼 보이는 일상에서 미세한 차이를 발견하는 것이 곧 문제를 해결하는 것이다. 그 미세한 차이에서 의미가 발생한다. '헤테로토피아'는 일상 공간이면서도 구성원들이 꿈꾸는 비현실적인 유토피아를 가리킨다. 헤테로토피아는 일상에 실재하는 공간이면서 동시에 일상성에 매몰되지 않는 개인적인 공간이다. 헤테로토피아적 사고는 곧 창의적 사고이다.

패터슨은 버스를 운전할 때 승객들이 하는 이야기에 주의를 기울인다. 그는 버스 안에서 만나는 인간 군상을 관찰하고 사색한다. 영화는 버스 안을 떠도는 말들과 그것을 경청하는 패터슨의 모습을 자세하게 보여줌으로써 영화를 보는 이들로 하여금 이런 자극들이 언젠가 그의 시가 되어 나올 것이라고 기대하게 한다. 버스 기사인 패터슨은 승객을 선택할 수 없다. 그렇기 때문에 그는 승객의 말에 귀를 기울인다. 그는 버스 승객의 모든 이야기에 귀를 열고 그들과 혹은 그들의 삶과 접촉한다. 그는 버스 운행을 통해 평소에 주목받지 않는 사람과 사물을 주목하며 도시와 연결한다.

패터슨에게 시 쓰기는 위대한 작품을 제작하는 고독한 작업이 아니라 일상에서 접촉하는 사물과 타인의 이야기가 자기 안에 스며들어 의도치 않게 응답하는 활동이다. 다시 말하면 그의 쓰기는 들려오는 모든 소리를 누락시키지 않는 성실한 청자로서 반응하는 활동이다. 그가 시를 쓰면서 갖게 된 민감한 감각은 다양한 목소리에 더 주의를 기울이고 경청하게 함으로써 타자들의 서사와의 접속을 더욱 용이하게 한다. 그 경청에 응답하는 활동과 그것을 음미하는 시 쓰기를 통해 삶에서 자기 서사의 변화 가능성을 극대화한다. 그는 관념적인 것이 아닌 일상에서 마주치는 사물에서 시의 이미지를 얻어낸다.

참고로 패터슨과 그의 아내 로라는 여러 면에서 차이점을 보인다. 패터슨은 자신이 쓴 시를 다른 사람에게 보여주려 하지 않는데 반해, 로라는 끊임없이 자기 자신을 드러낸다. 감정 표현에서도 마찬가지다. 그는 자신의 감정을 솔직하게 털어놓지 않는 데 반해, 그녀는 감정을 솔직하게 드러낸다. 패터슨과 로라는 '정지'와 '역동'이라는 점에 있어 큰 차이가 있다. 하지만 삶의 방식을 스스로 선택하고, 상대방에게 변화를 요구하지 않는다는 점에서 유사하다. 그들은 있는 그대로의 모습을 사랑할 줄 아는 사람들이다.

〈패터슨〉의 자무시 감독은 패터슨의 시 쓰기를 통해 '시를 왜 쓰는가?'라는 질문을 던진다. 이 질문은 '패터슨에게 시 쓰기는 어떤 의미일까?'라는 질문으로 환원될 수도 있다. 패터슨이 시를 쓰는 본질적인 이유는 이름을 알리기 위해서가 아니다. 즉 그는 공명심이나 인정 욕구 때문에 시를 쓰는 게 아니다. 그렇다고 자기 치유를 위해서 시를 쓰는 것도 아니다. 물론 그는 시를 통해 어느 정도 자신을 치유하지만 근원적인 이유는 아니다. 원래 문학치료에서 쓰는 행위는 작품의 완성도나 탁월성과 무관하게 쓰는 자의 삶에 영향을 미치는지에 대한 관심으로부터 시작한다.

패터슨은 자신이 쓴 시를 완성품의 형태로 세상에 내보내는 일에 열의를 보이지 않는다. 그는 시를 쓰지만 위대한 시인이 되려는 열망이 없다. 또 시를 통해 유명해지겠다는 열망도 없다. 그에게 시 쓰기는 세상과 대화하는 방식이자 도구이다. 시와 일상, 그에게는 예술과 일상이 분리된 것이 아니라 예술이 곧 일상이고, 일상이 곧 예술이다. 패터슨에게 시는 고독의 산물이라기보다는 사람과 장소, 그리고 시간과의 대화의 결과물이다. 그렇기 때문에 그와 그의 아내 로라가 외출한 사이 마빈이 그의 시집을 물어뜯어 망가뜨렸을 때에도 그의 반응은 무심하기만 하다. 로라가 안타까워하자 그는 "시는 물 위에 쓴 낱말일 뿐이야"라고 말한다. 그에게 시를 쓴다는 것은 시간의 흐름과 함께 하는 행위이며, 작품의 보존이나 시집의 출간은 시 쓰기의 행위로서의 본질을 온전하게 드러내지 못한다.

패터슨에게 시는 내적으로 완결된 세계이고 시인의 삶을 압축한 소우주다. 그는 모든 사람들이 시인이 될 수 있고, 모든 것들이 시의 소재가 될 수 있다고 믿는다. 예컨대 그가 래퍼에게 세탁소가 랩을 만드는 작업실이냐고 묻자 래퍼는 "느낌이 오는 곳이라면 어디든"이라고 답한다. 래퍼에게 느낌이 오는 곳이라면 어느 곳이든지 랩을 만들 수 있는 장소가 될 수 있는 것처럼 시인 또한 마찬가지다. 패터슨은 시간이 날 때마다 시를 생각하고 시를 쓴다.

패터슨은 패터슨시를 대표하는 퍼세익강의 폭포 앞에서 매일 점심을 먹고 시를 쓴다. 패터슨은 한때 번창했던 공업도시였고, 섬유와 방적은 도시의 주요 산업이었다. 퍼세익강은 방적 산업에 필수적인 산업용수를 제공했다. 하지만 산업이 쇠퇴하면서 퍼세익강을 찾는 사람은 거의 없다. 퍼세익강은 영화에서 패터슨이 자주 가는 바의 '명예의 전당(wall of fame)'에 가깝다. 패터슨은 반려견 마빈이 자신의 시집을 망가뜨린 후에도 폭포를 찾고 그곳에서 한 일본인을 만난다. 일본인은 위대한 시인들이 각자의 삶 속에서 전혀 시인과 어울리지 않는 생업에 매달렸고, 그럼에도 불구하고 훌륭한 시를 남긴 사례들을 언급한다. 패터슨이 시를 좋아하냐고 묻자 그는 "시로 숨을 쉰다"고 답한다. 또한 그는 "예술적 태도를 가지고 살아가는 사람은 어디에서나 시를 쓴다"는 알쏭달쏭한 이야기를 한다. 그리고 헤어지면서 패터슨에게 '빈 노트'를 선물하며 "때로는 텅 빈 페이지가 더 많은 가능성을 선사하죠"라는 말도 남긴다. 일본인이 패터슨에게 남긴 말은 일상 속의 새로움, 익숙한 것의 낯섦, 그 깨달음과 예술적 각성의 순간을 함께 나누자는 제안으로 읽힐 수 있다. 일상을 다른 눈으로 바라보면 다르게 보이고, 평소에 보지 못했던 부분도 볼 수 있다는 금언으로도 읽힐 수 있다.

일상에서 예술이 탄생한다는 것은 창작이 일상적 삶의 테두리 밖에 있는 것이 아니라, 일상적인 지각 자체에서 발생한다는 것을 의미한다. 영화 속에서 래퍼가 부르는 노래의 한 소절인 "관념이 아닌 사물로"가 잘 예거하듯이 일상 속의 예술은 관념이 아니라 실재에 대한 탐구를 목표로 한다. 〈패터슨〉이 보여주는 시인의 공적 자리는 그가 일상이 그리는 순환적 궤도에 덮쳐오는 사건들과 목소리에 감각을 열어둔 채 모든 존재들의 청자로서 존재함으로써 공적 공간의 복수성을 실현하는 자리다.

〈패터슨〉은 이러한 점에서 윌리엄스의 시적 이미지가 만들어내는 순간의 심상에 주목하는 것이 아니라, 이러한 순간의 심상을 만들어내는 세계의 운동–이미지 전체에 주목하고 있다. 〈패터슨〉은 기존의 언어 양식을 영화라는 운동적인 매체를 통해 다른 방식으로 구현하고 있기 때문에 지속이라는 관점에서는 윌리엄스 시론에 대한 이율배반적인 영화이기도 한 것이다. 〈패터슨〉은 시로 가득 찬 영화이며 그 자체로 한 편의 시가 되는 영화다. 이 영화는 공공의 삶 속에서 시가 존재하는 방식에 대해 질문한다. 이 영화는 '시 쓰기'에 관한 영화로서 시 쓰기에 대한 성찰을 통해 시의 존재 의미를 새롭게 조명한다.

일찍이 플라톤은 시란 공공의 질서를 유지하는 데 도움이 되거나 공공의 삶에 기여한 모범적인 인물들에 대한 문학적 형상화를 통해 교육적 기능을 수행할 때만 존재의 의미가 있다고 보았다. 반면 테오도어 아도르노는 시의 무기능성을 주장했다. 즉 그는 시의 치료 기능에 대해 회의적이었다. 아리스토텔레스는 감정의 '카타르시스' 기능을 강조했다. 문학 텍스트를 읽고 쓰면서 자기 서사를 구서해가는 문학치료의 활동은 오히려 사회적으로 강요된 정상성으로 인해 상처 입은 사람들이 자신의 고유한 삶의 이야기를 찾아가는 과정을 포함한다.

〈패터슨〉은 단순히 윌리엄스 시에 대한 오마주가 아니다. 영화는 시의 창작이라는 대상의 분절 작용을 영화라는 운동-이미지 안에서 새로이 구성한다. 사물의 지속을 직관하는 인물의 운동을 지극히 영화적인 형식미 안에서 시각화함으로써 새로운 의미를 창출한다. 윌리엄스의 시가 사물의 순간 상태에 대한 시적 의미에서의 심상을 보여주는 것이라면, 자무시의 영화 〈패터슨〉은 이러한 심상이 만들어지는 감각-운동적 도식에 의한 과정 자체를 운동-이미지를 통해 표현하는 영화라고 할 수 있다. 〈패터슨〉에서의 시는 언어가 아닌 운동-이미지로 구현된 사물, 즉 이미지의 총체이다. 영화는 시 창작 과정은 이미지를 구축하는 과정, 즉 운동―이미지와 시간―이미지를 배치하는 방식과 같다는 것을 보여준다. 다시 말해 세계가 구성된 방식, 나아가 우리가 세계를 인식하는 방식 자체가 영화가 이미지를 갖는 방식과 같다는 것을 보여준다.

시에 공감하고 감동한다

개인적인 이야기로 이 글을 시작하려 한다. 아는 사람들은 다 아는 이야기인데, 나는 글쓰기를 제대로 배운 적도 없고 연습한 적도 없다. 그래서 글을 쓰는 일은 늘 어렵고, 쓸 때마다 부끄럽고 두렵다. 정식으로 등단한 것도 아니다. 그런데 어쩌다 보니 작가, 문학평론가, 영화평론가 등으로 불리고 있다. 처음에는 사람들이 그렇게 부르면 손사래를 치면서 아니라고 했는데, 이제는 돌이킬 수 없는 지경에 이르러 물릴 수도 없다. 그런 영광스러운 호칭을 받기에는 아직도 많이 부족하다. 언제쯤이면 그 호칭에 걸맞은 글을 쓸 수 있을지 장담할 수도 없다. 하지만 어느 책의 책머리에서 말했듯이 "잘 알지도 못하지만 계속 쓸 것이다". 고백하자면 사실 이 글도 잘 알지도 못하면서 쓰고 있다.

'무식하면 용감하다'는 말이 있다. 내 경우는 무식해서 용감한 것인지, 무식하고 용감한 것인지, 무식한데도 용감한 것인지 잘 모르겠지만 최근 몇 년 동안 논문, 평론, 서평, 신문 칼럼 등 다양한 글을 쓰고 있다. 평론의 경우에는 문학, 영화, 연극, 미술 등 장르를 가리지 않고 시쳇말로 '닥치는 대로' 써대고 있다. 그런데 처음에는 글을 쓰는 게 두렵지 않았는데 언제부터인가 점점 두려워지기 시작했다. 최근 들어서는 두려움에 불안감이 더해지고 있다. 개인적으로는 주로 영화와 책을 주제로 글을 쓰기 때문에 혹시 잘 못 보거나 잘 못 읽은 것은 아닌가, 하는 부끄러움과 두려움은 글을 쓸 때도 글을 쓰고 난 후에도 떠나지 않는다. 이 부끄럽고 두려운 속마음은 친한 사람들에게조차 쉽게 털어놓을 수 없다.

그런데 눈이 밝은 누군가에게 그 속마음을 들키고 말았다. 하지만 너무나 고맙게도 그는 내게 그 '부끄러움'과 '두려움'이 글을 쓰는 동력이라고 위로의 말을 건넸다. 내게 그 위로의 말을 건넨 이가 바로 시인이자 평론가인 정민이다. 그와는 비교적 자주 만나고 술도 마시고 편하게 이야기를 나누는 사이지만 고맙다는 말을 제대로 전하지 못했다. 이 자리를 통해 고맙다는 말을 전한다. 그가 얼마 전 『시의 골목 행간 풍경』(2021)이라는 평론집을 상재했다. 이 책에 실린 글들은 자신이 평소 가까이 놓고 읽던 시와 시인에 대한 '감상'이다. 보다 구체적으로 말하면 이 책은 여러 편의 시를 하나의 주제로 꿴 글, 시집의 발문과 서평, 문학관과 문인 기념 사업에 관한 글들로 채워져 있다.

『시의 골목 행간 풍경』을 읽으며 문득 '비평의 조건'에 대해 생각해 본다.

평론은 언제나 작품과 관계를 맺는 한편으로 독자와도 관계를 맺는다. 다시 말해 평론은 작품에 대한 독자를 자처하는 한편으로, 자기 자신에 대한 독자와도 대면해야 한다. 이 둘 가운데 균형을 유지해야 한다. 작품의 해설에 충실한 글들은 가독성을 얻는 대신 그 너머에 있어야 할 비평적 자의식을 놓치고, 특별한 개념이나 방법론으로 텍스트를 장악하려는 글들은 그 개념이나 방법론이 정작 작품을 읽는 데 장애가 된다. 격식을 지나치게 존중하면 생각에 그 격식에 맞게 정형화되고, 파격을 오롯이 추구하면 꿰지 못한 서 말의 구슬이 되기 쉽다.

비평은 텍스트에 대한 읽기의 재구성이나 주석을 덧붙이는 일에 그쳐서는 안 된다. 새로운 문제설정에 근거하여 누군가에게 말을 거는 작업이 되어야 한다. 즉 텍스트를 매개로 삶과 세계에 대한 기존의 일반적인 자동화된 인식을 근본적인 차원에서 재고할 수 있는 문제를 제기하고 그것을 함께 고민할 수 있도록 설득하거나 공유하는 일이 비평의 요체라 할 수 있다.

비평은 텍스트를 선정하는 데서부터 시작된다. 지금 무엇이 의미 있는 텍스트인가를 분별해내고 그 텍스트를 분석해 그것이 놓인 자리가 정확히 어디인가를 판정하고 헤아리는 안목, 대상에 대한 비평적 거리를 확보하면서도 대상이 발화하는 목소리에 겸허하게 귀를 기울이는 태도, 그 결과를 언어로 표현하고 전달하는 소통의 기술 등이 비평의 기본에 속하는 덕목들이다. 문학평론이든 영화평론이든, 텍스트의 분석과 해석이 먼저고, 비교하거나 사적 맥락을 따지는 것은 나중이다.

위 '비평의 조건'은 개인적으로 글을 쓸 때 마음을 다잡기 위해 메모판에 붙여 놓은 문구로, 어느 책에서 읽은 내용을 발췌해 정리한 것이다. 글을 쓰기 전에는 글을 이렇게 써야 한다고 생각하지만, 막상 쓰기 시작하면 글은 이 비평의 조건과 멀어지기 시작한다. 비평은 작품에 대한 독자를 자처하는 한편 자기 자신에 대한 독자와도 대면을 해야 하는데 언제나 한쪽으로 치우친다. 또한 가독성도 놓치고 비평적 자의식도 담지 못한다. 배운 게 도둑질이라고 특별한 개념이나 방법론으로 텍스트를 장악하려고 한다. 비평은 새로운 문제설정에 근거하여 누군가에게 말을 거는 작업이 되어야 하는데, 질문과 대답을 모두 혼자서 하다 보니, 내 글은 늘 자기 경계에 갇혀 자신과도 독자와도 소통되지 않는다.

그런데 정민의 『시의 골목 행간 풍경』은 나와 다르게 자기 경계를 허물고 자신과 소통하고 더 나아가 독자와도 소통한다. 저자는 "처음에는 시를 눈으로 읽었"다가 나중에는 "문학과 철학과 미학에 관한 이론서를 닥치는 대로 읽고는 거기에 맞추어 시를 제단하기도 했다"고 고백한다. 그에 따르면 시에 대해 자신의 의견을 말하지 못했기에 시를 읽는 게 재미없어졌고 글을 쓸 수 없었다. 그러다가 시의 의미를 생각하기에 앞서 시의 말을 느끼기 시작하면서 시가 다르게 보이기 시작했고 시에 대한 글을 다시 쓰기 시작했다. 즉 그는 자신의 시 읽기의 방점을 '감상(鑑賞)'에 두고 있다.

아주 오래전 대학생 때에 교양수업으로 '현대시의 이해와 감상'이라는 교과목을 수강한 적이 있다. 선생이 되어서는 '영미시의 이해'라는 교과목을 가르치기도 했다. 배울 때나 가르칠 때나 '이해'와 '감상'에 대해 크게 신경 쓰지 않았다. 이해와 감상에 대해 크게 의문을 제기하지 않고 자연스럽게 받아들였다. 하지만 이해와 감상은 영화 〈죽은 시인의 사회〉(1989)가 예거하듯이 시간적으로 선행과 후행의 관계, 또는 논리적으로 인과 관계의 관계에 놓여 있지 않다. 키팅은 영화 속 교재 서문의 "시를 완전히 위해서는 운율, 음조, 비유법 등에 유창해야 한다"라는 내용을 "쓰레기"라고 일갈하고 학생들에게 서문을 찢으라고 독려한다. 키팅 또한 시 읽기의 방점을 이해보다도 감상에 두고 있다.

짐 자무시의 영화 〈패터슨〉(2017)에서 패터슨은 반려견 마빈이 자신의 시집을 망가뜨린 후에 폭포를 찾고 그곳에서 한 일본인을 만난다. 일본인은 위대한 시인들이 각자의 삶 속에서 전혀 시인과 어울리지 않는 생업에 매달렸고, 그럼에도 불구하고 훌륭한 시를 남긴 사례들을 언급한다. 패터슨이 시를 좋아하냐고 묻자 그는 "시로 숨을 쉰다"고 답한다. 『시의 골목 행간 풍경』의 저자는 "비로소 시인들이 시를 살고 있다는 생각이 들었고, 시를 감상하면서 시인의 감정을 느끼고 시인의 생각을 짐작하게 되었다"고 말한다. 〈패터슨〉의 "시로 숨을 쉰다"와 『시의 골목 행간 풍경』의 "시를 살고 있다"는 어느 면에서 봐도 공명한다. 그는 "시에 공감하고 감동한다"고 말하는데, 이는 시에 대한 정의(定義)로 조금도 부족함이 없다. 나 또한 그와 함께 "시의 골목을 기웃거리"며 "시의 매혹, 담 너머 피리 소리를 따라 그 행간의 풍경 속에서 계속 서성이"려 한다. 그렇게 기웃거리고 서성이며 그를 더 깊게 알고 그와 더 두터운 우정을 쌓아가려 한다.

상처와 울음으로 빚은 사랑

아마도 십 년 전쯤이었던 것 같다. 만일 운 좋게 기회가 생겨 평론 비슷한 글을 쓰게 된다면 가장 먼저 시인 허수경에 대해 글을 써야겠다고 다짐했던 게 말이다. 평소 시를 잘 읽는 편이 아닌데, 어느 문학상 수상시집에 실린 허수경의 시를 우연히 읽고 그렇게 다짐을 했던 것 같다. 하지만 그 다짐은 지켜지지 않았다. 그로부터 얼마 후 기회가 되어 한 주간지에 매주 또는 격주로 삼 년 가까이 영화평론을 썼고, 또 그것을 계기로 여러 지면에 영화평론 혹은 문학평론 등의 정체불명의 글들을 닥치는 써댔기 때문이다.

생각해 보니 그때 허수경에 관한 글도 쓴 것 같다. 그런데 그때 쓴 글은 그녀의 시가 아니라 그녀의 소설에 관한 것이었다. 아마도 『아틀란티스야, 잘 가』(2011)에 대해 썼던 것 같다. 소설 속 주인공 '경실', 그리고 일기장 속의 또 다른 자아 '미미'에 자꾸만 시인의 모습이 겹쳤다. 그런데 소설을 읽으면서도 머릿속으로는 계속 그녀의 시를 생각하고 있었다. 한참의 시간이 흐른 지금에서야 허수경의 시에 대해 글을 쓴다. 그때의 다짐을 실천하는 것 같아 마음이 조금 가볍다.

시인 허수경을 말할 때 빼놓을 수 없는 몇 개의 키워드가 있는데, 예를 들면 '진주', '독일', '고고학' 등이다. 많은 사람들이 이야기하듯 그녀의 삶과 시에서 진주는 결코 분리될 수 없다. 그녀는 진주에서 태어나 그곳에서 자랐고 대학 역시 그곳에서 다녔다. 진주의 낮은 한옥들, 골목들, 그 사이사이에 있던 오래된 식당들과 주점들, 그 인간의 도시에서 새어 나오던 불빛들은 그녀의 시의 근간이자 도시에 대한 원체험이 되었다.

허수경은 대학 졸업 후 서울에서 혼자 지내며 『슬픔만한 거름이 있으랴』(1988)와 『혼자 가는 먼 집』(1992)을 발표한다. 하지만 그녀는 갑자기 독일로 유학을 떠났고, 그곳에서 고고학을 공부했다. 그리고 2018년 세상을 떠날 때까지 독일에 거주했다. 독일에 머물면서 그녀는 몇 권의 시집과 장편소설, 그리고 또 몇 권의 산문집 등을 발표했다. 세상을 떠난 뒤에는 또 몇 권의 유고집이 출간되었다. 다시 말하지만 '진주', '독일', '고고학'은 그녀의 짧지만 삶을 압축할 뿐만 아니라 그녀의 문학을 관통하고 아우르는 키워드다.

이 짧은 글에서 허수경의 문학 세계 전반을 다룰 수 없다. 지면도 허락되지도 않거니와 무엇보다도 그것을 감당할 만한 능력이 되지 않기 때문이다. 주로 그녀의 시 세계를 살펴보려 하지만 이 또한 쉽지 않을 것 같다. 왜냐하면 그녀는 다섯 권의 시집 외에 장편소설, 소설집, 동화, 산문집 등을 상재했기 때문이다. 심지어 그녀는 파울 첼란 전집을 번역하기도 했다. 허수경의 모든 시를 다룰 수도 없기에 이 글에서는 『허수경 시선』(2017)에 실린 몇몇 작품을 중심으로 허수경의 시 세계를 간략하게 살펴보려 한다.

많은 이들은 한 시인의 가장 뛰어난 시집은 첫 번째 시집이라고 생각한다. 이는 시인이 첫 시집을 낼 때 감수성이 가장 예민하고 파릇파릇하고, 첫 시집에 시인 스스로 그때까지 쓴 시 가운데 가장 뛰어난 시들을 선별했다고 생각하기 때문이다. 허수경의 첫 시집 『슬픔만한 거름이 있으랴』는 그런 통념에서 결코 벗어나지 않는다. 물론 좋은 의미에서의 통념이다. 「진주 저물녘」과 「폐병쟁이 내 사내」를 비롯한 절창이 시집을 꽉 채우고 있다.

> 기다림이사 천년 같제 날이 저물세라 강바람 눈에 그리매 지며 귓불 불콰하게 망경산 오르면 잇몸 드러내고 휘모리로 감겨가는 물결아 지겹도록 정이 든 고향 찾아올 이 없는 고향
>
> —「진주 저물녘」 부분

> 청솔가지 분질러 진국으로만 고아다가 후 후 불며 먹이고 싶었네
> 저 미친 듯 타오르는 눈빛을 재워
> 선한 물같이 맛깔 데인 잎차같이 눕히고 싶었네
> 끝내 일어서게 하고 싶었네
>
> —「폐병쟁이 사내」 부분

허수경의 시를 좀 더 살펴보기에 앞서 문인들의 평을 한번 들어보자. 먼저 소설가 송기원이다. 그는 『슬픔만한 거름이 있으랴』의 발문에서 그녀의 시를 처음 접했을 때 "나이에 걸맞지 않게 구사하는 세련되고도 화려한 언어감각, 반짝이는 시적 기교들이" 염려스러웠다고 말한다. 그는 허수경의 시를 현장시로 묶으면서 일말의 불안감을 느꼈지만 『실천문학』의 복간호에 실린 그녀의 시를 읽으며 안도했다고 말한다. 그는 허수경의 시에 대해 "화려하고 반짝이는 것들이 그 빛을 죽이는 대신에, 보다 확고한 역사의식과 시대감각이 전면에 떠"오른다고 평했다. 그는 허수경의 시가 사람을 사로잡는 힘의 연원을 '사랑'에서 찾는다. 그는 "크고 넉넉한 사랑은 그만큼 크고 깊은 고통과 몸부림이 없이는, 또한 그만큼 크고 깊은 은총이 없이는 불가능하다"고 말한다. 더 나아가 그는 "허수경은 누군가로부터 저주와 은총을 함께 받은 시인"으로 명명했는데 마치 그녀의 삶을 예견한 듯하다.

또 허수경의 문우인 소설가 신경숙은 허수경의 시집 『내 영혼은 오래되었으나』(2001)의 발문에서 "수경의 연배로서 우리말을 그처럼 자유자재로 내왕하고 능란하게 펴올려 시의 밭을 일구어내는 다른 시인을 알지 못 한다"고 말했다. 그녀가 첫 두 시집을 내었을 때를 "우리말을 속 깊게 다루는 웅숭깊은 시인이 탄생했으니 그에 대한 시단의 기대도 한껏 부풀어 올라 있던 때였다"로 기억한다.

신경숙은 소설가들 또한 수경의 시를 줄줄 외우고 있는 경우가 자주 있었고 자신도 수경의 시에 흠뻑 매혹되었다고 고백한다.

그녀는 “수경의 천부적인 능청이나 청승에 무릎이 푹푹 꺾이는 소리가 나기도 했지만 명민하게 우리말을 새롭게 배치해나가는 수경의 행보가 신선했다”고 평한다. “감칠맛 나게 우리말을 섞어 완창을 이루어내는 단연 돋보이는 이”라고 말한다. 그녀의 시가 “불우함마저도 병마저도 눈이 부시고 찬란하고 애살스러워 기어이는 관능적이기까지 했다”고 덧붙인다.

『허수경 시선』의 뒤에 실린 「허수경에 대해」라는 짧은 글에서도 이와 비슷한 평이 이어진다. 시선의 기획위원인 안현미는 허수경이 “자신만의 고유한 울림을 우리에게 인상 깊게 각인시켜온 허수경의 시는 자기 자신을 답습하지 않고 끊임없이 자기 자신 너머에 대해 질문하기를 멈추지 않는다는 점에서도 큰 신뢰와 무한한 애정을 갖게 한다”고 평했다.

문학평론가 신용목은 다음과 같이 말했다. “허수경의 시는 일상의 비애 가운데서도 자기 연민에 빠지지 않고, 인류 자체의 감각과 정면으로 마주한 채 세계의 운명과 대결하려는 순간들로 가득하다. 그것은 (…) 시간의 절대성과 공간의 상대성 속에 놓인 인간의 고통과 결핍을 존재론적 증상으로 다룬다는 점에서 특별하다. 그래서 타자의 서사로 맞닥뜨린 전쟁과 궁핍의 역사에 지극히 동참하는 방법으로써 그리움을 노래하고 있다. (…) 어떤 정치적 타산이 개입할 여지를 남기지 않음으로써 역설적으로 가장 정치적인 한순간을 선보이는데, 이는 일부에서 난해한 문법 속에서만 호명되어 왔던 한국시의 다른 가능성을, 인간 자체에 대한 탐구를 통해 제시하는 귀한 사례일 수 있을 것이다."

허수경은 우리말의 가락을 살린 독특한 어법으로 새로운 '관능'의 세계를 선보였다. 허수경의 시는 역사의 폐허와 인간의 외로움을 여성의 '구슬픈' 곡조로 뒤섞는다. 취기 가득한 유랑가수의 목소리로 읊조리는 시, 그것이 바로 허수경의 시다. 허수경의 시 세계를 지탱하는 진정한 힘과 매력은 이 전경의 배후에 깔려 있는 심층의 음화 속에 들어 있다. 허수경의 시는 "떠도는 영혼의 슬픈 고향 상실의 노래인 동시에 또한 삶의 정처 없음을 자신의 정처로 삼은 한 불우한 영혼의 전망 없는 세계에 대한 위대한 연민의 노래"라고 명명된다. 허수경은 시인 같은 시인이자 전형적인 청승의 시인이다. 서정시로서의 그녀의 시는 사람들에게 현기증이나 울렁거림을 끌어낸다. 물론 좋은 의미에서의 현기증과 울렁거림이다.

많은 이들은 허수경의 시의 정조를 이야기할 때 '관능', '슬픔', '상실', '연민', '애수' 등을 빼놓지 않는다. 그 가운데 첫 번째 정조는 역시 슬픔이다. 그 슬픔은 불가능함에 대한 슬픔이 아니라 불가능한 꿈에 대한 그리움, 불가능함을 감내할 수밖에 없는 사람의 슬픔이다. 분노처럼 격하고 탈한 것이라기보다는 비애처럼 투명하고 맑은 슬픔이다. 이 슬픔을 향수라고 부를 수도 있고, 그리움이나 비애나 슬픔이나 회한 등, 어떻게 불러도 상관없다. 실향에서 비롯된 향수와 원초적 고향 상실로 인한 근원적 향수의 분리라고 불러도 좋겠다. 중요한 것은 그런 분리를 통해 형성되는 정서의 망이 있다는 것이다. 진정으로 위험한 것은 고향을 떠났을 때가 아니라 고향에서 돌아와서 느끼는 슬픔이다. 여기에는 대책이 없다(서영채, 「나비와 잠자리 사이: 시를 쓰는 마음에 관하여」, 『빌어먹을 차가운 심장』).

그런데 시인 허수경도 이를 부정하지 않는 것처럼 보인다. 왜냐하면 그녀 또한 시인 노트에서 다음과 말한 바 있기 때문이다.

> 간절한 한 사람의 시간을 붙들고 있는 것, 그 시간을 공감하는 것, 그것은 시를 쓰는 마음이라는 생각을 나는 하곤 한다. 사람의 시간뿐 아닐 것이다. 어린 수국 한 그루를 마당에 심어놓고 아침저녁으로 바라보는 일도 그와 다르지 않을 것이다. 아기 새들이 종일 지저귀던 늙은 전나무에 있는 새집을 바라보던 시간도 마찬가지일 것이다. 간절한 어느 순간이 가지는 강렬한 사랑을 향한 힘, 그것이 시를 쓰는 시간일 것이다. 시를 쓰는 순간 그것 자체가 자신 힘이 시인을 시인으로 살아가게 할 것이다.

사실 시인이 된다는 것은 깊은 시간의 고독 속에서 다른 시간의 형식을 만들어내는 과정이다. 형식의 주체는 하나의 인격을 가진 '나'로서의 시인이 아니며, 그 오래된 시간 속에서 '익명화'된 존재다. '우리'는 결국 시간과 기억의 주인이 될 수 없고, 노래의 주인도 될 수 없다. 저 오래된 시간에 대한 끝없는 질문에도 불구하고 '당신과 나'는 하나의 시간 속에서 다시 들어가지 못하겠지만, 노래의 그림자'는 남는다. 노래의 그림자만이 남는다는 것은, 시간의 악마적인 힘 앞에서 불가능한 위로에 가깝다. 위로는 불가능하지만, 불가능에 대한 노래는 다른 시간의 잠재성에 닿는다.

마르틴 하이데거 철학의 핵심은 '다자인(Da-sein)'이다. 말 그대로 '거기에 있다'는 뜻이다. 모든 인간은 세상에 있는 상태로 이미 존재한다. 그 뒤로는 자신이 누구이고, 무엇이며, 어떤 가치와 신념을 가지고 살아갈 것인지 선택하고 그 선택에 대해 책임을 져야 한다. 그런 의미에서 다자인은 인간으로 살아간다는 것이 무엇인지 설명하는 개념으로 실존주의와 관련이 깊다. 모든 사람은 '타인'에 대한 감각을 갖고 있다. 타인은 우리에게 거울 역할을 하며 우리가 누구인지 알도록 한다. 하지만 타인은 우리를 유혹하기도 한다.

시는 그 시간이 다시 올 거라고, 당신과 내가 다시 만날 거라고, 혹은 오래전 그 순간이 영원하다고 말하지 못한다. 오히려 저 뼈아픈 불가능 속에 남아 있는 오래된 시간의 영혼을 대면하게 한다. 단일한 영혼이 있다고 할 수 없다. 오래된 시간의 영혼은 시적인 이행의 순간 탄생한다. 또 다른 시적인 시간이 도래하는 그 순간, 시간에 대한 날카로운 애도는 시간의 고독을 둘러싼 미래가 된다(이광호, 「저 오래된 시간을 무엇이라 부를까」, 『누구도 기억하지 않는 역에서』).

허수경의 시는 '상처와 울음으로 빚은 사랑'의 세레나데다. 하지만 사랑의 고백을 들어줄 애인은 떠나고 없고, 그녀는 가난하여 연주할 악기조차 하나 없다. 아무도 없는 텅 빈 '공터'나, 언제 도착

할지 모를 '먼 집'으로 가는 쓸쓸한 길에서 사랑을 노래한다. 시인은 노래와 신음, 울음과 웃음이 뒤섞인 독특한 발성법으로 독자들을 강렬하게 사로잡았다. 그녀의 시가 뿜어내는 환하고도 아픈 빛은 흐르는 눈물 속에 반짝이는 엷은 미소처럼 하나의 단어로 표현할 수 없는 복합적인 감정을 불러일으킨다.

허수경은 한국인의 가슴에 전해 내려오는 오래된 정서와 가락을 현대의 일상 속에 되살렸다. 허수경의 시를 통해 독자들은 자신의 마음속 '상처와 울음'이 먼 옛날로부터 이어져 온 정서와 가락으로 편곡되는 경험을 했다. 그 선율은 깊은 내면의 상처와 울음에 어떤 음악보다도 잘 어울린다.

잃어버린 것에 대한 애도는 시의 보편적인 주제이지만, 허수경의 시는 독특한 애도의 언어와 미학으로 한국시에 잊을 수 없는 목소리를 남긴다. 애초에 허수경의 시적 목표는 애도를 끝내는 것이 아니라, 세상의 모든 "환하고 아픈 자리로 가"서 애도를 계속하는 것이었다. "잊혀진 상처의 늙은 자리는 환하다/ 환하고 아프다// 환하고 아픈 자리로 가리라/ 앓는 꿈이 다시 세월을 얻을 때"(「공터의 사랑」). 어느덧 허수경에게 애도는 그 자체로 사랑의 행위가 된다. 애도와 사랑은 이제 같은 서술어를 고유한다. 상처도, 애도도, 사랑도, 그리고 당신과 나도 모두 "아프고 환하다".

허수경은 애도의 대상을 그녀가 혼자 잃은 것에 한정하지 않는다. 현대의 자연과 문명이 각기 잃어버렸으되 공동체 전체의 손실이 된 것들로 시야를 넓힌다. "우리는 단독자"(「연필 한 자루」)이지만, '상실한 존재'이며, '상처받은 존재'라는 동일한 정체성을 지닌 단독자다. 「너의 눈 속에 나는 있다」, 「차가운 해가 뜨거운 발을 굴릴 때」 등에서 허수경은 그 목록을 예시한다. 도심에서 차에 치이는 다람쥐, 내일이면 도살될 돼지들, 저녁 퇴근길 답답한 차 안에서 고함을 치는 너, 먼 열대에서 오래된 노래를 흥얼거리며 빨게를 찾는 작은 남자와 그의 아이들, 공원에서 술병을 들고 앉아 있는 늙은 남자 등, '당신'을 잃어버린 '나'는 이제 세상의 수많은 타자들, 특히 약자들 속에서 자신을 재발견한다. "컴컴한 곳에서 아주 작은 빛이 나올 때/ 너의 눈빛 그 속에 나는 있다/ 미약한 약속의 생이었다." 이 미약한 약속의 이름은 사랑이다.

상처와 상실로 빚은 허수경의 '사랑'은 개인과 공동체의 현실을 넘어 근대의 역사 전체를 관통하는 열쇠가 된다. 허수경은 근대의 역사를 "이름 없는 섬들에 살던 많은 짐승들이 죽어가는 세월"(「빌어먹을 차가운 심장」)이라고 규정한다. "이름 없는 것들"이 "이름 없는 세월" 속에 죽어가는 근대는 비인간적인 시스템과 비극적인 사건들을 끊임없이 쏟아낸다. 이것은 "긴 세기의 이야기"이며, "빌어먹을, 차가운 심장의 이야기"다. 허수경은 근대의 역사가 '이름'을 빼앗기고 '목소리'를 빼앗겨 상실을 말하지 못하는 자들의 이야기임을 간파한다. 상실보다는, 상실을 말하지 못하는 것이 더 혹독하다. 상실을 말하지 못하는 곳에서는 사랑도 추방된다. 상실의 언어는 사랑의 언어와 서술어가 같다. 상실도 사랑도 "환하고 아프다".

상실을 말할 수 없는 '당신'들로 가득한 근대의 이야기에 결정적으로 부족한 것은 '사랑'이다. 근대 사회가 양산하는 폭력적인 상실을 '사랑'으로 바꾸기 위해서는 얼마나 '환한 빛'이 필요한 것일까, 문득 궁금해진다. 허수경은 그 일을 감당하는 것이 시의 운명이며, 시인의 소명이라고 생각하는 듯하다.

지배담론의 정당화인가, 문화적 욕구의 열망인가

전작 『영화로 숨을 쉬다』(2022)의 초고를 쓰면서 유독 옛날 노래와 옛날 영화를 많이 듣고 보았다. 책 내용이 1972년부터 2021년까지 50년 동안 그해 개봉한 영화들에 관한 이야기이기 때문이기도 했지만, 사실 그 이전부터 옛날 노래와 옛날 영화를 많이 듣고 많이 보았다. 사실 영화 〈써니〉(2011)와 드라마 〈응답하라 1988〉(2015~2016)의 인기로 복고 열풍이 불기 훨씬 이전부터 옛날 노래와 옛날 영화를 좋아했고 나름대로 공부도 했다. 좋아해서 공부한 것인지 공부해서 좋아한 것인지 잘 모르겠지만 말이다. 평소 인터넷을 잘 하지 않지만 유튜브 채널 '복고맨'을 자주 들었다. 이 채널을 통해 마이클 잭슨, 마돈나, 마이클 볼튼, 엘비스 프레슬리 등과 같은 팝의 슈퍼스타를 비롯해 본 조비, 건스 앤 로지스, 티파니, 데비 깁슨, 아하, 모던 토킹, F. R. 데이비드, 글렌 메데이로스 등 수많은 추억의 가수들 영상까지 찾아보았다.

그러다가 우연히 조용필의 영상을 보게 되었다. 총 4개 40분 정도 분량의 영상이었다. 영상을 보면서 조용필에게 가왕이라는 칭호가 전혀 아깝지 않다는 생각이 들었다. 예전에 읽은 안덕훈의 『Hello 조용필 키드』(2013)라는 소설도 생각났다. 조용필뿐만 아니라 예전의 우리나라 가수에 대해 관심이 생겼다. 더 솔직하게 말하면 가수보다도 당시의 대중음악 전반에 대한 호기심이 더 컸다.

이것저것 자료를 찾다가 『한국 팝의 고고학』(2022)이라는 책이 눈에 띄었다. 그전에도 그 책의 존재에 대해서는 알고 있었던 것 같기도 하다. 이 책은 한국의 대중음악사에서 전설적이고 기념비적인 저서다. 각각 1960년대와 1970년대를 다룬 두 권으로 구성된 이 책은 2005년에 출간되었다가 곧 절판되었다. 그런데 1980년대와 1990년대를 서술한 두 권이 추가되면서 비로소 하나의 시리즈로 완성되었고 1960년대부터 1990년대까지의 한국 팝의 역사를 통시적으로 또 공시적으로 일목요연하게 정리하고 있다. 특히 각 장의 말미에는 그 시대를 대표하는 가수, 작곡가, 작사가, 제작자, 엔지니어, 음악 PD 등 업계 종사자 간의 인터뷰가 실려 있다. 개인적인 생각에는 이 인터뷰가 이 책을 더욱 풍성하고 값어치 있게 만든다.

『한국 팝의 고고학』은 총 네 권으로 구성되어 있고 2,600쪽이 넘을 정도로 방대하고 내용 또한 대단히 전문적이다. 사실 목차만 보아도 이 책의 제목이 왜 역사가 아니라 고고학인지 실감하게 된다. 그럼에도 대표 저자는 제목이 왜 고고학인지에 대해 다음과 같이 자세히 설명한다. "사실과 무관하게 신화를 덧입히는 작업이 아니라 사실과의 관계 속에서 신화들을 재조명하는 작업, 달리 말한다면 알려지지 않은 사실을 덮어 둔 채 미화하는 작업이 아니라 드러내고 감평하는 작업이었다. 그래서 이 책에는 선명한 주방보다 담담한 기술이 훨씬 많다."

교과서적으로 말해 역사는 기록과 그 기록에 대한 해석으로 구성된다. 역사는 실제로 있었던 일을 기록하는 것으로 끝나지 않는다. 거기에 기록한 이의 해석이 뒤따라야 한다. 하지만 세상의 모든 일들을 기록하는 것은 불가능하다. 선택과 집중이 불가피하다. 대신 그 선택과 집중에 대한 설명이 필요하다. 『한국 팝의 고고학』의 저자들 또한 마찬가지다. 그들은 당시의 모든 음악과 모든 음악을 담으려 욕심내지 않는다. 기계적 균형을 취하려 하지 않고 음악적 선호를 분명히 드러낸다. '1970년대'와 '통기타 포크'보다는 '1960년대'와 '그룹사운드'에 더 주목한다. 1960년대와 1970년대를 이분법적으로 비교하고 양자를 단절하기보다는 연속적 계열로 파악한다. 즉 "1970년대에 미학적으로 만개했던 음악적 실천들은 1960년대에 문화적으로 씨를 뿌리거나 싹을 틔우고 있었다". 미8군 무대를 통해 우리나라에 서양음악이 유입되고 일반 무대에서 가요가 서양화된다. 다른 누군가의 말을 빌려 이를 '팝 혁명'이라고 부른다. 그리고 이 팝 혁명은 1960년대를 거치면서 대중음악계, 나아가 문화계 전반에 심오한 영향을 미쳤다.

책 속으로 조금 더 들어가보자. 1960년대 말 1970년대 초의 '팝

혁명'은 '가요 민족주의'로 변형된다. 1970년대에 대한 통상적인 이미지는 박정희로 상징되는 정치권력의 절정과 몰락이다. 그 권력은 너무도 막강해서 이 시기 한국 사회에서 일어난 모든 사건들은 아무리 사소할지라도 이 거대한 권력과 얼굴을 마주해야 했다. 팝 혁명은 박정희 정권에 의해 퇴폐 문화로 아주 간명하게 낙인찍힌다. 일상적인 감시에서 물리적 금지에 이르기까지 거대한 검열 기제가 작동했고 이 작동 과정에서 종종 파열음이 들여왔다. 그 절정은 1975년 '가요 정화 운동'과 '대마초 파동'이다. 영화 〈고고 70〉(최호, 2008)이 잘 예거하듯 가요 정화 운동과 대마초 파동을 거치면서 당시 한국의 수많은 대중음악인들이 활동을 정지당했고 음악 문화의 공간들은 반강제적으로 폐쇄되었다.

한국 록과 한국 포크는 억압으로 사라지지도 않았고 그렇다고 자유롭게 만개하지도 못했다. 그 후 팝 혁명의 생존자들은 엘리트의 민족문화에 대해 흡수, 협상, 저항 등의 복잡한 과정을 거치면서 문화 쇄신의 시도를 계속했다. 때로는 지배문화의 헤게모니에 흡수되어 '가요'의 하나, 즉 '방송 연예'로 정착하기도 하고, 때로는 협상을 통해 나름의 영토, 즉 '언더그라운드'를 확보하기도 하고, 때로는 격렬하게 저항하고 투쟁하기도 했다. 1970년대 중반이라는 기점은 한국 사회의 많은 것들이 근본적으로 변모하는 시점이다. TV 수상기가 100만 대를 넘어서고, 아파트가 우후죽순 늘어서고, '평준화 세대'가 대학생이 된 시대다. 이 모든 것은 한국에서 토착적 현대성이 형성되는 것을 반영하고, 그에 따라 주체성이 형성되는 것을 반영한다.

이전 시기와 비교했을 때 1980년대 가요의 특징 가운데 하나는 가사에 '공간'이 중요한 키워드로 등장했다는 점이다. 즉 「여의도 광장」, 「광화문 연가」, 「혜화동」, 「신사동 그 사람」, 「비 내리는 영동교」 등 특정 장소가 노래 제목이나 가사 속에 등장한다. 그 흐름은 2010년 이후에도 「강남스타일」, 「이태원 프리덤」, 「홍대 블루스」, 「양화대교」 등으로 이어진다. 실제로 1980년대 들어 한국 팝은 '여의도 가요계', '신촌파', '방배동 사단', '낙원동 악기 상가' 등을 형성했고, 연예인들이 몰리는 방송가, 젊은이들이 찾는 대학촌, 고급스러운 카페촌, 악기 상가라는 하며 정체성을 구축했다. 이는 각각 주류 가요, 블루스, 발라드, 헤비메탈이라는 음악 장르와도 연관된다.

그런데 장소는 물리적 위치가 물질적 환경이기 때문에 가변적이다. 특정 시점에는 불변적으로 보이지만 시간이 지나면 장소도 변한다. 물질적 환경이 장소를 바꾸기도 하고 도시의 중심지를 바꾸어 놓기도 한다. 1980년대 초 이용은 「서울」에서 "종로에는 사과나무를, 을지로에는 사과나무를 심어보자"고 노래했다. 즉 명동이나 광화문 등을 포함해 1980년대까지 서울의 중심은 강북이었다. 하지만 1990년대 들어 서울은 강남을 의미하게 되었고 점차 수도권이라는 권역으로 확장되기 시작한다. 1990년대가 되면 하나의 장소가 하나의 장르의 본산으로 취급되지 않는 일이 가속화되었다. 부와 자본과 인력이 강남에 편중되고 집적되었지만 한 지역을 하나의 음악에 대응시키는 것이 어려워졌다. 장소 없는 장소성의 시대가 도래하며 점차 사이버 공간 또는 가상의 세계가 중요해졌다. 「도시인」, 「재즈 카페」 등의 노래 가사 속 가상 세계가 물리적 공간을 밀어냈다.

그렇다면 비교적 현재와 가까운 1990년대는 과연 어떤 시대였을까? 누군가는 이때를 풍요로운 시기로 누군가는 절망의 시기로 기억한다. 그런데 이 기억은 맞을 수도 틀릴 수도 있다. 〈질투〉(1992)와 〈느낌〉(1994) 등과 같은 트렌디한 드라마, 그리고 드라마 속 노래는 1990년대 초반의 밝고 희망찬 분위기를 잘 반영한다. 그때 당시에는 이제는 추억의 이름이 된 신세대 혹은 X세대가 시대의 주역이 되었고, 오렌지족처럼 극단적이지는 않았어도 많은 사람들이 소비를 통해 정체성을 구축하기 시작했다. 경제는 풍선처럼 부풀어서 집마다 자동차를 굴리고 컴퓨터를 장만하기 시작했다. 신도시가 계획, 건설되고 이른바 386세대 대다수는 아파트에 사는 중산층이 되어 '강남 어린이'를 낳고 키우는 꿈을 키웠고 실현했다. 하지만 지존파 사건, 성수대교와 삼풍백화점의 붕괴, 그리고 결정적으로 IMF 구제 금융 신청 등으로 사람들은 현실이 낭만적이지도 않고 환상대로 흘러가지 않는다는 것을 깨닫게 된다.

1990년대는 '파란만장한' 시대였다. 한국의 대중음악은 이때가 황금기였다. "경제가 울울창창하게 성장하면서 사회 전체가 홍청망청하던 시대. 음악 산업 어느 부분이나 돈이 잘 풀리고 잘 돌았던 시대, 주류 장르의 경우 몇 달만 합숙해서 데뷔해도 스타가 되던 시대, 주류 장르가 아니더라도 음반 10만 장 판매가 기본이었던 시대, 이런 거짓말 같은 시대가 1990년대였다.” 새로운 형식으로 주목받았던 ‘랩 댄스’ 음악은 1980년대부터 이태원 등에서 활동하던 수많은 DJ와 댄서들이 수면 위로 모습을 드러내면서 등장했다. 1980년대 헤비메탈을 부르짖던 로커들이 주류 가요계로 진입하면서 록 음악이 TV와 라디오에서 어느 정도 비중을 차지했다. 미국에서 건너온 교포 젊은이들은 당시 한국에서 낯설었던 새로운 음악을 정통인 것처럼 선보였다. 누군가는 일본 음악을 흉내 내 큰 성공을 거두거나 철퇴를 맞기도 했고, 누군가는 대만과 교류하며 일찌감치 한류의 길을 열기도 했다. 이처럼 ‘경제 호황’과 ‘글로벌’, ‘장르의 다양화’와 같은 키워드는 1990년대 음악을 오롯이 상징한다.

전술했듯이 『한국 팝의 고고학』은 총 네 권으로 구성되어 있고 각 권은 1960년대부터 1990년까지 10년 단위로 나뉜다. 각 권의 부제는 ‘탄생과 혁명’, ‘절정과 분화’, ‘욕망의 장소’, ‘상상과 우상’이다. 다시 말하면 이 책에서는 1960년대와 1970년대 한국 팝이 어떻게 탄생하고 변화를 겪었는지, 어느 순간 절정을 맞이하고 분화를 겪게 되었는지를 일별한다. 그리고 1980년대와 1980년대 한국 팝이 어떻게 한국인의 욕망을 투영하고 상상과 우상의 산물인지를 규명한다.

대중음악은 대체로 당대의 스타 가수를 중심으로 기술되고 그런 흐름은 현재까지도 지속된다. 그들은 당대 대중음악을 더욱 빛나게 하고 그들이 끼친 문화적 파급력과 창출하는 경제적 효과는 규모와 정도에서 상상할 수 없을 만큼 크고 대단하다. 그들의 업적은 절대 가볍지 않다. 그렇다고 당대의 스타 가수가 당대 음악의 전부일 수는 없다. 그렇기 때문에 "대중음악의 역사는 반짝반짝 빛나는 스타 가수를 중심으로 서술되는 것을 넘어서야 정의롭다"는 주장에 십분 공감한다. 다른 문화와 마찬가지로 대중음악 또한 그 시대를 내다볼 수 있는 하나의 '창'이 되어야 한다.

프랑스의 사회학자 피에르 부르디외는 『구별 짓기』(1979)에서 "개인들의 취향이라는 것은 별 의미 없는 개인적 선택의 결과로 보이는 게 일반적이지만 사실은 개인의 우연적인 선택이 아니라 계급적, 이데올로기적 의미로 가득 차 있다"고 말한 바 있다. 그에 따르면 "취향이라는 말의 이중적 의미는 통상 '취향은 자연스럽게 타고난다'는 환상을 정당화하는 데 봉사하는데, 실제로 문화를 통해 형성됨에도 불구하고 마치 타고난 것처럼 보이기 때문에 이런 환상이 나타난다". 즉 그는 취향을 선천적으로 물려받은 어떤 것이 아니라 행위자들이 경험과 생활 속에서 획득한 후천적인 성향으로 본다.

취향은 계급의 표시자로 기능한다. 즉 지배계급은 일정한 학습과 시간을 투자해야만 향유할 수 있는 것들을 선호한다. 반면 중간계급은 지배계급의 고급문화를 외경하지만 학습과 경제 자본의 부족으로 따라갈 수가 없다. 민중계급은 필요가 취향 선택의 유일한 기준이다. 그들에게는 실용적이지 않은 것은 큰 의미가 없다. 부르디외는 계급의 표시자로서의 취향을 설명하면서 음악과 미술,

특히 그중에서도 무조음악을 예로 들었다. 지배계급은 어려운 용어를 쓰면서 무조음악을 장황하게 설명한다. 중간계급은 무조음악이 뭔가 의미 있다고 말하지만 제대로 설명하지 못한다. 반면 민중계급은 불만을 토로하거나 심지어 비난한다. 무조음악의 예에서 알 수 있듯이 취향은 계급에 따라 다르게 받아들여지고 다르게 설명된다. 취향을 둘러싸고 계급 간에 논쟁이 벌어진다.

최근 들어서 그 논쟁은 무조음악에만 그치지 않고 클래식, 재즈, 크로스 오버, 대중음악 등에 이르기까지 이른다. 특정 장르의 음악을 두고 제법 심각하고 때로는 격한 논쟁이 펼쳐지기도 한다. 그런데 예전과 비교할 때 한 가지 특이점이 발견되는데 바로 공수가 바뀌었다는 것이다. 예전에는 지배계급이 특정 취향을 옹호하고 민중계급이 이를 비판했다면 최근에는 민중계급이 특정 취향을 옹호하고 지배계급이 이를 비판한다. 어쩌면 지배계급이라는 용어 자체가 어폐일지도 모른다.

다시 부르디외의 말을 빌려오면 "초역사적 현실성을 가진 사회현상은 아무것도 없으며 모든 것이 장(場) 속에서 벌어지는 권력관계에 따라 드러날 뿐이다". 지배담론을 정당화하는 것은 지배담론을 암묵적으로 승인하게 하거나 침묵시키는 행위다. 그는 사회학과 사회학자들이 지배담론의 정당화가 아니라 대중이 스스로 말할 수 있는 능력을 부여하고 말할 수 있게 해야 한다고 주장한다.

그런 점에서 최근 몇 년 전부터 타오르기 시작해 여전히 식지 않는 트로트에 대한 열광은 여러모로 시사하는 바가 크다. 과연 이것이 '지배담론의 정당화'인지, 아니면 대중의 '자연스러운 문화적 욕구의 열망'인지 찬찬히 생각해 볼 필요가 있다. 시간이 흐른 뒤 누군가가 2010년대 말 2020년대 초에 관한 한국 팝의 고고학을 쓴다면 현재의 트로트 열광 또는 트로트 열풍을 분명히 언급할 것이다. 어떻게 설명할지 궁금해진다. 전술한 대로 '지배담론의 정당화'나 대중의 '자연스러운 문화적 욕구의 열망'으로 설명할 수도 있고, 아니면 전혀 다른 키워드로 설명할 수도 있다. 지금으로서는 전혀 가늠할 수가 없다. 그런데 이것 하나만큼은 확실하게 말할 수 있을 것 같다. '대한민국에서 취향은 계급이 아니라 계층과 정치적 성향에 의존한다.' 이를 뒤집으면 계층과 정치적 성향이 취향을 결정한다고 말할 수 있다. 취향은 때로 호불호가 아니라 옳고 그름의 영역으로 이동하기도 한다.

고독 속의 기쁨

'서양음악의 아버지'로 불리는 요한 제바스티안 바흐의 〈건반악기를 위한 변주곡〉(BWV 988, 1742), 즉 〈골드베르크 변주곡〉은 서양음악사에서 가장 유명한 곡들 가운데 하나다. 총 32곡으로 구성된 이 변주곡을 여닫는 '아리아'는 모르는 사람이 거의 없을 것이다. 〈골드베르크 변주곡〉은 크게 두 부분으로 구성되어 있다. 「아리아」에서 15변주까지가 1부, 16변주부터 「아리아 다카포」까지가 2부를 각각 구성한다. 바흐의 〈골드베르크 변주곡〉은 루트비히 판 베토벤의 〈안톤 디아벨리의 왈츠에 의한 33개의 변주곡〉(Op. 120, 1823), 즉 〈디아벨리 변주곡〉과 함께 건반악기 변주곡의 쌍벽으로 불리고 있다.

〈골드베르크 변주곡〉은 연주자에 따라 연주 시간과 연주 스타일이 서로 다른 것으로도 유명하다. 더 정확히 말하면 '악명'을 떨치고 있다. 〈골드베르크 변주곡〉의 통상적인 연주 시간은 70분 내외이다. 베토벤의 〈디아벨리 변주곡〉도 곡 해석이 어렵기로 유명해 연주자에 따라 연주 시간이 최대 15분 정도 차이가 난다고 한다. 하지만 〈골드베르크 변주곡〉의 경우에는 38분에서 90분에 이를 정도로 그 차이가 훨씬 크다.

〈골드베르크 변주곡〉은 극단적인 해석을 내놓은 연주들이 큰 인기를 끌고 있다. 한쪽 끝에는 글렌 굴드*가 있다. 그는 〈골드베르크 변주곡〉을 두 번 녹음했다. 1955년의 첫 번째 녹음에서 그는 기존의 해석과 악보에 있는 도돌이표를 완전히 무시하고 시종일관 빠른 템포로 불과 38분 만에 연주를 끝냈다. 굴드의 이 연주는 음악평론가와 클래식 애호가들 사이에서 엄청난 센세이션과 논란을 일으켰다. 그것 때문인지 26년 뒤인 1981년에 〈골드베르크 변주곡〉을 다시 녹음했다. 이때 연주 시간은 51분 정도고, 이전보다 훨씬 무난한 템포로 진행된다. 대중적으로 잘 알려진 굴드의 〈골드베르크 변주곡〉은 1981년 녹음이다.

굴드와 정 반대편에 로잘린 투렉이 있다. 1988년에 발매한 그녀의 〈골드베르크 변주곡〉의 연주 시간은 74분 정도고 부분 반복을 지향한다. 기교가 거의 없고 시종일관 느린 템포를 준수하고 있다. 1999년에 출반된 그녀의 러시아 상트페테르부르크 라이브 연주는 이보다 훨씬 느려 연주 시간이 무려 90분에 달한다. 투렉은 정

---

*인명 표기는 처음에는 이름과 성을 모두 표기하고 그 다음부터는 성으로만 표기하는 게 원칙이지만, 글렌 굴드의 경우는 관용적으로 이름과 성을 함께 쓰기 때문에 대부분 이를 따른다.

반대에 위치해 있는 바흐 스페셜리스트다.

〈골드베르크 변주곡〉은 연주 시간뿐만 아니라 연주 악기에 따라서 곡의 분위기도 완전히 다르다. 원래 피아노가 아니라 클라비쳄발로를 위한 작품이었기 때문에 제대로 된 연주법이 확립되기 전까지는 피아노로 큰 연주 효과를 거두기 힘들었다. 그래서 글렌 굴드가 1955년 〈골드베르크 전주곡〉을 녹음하려 했을 때 주변에서 만류했다고 한다. 어떤 악기 연주가 더 좋은지 혹은 어떤 연주자의 연주가 더 좋은지 우열을 가리는 것은 불가능할 뿐만 아니라 무의미하기도 하다.*

대부분의 연주자들은 악기가 쳄발로든 피아노든 극단을 피하고 대체로 무난한 연주를 지향하는 편이다. 국내에서는 임동혁의 〈골드베르크 변주곡〉이 호평을 받았다. 한국예술종합학교 교수인 손민수의 연주도 굉장한 호평을 받았다. 74분에 달하는 그의 연주는 그 내용과 깊이에서 독보적인 모습을 보여주었다. 2018년 지용도 〈골드베르크 변주곡〉을 발매했다. 그의 연주 시간은 60분 26초다. 2020년에는 '클래식의 아이돌'이라 불리는 랑랑이 〈골드베르크 변주곡〉을 발매했다. 다른 연주에서 그랬던 것처럼 그는 〈골드베르크 변주곡〉에서도 뛰어난 테크닉과 넓고 깊은 감성을 유감없이 폭발하며 관객을 사로잡았다. 그는 연주하면서 자신의 벅찬 감정을 억누르지 못하고 눈물까지 흘린다.

---

*〈골드베르크 전주곡〉에 대한 일반적인 정보는 나무위키 참조.

바흐의 〈골드베르크 변주곡〉에 대해 글을 쓰게 된 계기는 크게 두 가지다. 하나는 유튜브에서 본 랑랑의 〈골드베르크 변주곡〉 연주곡 영상이고, 나머지 하나는 서준환의 소설 『골드베르크 변주곡』(2010)이다. 『골드베르크 변주곡』은 바흐의 〈골드베르크 변주곡〉을 언어로 연주하고 그 언어들이 다시 음을 이루는 치열하고 호기로운 음악적 텍스트다.

『골드베르크 변주곡』은 바흐의 연주곡에 대한 변주이자 글렌 굴드에 대한 변주다. '언어로 음악을 변주한다'는 설정은 소설 속의 주인공 길렌 골드먼트의 야심일 뿐 아니라 작가의 야심처럼 보인다. 작가는 음으로 날아오른 언어, 그 글자들이 이루는 치밀한 선율, 이로써 예술의 진정한 진화를 꿈꾸는 텍스트를 통해 시공간의 한계를 초월하여 독자들의 시각과 청각을 끊임없이 자극하며 문학적 상상력을 극대화한다. 소설은 밤과 낮, 실체와 허상, 남자와 여자, 나와 너, 현실과 허구의 이분법적 경계를 무너뜨리며 새로운 항해를 위한 닻을 올린다.

『골드베르크 변주곡』은 바흐의 〈골드베르크 변주곡〉을 언어로 연주하고 그 언어들이 다시 음을 이루는 치열하고 호기로운 음악적 텍스트다. 여러 차례 전술했듯이 실존 인물인 피아니스트 글렌 굴드를 모티프로 하고 있는 음악 소설이다. 하지만 이 작품은 음악이 소재이지만 음악 지식이나 음악적 경험을 앞세운 일반적인 예술 소설의 범주를 뛰어넘는다. 변주곡이라는 음악 형식을 빌려 음을 말로, 말을 다시 음으로 변주하는 가슴 벅찬 실험을 통해 언어들을 한껏 유희한다.

사실 꽤 오랫동안 〈골드베르크 변주곡〉은 헤르만 카를 폰 카이제를링크 백작의 불면증 치료를 위해 작곡한 곡으로 알려졌다. 최초의 바흐 전기 작가였던 요한 포르켈이 쓴 바흐 전기에 따르면, 불면증을 앓던 백작은 바흐의 제자인 요한 고틀리프 골드베르크를 통해 곡을 의뢰했고, 바흐는 아리아와 30곡의 변주곡으로 구성된 길고 장대한 수면용 변주곡을 써주었다. 하지만 바흐가 카이제를링크 백작의 음악 시동 골드베르크에게 선사한 곡이라는 설은 최근 신빙성을 의심받고 있다.

〈골드베르크 변주곡〉에서 '골드베르크'는 주제 선율과 무관한 인물이다. 그 이름은 단지 익명의 호칭일 뿐이다. 결국 『골드베르크 변주곡』에서는 익명이며 타자의 이름인 골드베르크 변주곡을, 글렌 굴드의 '타자'들이 제각기 변주된 이름으로 변주한다. 그것은 제1변주부터 제15변주에 이르는 글렌 굴드의 변주에 대한 저자의 해석이며 글렌 굴드에게 바쳐지는 찬사의 다른 모습이다. 언어는 선율의 아름다움에서 음악에 이르지는 못하겠지만, 그 명징함과 상상력에서는 결코 뒤지지 않는다. 가능하지 않으리라 믿어졌던 '언어에 의한 변주'는 언어로만 이뤄질 수 있는 풍요로움과 여백으로 가득 차 있다.

『골드베르크 변주곡』에서 바흐의 〈골드베르크 변주곡〉 연주로 유명세를 얻은 피아니스트 '길렌 골드문트'는 유럽의 유서 깊은 음악 도시 '비히니스부르크'의 골드베르크 재단으로부터 초청을 받아 〈골드베르크 변주곡〉을 다양한 언어로 변주해 달라는 제의를 받는다. 그는 이 프로젝트를 위해 피아니스트, SF 작가, 기타리스트, 작곡가, 성악가 등 각 분야 여러 예술가들을 캐스팅한다. 그들은 자신만의 언어로 음을 변주하며 매력을 발산한다.

길렌 골드먼트는 〈골드베르크 변주곡〉에 대한 성공적인 해석으로 명성을 떨친 피아니스트 글렌 굴드를 염두에 두고 만들어진 인물이다. 사실 프로젝트에 초청받은 예술가들, 즉 골란 골드버그, 글렘 고든, 글렌다 주드, 뮬렌 구드, 글리오 골리에시아스, 괴란 골드 등도 모두 글렌 굴드의 변주다. 길렌 골드먼트는 글렌 굴드처럼 그 또한 〈골드베르크 변주곡〉으로 유명해졌다. '음악의 진화'라는 명제를 거슬러 피아노를 통해 피아노의 유래가 된 악기인 하프시코드로 돌아가고자 한다는 점도 글렌 굴드와 같다. 그는 피아노 시대가 오기 전인 하프시코드 시대로의 '역진화'를 소망하면서 댐퍼 페달을 과감히 떼어낸다. 왜냐하면 그는 피아노의 페달과 건반, 연주자마저 사라질 때 예술의 진정한 진화가 이루어진다고 확신하기 때문이다. 그의 노트에는 열다섯 명의 예술가의 언어로 이루어진 열다섯 개의 아리아가 글로 빼곡히 적혀 간다. 하지만 그들의 존재는 점점 얽히고설키며 구분 자체가 무의미해진다.

『골드베르크 변주곡』에는 여러 겹의 이야기가 전개된다. 이야기는 한 사람의 이야기인 동시에 열다섯 명의 이야기이기도 하며 한 사람의 목소리도 다성으로 겹쳐 있다. 이를 통해 작가는 예술의 내부와 외부, 주체와 타자는 유리되지 않는다고 역설한다. 글쓰기 혹은 말하기는 발화 이전부터 어딘가에서 시작되어 '타인'을 가로지르는 행위, 타인을 거쳐 열리는 문이자 '이랑'과 같다. 그래서 언어와 글쓰기에 병적일 정도로 몰두할수록 '타자'와 대면하는 경험은 늘어나고, 오히려 타자를 향해 열리는 행위가 되곤 한다. 소설 속에서 "주인 없는 노트"가 종종 언급되는 까닭은 그것이 자기가 쓴 것을 느끼지 못한 채 타자를 느끼는 대표적인 상징물로 기능하기 때문이다.

열다섯 명의 예술가가 〈골드베르크 변주곡〉을 언어로 변주하는 동안, 이야기가 펼쳐지는 장소는 낯설어지고 이방인과 인디언, 외계인 등 정체를 알 수 없는 인물들이 튀어나온다. "이야기(목소리)에는 겹이 있다"라는 것처럼 발화하는 이는 사라지고, 대신 그 자리에는 전혀 새로운 사람과 사물 등이 어우러져 하모니를 자아낸다.

『골드베르크 변주곡』에는 마치 정신분열자의 일기를 보듯 대화에 시작은 있으나 끝은 없으며 대화의 상대방은 있으나 화자도 청자도 없는 무의미한 대화들이 나열된다. 게다가 몽환적인 느낌을 내는 그 도시에서 환각처럼 나타나는 집시들과 그들의 환청들이 전개된다. 이름을 알 수 없는 집시들은 그를 불러 이야기하고 연고 없는 초로가 그에게 조언을 한다. 그리고 어느새 길렌 골드문트는 글렌 굴드가 되고, 글렘 고든이 되고, 골란 골드버그가 되어 버린다. 존재하지만 존재하지 않는 도시에서 존재하지만 존재하지 않는 사람들이 각자의 변주를 각자의 느낌으로 해체하고 재정비된다. 골드베르크라는 하나의 주제를 향해 가면서도 변주라는 각자의 발걸음을 재촉하며 모여졌다 헤어지고 분산하며 해체한다.

소설 『골드베르크 변주곡』에서 바흐의 〈골드베르크 변주곡〉의 가장 멋진 연주가는 글렌 굴드다. 그는 '클래식 음악계의 영원한 수수께끼, '고독과 광기를 예술로 승화한 음악가' 등으로 불린다. 전술했듯이 그는 빠른 템포의 연주와 자신만의 곡 해석으로 악명이 높다. 그는 피아니스트로서 분산화음 처리, 스타카토와 레가토 뒤집기 등과 같은 독창적인 연주 기법을 통해 서양음악사에 아로새겨질 크고 뚜렷한 흔적을 남겼다. 그는 글자를 배우기도 전에 악보를 읽고, 10세의 나이로 캐나다 왕립음악원에 입학할 정도로 타고난 재능의 소유자였다. 냉전 당시 모스크바 연주회를 성공적으로 마치고 국경과 이념마저도 허문 예술가라는 찬사가 쏟아졌다.

하지만 소설에서도 여러 번 언급되듯 글렌 굴드는 '기인'으로 불렸다. 뛰어난 실력만큼이나 주목받았던 것은 그의 기이한 행동이었다. 그는 낚시터에서나 볼 법한 낮은 의자에 앉아 코가 건반에 닿을 듯 몸을 구부린 채 피아노를 쳤다. 연주 도중에는 노래를 흥얼거리거나 발을 굴러 청중을 깜짝 놀라게 했다. 결벽증과 강박장애에 시달려 한여름에도 겨울 외투 차림에 장갑을 꼈고, 늘 여러 개의 약병을 지니고 다녔다. 굴드는 가장 사랑받는 피아니스트였지만 타인과의 접촉을 꺼렸으며 청중을 몹시 두려워한 연주가였다. 청중 앞에서는 결코 자유로울 수 없다고 믿은 그는 32세라는 젊은 나이에 돌연 연주회를 그만두었다. 그리고 50세에 뇌졸중으로 사망할 때까지 오로지 음반과 매체로만 대중에게 모습을 드러냈다. 그는 평생 죽음을 의식했고 죽음이 두려워 유언장 쓰는 것조차 꺼렸다.

생각해보니 꽤 오래 전에 〈글렌 굴드에 관한 32개의 이야기〉(1993, 프랑수아 지라르)라는 영화를 본 적이 있다. 이 영화는 "완벽주의, 탁월한 재능, 끈기와 같은 천재의 특성을 겸비한 피아니스트" 글렌 굴드에 관한 영화 중 가장 대표적인 작품이다. 하지만 영화는 음악가를 다룬 일반적인 전기 영화가 그렇듯이 굴드의 이야기를 극화하지 않는다. 제목에서 알 수 있듯이 32개의 이야기를 단편소설 또는 에세이처럼 특별한 플롯 없이 펼쳐놓는다. 처음과 끝에 아리아와 같은 짧은 화면이 등장하고, 이어서 글렌 굴드를 설명하는 30개의 단편이 연결돼 있다. 다시 말하면 이 영화는 "테크놀로지와 북부 기후에 대한 그의 견해, 처방 약에 대한 애착에서부터 구조의 조화에 대한 애정"에 이르기까지 글렌 굴드의 삶을 32개의 에피소드로 나눠 그의 생각과 음악을 심도 있게 보여준다. 그런데 그때는 영화 속 32개의 이야기와 〈골드베르크 연주곡〉의 32개의 곡을 서로 연결 짓지 못했다.

글렌 굴드와 관련해서는 앞서 살펴본 소설과 영화뿐만 아니라 적지 않은 평전들이 출간되어 있다. 캐나다 출신의 음악학자인 케빈 바자나의 『뜨거운 얼음: 글렌 굴드의 삶과 예술』(2022)은 산더미처럼 쌓여 있는 굴드 전기 사이에서도 유독 빛을 발한다. 그는 광범위한 자료를 조사했고 이를 바탕으로 굴드의 사소해 보이는 그러나 중요한 삶의 순간들을 성공적으로 묘파했다. 바자나는 그

동안 가려져 있던 굴드의 내면을 파고들고 있다.

상드린 르벨의 그래픽 평전 『글렌 굴드』(2016) 또한 굴드의 내면에 초점을 맞추고 있다. 굴드의 삶을 유년 시절, 청년 시절, 말년을 자유롭게 넘나들며 보여준다. 눈 쌓인 벌판에서 홀로 피아노 연주에 몰두하는 장면, 흐린 하늘 아래 길을 잃고 헤매거나 몸이 부스러지는 장면 등은 굴드의 고독한 내면을 잘 보여준다. 이 책은 그의 고독한 삶뿐만 아니라 내면과 예술 세계까지도 느끼게 한다.

소설 『골드베르크 변주곡』을 통해 굴드의 겉모습을 보았다면 굴드의 전기를 통해 그의 내면을 엿보았다. 그런 이유 때문인지 몰라도 〈골드베르크 변주곡〉를 들을 때 그의 굽은 등보다는 피아노에 바짝 숙인 그의 가슴에 무엇이 들어 있을까, 즉 무슨 생각을 하고 있을까, 궁금해진다. 흥얼거리는 그의 허밍에는 남들이 잘 알고 있는 그의 '고독'뿐만 아니라 남들은 잘 알지 못하는 그의 '기쁨'도 있지 않았을까, 혼자 상상해본다.

제4부 영화

그때의 영자와 경아는 지금 어디에 있을까?

문학평론가 이숭원은 『작품으로 읽는 한국 현대시사』(2021)에서 1970년대의 시를 "억압과 풍요, 그 모순 속의 시"로 규정했다. 주지하듯 이 시기 한국 경제는 놀라울 정도로 빠르면서도 꾸준하게 성장했다. 1인당 국민소득은 1972년 255달러였으나 1980년에는 1,481달러로 6배 가까이 증가했다. 경제개발 5개년 계획의 성공적 달성과 새마을운동의 확산으로 한국은 낙후된 농업국가에서 중화학공업국가로 발전하기 시작했다. 하지만 이러한 외형적 경제적 발전은 우리가 간직해야 할 귀중한 권리의 희생을 전제로 했다. 다시 말하면 국민의 기본적 자유를 법적으로 제한하고 민주화를 요구하는 다수 대중의 의사를 강제적으로 억압한 데서 얻어진 경제 수치상의 발전이었다.

국민소득이 오르자 농촌 인구가 도시로 유입되어 농촌이 붕괴되고 도시 빈민이 늘어났다. 통계에 의하면 1969년에서 1977년까지 농촌에서 도시로 이주한 수가 8백만 명에 이른다. 도시의 생산성을 높이기 위해 쌀값을 동결하고 정부가 쌀을 수매하자 농업에 환멸을 느낀 농촌의 젊은이들은 도시로 이주했다. 이렇게 해서 농촌은 붕괴되고 도시는 비대해졌다. 성장제일주의 정책은 도시와 농촌에 빈익빈 부익부 현상을 안겨주었다.

도시 인구가 팽창하자 문화를 향유할 수 있는 중간층이 확장되고 독서 인구가 늘어났다. 1970년대에 들어와서 베스트셀러 소설이 등장하며 한국 문학사상 최초로 몇 십만 부가 판매되는 사례가 나타났고, 베스트셀러가 된 소설은 영화화되어서 다시 몇 십만 명의 관객을 동원했다. 정치·사회적으로는 음울한 상태였지만, 경제·문화적으로는 풍요를 보이는 이중의 모순 속에 놓여 있었다. 청바지 문화, 통기타 문화라는 말이 생기고, 대학생들도 맥줏집에 모여 울분을 토하면서 동시에 자본주의적 소비의 쾌감을 느끼는 시대, 억압과 향락이 공존하고 빈곤과 풍요가 공존하는 상황이 전개되었다.

문학평론가 한영현은 『냉전의 시대, 유랑하는 타자들』(2022)에서 1950년대부터 1980년대까지 한국 영화에 나타난 타자성의 문화 정치 양상을 톺아본다. 그는 1970년대 한국 영화를 논하면서 이 시대를 "절망과 저항의 시대"로 규정한다. 특히 '여성'과 '청년'을 호출하여 이들이 당대 지배 담론과 맺는 관련성에 주목한다. 1970년대에는 수많은 농촌의 젊은 남녀가 도시로 이주했다. 이들은 '무작정 상경 남녀'로 호명된다. 통계상으로 1960에서 1970년까지

10년 동안 한국은 82.5%의 도시 인구 증가율을 기록했을 뿐만 아니라, 도시 지역 인구의 59.8%가 사회 증가에 해당한다.

1970년대에는 수많은 사람들이 도시로 밀려들었고 도시는 이른바 '집단 난민 수용소'를 방불케 했다. 모든 사람과 자원이 서울로 몰리는 국토의 기형적 이용구조가 나타나고 서울은 공업화와 함께 땅에서 쫓겨난 산업 난민들로 득시글거렸다. 살아남아야 한다는 강박관념과 누구도 믿을 수 없다는 인식 속에서 오로지 '적대적 경쟁'을 위해 달려야 하는 난민들에게 중요한 것은 오로지 소속감과 안정감을 제공하는 의미 있는 장소였다.

1970년대 한국 영화의 대표작을 언급할 때 약간의 이견이 있을 수 있지만 〈영자의 전성시대〉(김호선, 1975), 〈별들의 고향〉(이장호, 1974), 〈바보들의 행진〉(하길종, 1975), 〈겨울여자〉(김호선, 1977) 등이 1970년대 한국 영화를 대표한다는 주장에 대해서는 대체로 이견이 없다. 2019년 한국 영화 탄생 100돌을 맞아 〈한겨레〉와 CJ문화재단은 감독, 제작자, 평론가, 프로그래머, 영화사 연구자 등 다양한 영화계 전문가 38명이 참여하는 선정위원회를 꾸려 '한국 영화 100년을 대표하는 100선'을 선정한 바 있다. 〈영자의 전성시대〉, 〈별들의 고향〉, 〈바보들의 행진〉, 〈겨울여자〉는 모두 그 목록에 포함되었다.

1960년대 한국 영화에서 '가족 공동체'는 중요한 분석 대상으로 호출되었다. 그런데 그 '가족 공동체'가 1970년대 한국 영화 분석에서는 본격적인 분석의 틀로 활용되기보다는 '도시화 및 산업화'와 관련된 분석 틀 속에서 간접적으로 제시된다. 1970년대 한국 영화에서 재현되는 가족은 크게 두 가지 양상으로 구분된다. 첫째, 〈영자의 전성시대〉와 〈별들의 고향〉에서 재현되는 가족은 영자와 경아 등이 떠나온 고향에 존재하는 아련한 기억 속의 '신화적 공동체'다. 반면 〈겨울여자〉에서 재현되는 가족은 도시의 중산층 핵가족의 '현실적 공동체'다.

고향에 두고 온 가족에 대한 애틋한 향수를 이면에 드리운 영화 〈영자의 전성시대〉와 〈별들의 고향〉에서 영자와 경아는 끝내 그들이 위안을 얻을 수 있는 대상을 발견하지 못한다. 경아는 여러 남자들과의 새로운 삶, 즉 새로운 가족을 구성하고자 노력하지만 모두 실패한다. 엄마에게 보낸 편지마저 반송되었다는 되뇌는 경아에게는 남은 게 아무것도 없다. 그녀가 진정으로 바랐던 것은 문오와 함께하는 것이라기보다는 안정감과 소속감을 느낄 수 있는 어떤 의미 있는 장소 또는 존재였다. 하지만 결국 실패로 끝나고 만다. 고향과 어머니는 도시에서 실패한 경아가 돌아갈 수 있는 최후의 보루였다. 하지만 그곳으로부터 반송된 편지가 비유하듯 그녀는 귀환의 불가능성에 직면한 채 죽음에 이르게 된다.

〈별들의 고향〉에서 경아가 가족 공동체로 귀환하는 데 실패했듯이 〈영자의 전성시대〉에서 영자도 마찬가지로 실패한다. 영화 속에서 그녀는 창녀의 삶을 청산한 채 새로운 가족을 구성하는 데 성공한다. 하지만 그녀의 성공은 진정한 고향으로의 귀환 또는 진입이 아니다. 그녀와 남편의 신체적 결핍에서 비유적으로 드러나듯 도시 밖의 가난한 빈민으로서의 삶은 여전히 불안정과 공포를 밑바탕에 드리우고 있다.

이러한 귀환의 불가능성은 도시적 삶의 불안정성뿐만 아니라, 농촌에서 도시로 밀려든 1970년대 초중반 무작정 상경 남녀들이 부딪혀야 했던 공동체적 삶에 대한 근본적 절망 및 회의와 맞닿아 있다. 무작정 상경한 그들은 도시 하층민을 형성했다. 중동 건설 붐과 강남 개발 붐으로 많은 사람들이 들썩거렸고 실제로 누군가는 이러한 경제성장의 혜택을 입었다. 하지만 1970년대 초부터 사회적 문제로 제기되었던 경제적 불평등과 양극화는 가속화되었고, 이름 없는 수많은 영자와 경아는 인권과 생존권이 위협당하는 절망적 빈곤의 시대 가장 밑바닥의 삶을 살아갔다. 그들에게는 돌아가야 할 곳도 달성해야 할 목표도 없었다. 그렇기 때문에 경아는 어딘지 알 수 없는 무장소적 공간에서 죽음을 맞이한다.

계급, 신분, 성별과 관계없이 누구나 그들이 중요하다고 인식하는 공동체가 필요하다. 그 공동체는 때로는 국가, 때로는 가족, 때로는 고향의 모습으로 구체화된다. 그런데 근본적인 차원에서 국가, 가족, 고향 등의 집단적 공동체는 그 안에 편입되어 있다는 주체의 인식을 통해 형성될 수 있다. 1970년대 중반에는 박정희 유신 체제가 본격적으로 가동됨으로써 사회는 일상화된 '예외 상태'에 놓이게 된다.

유신 체제는 국가 발전이라는 명분을 내세우고 무자비한 폭력을 동원해 국민의 기본권은 물론 체제에 반대하는 목소리를 원천적으로 봉쇄한다. 사회 구성원들은 자신이 귀속된 국가에 포함될 수 없으며 또한 자신이 이미 항상 포함된 국가에 귀속될 수 없다는 인식, 귀속과 포함, 외부와 내부, 예외와 규칙을 분명하게 구별할 모든 가능성이 차단된다. 사실상 모두가 잠재적 타자로 규정될 수밖에 없었던 시대적 상황에서 국가가 요구하는 정상성을 획득할 가망성이 없는 존재들에게는 생존의 명분이 주어질 수 없다. 사회가 요구하는 정상인이 될 수 없을 때는 언제든지 추방될 수 있다는 두려움과 공포는 타자화된 죽음이 그렇게 단순하지 않다는 점을 드러낸다.

영화 〈영자의 전성시대〉는 조선작의 동명 소설을 원작으로 있다. 원작 소설에서 영자는 죽지만 영화에서는 죽지 않는다. 이를 두고 몇몇 평자는 영화 속 영자가 오히려 하층 여성의 저항성을 보여준다고 평가한다. 하지만 〈별들의 고향〉에서는 원작 소설과 그랬듯이 경아의 죽음이 직접적으로 재현된다. 참고로 영화는 최인호의 동명의 소설을 원작으로 하고 있다. 경아의 죽음은 '공적 영역에서 추방된 동정과 연민의 대상'이라는 남성적 시각으로 해석된다. 하지만 기본적으로 경아의 죽음은 박정희 유신 체제의 파시즘이 자행한 폭력에 내몰린 타자화된 생명들의 존재적 기반과 긴밀하게 연결되어 있다. 1970년대 한국 영화에서 죽음은 정상적 주체성을 위해 그어지는 경계선을 흐릿하게 한다. 또한 국가에 대한 소속감은 타자들의 완벽한 배제와 추방을 통해 형성된다는 것을 역설한다.

〈별들의 고향〉의 경아의 죽음은 여러 가지 의미를 내포한다.

경아는 "이런 곳에서 잠들면 안 돼"라고 말하지만 끝내 깨어나지 못한 채 하얀 눈밭 위에서 숨을 거둔다. 따뜻하고 다정한 어떤 사람 혹은 장소를 원했던 경아에게 죽음은 있을 곳이 마땅치 않은 1970년대 도시의 언저리를 배회하는 빈민들의 삶을 떠올리게 한다. 한편으로는 중산층 가족 담론이 산업 근대화의 발전 속에서 그 신화적 힘을 발휘했다. 하지만 다른 한편으로는 도시 안팎에 생존 경쟁이라는 음울한 현실이 상존했다. 이런 현실 속에서 경아의 죽음은 도시 빈민들의 삶에 드리운 '임박한 죽음' 혹은 '갑작스러운 죽음'을 충분히 환기한다.

그런 이유 때문인지 당시 신문 기사들은 〈별들의 고향〉과 뒤를 이은 〈영자의 전성시대〉가 '어두운 소재'를 다루고 있다고 비판했다. '영자의 후배들'이라는 자극적인 기사의 제목으로 흥행을 위해 작부, 창녀, 다방 레지, 요정 마담, 호스티스 등 밑바닥 인생을 영화화하는 기획 의도를 이해할 수 없다고 혹평했다. 〈영자의 전성시대〉는 전술했듯이 원작 소설과 다르게 영자는 창녀로서 비참한 죽음을 맞이하지 않는다. 그녀는 가난하지만 성실한 남자를 만나 창녀의 삶을 청산한다. 영자는 자신의 삶의 조건을 비관하지 않고 희망을 이야기한다. 이처럼 영화적 결말로 보면 〈영자의 전성시대〉와 〈별들의 고향〉은 완전히 다르다. 그럼에도 불구하고 두 영화를 같은 영화로 묶는다. 비판의 핵심은 그들의 '죽음'보다도 성노동자라는 그들의 '직업'에 있다.

원작 소설에서 경아는 번잡한 서울 거리에서 죽음을 맞이하지만, 영화 〈별들의 고향〉에서는 광활한 설원에서 수면제를 먹고 죽음에 이른다. 영화 속에서 그녀의 죽음은 시각적 이미지를 극대화하여 훨씬 더 낭만적으로 성스러운 느낌으로 연출된다. 이를 통해 성노동자로서의 정체성은 삭제되고 대신 '성처녀'로 이미지화된다. 그런데 성처녀 이미지에서는 종교적으로 '성스러운' 면보다는 세속적으로 남성들을 '구원하는' 면이 강조된다.

원작 소설에서 경아의 삶의 근본적인 문제는 돈과 가난이었다. 하지만 영화에서 그녀는 문오를 비롯한 남성들의 죄를 대속하는 속죄양 또는 성처녀로서의 이미지로 재현된다. 소설에서 그녀의 파멸적인 몰락에 깊이 개입되었던 자본과 생존의 문제, 그리고 그녀의 치열한 모색 과정은 영화에서 대폭 삭제된다. 대신 예쁜 몸을 가진 인형과도 같은 남성의 전유물로 정형화된다.

하지만 성처녀 혹은 성녀로 이미지화된 그녀들은 실상 성노동자였다. 그들의 성노동자로서의 구축 과정은 몸과 자본의 문제를 함축한 삶을 현장에서 체험하는 것이었다. 그녀들은 현실에서는 성노동자였으나 범람하는 대중문화와 흥행하는 영화들 속에서는 자신들의 현실적 처지와 부조리를 은폐한 이름의 수동적 존재, 즉 성녀로 호출됨으로써 1970년대의 시대적 절망과 어둠을 통과하고 있었다. 〈영자의 전성시대〉의 영자, 〈별들의 고향〉의 경아, 그리고 수많은 영자와 경아는 1970년대 산업 근대화에 따른 시대적 복잡성과 깊이만큼이나 당대의 시대적 징후를 드러내는 매우 복잡하고 다층적인 재현의 지층을 포함하고 있다.

그때 당신은 어디에 있었고 거기에서 무엇을 했나?

영화 〈베니스의 상인〉(마이클 래드포드, 2004)은 유대인이 중세 유럽 기독교 사회에서 왜 차별의 대상이 되었는지를 통시적으로 고찰한다. 종교적인 엄격함을 강조한 중세 유럽 기독교 사회에서 고리대금업은 원칙적으로 금지되었다. 하지만 그 일은 사람 사는 사회에서 꼭 필요했고 누군가가 해야만 했다. 당시 기독교인들은 고리대금업을 할 수 없었기 때문에 주로 유대인들이 담당했다. 기독교인들은 〈베니스의 상인〉에서 안토니오가 샤일록에게 그랬던 것처럼 유대인에게 침을 뱉고 욕설을 하며 조롱하고 경멸했다. 그런데 근대 이후 상공업의 발달과 함께 고리대금업은 금융업이라는 이름으로 질적 변화를 겪었고, 그에 따라 몇몇 유대인들은 고리대금업자에서 금융가로 신분이 상승했다. 그러자 유대인들은 조롱과 경멸의 대상에서 질투와 시기의 대상이 되었다. 19세기 후반 러시아와 동유럽에서는 유대인 전체에 대한 집단적인 폭행과 박해가 이어졌고, 제2차 세계대전이 발발할 무렵에는 '반유대주의'로 몸집을 키우며 전 유럽으로 퍼졌다.

제2차 세계대전 당시 나치에 의해 자행된 아우슈비츠 수용소의 유대인 대량학살, 즉 홀로코스트는 유대인에 대한 폭행과 박해의 정점이자, 형언할 수 없을 정도로 끔찍하고 잔혹한 사건이다. 프리모 레비의 『이것이 인간인가』(1947)는 그가 빨치산 부대에서 활동하다가 파시스트 군대에 체포되어 포졸리 임시수용소로 이송되던 1943년 12월부터 러시아군에 의해 아우슈비츠가 해방되던 1945년 1월까지의 기록이다. 특히 폴란드의 아우슈비츠 제3수용소에서 보낸 10개월간의 체험의 기록은 홀로코스트의 참상을 생생하게 보여준다. 그는 이 책을 통해 인간적 한계를 초월한 극한 상황에서 죽음과 대면한 인간의 모습을 생생하게 그려내면서 말살된 인간성을 증언했다.

레비의 『이것이 인간인가』는 '현대 증언 문학'의 고전이다. 그는 자신처럼 수용소에서 살아온 소수의 생존자들은 그 참상을 '증언'하고 한 개인만이 아닌 현대 인간이, 보편적인 인간성이 위기에 처해 있음을 알리는 것을 살아남은 자의 의무로 생각했다. 홀로코스트를 경험한 소수의 생존자들은 인간성이 말살되는 그와 같은 비극이 다시는 되풀이 되지 않아야 한다는 메시지를 세상에 전하기 위해 증언을 했고 '증언 문학'이라는 새로운 분야를 탄생시켰다. 홀로코스트에 대한 문학의 대응은 인간성을 소생시키는 인간의 노력이고, 그 결과물인 홀로코스트 문학은 모든 인간의 절대적인 소중함에 대한 증언이자 잠재적으로 또 다른 형태의 홀로코스트에 대한 경고다.

홀로코스트 문학은 곧 증언 문학이다. 그런데 증언 문학은 전적으로 생존자의 기억에 의지하기 때문에 여러 가지 어려움이 따른다. 참상을 겪은 희생자들은 대부분 숨을 거두었기 때문에 고통을 재현하는 게 쉽지 않다. 살아남은 이들도 자신들의 경험에 대한 기억을 잃었거나 잊고자 하며 현재의 상황에 따라 변형시키기도 하고 지나친 감정이입으로 의도적으로 혹은 의도치 않게 과장하거나 축소한다. 그렇기 때문에 혹자는 기억에 상상력을 더해 사실과 허구의 경계에서 어느 정도 거리를 두고 홀로코스트를 바라보는 또 다른 형태의 홀로코스트 문학의 필요성을 제기하기도 한다. 하지만 새로운 형태의 홀로코스트 문학이 기존의 홀로코스트 문학의 보완재가 될지언정 결코 대체재는 될 수 없다.

그런데 1980년을 전후로 홀로코스트는 기억 산업의 대표 산업이 될 정도로 기억의 대두는 문화 전반에 걸친 현상이 되었다. 하지만 홀로코스트는 상상의 한계를 넘기 때문에 이를 직접 경험하지 못한 예술가들이 재현하는 게 쉽지 않다. 그렇기 때문에 홀로코스트의 예술적 재현은 주로 정신적 외상을 겪은 생존자들의 '증언'에 의해 이루어졌다. 그런데 홀로코스트의 기억은 죽음의 순간과 위기의 기록이기 때문에 필연적으로 파편화될 수밖에 없다. 생존자들은 홀로코스트의 트라우마로 인한 공포를 견디며 살아가는 동시에 매 순간 그 공포에 사로잡힌다. 그들 자신의 체험 또는 기억을 언어화할 때 그 서술은 너무나 당연하게도 '종잡을 수 없다'. 영화 〈소피의 선택〉(알란 J. 파쿨러, 1982)의 주인공 소피처럼 말이다.

삶과 죽음의 경계를 다루고 있는 〈소피의 선택〉은 "선택할 수 없는 선택을 하는 데 있어 최고로 잔인하고 가장 유명한" 영화다. 남부 출신의 작가 지망생 스팅고는 브루클린의 하숙집에서 아우슈비츠 생존자 폴란드 여성 소피, 그리고 그녀의 유대인 연인 네이단과 함께 지낸다. 홀로코스트 생존자 소피의 내면세계는 아우슈비츠의 끔찍한 기억을 네이단과의 성적 관계로 몰아내려는 욕구로 가득 차 있다. 네이단은 심신이 피폐해진 상태로 미국에 와서 공포로 마비된 삶을 살아가고 있는 소피를 살아있다고 느끼게 해주는 유일한 인물이다. 소피는 네이단 덕분에 관능적이고 활기찬 인물로 변모했다. 하지만 소피가 좋아질수록 네이단은 점점 나빠진다. 그는 편집증적인 조현병으로 비정상적인 행동을 일삼는다.

제2차 세계대전 후 홀로코스트 생존자들은 망명자로 취급되었다. 그들은 '비굴한 국외자' 또는 '부역자'로 간주되었다. 생존자들은 죄책감으로 인한 트라우마 때문에 기억을 입으로 서술하지만 홀로코스트는 어떤 형식으로든 궁극적으로 재현할 수 없는 사건이기 때문에 "부재한 것을 기억하려"하고, "재현할 수 없는 것을 재현하려" 하기에 그들의 서술은 파편적이고 종잡을 수 없다. 사람들이 자신들을 비난하기 때문에 살아남은 자들은 자신들의 이야기를 주변 사람에게 하지 못한다. 소피 역시 마찬가지다. 그녀는 아버지가 반유대주의자였다는 사실과 두 아이 중 한 명은 수용소로 한

명은 가스실로 보낼 수밖에 없었다는 사실을 말하지 못한다. 스팅고에게 아우슈비츠에서 있었던 일들을 고백하며 진실과 마주하려 하지만 그 기억이 너무나 끔찍하기 때문에 자유로워질 수 없다. 그렇기 때문에 그녀는 스팅고의 사랑 고백과 청혼을 뒤로 한 채 브루클린 하숙집으로 돌아가 네이단과 동반 자살한다.

영화 〈소피의 선택〉은 윌리엄 스타이런의 동명 소설 『소피의 선택』(1979)을 원작으로 파큘라 감독, 메릴 스트립과 케빈 클라인 주연으로 영화화되었다. 흥행에도 성공했고 평도 좋았다. 무엇보다도 이 영화는 스트립의 명연기를 이야기할 때 결코 빼놓을 수 없는 영화다. 스트립은 극단적이고 절망적인 선택의 상황에 놓인 소피를 처절하게 연기해 이듬해 아카데미 시상식에서 첫 여우주연상을 수상한다. 연극무대에서 주로 활동하여 상대적으로 무명이었던 케빈 클라인도 이 영화를 통해 주연급 스타로 급부상하게 된다.

이처럼 〈소피의 선택〉은 배우들의 명연기로 기억되는 영화지만 홀로코스트를 재현한 연출 방식으로도 기억될 만한 영화다. 홀로코스트를 다루고 있는 많은 영화들은 아우슈비츠의 잔혹하고 끔찍한 실상을 강조하기 위해 자극적이고, 선정적이고, 폭력적인 장면을 '보여주는' 방식을 사용한다. 반면 〈소피의 선택〉은 카메라, 조명, 음향에 이르기까지 최소한의 촬영과 흑백 화면 등 절제된 영상을 통해 아우슈비츠에 대한 강렬한 효과를 창출한다. 실제로 이 영화는 아우슈비츠에 대한 재현이 다른 영화에 비해 상대적으로 적지만 영화적 효과는 강렬하고 인상적이다. 영화적인 효과를 배가하기 위해 '영화의 윤리'를 결코 희생시키거나 포기하지 않는다.

소설 『소피의 선택』은 나치의 인종 대학살과 미국 남부의 노예 제도 및 인종 차별주의를 인류 최대의 악으로 유비하며 역사극 비극을 구체적으로 그리고 적극적으로 환기한다. 반면 영화 〈소피의 선택〉은 나치의 인종 대학살과 그에 따른 소피의 고통스러운 선택에 초점을 맞추고 있다. 유대인 소피는 제2차 세계대전 당시 고국 폴란드에서 나치에게 잡혀 아우슈비츠 수용소로 보내졌다. 그녀는 수용소 안에서 나치의 인종 대학살을 직접 목격했고 구사일생으로 미국으로 건너왔다. 소피는 유대인을 비롯한 유럽인들을 태우는 아우슈비츠 수용소 가스실 굴뚝에서 뿜어져 나오는 매캐한 검은 연기와 냄새를 맡으며 하루하루 살아야만 했다. 그녀는 극심한 공포와 강제 노동과 굶주림으로 인해 산송장처럼 살았다. 또한 자신이 언제 죽을지도 모르고 딸까지 포기하며 살려 놓은 아들의 생사마저도 가늠할 수 없는 한 치 앞도 내다볼 수 없는 삶을 살았다. 하지만 그녀는 이미 더 끔찍한 일을 겪었다. 그녀는 군의관으로부터 수용소에 도착하자마자 딸과 아들 중 가스실로 직행할 아이를 고르라는 명령을 받고 그 선택을 고통스러워하다가 한 명이라도 살려야 한다는 마음으로 결국 가스실로 보낼 한 아이를 선택하고 만다.

영화 〈소피의 선택〉은 소피의 '선택'에 방점을 두기 때문에 소피는 대체로 피해자로 자리매김한다. 하지만 원작 소설에서 스타이런은 이에 대해 열린 태도를 취한다. 즉 그는 '소피가 나치의 극악

무도한 비인간적인 범죄의 희생자일까?'라는 질문을 던진다. 사랑하는 가족과 자신의 목숨을 지켜야 한다는 충분히 이해할 수 있는 보편적이고 이기적인 이유에서이긴 했지만, 소피 자신도 나치에게 협조했다. 그녀는 아버지가 반유대적인 팸플릿을 작성하고 배포하는 것을 도왔고 나치 저항 세력의 도움 요청도 거절했다. 수용소에서는 헤스 사령관 관저에서 일하면서 유창한 독일어 실력으로 헤스의 일을 도왔고, 나치가 인종 실험 정책에 자기 아들을 포함하려 하자 그를 유혹하려 했다. 나치라는 거대한 조직 혹은 국가가 저지른 악에 비할 바는 아니겠지만 소피 자신도 그 거대한 악의 수레바퀴가 굴러가는 데 일조했다는 사실만큼은 부인할 수 없다. 그렇게밖에 할 수 없었던 개인의 나약함과 가족애를 무조건 비난할 수는 없겠지만 어쨌든 소피 자신도 나치의 인종 대학살의 피해자인 동시에 가해자다.

『소피의 선택』은 역사라는 커다란 수레바퀴 밑에 깔려 고통 받는 피해자와 그 역사 속에서 악을 재생산하고 타인에게 위해를 끼치는 가해자가 서로 다른 사람이 아니라 한 사람이 피해자인 동시에 가해자일 수 있다는 사실을 소피의 삶을 통해 생생하게 보여준다.

『소피의 선택』에서 나치의 인종 대학살만큼 적극적으로 비판되는 또 다른 악은 미국 남부의 노예 제도와 인종 차별주의다. 스타이런의 모습이 고스란히 투영된 주인공 스팅고는 미국 남부 버지니아 출신으로 노예 제도 및 인종 차별주의에 반대하고 인종적 차이에 대해 관대한 입장을 보이는 아버지의 영향을 받았다. 무엇보다 그는 역사에 길이 남을 위대한 소설을 쓰고 싶다는 야망으로 가득 차 있다. 그렇기 때문에 『소피의 선택』은 소설 쓰기 자체를 주제로 하는 작가의 자전적 소설이기도 하다.

사실 주인공 스팅고는 분신이라고 해도 큰 문제가 없을 정도로 출생 및 성장, 교육, 직업에 이르기까지 여러 면에서 스타이런과 닮았다. 버지니아에서 태어났고, 어릴 때 어머니를 여의었으며, 평등과 관용을 주창하는 아버지를 두었고, 듀크 대학을 나왔으며, 해병대에서 복무했고, 맥그로힐 출판사에서 편집자로 일했고, 비눗방울을 불었다는 이유로 해고당했다. 그는 위대한 소설을 쓰겠다는 열망에 사로잡혀 소설 쓰기에 매진했고 흑인 노예 반란을 다룬 소설로 세간의 주목을 받으며 작가로 성공했다. 스타이런은 자신과 꼭 닮은 화자를 내세워 고통스러운 창작 과정과 희열과 절망을 이야기한다. 그는 자신이 혹은 자신이 속한 세대와 국가와 세계가 겪은 경험을 토대로 한 『소피의 선택』을 통해 소설 쓰기와 고통과 기쁨, 홀로코스트와 인종 차별주의라는 역사의 비극을 환기한다.

'소피의 선택'은 피할 수 없는 곤란한 상황에서 극단적인 두 가지 길 가운데 하나를 선택해야 하는, 이러지도 저러지도 못하는 경우를 일컫는 관용구가 되었다. 『소피의 선택』은 소피를 비롯해 소설 속 등장인물의 선택에 대해 사유를 촉발한다. 소피는 가스실이 보이는 철도 플랫폼에 서서 아들과 딸 중 하나를 가스실로 보내는 선택을 해야만 하는 상황에 놓여 있다. 만일 그녀가 선택하지 않으면 둘 다 가스실로 보내진다. 그녀는 폭력과 마약과 술에 중독된 연인에게 시달리면서 파멸이 눈앞에 보이는 처지임에도 불구하고 그를 떠나지 못한다. 스팅고는 인종 차별주의를 전면으로 비판하는 소설을 쓰려고 하면서도 생활고 때문에 인종 차별주의가 물려준 유산을 받아야만 했다. 반면 아우슈비츠의 군의관 헤스는 목숨을 살려야 하는 의사와 절멸 정책을 총괄하는 수용소 관리자 사이에서 선택해야만 했다.

악의 희생자나 공범이 되지 않을 자신이 있다고 당당하게 말할 수 있을까? 우리는 소피, 스팅고, 군의관이 처한 상황과 그들의 선택이 비록 최선은 아닐지라도 충분히 이해할 수 있고, 그들의 죄책감을 함께 느끼고 함께 절망하기도 하고, 국가 권력의 횡포 앞에 한없이 무력한 개인의 존재를 새삼 절감하게 된다.

『소피의 선택』은 인류의 비극적인 역사를 다루면서 그 속에서 고통받는 보편적인 나약한 인간의 모습을 사실적으로 그려 내어 독자의 지적, 감성적 욕구를 충분히 충족시키고 있다. 다른 곳에 있으면, 혹은 다른 편의 입장에 있으면 인류의 미래를 위협하는 악에 대해서도 무지하거나 무감해진다. 『소피의 선택』은 악에 대해서도 무지하거나 무감해져서는 안 된다고 역설하면서도 '그때 당신은 어디에 있었고 거기에서 무엇을 했나?'라는 질문을 우리에게 남긴다.

'보고 있는 거짓'과 '보지 못하는 진실'

주지하듯 포스트모더니즘은 모더니즘의 논리적 연장이자 계승이고, 동시에 모더니즘에 대한 비판적 반작용이자 의식적 단절이다. 모더니즘이 창조, 총체화, 종합, 존재, 집중화에 초점을 맞춘다면 포스트모더니즘은 탈창조, 해체, 대조, 부재, 분산화에 초점을 맞춘다. 포스트모더니즘 문학은 메타 설화의 부정, 탈장르화, 현실과 허구의 경계 허물기, 다문화주의, 가벼움 등으로 특징된다.

대표적인 포스트모더니즘 철학자 자크 데리다의 연구는 대체로 서양 철학의 중심적 업적들을 해체하고 그 안에 담긴 모순과 생략과 편견을 밝혀내는 식으로 이뤄졌다. 그는 자신의 관점을 투영하지 않기 위해 오직 텍스트 안에 담긴 사실만을 활용한다고 설명했다. 그렇기 때문에 그가 생각하기에 "텍스트 밖에는 아무것도 없다". 다르게 말하면 텍스트 밖이란 존재하지 않는다.

포스트모더니즘의 또 다른 특징으로 롤랑 바르트가 천명한 '저자의 죽음'을 들 수 있다. 그의 주장에 따르면, 포스트모더니즘 문학에서 모든 텍스트는 작가의 의식에 의하여 창조된 자기 충족적인 구성체가 아니라 역사적으로 조건 되어져 생성된다. 저자는 독창성을 상실한 채 기존의 텍스트에 의존하여 텍스트를 생성하기에 저자의 죽음은 불가피하다.

그런데 저자의 죽음은 상대적으로 독자의 역할을 강화했다. '누구의 작품이냐'보다도 '독자가 그 작품을 어떻게 읽었느냐'가 더 중요해졌다. 학술적으로 이는 '독자반응비평'으로 명명된다. 독자반응비평은 저자의 의도를 확인하려는 시도나 독자의 개인적 반응을 중시하는 경향을 작품 외적인 것에 집착하는 행위로 간주하여 철저히 배격했던 신비평을 비판한다. 대신 문학 작품을 읽는 독자의 행위에 맞추었고, 인식 주체로서의 독자가 자기 나름대로 문학 텍스트의 의미를 해석할 수 있다는 입장을 취했다.

독자반응비평은 주관적인 인상비평도 아니고 문학 작품에 대한 자의적이거나 개인적인 언급을 지칭하지도 않는다. 개별 독자나 독자 집단이 텍스트를 경험하는 방식을 검토하는 방식이다. 물론 독자반응비평가들 사이에서도 차이는 존재한다. 즉 작품에 대한 독자들의 개별 반응을 형성하는 일차적인 요인, 텍스트 속에 '객관적으로' 주어진 것과 개별 독자들의 '주관적인' 반응을 구분하는 경계, 텍스트가 독자들의 반응을 통제하고 강요하는 정도에 대해서는 조금씩 차이는 있다. 하지만 텍스트의 의미는 개별 독자들에 의해 부여되며 모든 독자들에게 공통적으로 하나의 '옳은' 의미는 존재하지 않는다는 주장에는 이론의 여지가 없다.

독자반응비평은 작품은 여백이나 간극으로 인해 확정되지 않은 상태이기 때문에 독자는 이러한 간극을 채우거나 구체화함으로써 작품의 의미를 텍스트와 공동으로 창조해야 한다. 문학 작품을 감상하는 데 있어 독자가 텍스트에 대해 보이는 순간의 반응이 무엇보다 중요하다. 독서 과정에서 텍스트 속에 장치된 여러 요소들을 경험하고 이에 반응함으로써 자신의 정체성을 형성한다. 독자의 그런 경험은 곧 텍스트의 의미가 된다. 독자반응비평에서 텍스트 해석의 주체는 처음부터 끝까지 '독자'라고 할 정도로 중요하다. 그런데 포스트구조주의나 해체주의로 넘어가면 그렇게 중요한 역할을 수행하던 독자마저도 소멸하고 만다.

훌리오 꼬르따사르라는 라틴 아메리카 작가가 있다. 그는 '독자의 참여를 요구하는' 작가다. 그런데 말이 좋아서 독자의 참여지 사실 그의 작품은 난해하고 불친절하다. 독자가 알고 싶은 부수 정보는 물론이고 반드시 알아야 하는 필수 정보도 명확하게 제시하지 않는다. 사건 전개에서도 필수 정보의 언저리만 슬쩍슬쩍 건드리고 지나가는 경우가 허다하다.

꼬르따사르의 작품에서 사건은 현실적인 사건과 비현실적인 사건으로 나뉜다. 비현실적인 사건은 상세한 기술이 불가능하므로 예외로 인정한다고 하더라도 합리적으로 심리적으로 충분히 설명할 수 있는 현실적인 사건의 기술조차 불명료하다. 현실적인 사건에서 비현실적인 사건으로 이행하는 과정에 대한 서술은 훨씬 미묘하고 암시적이다. 그의 작품은 '서술 공백' 또는 '서술 간극'이 빈번하기에 불안정하고 불완전하다. 대신 그는 독자에게 이런 불안정한 상태를 적극적으로 받아들이고 즐기라고 권한다.

꼬르따사르의 작품에서 현실의 반대는 환상이 아니라 비현실이다. 환상은 이야기가 전개될수록 점점 약해지는 현실과 점점 강해지는 비현실의 간섭 상태에서 발생한다. 비현실적인 요소는 현실에 틈입하고 점점 지배적인 요소로 발전한다. 그렇다고 해서 현실적인 요소가 완전히 배제되거나 소멸되지도 않는다. 꼬르따사르의 문학에서 환상은 현실과 비현실이 혼융된 상태, 즉 인식론적으로 모호한 상태와 다름이 없다.

꼬르따사르의 작품에 대한 비평가들은 의견이 분분하다. 일군의 비평가들은 그의 환상 문학의 본령이 '알레고리'라고 주장한다. 또 다른 비평가들은 그의 작품이 알레고리로만 설명될 수 없다고 주장하며 '근대성 비판'이라는 관점에서 접근한다. 이 두 가지 견해와 결이 다른 주장도 있다. 그들은 꼬르따사르의 문학의 궁극적인 의미는 없다고 주장하며 의미보다는 재미, 결과보다는 과정에 방점을 둔다.

꼬르따사르는 인간과 사회에 대한 심오한 통찰력을 제공하지 않는다. 그가 생각하기에 세상은 본질적으로 비이성적이고 비합리적이다. 그런데도 사람들은 환상을 억제하고 이성과 합리에 따라 생각하고 행동한다. 그는 협소한 환상력을 수평적으로 확장한다. 바로 이 점이 그의 '환상문학'의 메시지이자 본령이다.

꼬르따사르의 작품 가운데서 단편 소설 「악마의 침」(1958)이 가장 많이 알려졌다. 그 이유는 이 작품이 이탈리아 출신의 세계적인 영화 거장 미켈란젤로 안토니오니의 〈욕망〉(1966)의 원작 소설이기 때문이다. 줄거리를 요약하는 게 큰 의미는 없지만 그래도 요약하면 다음과 같다. 쌩루이 섬으로 산책하러 나간 미첼은 그곳에서 십대 소년과 금발의 여인 커플을 만난다. 그런데 그는 소년의 행동에서 말로 설명하기 어려운 두려움을 직감한다. 그는 그들의 만남과 헤어짐에 대해 추측하고 가정한다. 왜냐하면 "게임의 묘미는 현재의 일보다 결말을 예측하는 데 있"기 때문이다. 그는 금발의 여인이 소년을 유혹하려 한다고 생각하고 그들의 사진을 찍는다. 금발 여인은 왜 자신들의 사진을 찍느냐고 항의한다. 금발 여인이 미첼에게 사진을 찍은 필름을 돌려 달라고 요구하고 소년은 그 틈을 이용해 도망친다. 그때 "잔뜩 찡그린" 한 남자가 등장한다. 미첼은 필름을 주지 않고 자리를 벗어난다.

미첼은 금발 여인과 소년의 사진을 현상하고 확대해 벽에 붙여 놓는다. 그는 사진 앞에서 사진을 찍던 순간을 회상하는데, 과거의 일들, 소년과 연인, 그들의 사진을 찍던 자신, 자신과 그들을 바라보던 한 남자의 모습 눈앞에서 현재화된다. 미첼은 "그들 사이에 일어나야만 하는 일과 일어났어야만 하는 일과 그 순간에 일어날지도 모르는 일이 무엇인지 이해했다", "멋모르고 끼어들어 질서를 헝클어뜨렸기 때문에 일어나지 않은 일이 이제 일어나려고 하며, 완결되려고 하고 있었다"고 자책한다. 사진 속 주체와 대상의 역할이 완전히 바뀌어 사진 속의 여인과 소년은 현실이 되고 미첼은 사진 속 인물처럼 딱딱하게 굳어버린다. 사진작가가 사진의 대상이 되고, 삶은 현실이 아닌 확대된 사진이 되어 버린다.

「악마의 침」에는 두 개의 현실이 존재한다. 하나는 파리의 풍경 속에 일어난 소년과 금발 여인의 이상스러운 만남이다. 다른 하나는 실제 사건과 환상이 뒤섞인 현실이다. 작가는 이 두 개의 현실 가운데 어느 것이 진짜 현실인가, 라는 질문을 던진다. 다시 말하면 겉으로 보이는 현실이 현실인지, 아니면 현실 너머의 세상이 현실인지, 라는 본원적인 질문을 던진다.

전술했듯이 꼬르따사르의 소설은 난해하기로 악명이 높다. 「악마의 침」 역시 마찬가지다. 이 소설은 채 스무 쪽도 되지 않지만 하나의 큰 사건을 중심으로 전개되지 않고 직접 관련이 없는 다른 장면이 중간에 삽입되면서 이야기가 자주 끊긴다. 그렇기 때문에 많은 이들은 이 소설을 영화로 옮기는 것은 거의 불가능하다고 말하곤 했다. 하지만 안토니오니는 그런 「악마의 침」을 원작으로 〈욕망〉을 연출했다.

안토니오니의 〈욕망〉은 공허한 인간 내면의 고뇌를 형상화한 '최고의 예술 영화'로 평가된다. 이 영화는 "예술과 삶, 그리고 환상과 현실을 상징적인 알레고리로 잘 묘파했다"는 평가를 받으며 1966년 제19회 칸 영화제에서 황금종려상을 수상했다. 1967년 제39회 아카데미 시상식에서는 각본상과 감독상 후보에도 올랐다. 그런데 꼬르따사르는 안토니오니 감독이 "작품을 이해하지도 못하고 환상이 뭔지 제대로 파악하지도 못한 채 영화를 만들었다"고 불만을 토로했다. 하지만 이는 어디까지나 작가의 시각에서 본 평가일 뿐 영화로서 〈욕망〉은 고유한 예술적 가치를 지니고 있다. 감독은 원작의 골격은 거의 그대로 유지하면서도 완전히 다르게 재창조했다.

〈욕망〉의 원제는 'blow up'이다. 이를 우리말로 옮기면 '확대' 또는 '확산'이다. 주인공 토머스의 직업이 패션 사진작가라는 점을 고려한다면 '확대'가 더 정확할 것이다. 토머스는 특별한 사진을 찍고 기록하는 것만으로 만족하지 못한다. 그렇기에 그는 관음증 환자처럼 사람들의 일상적인 현실을 훔쳐보고 이를 사진으로 찍는다. 그는 1960년대 영국 청년의 전형이다. 활동적이고, 광적이고, 반항적이고 남의 일에는 무관심하다. 그는 성적 '욕망'에 큰 관심이 없고 대신 그 욕망을 남용한다.

토머스는 공원에서 한 쌍의 남녀를 발견하고 사진을 찍는다. 그들은 젊은 처녀와 나이가 지긋한 남자다. 하지만 그가 생각하기에 그들의 행동은 애매하다. 싸우고 있는 것 같기도 하고, 서로 장난치는 것 같기도 하고, 연애하는 것 같기도 하다. 그때 여인이 토머스에게 다가와 필름을 달라고 강력하게 요구한다. 그가 거절하자 그녀는 "그렇다면 나는 당신을 만난 적이 없다"고 말하면서 도망치듯이 사라진다.

그런데 어떻게 알았는지 그녀는 토머스의 작업실을 찾아와 그에게 필름을 달라고 요구한다. 토머스는 결국 그녀에게 필름을 건넨다. 하지만 그가 그녀에게 준 필름은 공원에서 그녀를 찍은 사진의 필름이 아니다. 토머스는 공원에서 찍은 사진들을 현상하고 그중 몇 장을 확대한다. 그는 한 사진 속에서 수풀 속에서 마치 점처럼 보이는 권총을 들고 있는 손을 보고, 또 다른 사진에서는 살인자의 모습을 본다. 다음 사진에서는 나이 든 남자의 머리를 발견하는데 나무 밑에 죽어 있는 상태다. 토머스는 공원의 두 남녀는 나이 든 남자를 죽이기 위한 위장이라고 나름대로 결론을 내린다.

토머스는 사진작가로서 '현상'과 '물질'에 집착한다. 사진은 현상을 있는 그대로 재현하는 도구이자 결과물이다. 그는 공원으로 되돌아가 수풀 속에서 살해된 남자를 발견하고 집으로 돌아온다. 하지만 그가 집을 비운 사이 누군가 침입해 집안을 헝클어뜨리고 범죄 현장을 찍은 사진을 가져가 버렸다. 그는 사진 속의 여인을 찾기 위해 거리로 나선다. 그녀와 비슷한 모습의 한 여인을 뒤쫓지만 놓치고 만다. 그는 친구 론을 찾아가 이야기를 하지만 마약에 취한 론은 그의 이야기를 이해하지 못한다.

토머스는 다음날 새벽 시체를 보기 위해 공원을 다시 찾는다. 하지만 시체마저 사라졌다. 그때 얼굴을 하얗게 칠한 한 무리의 학생들이 공원으로 들이닥친다. 학생들은 테니스 라켓과 공도 없이 테니스를 치는 흉내를 낸다. 토머스는 그 모습을 지켜보다가 여인을 쫓는 일을 단념한다. 그는 살인 사건이 자신이 속한 실제 삶에서 일어난 것이 아니라 비현실 속에서 발생한 것으로 생각한다.

소설 「악마의 침」과 영화 〈욕망〉에서 주인공은 현실과 환상을 혼동한다. 그는 현실이 환상인지 환상이 현실인지 혼란스러워한다. 「악마의 침」에서는 확대된 사진 속의 인물이 현실 속의 인물로 변한다. 〈욕망〉에서 토머스는 처음에는 확대된 사진 속에서 점으로 희미하게 나타나는 살인자와 시체가 현실이라고 생각하지만 사진과 시체가 없어지자 '그런 일이 아예 없었을 것이다'고 결론을 내린다.

현실과 환상의 혼동 혹은 혼융은 영화의 마지막 장면에 잘 드러난다. 얼굴에 흰 칠을 한 학생들이 있지도 않은 공을 그에게 건네달라는 몸짓을 하자 그는 공을 건네는 몸짓을 한다. 그리고 바로 그때 영화에서는 테니스를 치는 소리가 들리기 시작한다. 토머스는 눈에 보이는 것만이 진실은 아니라는 것을 깨닫는다. 안토니오니 감독은 이 장면을 통해 현실과 환상은 처음부터 구분되지 않는다는 것을 보여준다.

표면상 〈욕망〉은 추리영화의 기본 문법을 따르고 있다. 사건이 진행되면서 감춰져 있던 사건의 실마리가 발견된다. 하나의 사건이 확대되어 새로운 사건으로 발전한다. 예기치 않게 결정적인 증거가 발견되면서 진실에 가까워진다. 하지만 영화는 거기까지다. 더 이상 나아가지 않는다. 사진도 시체도 사라지면서 공원에서 벌어진 살인 사건은 결국 해결되지 않는다. 안토니오니 영화는 전통적인 내러티브를 거부한다. 그의 영화에서는 사건의 진행이 아니라 그 사건을 바라보고 생각하고 대응하는 인물의 행위가 중요하다. 그의 영화는 한 가지 정해진 해석을 요구하지 않기에 꽉

짜인 이야기 구조에 갇히지 않은 상태에서 자유로운 해석이 가능하다.

영화 〈욕망〉은 시대적 흐름에 따라 다양하게 해석되고 있다. 1960년대 개봉 당시 이 영화는 마약에 찌든 영국 청년들의 광란적 행동을 제대로 묘사하며 기존의 스릴러 영화와는 달리 해결책을 제시하지 않음으로써 하부 장르를 혁신했다는 긍정적인 평가를 받았다. 1970년대에는 토머스가 사회적으로 소외된 인물이라는 점이 부각되면서 이 영화는 실존적 미스터리로 해석되었다. 1980년대 들어서는 사진과 현실 속에서 벌어지는 환상의 문제에 초점을 맞추어 해석이 이루어졌다. "작품은 영원하지만 해석은 순간에 불과하다"는 호르헤 루이스 보르헤스의 말처럼 앞으로 이 영화가 어떻게 해석될지는 아무도 모른다. 오래되었다고 다 고전이 아니다. 오래되었음에도 불구하고 늘 새롭게 해석되고 변주되는 게 바로 고전이다. 그런 점에서 안토니오니의 〈욕망〉과 이를 촉발한 꼬르따사르의 「악마의 침」은 진정한 고전이라 말할 수 있다.

시간과 기억, 그리고 재현

'시간'과 '기억'은 예술, 그중에서도 문학의 주요 소재 가운데 하나다. 예컨대 '모더니즘 문학의 최고봉'이라고 일컬어지는 마르셀 프루스트의 『잃어버린 시간을 찾아서』(1927)의 주제는 '시간과 기억, 그리고 재현'으로 압축될 수 있다. 이 작품은 집필에만 무려 십사 년이나 걸렸고, 쪽수로는 4,215쪽, 권수로는 일곱 권, 한국어 번역본으로는 총 열두 권에 이를 정도로 방대하다. 작가 프루스트의 자전적인 삶을 고스란히 담고 있는 이 작품은 사회의 주류가 된 신흥 부르주아 계층과 점점 몰락해가는 귀족 계층 간의 사회적 갈등을 전경화한다. 동시에 사랑과 이별, 그로 인한 고뇌와 슬픔 등 삶의 덧없음을 예거한다. 읽는 게 녹록치 않지만 '의식의 흐름' 속에서 길을 잃지 않는다면, 이 작품을 통해 유년기의 추억, 가슴 시린 사랑, 전쟁, 시간이 앗아가는 젊음, 필생의 소명에 대한 깨달음 등 삶의 '모든 것'을 발견할 수 있다. "삶의 전반적 철학을 갖고

서 천재적인 수준으로 사람과 장소에 대한 묘사를 흩뿌려놓았다"는 이 작품에 대한 평가는 결코 췌언이 아니다.

『잃어버린 시간을 찾아서』는 형식과 내용에서 독특함과 난해함을 특장(特長)으로 삼는다. 독특한 문장 구조로 사랑, 죽음, 예술 등 진지하고, 추상적이고, 복잡하고, 미묘한 문제들을 다루고 있기 때문에 직관적으로 이해하는 게 쉽지 않다. 전통적인 소설은 발단에서 대단원에 이르기까지 인과 관계에 바탕을 둔 '극적 구성'에 의해 뒷받침되고, 등장인물들은 거기에 종속된다. 하지만 이 작품의 등장인물들은 필연적인 이유 때문이 아니라 단지 존재해야 하기 때문에 존재한다. 작가가 이 작품에서 말하려는 것은 극적 구성이 단단하고 흥미진진한 이야기가 아니라, 우리의 실제 삶이 그렇듯이 마음을 사로잡고 있는 모든 것, 의식 속에 비치는 모든 영상과 운동, 경험의 총체, 삶의 총결산 등이다.

큰 의미가 없지만 그래도 『잃어버린 시간을 찾아서』의 줄거리를 간단히 살펴보면 이렇다. 소설은 '벨 에포크' 시대에 프랑스 신흥 부르주아 집안의 아들로 태어난 주인공 '나'(마르셀)가 많은 일을 겪고 중년이 된 시점에서 시작된다. 본성적으로 '나'는 감수성이 풍부하고 예민한 공상가적인 인물이다. 젊은 시절부터 사교계를 출입하며 여러 사람들과 교유하지만 사회적인 명성, 여인에 대한 동경 등 사교계의 규범과 가치에 절망감과 회의를 느낀다. 그러던 어느 날 우연히 홍차에 적신 마들렌을 한입 베어 물면서 무의식적으로 과거의 기억들을 하나둘씩 떠올린다.

'나'는 어린 시절을 회상하며 그 이야기 속에서 성장해 간다. 원래 작가가 되고 싶었던 주인공은 몇 년이 지나도록 자신이 무엇을 써야 할지 몰라서 괴로워한다. 마침내 제7부 최후에 이르러 '자신이 살아온 인생 그 자체가 드라마고 최고의 글 소재'라는 사실을 깨닫고 펜을 든다. 그는 시간의 위대함을 알게 되면서 비로소 자신의 예술적 자아를 발견한다. 그렇게 해서 쓴 작품이 독자가 그때까지 읽어왔던 주인공의 인생사, 즉 '잃어버린 시간을 찾아서'다.

앞서 말했듯이 『잃어버린 시간을 찾아서』에서 중요한 키워드는 '시간' 또는 '시간성'이다. 그런데 여기서 시간은 공간과 하나로 연결된다. 즉 이 작품은 시간성을 중심으로 여러 이야기가 전개되고, 그 이야기들은 '스완네 집' 같은 하나의 공간으로 수렴된다. 시간과 공간이 몽환적으로 배치되어 있다 보니 줄거리 자체가 모호하다. 이 작품에서 시간은 전지전능하다. '나'와 주변 모든 인간들은 시간 앞에서는 그저 덧없이 흘러가는 존재일 뿐이다. 소설은 주인공이 동경했던 사람들이 늙고 초라해진 모습으로 게르망트가 파티에 참석한 모습을 길게 묘사한다. 소설에서 인생은 언제나 그렇게 '잃어버린 시간'일 뿐이다.

프루스트는 『잃어버린 시간을 찾아서』가 독자들에게 '임의적이고 우연적인 생각들을 나열해가면서 자신의 생활사를 기술하는 작품'이라는 인상을 심어주지는 않을지 두려워했다고 한다. 실제로 그는 이 작품이 마치 하나의 대성당과 같이 탄탄하고 유기적인 구조를 지닌 건축물이기를 바랐다. 그는 독서와 습작을 통해 선배 작가들의 문장을 탐구했고 그들의 문법적 특이함과 독특한 개성을 추출해냈다. 이 모든 것은 그가 독서라는 수동적 행위에 만족하지 않고 보다 능동적인 '패스티시'를 거쳤기에 가능했다.

사전적으로 패스티시는 '다른 작가의 고유한 문체, 즉 스타일을 모방하는 행위'다. 패스티시의 목적은 단순히 원작자의 문체와 집필 방법을 모방하는 데에 그치지 않고, 원작자가 쓴 문장들이 독자에게 불러일으키는 인상까지 모방하는 데 있다. 패스티시는 어떤 작품의 문법적 특성을 포착하여 이를 완전히 모방하는 것 못지않게 원작자의 인격과 하나가 되고자 하는 노력까지도 포함한다. 『잃어버린 시간을 찾아서』를 읽을 때는 이야기뿐만 아니라, 혹은 이야기보다도 마치 현미경을 들이댄 듯 해부한 개인의 의식과 기억이라는 주제를 전달하는 자신만의 독창적인 문체, 즉 고유한 스타일을 완성하기 위해 프루스트가 행했던 노력도 주목할 필요가 있다.

실뱅 쇼메의 영화 〈마담 프루스트의 비밀정원〉(2013)은 '기억에 대한 탐색'과 '치유'라는 점에 있어서 프루스트의 『잃어버린 시간을 찾아서』와 유비 관계에 있다. 주인공은 마들렌과 차를 매개로 촉발된 몸의 기억 덕분에 물질적 세계에서 감각적 환상의 세계로 유입시키면서 무의미한 일상과 트라우마에서 벗어난다. 감각의 매개체인 '정원'과 '음악'은 문학 작품과 공통 분모를 이룬다. 바로 그 점에서 〈마담 프루스트의 비밀정원〉은 프루스트의 『잃어버린 시간을 찾아서』의 본질에 다가간다.

영화 〈마담 프루스트의 비밀정원〉은 엄마 아니타와 아기 폴이 장난치는 장면으로 시작한다. 아니타는 남편이자 폴의 아빠인 미셸을 부르는데, 미셸은 아무 이유 없이 폴에게 다가가 기괴한 비명을 지른다. 그때 갑자기 장면이 바뀌어 한 남성이 깜짝 놀라며 잠에서 깬다. 그는 서른세 살의 폴이다. 그는 악몽을 자주 꾸는 것처럼 보인다. 그는 어렸을 때 부모님을 여의고 이모들과 함께 산다. 그는 실어증으로 말을 하지 못하기 때문에 작은 칠판에 글을 써서 자기 의사를 전달한다.

그러던 어느 날 폴은 마담 프루스트의 집에 우연히 들어간다. 마담 프루스트의 집에 들어가게 된 폴은 그녀가 집에 비밀 정원을 가꾸고 있다는 사실을 알게 된다. 그는 사람들에게 이 사실을 말하지 않기로 약속하고 그녀로부터 차와 마들렌을 대접받는다. 그녀는 폴과 이야기를 나누다가 그가 아버지에 대해 좋지 않은 기억, 즉 트라우마를 갖고 있다는 사실을 알게 되고 이를 치료한다. 폴은 마담 프루스트 덕분에 자신의 잃어버렸던 기억을 되찾는다. 그의 기억 속에서 폭력적이던 아버지는 사실 어머니와 레슬링하는 것이었고 둘은 서로 매우 사랑했다. 마담 프루스트의 도움으로 폴은 마음의 상처를 조금씩 치유해 나간다. 하지만 폴을 행적에 의문을 품던 그의 이모들이 결국 그녀의 정체를 알아내고 그녀의 정원을 쑥대밭으로 만든다.

폴은 피아노를 매우 오랫동안 쳤고 콩쿠르에도 여러 번 참가했지만 입상한 적이 없었다. 하지만 마담 프루스트의 치료를 통해 기억을 찾게 된 폴은 기억 속에서 보았던 개구리 밴드와 함께 피아노를 쳐서 콩쿠르에서 상을 받는다. 그는 마담 프루스트가 준 차를 통해 과거의 기억을 떠올린다. 그는 부모님이 사고로 돌아가신 뒤 이모들이 자신을 돌봐주었다고 생각했다. 그런데 사실은 즐겁게 춤을 추던 부모님이 천장이 내려앉아 피아노에 깔려 죽었고 바로 위층에 있던 이모들은 이를 방치했다. 이 사실을 알게 된 폴은 이모들에게 배신감을 느끼고 더 이상 피아노를 치지 않기 위해 손을 자해한다.

시 당국이 정원의 병든 나무를 베기로 하자 마담 프루스트는 이를 막으려 애쓴다. 하지만 결국 나무는 베어지고 그녀 또한 암으로 죽고 만다. 이 사실을 모르는 폴은 마담 프루스트를 찾아간다. 그는 그녀는 이미 죽었고 그녀의 비밀정원 또한 사라져 버렸다는 사실에 실망한다. 그는 두 동강 난 채 정원에 버려진 그녀의 우쿨렐레를 발견하고 교습소를 운영한다. 그녀 덕분에 기억을 되찾은 폴은 이제 홀가분하다. 그는 예전에 마담 프루스트가 자신에게 해주었던 말을 떠올린다. "나쁜 기억은 행복의 홍수 밑으로 보내 버려. 수도꼭지를 트는 일은 네 몫이란다."

『잃어버린 시간을 찾아서』에서 '정원'이 프루스트에게 영감의 원천이자 표현의 본질을 일깨우는 시적 공간이었듯이 〈마담 프루스트의 비밀정원〉에서 '정원'은 폴의 기억이 식물의 생리 작용처럼 신체적 감각을 촉진하는 지각의 공간이다. 또한 『잃어버린 시간을 찾아서』에서 음악이 시간적 층위를 끊임없이 재생하는 역할을 하듯이 〈마담 프루스트의 비밀정원〉에서도 음악은 반복과 생성의 서사적 모티브로 활용된다. 음악은 서사의 변주와 변곡을 촉진하는 동시에 주인공이 트라우마를 극복하는 장치로 기능한다.

치유 과정에 개입하는 정원이나 음악은 몸이 체험한 시공간적 기억이다. 정원이라는 공간적 체험과 음악이라는 시간적 체험이 서로 얽혀 신체적 통일성을 구현한다는 점에 있어서 이는 메를로 퐁티의 주장과도 일맥상통한다. 몸이 체험한 시각적 경험과 청각적 경험이 함축되어 지각 세계의 통일성이 결정되기 때문이다. 그런데 세계의 단절로부터 애착으로 나아가기 위해서는 '시각적 환상'이 필요하다. 이 시각적 환상의 예는 영화에서는 폴이 개구리 악단과 협연하는 순간이고 소설에서는 마르셀이 환등기에 비친 이미지를 지각하는 순간이다.

하지만 몸이 세계와 소통할 수 있는 근거가 되려면 언어적 측면이 중요하다. 언어는 우리가 세상과 소통할 수 있는 유일한 방법이고, 정원이나 음악의 감각적 체험이 이룬 것은 환상이나 기억뿐만 아니라 언어를 되찾는 과정이다. 그렇기에 프루스트는 현실과 환상이 깊게 교감하는 영화를 연속성 없이 나열되고 관객을 현혹시키는 이미지일 뿐이라고 부정적으로 간주했다.

많은 철학자들이 『잃어버린 시간을 찾아서』에 관해 다양하게 논평했다. 질 들뢰즈는 『프루스트와 기호들』(1964)에서 프루스트의 『잃어버린 시간을 찾아서』의 본질은 기억과 시간이 아니라 기호와 진실이며, 시간이 중요한 것 또한 모든 진실은 시간의 진실 때문이라고 말했다. 폴 리쾨르는 『시간과 이야기 2』(1984)에서 들뢰즈의 주장을 일정 부분 받아들이면서도 궁극적으로는 프루스트 소설은 '시간에 관한 이야기'라는 자신의 주장을 굽히지 않았다. 다시 말하면 들뢰즈는 작품을 유기적 총체성으로 환원하지 않으면서도 그것을 하나의 작품으로 구성할 수 있게 하는 개념으로 '파편성'과 '횡단성' 개념을 제시하며, 거미와 거미줄의 비유로 화자와 작품의 관계를 설명했다. 반면 리쾨르는 시간과 이야기의 관계라는 큰 틀 안에서, 프루스트 소설의 형식적 특성을 잃어버린 시간과 되찾은 시간이라는 '두 개의 초점을 갖는 타원'으로 설정하고, 이 두 초점들 사이를 가로질러 되찾은 시간이 갖는 의미작용을 다양한 차원에서 탐색했다.

흔히 우리는 기억의 근거로 고정된 내용의 경험이 존재하고 기억은 그런 경험을 수동적으로 재현하는 것으로 생각한다. 그러나 기억의 주체는 모든 것을 있는 그대로 반영하기보다 자신의 이해관계, 선호하는 것, 감정적 요소, 욕망 등에 따라 특정 요소들을 선택하거나 배제한다. 어떤 것은 부각하고 어떤 것은 감추거나 침묵시킨다. 이렇듯 재현에서는 편집과 왜곡이 불가피하며, 재현은 늘 불완전하기 마련이다. 그렇다고 모든 재현은 다 주관적 편집에 지나지 않으며, 신뢰하기 힘들다고 성급하게 결론을 내릴 수 없다. 경계해야 할 것은 재현의 불완전성 그 자체보다 총체적 진실이라는 이름 아래 다른 대안적 재현을 배제하는 억압적 권력의 위험성과 횡포다. 물론 재현 철학에는 여전히 이론적으로나 실천적 차원에서 불분명한 부분이 존재한다. 이 문제에 대한 해답은 재현의 유물론적 근거나 다양한 재현의 상호 교차와 작용에서 찾을 수 있다. 하지만 해답을 찾는 과정 또한 『잃어버린 시간을 찾아서』를 읽는 것만큼이나 어렵고도 어렵다.

사소한 차별은 모든 차별을 불러온다

영화 〈가재가 노래하는 곳〉(올리비아 뉴먼, 2022)은 미국 노스캐롤라이나 습지를 배경으로 하는 델리아 오언스의 동명 소설을 원작에 바탕을 두고 있다. 소설도 그렇지만 영화도 다층적으로 읽을 수 있다. 이 영화는 가족으로부터 버림을 받았지만 독학으로 생태학자가 된 주인공 카야의 성장담, 그녀와 두 남자 사이의 사랑과 갈등을 담은 로맨스, 두 남자 중 한 남자의 죽음을 둘러싼 미스터리, 법정 스릴러 등 여러 겹으로 읽을 수 있다. 그렇기에 누군가는 이 작품을 두고 "대중소설 형식들의 유려한 황금 배합, 정신없이 책장을 넘기게 만드는 흡입력, 신비로운 배경과 살아 움직이는 듯한 인물 있는 배경" 등 장점이 너무나 많다고 평했다. 그런데 소설을 읽는 내내, 그리고 영화를 보는 내내 '호모 사케르', 차별, 배제, 혐오 등 부정적인 단어들이 머릿속에 떠나지 않았다. 물론 이 소설과 영화가 부정적이라는 말은 결코 아니다.

소설의 줄거리와 영화의 줄거리는 크게 다르지 않다. 아버지의 폭력으로 어머니와 형제자매들이 모두 떠나고 심지어 그런 아버지조차 집을 떠나 홀로 남겨진 카야는 홍합을 따서 내다 팔며 생계를 잇는다. 그녀는 '습지 소녀'로 불리며 마을 사람들로부터 철저히 배제된다. 그녀는 학교 교육을 받지 못해 글을 읽을 줄도 쓸 줄도 몰랐지만 오빠 친구 테이트 덕분에 글을 배운다. 그녀는 그림에 뛰어난 재능을 보이고 테이트와 사랑에 빠진다. 하지만 그가 대학에 입학해 도시로 떠나면서 다시 혼자가 되고 만다. 그녀는 고독에 시달리다 우연한 기회에 마을의 소문난 바람둥이 체이스와 가까워진다. 그녀가 틈틈이 그린 그림책에 출판사가 관심을 보이고 출판되자 둘 사이에는 균열이 발생한다.

어느 날 아침 숲속 늪에서 자전거를 타고 지나가는 마을 소년 둘은 낡은 망루에서 체이스의 시체를 발견한다. 그의 죽음은 온 마을을 발칵 뒤집어 놓지만 살인의 흔적도, 증인도, 증거도 없다. 누군가가 망루 바닥 쇠살문을 실수로 열어 두어 그가 추락사했을 것이라는 추정뿐이다. 보안관들은 마을 사람들이 '습지에 사는 그 여자가 그랬을지도 몰라'라는 말을 듣고 카야를 의심하고 그녀의 집을 압수 수색을 한다. 죽은 체이스의 재킷에 남은 붉은 섬유가 그녀의 양털 모자의 그것과 일치하고, 그가 죽던 날 밤 그녀가 소방 망루 쪽으로 보트를 몰고 갔다는 목격자의 증언으로 그녀는 살인 용의자로 체포된다.

변호사 톰은 카야의 무죄를 입증하기 위해 백방으로 노력한다.

그는 배심원석 앞에 서서 다음과 같이 변호한다. "저는 여러분 대다수를 아주 잘 압니다. 그리고 여러분이 캐서린 클라크에 대한 과거의 편견을 잠시 내려놓을 수 있다고 믿습니다. 다른 학생들의 괴롭힘 때문에 평생 단 하루밖에 학교에 다니지 않았지만 캐서린 클라크는 독학으로 유명한 자연과학자이자 작가가 되었습니다. 우리는 그녀를 습지 소녀라고 불렀습니다. 이제 과학연구소들은 습지 전문가라고 인정합니다. 여러분이 뜬소문과 황당한 이야기들을 모두 내려놓으실 수 있으리라 믿습니다. 여러분이 지난 수년간 들어온 거짓된 풍문이 아니라 이 법정에서 들은 사실에 근거해 평결을 내리실 거라 믿습니다. 마침내 우리가 마시 걸을 공정하게 대우할 때가 온 것입니다."

톰은 배심원들에게 카야를 우리와 다르다고 소외시켰던 건 아닌지, 우리가 소외시켰기 때문에 그녀가 우리와 달라진 건지를 묻는다. 그러면서 그녀를 일원으로 받아주었다면, 지금 그녀는 우리 중 한 사람이 되었을 것이라고 역설한다. 카야는 톰의 변호 덕분에 무죄로 풀려난다.

자신과 다르다는 이유로 소외시키고 멀리하는 경우가 종종 있는데, 이것이 바로 '차별'이다. 그 누구도 차별 금지를 공개적으로 반대하지 않았다. 하지만 비공식적으로 성별, 인종, 장애, 외모, 출신지, 국적, 가족 형태, 성적 지향, 성 정체성, 학력, 종교 등을 이유로 차별한다. 하나의 차별을 예외로 인정하기 시작하면 결국 모든 차별이 정당화될 수 있다. 차별이 학교, 사회, 소모임 등 거의 모든 곳에서 이루어지고 있다고 해도 과언이 아니다. 단지 느끼지 못할 뿐이다. 자신이 차별의 대상이 아니라면 크게 신경 쓰지 않는다. 차별은 학습되고 확산되기 때문에 윤리적으로도 법적으로도 마땅히 금지되어야 한다. 차별 금지를 법제화한 것이 바로 '차별금지법'이다.

차별금지법은 정치, 경제, 사회, 문화 등 모든 생활영역에서 합리적 이유가 없는 모든 형태의 차별을 금지하는 내용을 담고 있다. 차별금지법은 '포괄적' 차별금지법으로는 특정 직군, 특정 분야에서 성차별, 장애인차별 등의 금지를 규정한 기존 법들로는 충분치 않기에 생활 속 모든 영역에서 모든 형태의 차별을 법으로 금지하여 민권을 보호하자는 합목적성을 갖는다. 2007년 제17대 국회에서 처음 발의된 이래 출범하는 국회마다 법률 및 조례가 발의되었지만 현재까지 포괄적인 수준의 차별 금지를 규정하는 법안이 통과된 적이 없고 제정된다고 하더라도 통과될 가능성도 크지 않다.

차별금지법은 우리 사회의 뜨거운 감자다. 차별금지법 둘러싸고 찬성 또는 반대 측 주장이 팽팽하고 맞서고 있다. 찬성 측에서는 보편적 인권을 보장하기에 하루빨리 통과되어야 한다고 주장한다. 반면 반대 측에서는 표현의 자유를 억압하기에 폐기되어야 한다고 주장한다. 다양한 사람들이 한데 모여 살아가는 사회에서 인간관계가 항상 좋을 수 없다. 일찍이 토머스 홉스가 『리바이어던』(1651)에서 말한 것처럼 인간 사회는 "만인에 대한 만인의 투쟁"이다. 그렇기 때문에 인간은 때때로 몸, 말, 마음 등으로 서로 다툰다.

하지만 대부분의 다툼은 다툼으로 끝나고 어느 정도 시간이 지나면 원래 상태로 돌아간다.

하지만 차별은 다르다. 차별은 시간이 지나면 자연스럽게 약해지거나 소멸되는 게 아니라 더욱 굳어진다. 심한 경우 차별은 혐오로 발전한다. 누군가는 차별하고 누군가는 차별당한다. 하지만 그 누군가는 따로 정해져 있지 않다. 차별하는 사람이 차별의 대상이 될 수 있다. 누구든지 언제든지 차별의 대상이 될 수 있기에 모두를 위해 차별을 금지하자는 게 차별금지법의 근본 취지다. 차별금지법은 모두를 위한 법이다.

『가재가 노래하는 곳』에서 카야는 "자연에는 선악이 없다"고 역설하며 암컷이 수컷을 잡아먹는 사마귀 그림을 출판한다. 카야의 이 말은 '인간관계에서는 선악이 있다'고 해석될 수 있다. 주지하듯 인간관계에서 선악은 절대적이지 않다. 선악은 시간과 공간에 따라, 심지어 사람의 생각과 행동에 따라 달라질 수 있다. 거기에 차별과 혐오의 논리가 작동하면 역사가 예거하듯 끔찍하고 참혹한 결과가 초래된다. 작은 차별이 큰 차별을 가져올 수 있다. 그리고 그 차별은 모든 차별을 불러올 수 있다.

도덕철학자 피터 싱어는 "인간의 생명이, 오직 인간의 생명만이 신성불가침이라는 믿음은 종차별주의의 한 형태"라고 주장하며 사람과 동물을 다르게 대우하는 것은 일종의 '종차별주의'이며, 이는 성차별주의나 인종차별주의 못지않게 위험하다고 말했다. 즉 하나의 차별에서 시작된 차별은 다른 차별로 이어지고 결국 모든 차별을 정당화한다. 〈가재가 노래하는 곳〉에서 시작해서 차별금지법까지 너무 멀리 온 것 같다. 하지만 차별 금지는 결코 양보할 수도 없고 양보해서도 안 되는 중요한 문제다. 거듭 말하지만 차별은 우리 모두를 위해서 마땅히 금지해야 한다.

사랑은 흘러가는 강물과 같다

〈중독〉(박영훈, 2002)이라는 조금 오래된 한국 영화가 있다. 이 영화는 두 남자와 한 여자의 이야기를 다루고 있다. 이렇게 말하면 그렇게 특별하지 않을 것 같은데 이 영화에서 두 남자와 한 여자의 관계는 조금 특별하다. 두 남자는 호진과 대진이라는 형제이고 한 여자는 형 호진의 아내 은수다. 잉꼬부부인 호진과 은수, 그리고 대진은 가족이라는 이름 아래 같은 집에 살면 행복한 나날을 보내고 있다. 그러던 중 카레이서인 대진과 그의 경기를 보러 간 호진은 불운의 사고를 겪게 되고, 같은 날 같은 시각 의식불명 상태에 빠진다. 1년이 지난 어느 날 대진이 먼저 눈을 뜬다. 호진은 여전히 의식불명의 상태다. 하지만 대진은 자신 호진이라고 주장하며 은수를 혼란에 빠뜨린다.

은수는 처음에는 대진을 시동생 그 이상으로 생각하지 않고 선을 긋는다. 하지만 대진에게 남편 호진이 빙의되었다고 믿고 그를 받아들이고 결국 그의 아이를 임신한다. 그녀는 대진의 옛 애인 예주를 통해 대진이 빙의된 호진이 아니라 자신을 짝사랑하다가 거짓말했다는 사실을 알게 되고 걷잡을 수 없는 혼란에 빠진다. 그런데도 그녀는 대진과의 관계를 끝내지 못한다. 대진은 형 호진의 유골을 강에 뿌리며 사랑을 위해 자신의 삶을 버리기로 결정한다. 은수는 앞으로 자신에게 어떤 일이 벌어질지 모른 채 그저 그를 바라보기만 한다.

대진과 은수는 대놓고 말하지 않지만 서로를 속이고 있다는 것을 알고 있다. 그들은 자신조차 속이려 한다. 관계를 유지하기 위해서는 그들은 계속해서 '거짓'을 연기해야만 한다. 그 거짓과 믿음이 깨지면 둘의 관계는 더 이상 이어질 수 없기 때문이다. 남들이 뭐라고 말하든 그들은 서로에게 '중독되었다'고 믿는다. 즉 자신들의 관계를 '중독된 사랑'이라고 규정짓는다. 마치 〈정사〉(이재용, 1998)에서 우인과 서현이 했던 것처럼 말이다. 서현은 미국에 있는 동생 지현의 결혼을 대신 준비하며 동생의 남편이 될 남자 우인과 만난다. 두 사람은 처음 만난 순간부터 묘한 감정을 느끼고 끝내 격정적인 정사를 벌인다. 그런데 남들은 그들의 행동을 불륜이라고 하지만 그들은 사랑이라고 한다. 〈중독〉과 〈정사〉에는 '강렬하고 갑작스러워 누르기 어려운 감정', 즉 '격정'이 관통한다.

시바사키 도모카의 『꿈속에서도 깨어나서도』(1994)를 원작으로 하는 영화 〈아사코〉(하마구치 류스케, 2018)를 보면서 문득 〈중독〉과 〈정사〉가 떠올랐다. 영화는 원작 소설의 큰 줄기를 거의 그대로 따르고 있다. 〈아사코〉는 오사카와 도쿄를 배경으로 몇 년에 걸쳐 전개되는 한 여자와 두 남자의 이야기다. 얼핏 보면 〈아사코〉는 삼각관계를 다루는 흔하디흔한 영화처럼 보인다. 하지만 이 영화는 〈중독〉이 형수와 시동생의 부적절한 관계를 다루고 있는 외설 영화라고 치부할 수 없듯이, 운명의 사랑을 둘러싸고 벌어지는 단순한 통속적인 이야기로 단순화할 수 없다. 그렇게 따지면 삼각관계를 다룬 모든 사랑 영화는 형식적으로 모두 똑같다는 주장으로 귀결되기 때문이다. 개인적인 생각에 〈아사코〉가 특별한 이유는 그 사랑이 결코 격정적이지 않고 '은은하다'는 데 있다.

대학을 갓 졸업하고 취직한 아사코는 우연히 하루에 두 번이나 마주친 청년에게 한눈에 반하고 그와 사랑에 빠진다. 그의 이름은 '바쿠'다. 그런데 그들 주변에는 오카자키와 하루요라는 인물이 있다. 오카자키는 바쿠와 절친이고 둘은 사촌 간이다. 하루요는 오카자키와 같은 밴드에서 음악 활동을 하는 아사코의 절친이다. 하루요는 아사코가 바쿠와 사귀는 것을 반대하지만 아사코는 '보리'를 뜻하는 바쿠라는 이름이 마음에 들어 그와 사귀기로 한다. 아사코와 바쿠는 운명 같은 자신들의 사랑 이야기를 오카자키와 하루요에게 들려준다.

바쿠는 한곳에 머물지 못하는 습성을 갖고 있고 아사코는 그런 바쿠가 늘 불안하다. 하지만 바쿠는 걱정하는 아사코에게 "늦더라도 아사코가 있는 곳으로 반드시 돌아와"라고 말하며 늘 안심시킨다. 한 번은 빵을 사러 간다고 나갔다가 다음 날 아침이 되어서야 돌아왔다. 그해 겨울 바쿠는 상하이에 간다는 말만 남긴 채 떠난다. 2년의 시간이 흐른 뒤 아사코는 도쿄의 '우니미라클'이라는 카페에서 일을 하게 된다. 그녀는 우연히 바쿠와 비슷하게 생긴 남자 료헤이를 만나고 자주 그와 부딪힌다. 료헤이는 그런 그녀가 계속해서 신경이 쓰인다.

아사코는 룸메이트 마야와 사진 전시회를 찾는다. 하지만 시간이 늦어 입장을 할 수가 없다. 그때 료헤이의 기지로 그들은 전시회를 관람한다. 마야는 감사하는 마음으로 료헤이를 저녁 식사에 초대하고 료헤이는 회사 동료 쿠시하시와 함께 그들의 집을 방문한다. 마야는 쿠시하시와 연기에 대해 논쟁을 벌이고 료헤이가 둘을 중재한다. 아사코는 그런 료헤이의 모습을 바라보며 그가 바쿠와 달리 상대방을 배려하는 성격이라는 사실을 알게 된다.

료헤이는 아사코에게 "당신이 신경이 쓰인다"고 말한다. 그는 '당신을 좋아한다'는 뜻으로 말을 한 것이다. 그는 아사코에게 좋아한다고 고백하고 자신을 제대로 봐달라고 부탁한다. 아사코와 료헤이는 그렇게 사귀기 시작한다. 티격태격하던 마야와 쿠시하시도 사귀는 사이로 발전한다. 그러던 어느 날 아사코는 료헤이에게 일방적으로 이별을 통보한다. 료헤이는 아사코를 보기 위해 마야가 출연하는 연극을 보러 가지만 아사코는 오지 않는다. 지진으로 연극 공연은 취소되고 지하철 또한 운행이 중단된다. 료헤이는 길을 걷다가 우연히 아사코를 만나고 아사코는 료헤이의 사랑을 운명이라고 믿으며 받아들인다.

오 년의 시간이 흐른다. 아사코와 료헤이는 진탄이라는 고양이를 키우며 행복하게 살고 있다. 료헤이는 회사에서 업무 능력을 인정받아 오사카 본사로 전근을 앞두고 있다. 료헤이와 아사코는 오사카에서 지낼 집을 보고 왔다. 마야와 쿠시하시 또한 행복한 결혼 생활을 이어가고 있다. 마야는 곧 출산을 앞두고 있다. 아사코와 료헤이는 고양이를 맡기고 어촌 마을로 봉사활동을 떠난다. 봉사활동에서 돌아온 뒤 아사코는 료헤이에게 "진심으로 사랑하게 되었어"라고 고백한다.

아사코는 료헤이와 백화점에 들렀다가 우연히 옛 친구 하루요를 만난다. 그녀는 싱가포르 남자와 결혼해 그곳에서 살다가 얼마 전에 귀국한다. 하루요는 아사코와 함께 있는 료헤이를 보고 바쿠와 너무나 닮아 놀란다. 그녀는 료헤이에게 아사코가 "겉으로는 둥글둥글하지만, 뭐에 꽂히면 그것에만 열중한다"고 놀린다. 료헤이가 치과 치료로 먼저 자리를 뜬다. 아사코는 료헤이가 바쿠와 닮았기 때문이 아니라 료헤이 자체로 사랑한다고 말한다. 그녀는 하루요로부터 바쿠가 신인 배우가 되었다는 사실을 알게 된다.

아사코와 료헤이는 마야 부부와 하루요를 초대한다. 아사코는 친구들이 가고 난 뒤 료헤이에게 자신이 예전에 바쿠와 사귀었다는 사실을 고백하는데 료헤이는 "다 지난 일"이라며 이를 무심하게 넘긴다. 아사코는 하루요와 공원에서 배드민턴을 치다가 바쿠가 촬영차 공원에 있다는 사실을 알게 되자 바쿠가 탄 차에 달려가 손을 흔든다. 그녀의 이런 행동은 바쿠를 마음속에서 완전히 떠나

보내겠다는 다짐, 혹은 여전히 사랑하고 있다는 미련으로 읽힌다. 이삿짐을 싸다가 바쿠가 자신을 찾아오는 환영에 시달리는 모습을 통해서 보았을 때 아마도 후자에 가깝다.

아사코와 료헤이는 마야 부부, 하루요와 송별회를 갖는다. 료헤이가 잠깐 자리를 비운 사이 바쿠가 등장하고 아사코는 주변 사람들의 만류를 뿌리치고 바쿠를 따라나선다. 바쿠는 "다시 돌아오겠다"고 한 약속을 지켰다고 말한다. 그 말을 들은 아사코는 "왜 지금이냐"라고 원망하지만 이내 "보고 싶었다"고 속마음을 털어놓는다. 바쿠는 오카자키를 통해 주소를 알게 되었다고 말한다. 그런데 아사코는 갑자기 바쿠에게 "미안해"라고 말하며 료헤이에게 돌아가겠다고 한다. 바쿠 또한 미련 없이 그녀를 남긴 채 떠난다. 그녀는 떠나는 바쿠에게 "내 걱정은 더 이상 안 해도 돼"라고 말한다.

아사코는 오사카로 먼저 떠난 료헤이를 찾아가 사과한다. 료헤이는 아사코를 내쫓으며 고양이 진탄까지 버렸다고 냉정하게 말한다. 그 말을 들은 아사코는 숲속에서 진탄을 찾는다. 아사코는 루게릭병으로 사지가 마비가 된 오카자키에게 병문안을 간다. 아사코는 그의 어머니 에이코로부터 젊은 시절 연애 이야기, 즉 늦은 밤 도쿄까지 가서 아침만 먹고 돌아온 이야기를 듣는다. 말은 못하지만 들을 수 있는 오카자키는 어머니에게 그만하라고 표정을 짓는다. 사실 에이코는 예전에도 이 이야기를 한 적이 있다. 그때도 오카자키는 그만하라고 말했다. 에이코는 아사코에게 연애의 대상이 남편이 아닌 다른 남자였다고 슬며시 고백한다.

에이코는 아사코에게 사랑을 하다 보면 때로는 가장 소중한 사람에게 상처를 주고 무엇이 옳은 것인지 헷갈릴 때가 있다고 말한다. 그러면서 정말 소중한 사람이라면 소중하게 대해주라고 당부한다. 아사코는 료헤이를 다시 찾아간다. 료헤이는 그녀를 처음처럼 문전박대하지 않지만 그녀를 쳐다보지 않는다. 그는 "기대하지 않는다. 더 이상 못 믿겠다"고 말한다. 그녀 또한 용서를 구하지 않는다. 강을 바라보며 료헤이는 "더럽다"고 아사코는 "아름답다"고 말한다.

아사코와 료헤이는 같은 시간 같은 곳에서 같은 사물을 바라보는데도 둘은 다르게 생각한다. 영화 〈아사코〉는 믿음이 없는데 과연 사랑이 가능할까, 라는 질문을 던진다. 엔딩 크레딧이 올라가면서 흐르는 노래 가사처럼 "자나 깨나 사랑은 흘러간다/ 한 번 피어난 사랑은 계속 간다/ (…) 둘의 사랑은 '흐르는 강'과 같다". 그런데 여기에 한 소절을 보태고 싶다. '때로는 격정적으로 때로는 은은하게.'

〈아사코〉에서 료헤이는 아사코와의 사랑에서 큰 상실감을 겪는다. 보통 연애 후 겪는 상실감은 '사랑하는 사람을 잃었다는 사실'과 '사랑하는 나를 잃었다는 사실'에서 비롯된다. 실연하면 사랑받던 그 순간에 느껴지는 충만함과 따스함, 그리고 내 옆에 사랑하는 사람이 있다는 안정감과 확실성, 때로는 가족보다 더욱 깊고 친구보다 끈끈하게 느껴지는 관계성 등의 감정은 한순간에 휘발된다. 더 나아가 상심, 분노, 절망, 좌절 등 온갖 부정적인 감정을 초래한다.

우리는 '누군가와 사랑에 빠진다'는 말을 상투적으로 하는데, 이는 다른 말로는 '중독된다'는 뜻이다. 그런데 아무리 사랑이라고 할지라도 중독은 위험하다. 중독되면 이성적인 판단을 하지 못한다. 상대가 아니었음을 깨달았는데도 불구하고, 그 사랑의 유통기한이 이미 지났음에도 불구하고, 그 관계를 놓지 못하기 때문이다. 반대로 중독될 것을 우려해 아예 처음부터 시작하지 않거나 도중에 회피하는 경우도 있는데 이 또한 바람직하지 않아 보인다. 그래서 사랑이 어려운지도 모른다.

전술했듯이 영화의 마지막 장면에서 아사코와 료헤이는 서로를 쳐다보지 않고 강물만 바라본다. 감독은 그들의 관계가 앞으로 어떻게 될지 직접적으로 알려주지 않는다. 그들은 강물을 바라보며 각자 나름대로 자신의 사랑에 대해 생각한다. 아사코는 자신이 '료헤이를 사랑하고 있다'고 믿지만 료헤이는 '아사코가 언제든지 자신을 또 버릴 수 있을 것이다'라고 생각한다. 즉 그녀의 사랑을 믿지 않는다. 사랑이라고 믿었지만 사랑이 아니었는지 모른다. 아니면 사랑이었지만 그 사랑의 유통기한이 지났는지도 모른다. 그 사실을 받아들이지 못하는 것일 수 있다.

사랑은 때로는 격정적으로 때로는 은은하게 흐르는 강물과 같다. 그 사랑의 강물은 멈추지 않고 계속 흐르며 형태를 달리한다. 그렇다면 아사코와 료헤이의 사랑의 강물은 지금은 료헤이의 말처럼 "더럽"지만 시간이 흐르면 아사코의 말처럼 "아름다"울 수도 있다. 물론 아닐 수도 있다. 하나마나한 말 같지만 사랑은 알 수가 없다.

제5부 연극

부조리극은 부조리하지 않다

정확한 뜻을 모르고 관습적으로 사용하는 단어들이 제법 있는데 '부조리'도 그중 하나다. 국어사전에 따르면 부조리는 '이치에 맞지 아니하거나 도리에 어긋나는 일', '부정행위', '인생에서 그 의의를 발견할 가망이 없음'을 뜻한다. 철학적으로 '부조리주의'는 '신이 부재한 세계에서 인간의 삶과 고통은 내재적 의미가 없다는 사상'으로 제2차 세계대전 이후 프랑스를 중심으로 서유럽을 풍미한 사조다. 한마디로 부조리는 '조리 없음'을 뜻한다.

부조리주의는 19세기 과학의 발달에서 비롯되었다. 자연주의는 유일한 진리란 인간의 오관을 통해서 파악되고 과학적 방법에 의해 증명된다고 주장했다. 그러나 당시만 하더라도 과학적으로 다룰 수 있는 분야로는 물리학, 생물학, 화학밖에 없었다. 인간 행위의 옳고 그른 것을 따지는 도덕적 문제들은 과학적으로 증명할 수 없을 뿐만 아니라 객관적 진리의 영역 밖이다. 결국 도덕이란 단지 편리한 행동 규범으로 받아들여지고 있는 일련의 관례들을 근거로 하는 것일 뿐이다. 인간의 의미나 지식이나 행위에 관한 모든 견해가 하나같이 허구적이고 비논리적이다. 그렇기 때문에 인간은 혼돈된 우주 속을 목적도 없이 떠돌아다니며 오직 살아남기 위해 필요한 허구는 뭐든지 꾸며낸다.

부조리주의에 따르면, 세계는 중립적이며 사실이나 사건들은 그 자체로는 아무런 의미도 없고 다만 인간이 그것에 의미를 부여하고 있을 따름이다. 만일 어떤 행위가 '부도덕한' 행위로 규정된다면, 그것은 행위 그 자체가 그런 것이 아니라 인간이 그런 딱지를 붙였을 뿐이다. 도덕이라는 개념은 인간이 논리적인 근거도 없이 꾸며 낸 것에 불과하다. 부조리주의는 혼돈이나 무형식 또는 인간의 일상생활을 채우고 있는 갖가지 모순이나 부질없는 일들 속에 담긴 궁극적인 진리, 즉 논리도 이치도 확실성도 없는 바로 그런 것을 진리로 명명한다. 객관적인 진리란 없기 때문에 인간 스스로 의지하고 살아야 할 가치들을 찾아야 한다. 하지만 그런 행위 자체가 부조리하다는 사실 또한 인정해야 한다.

부조리극은 제2차 세계대전 후 유럽 연극에서 나타난 가장 두드러진 경향이다. 부조리극을 이론적으로 정립한 마틴 에슬린은 외젠 이오네스코, 아르투르 아다모프, 해럴드 핀터, 사뮈엘 베케트, 장 주네, 귄터 그라스, 바츨라프 하벨 등 유럽의 주요 극작가들을 부조리극 작가로 분류했다. 에슬린은 부조리극이 기존의 연극과 완전히 다르다고 천명한다. 그에 따르면, 고전주의는 물론이고 사실주의 또는 자연주의 연극도 현실 자체보다는 관객들이 현실로 여길 만한 사건을 꾸며 논리정연하게 전개한다. 반면 부조리극은 비록 관객들이 현실로 인정하기 싫어하지만 엄연히 존재하는 현실의 부조리한 모습을 있는 그대로 담아낸다. 요컨대 기존의 연극이 '사실 같은 비사실'을 추구한다면, 부조리극은 '비사실 같은 사실'을 추구한다.

부조리극은 제2차 세계대전 후의 환멸의 소산이며, 중류 계급이 지배적인 사회에서 이른바 안정과 안전을 추구하는 부르주아 가치관에 대한 반동으로 등장하였다. 인간 존재의 본질적인 무의미성과 그로 인해 비롯된 공포를 표출하고 있는 이들 연극은 흔히 줄거리의 발전이나 심리적 진전 같은 것도 없이 시작한 곳에서 그대로 끝나 버려 '출발점도 없고 목적지도 없이 그저 계속되기만 하는' 부조리한 인간 존재의 실상을 그대로 보여주고 있다.

부조리극은 단지 현대 인간이 처한 부조리한 상황을 제시할 뿐 그것에 대해 특정한 반응을 유도하지도 않고 어떤 대책을 암시하거나 충고하지도 않는다. 집단적 믿음을 떨쳐버리고 현실을 직시하고, 거기서 문제점을 찾아내어 해결하고자 노력하는 과정은 철저히 관객의 몫이 된다. 바로 이 때문에 부조리극은 베르톨트 브레히트가 주창한 서사극과 차별된다. 즉 부조리극은 지금 보고 있는 것이 사실이 아니라 연극이라는 것을 끊임없이 상기시키며 극에 몰입하는 것을 방해한다는 점에 있어서는 서사극과 비슷하지만 관객에게 행동 또는 사고의 교정을 요구하지 않는다.

부조리극의 등장인물들은 의지나 심리적 동기 같은 것도 없이 그저 반사적인 행동으로 반응하고 있을 뿐이다. 그들이 나누는 대화는 아무 의미가 없다. 그저 숙어집의 상투어구나 자꾸만 되뇌는 어린아이 같은 이야기로 인간의 의사소통이 얼마나 무의미하며 기계적인가를 극단적으로 강조하고 있을 따름이다. 부조리극은 연극 기법에 있어서도 합리주의 또는 사실주의 기법을 배격한다.

부조리극은 19세기 말 앨프리드 자리의 『우부 로이』(1896)에서 비롯되었다. 당시의 기존 가치들을 거부하고 비사실주의 기법을 과감하게 사용한 점 등으로 최초의 부조리극으로 불리고 있으나 본질적으로 부조리하다고 할 만한 조직적인 운동은 다다이즘과 초현실주의다. 다다이즘은 마음속에 생각이 떠오르는 대로 앞뒤의 관련이나 타당성을 무시하고 그대로 써내려 가는 것이 작가의 잠재의식을 충실하게 표현하는 방법이다. 따라서 이들의 작품은 비논리적이며 비합리적이다. 초현실주의는 진리의 근원은 잠재의식 속에 있고 진리는 꿈속에서 가장 자유롭게 표현된다고 주장한다. 진리는 인간 정신을 이성의 지배에서 해방시키고 꿈같은 상태를 조성하여 그 속에서 잠재의식을 일깨운다. 하지만 다다이즘과 초현실주의는 부조리주의를 포함해 여러 예술 운동의 중요한 선구적 역할을 담당하였고 많은 영향도 미쳤지만 실제적인 연극의 경향으로 구체화되지는 못했다.

일반적으로 실존주의가 부조리극의 이론적 기반을 제공했다고 평가된다. 부조리극은 작품 속에서 객관적인 진리의 존재를 부인한 극작가 루이지 피란델로를 거쳐서 그 직접적인 선구자인 실존주의를 맞게 된다. 그렇기 때문에 부조리주의자들의 많은 작품들이 원래는 실존주의극으로 불리기도 하였다.

주지하듯 실존주의 철학의 중심 과제는 인간 존재의 의미를 규명하는 것이다. 이 문제는 예전부터 철학자들의 관심을 끌었다. 특히 양차 대전 후에 각별한 관심을 모았다. 실존주의에 따르면, 보편적이고 절대적인 도덕률이나 도덕적 가치 등은 존재하지 않는다. 인간은 그저 목적도 없는 세계 속을 떠돌아다니고 있을 뿐이다. 따라서 개개의 인간은 신이나 행위를 규제하는 원리 등에 얽매이지 않고 자유로우며 자기 자신에 대해서만 책임이 있으므로 스스로 자기 혼자만의 가치들을 찾아내고 그 가치들에 따라서 행동해야 한다. 인간은 자신의 혼돈된 존재를 바로잡을 수 있는 일련의 가치들을 발견하고 유전이나 환경의 지배에서 벗어나 스스로 자신의 갈 길을 결정해야 한다.

장 폴 사르트르나 알베르 카뮈의 극작품들은 전통적인 구성 양식을 그대로 따르고 있고 실존주의 철학을 예거한다. 즉 그들의 희곡들은 대부분 자신들이 파악한 부조리한 현실과 그것에 대처하는 나름의 철학을 지극히 논리적인 사건 전개를 통해 전달한다. 카뮈의 주인공은 부조리한 현실을 인정하고 그에 맞서 싸우겠다고 선언한다.

그런데 부조리극은 실존주의와 확연히 구분된다. 부조리극 작가들은 사르트르나 카뮈와 본질적으로 다르다. 베케트, 주네, 이오네스코 등으로 대표되는 부조리극 작가들은 인간 존재의 부조리에 질서를 가져오는 기제보다 부조리 그 자체를 강조하고 그들의 혼돈된 주제를 똑같이 혼돈된 연극 형식 속에 구현하고 있다. 부조리극은 부조리한 현실에 방점을 두고 있지만, 실존주의는 부조리한 현실을 인정하는 인간에 방점을 두고 있다.

베케트의 작품은 확실한 것이 아무것도 없음을 암시해주고 있으며 인간 존재의 본질에 관한 함축이 풍부하지만, 그 핵심적인 신비는 설명하지 않고 극적 사건들을 통해서 관객이나 독자가 스스로 그 뜻을 찾도록 맡겨 두고 있다. 그의 대표작 『고도를 기다리며』(1952)는 '한 그루의 고목이 서 있는 황량한 길가에서 블라디미르와 에스트라공이 고도라는 인물을 기다리며 주고받는 진기한 이야기'로 요약된다. 하지만 그들은 고도가 어떤 사람인지, 그가 언제 오는지도 모른다. 단지 그가 와야만 구원을 받는다고 생각하고 그를 기다릴 뿐이다. 이 작품은 기존의 희곡과 연극 방식을 완전히 뒤엎고 그 이후의 새로운 연극 형식의 발전에 획기적인 전환점을 가져왔다.

주네는 인간 존재를 거울에 비친 끊임없이 변하는 모습으로 보고 있다. 한순간의 모습은 실상으로 착각되기 쉬우나 실은 환상에 불과하며 진리는 결코 찾을 수 없다. 그의 등장인물들은 저마다 역할을 가장하고 있으나 그 가장을 벗으면 또 새로운 가장이 나타날 뿐 각자의 참모습은 결코 밝혀질 수 없다. 감옥에서 오랜 세월을 보낸 주네는 이 사회는 탈선이 불가피하며, 법률과 범죄, 종교와 죄악, 사랑과 미움 등과 같이 반대되는 것이 없으면 무의미한 것으로 간주했다. 따라서 그가 생각하기에는 탈선적 행위도 용납된 미덕만큼이나 가치가 있다. 아무 의미도 없는 행위일 수밖에 없는 것에 뭔가 중요한 것 같은 인상을 주기 위해서 그는 인생을 일련의 의식과 제의로 바꾸어 놓고 있다.

부조리극 하면 가장 먼저 떠오르는 작품은 베케트의 『고도를 기다리며』이지만, 사실 부조리극의 본격적 기원은 이오네스코의 『대머리 여가수』(1950)에서 시작된다. 이오네스코는 자신의 연극을 이른바 '반연극'이라고 부름으로써 자신의 연극이 기존의 관례적인 연극과 다르다고 천명했다. 사건의 발전도 없고 인물들도 거의 구별이 없고 대화는 전적으로 상투어로만 되어 있고, 주제는 뜻이 없고, 줄거리는 진전이 없다. 관례적인 눈으로 보면 그야말로 반연극이라 할 수밖에 없는, 이른바 '무형식의 형식'을 내세우고 있다.

이처럼 부조리극 작가들은 사람들의 막연하고 근거 없는 집단적 믿음인 '조리' 앞에 그들이 믿으려 하지 않는 적나라한 현실인 '부조리'를 맞세우고, 인간 언어 자체에서 비롯되는 비논리성을 부각한다는 공통성을 갖는다. 그럼에도 불구하고 내용이나 극작 기법에서는 제각기 뚜렷한 차별성을 지닌다.

부조리극은 대체로 인간의 소통의 불능 상태를 극화하기 때문에 극 중 등장인물의 대사는 언어 자체의 비논리성에서 비롯된다. 부조리극을 이해하는 게 쉽지 않다. 그렇다고 해서 부조리극을 이해할 수 없는 것도 아니다. 아무리 부조리극이라고 연극인 이상 극작과 형상화의 과정은 논리적일 수밖에 없기 때문이다. 또한 부조리와 인물 사이의 소통 불가능을 극화한다고 하더라도 대사간의 연결 고리는 분명히 존재하고, 혼란이 빚어지고 전개되는 상황도 분명히 관객들에게 전달되어야 한다. 부조리극이니까 무슨 내용인지 파악을 안 해도 되고, 무슨 내용인지 전달이 안 돼도 상관없다는 태도는 극작가, 연출가, 배우 등 연극 '생산자' 뿐만 아니라 연극을 보는 관객인 '소비자'도 마땅히 지양해야 한다. 오히려 이해가 쉽지 않기 때문에 생산자나 소비자 모두 더욱 집중하고 몰입해야 한다. 부조리극은 부조리하지 않다. 아니 부조리하지 않아야 된다.

행동하는 지식인으로서의 작가

토니 커쉬너는 미국 뉴욕 맨해튼에서 클래식 음악을 전공한 부모님 밑에서 태어났다. 그의 아버지는 지휘자이자 클라리넷 연주자였고 어머니는 바순 연주자였다. 그의 가족은 그가 태어난 지 얼마 안 되어 루이지애나주 레이크 찰스로 이주하게 된다. 그의 아버지는 뉴올리언스 필하모닉에서 클라리넷 연주자로 음악 활동을 계속하지만, 뉴욕 시티 오페라단에서 바순 연주자로 예술성을 뽐냈던 그의 어머니는 음악 활동을 그만둔다. 그녀는 남부 생활에 잘 적응하지 못하고 대신 어린 아들이 그린 만화를 읽으며 행복감을 느낀다. 그녀는 음악 활동 대신 지역 극장의 연극 무대에 자주 선다. 커쉬너는 아서 밀러의 『세일즈맨의 죽음』(1949)에서 린다 역을 멋지게 소화한 어머니에게 매료되어 연극에 관심을 두게 된다. 문학을 좋아하던 그의 아버지 또한 커쉬너가 문학적 토양의 토대를 형성하는 데 큰 도움을 주었다. 커쉬너의 부모는 그가 연극과 문학에 대한 열정의 꽃을 피우는데 정서적으로 큰 도움이 되었다. 그들은 커쉬너에게 문화적 풍요로움뿐만 아니라 '정치적 자유주의'라는 사상적 세례를 베풀었다. 정치적 자유주의는 커쉬너가 극작가로서뿐만 아니라 행동하는 지식인으로서 자신의 정체성을 확립하는 데 상당한 영향을 끼쳤다.

데모크리토스는 모든 것이 결국 물질적인 특성으로 소급될 수 있다고 주장한 최초의 진정한 물질주의자라고 할 수 있다. 그의 견해는 훗날 갈릴레오나 데카르트, 로크 등에게 전해져 지식이란 인간의 직관이나 종교적 독단이 아니라 물질적으로 조사되고 시험을 통해 입증된 자료에 기초해야 한다는 지금의 과학 연구 방법론의 토대가 되었다.

각설하고, 커쉬너는 동성애자다. 그는 청소년기에 자신의 동성애적 성향을 인지했다. 처음에는 이를 거부했다. 얼마간 심리 치료를 받아 보았으나 특별한 변화를 느끼지 못하자 그는 자신의 동성애 성향을 감추기 위해 남들 앞에서 일부러 급진적인 태도를 취했다. 공격적인 토론 능력을 과시했고 페미니즘을 옹호하기도 했다. 하지만 뉴욕의 컬럼비아대학교에 입학한 후에는 자신의 동성애적 성향을 받아들였고, 가족에게 동성애자라고 고백했다. 커쉬너는 동성애자임을 선언한 이후부터 그 누구보다도 동성애에 공개적이었으며 게이 인권운동에도 활발하게 참여한다.

컬럼비아대학교에서 영문학을 전공한 커쉬너는 셰익스피어 수업을 듣게 되는데, 이는 그를 연극으로 이끄는 데 결정적인 역할을 한다. 커쉬너는 이 수업을 통해 셰익스피어의 모든 것이 패러독스로 구성되어 있다는 것을 깨닫는다. 그는 패러독스로 점철된 인생을 가장 효과적으로 담을 수 있는 도구이자 방법인 연극 무대에 자석처럼 이끌린다. 이후 모순과 갈등 속으로 관객을 밀어 넣은 후 관객에게 비판적 사고를 요청하는 브레톨트 브레히트의 '서사극'에 매료된다. 그는 컬럼비아대학교를 졸업한 후 뉴욕대학교에서 브레히트를 전공해 연극학 석사학위를 받는다.

대학 시절 커쉬너는 벤 존슨의 『바돌로뮤 시장』(1614)을 연출하면서 뉴올리언스 출신의 킴벌리 플린과 우정을 쌓게 된다. 그는 플린의 영향으로 자신의 연극 세계에 상당한 영향을 끼치게 되는 발터 벤야민, 헤르베르트 마르쿠제, 테오도어 아도르노 등이 주도한 독일 사회주의 이론을 섭렵하게 된다. 커쉬너가 자신의 작품 『미국의 천사들, 제2부』(1992)를 헌사할 정도로 플린은 그의 극작 경력과 삶 전체에 큰 영향을 끼쳤다. 한마디로 말해 『미국의 천사들, 제1부와 2부』는 커쉬너와 플린 간의 우정과 지적 교류의 산물이다.

커쉬너는 『암살자의 시대』(1982)를 발표하며 극작가로서 본격적으로 활동하기 시작한다. 사실 그의 작품 세계는 광범위하고 다양하다. 괴테의 작품을 번역하기도 했고, 어린이극을 쓰기도 했다. 17세기 영국의 의사이자 다양한 분야에 걸쳐 작품을 남긴 저술가이기도 한 브라운 박사의 전기를 극화한 『호장론 또는 브라운 박사의 죽음』(1987)을 발표하기도 했다. 『데이라 불리는 밝은 방』(1985)

에서 1930년대 독일 나치 시대와 1980년대 미국 레이건 시대를 유비한다. 뮤지컬 〈캐롤라인 혹은 변화〉(2002)에서는 1960년대 루이지애나주를 배경으로 유대인 소년과 시녀 사이의 사랑을 통해 개인적 상실과 변화를 다루고 있다.

커쉬너는 '국가 예술 기금'을 포함해 수많은 연극상과 연구비를 받으며 극작가로서 명성을 쌓았고, 마침내 『미국의 천사들』로 1993년에 퓰리처상을 수상한다. 그의 작품들은 상황에 의해 주변화된 힘없는 인물들에게 목소리를 부여하고 변증법적인 역사적 진보를 모색한다는 공통점이 있다. 초기작에서 다루어졌던 극의 주제들은 이후의 작품들에서 더욱 발전되고 심화된 형태로 나타난다.

커쉬너에게 가장 큰 영향을 끼친 극작가는 역시 서사극의 창시자인 브레히트다. 커쉬너는 브레히트 서사극 이론과 브레히트에게 영향을 끼친 마르크스 이론을 섭렵한 뒤 연극을 '정치적인 것'으로 규정하고, 연극을 통해 진보와 변화의 사상을 역설했다. 그의 진보적 사상은 브레히트뿐만 아니라 대학 시절 발터 벤냐민과 에른스트 피셔와 같은 진보적 지식인들의 책을 읽으며 형성되었다. 커쉬너는 특히 '예술의 마술성'을 강조한 피셔에게 깊이 공감했다. 그는 리얼리즘을 거부하는 브레히트의 에피소드적 서사극에서 예술의 사회적 책임을 수행하는 마술적 방식을 찾았다.

브레히트에 대한 커쉬너의 관심은 베냐민의 에세이 「역사 철학에 대한 의제들」(1940)로 이어졌다. 일찍이 베냐민은 역사적 유물론자의 임무 중 하나를 '역사 바라보고 거스르기'라고 규정했다.

베냐민의 역사관은 커쉬너의 『미국의 천사들』과 소련의 사회주의 붕괴와 사회경제적, 생태적 파괴를 진지하고도 우습게 그려낸 『슬라브인들!』(1994)에 잘 드러난다. 커쉬너에게 현재와 미래는 언제나 과거를 통해 조명된다. 아프가니스탄을 배경으로 하는 『홈바디/카불』(2001)의 경우에도 과거로의 회귀는 현재를 진단하는 중요한 잣대가 된다. 특히 이 작품은 미국과 그 서구의 우방국들이 급박한 미래에 취할 행동들에 의문을 제기한 이 작품은 9.11테러의 발생을 예고한 것으로 유명하다.

커쉬너는 미국 작가들에게서도 작품의 영감을 얻었다. 그는 미국 연극의 토대를 닦은 유진 오닐의 연극 세계를 형성하는 양대 기둥, 즉 '개인적 요소'와 '서사적 요소'에 깊이 영향을 받았고, 이를 자신의 극작품에 형상화했다. 하지만 그가 진정으로 존경하는 선배 극작가는 자신과 같은 남부 출신의 동성애 작가 테네시 윌리엄스였다. 윌리엄스의 영향은 커쉬너 극의 감정적 측면, 유머, 시적인 언어에서뿐만 아니라 실험 정신과 연극의 마술적 측면에서 두드러진다. 윌리엄스의 시적 감수성과 섹슈얼리티 사이의 긴장은 커쉬너의 의식에 깊이 침윤되었기 때문에, 몇몇 비평가들은 커쉬너를 윌리엄스의 후계자라고 평가했다.

커쉬너는 동성애와 에이즈를 다루고 있다는 점에 있어서 래리 크레이머, 테렌스 맥낼리, 하비 피어스타인 등과 같은 동성애 작가들의 후계자라고 할 수 있다. 하지만 이들이 끼친 영향은 윌리엄스의 모순된 동성애관 및 시적 리얼리즘과 비교했을 때 그리 크지 않다. 이전의 동성애 극작가들은 동성애를 작품의 중심 소재로 삼으면서도 이를 사회적, 국가적 문제로 전경화하지 못하고 개인의 문제로 국한했다. 반면 커쉬너는 동성애를 범국가적 차원의 보편적 주체로 형상화했다는 점에서 이들과도 구별된다.

그런데 커쉬너는 개인의 불안과 해소되지 못한 섹슈얼리티에 천착한 윌리엄스와는 달리 사회, 정치와 같은 공적 문제에도 관심을 가졌다. 에이즈 공포로 인해 동성애자들이 사회적 편견의 희생자로 살아가는 데도 레이건 정부가 무능과 무관심으로 일관하자, 커쉬너는 동성애자 인권 운동에 적극적으로 참여하여 사회에 저항하고 그 속에서 희망을 찾고자 했다. 커쉬너의 동성애자에 대한 관심은 유대인을 포함한 다른 주변인들에 대한 관심으로까지 확장되었다. 즉 커쉬너는 예술 또는 예술가의 사회적 책임도 중요하게 여겼다. 커쉬너의 이런 점은 밀러의 극작관과 공명한다. 그는 독일 사회주의 이론가들과 미국 극작가들로부터 상당한 영향을 받았고, 그것을 자신의 극작품에 잘 녹여냈다.

커쉬너는 번역과 개작에도 공을 들였다. 프랑스 고전주의 극작가 피에르 코르네유의 동명의 작품을 개작한 『환영』(1988)에서는 삶과 연극의 관계에 대해 고찰한다. 유대인 작가 S. 안스키의 원작을 요하킴 뉴그로쉘이 번역한 작품을 개작한 『몸을 떠난 혼 또는 두 세계 사이에서』(1997)에서는 이루어질 수 없는 사랑을 신비롭게 다루고 있다. 브레히트의 『억척어멈과 그 자식들』(1941)을 번역하여 무대에 올렸고, 『사천의 착한 사람』(1943)을 개작하고 번역했다.

그는 브레히트 작품의 개작과 번역을 통해 "작가는 사회 변화의 능동적 주체가 되어야 한다"고 역설했던 브레히트의 정신을 실천했고 그의 후계자로 자리매김했다.

하지만 커쉬너가 번역하고 개작한 작품들은 『미국의 천사들』이 받았던 만큼의 찬사와 주목을 받지 못했다. 최근 들어 그는 연극보다도 영화 쪽에서 더 주목을 받고 있다. 에릭 로스와 함께 스티븐 스필버그의 영화 〈뮌헨〉(2005)의 시나리오를 썼고, 스필버그가 감독하고 다니엘 데이 루이스가 링컨을 연기한 영화 〈링컨〉(2012)의 각본을 통해서 아카데미 시상식 각본상 후보에 올랐다.

커시너는 에세이집 『덕목과 행복에 관한 오래된 문제들에 대해 생각하기』(1995), 단막극 『성경의 열쇠로 건네주는 사회주의에 대한 지성적 동성애자의 조언』(2009)을 통해 섹스, 동성애 해방, 사회주의 관련 의제들에 대해 지속적으로 사유한다. 그는 각종 인터뷰와 강연에 응하면서 미국의 주변인들에게 영감을 주는 지성인 역할을 적극적으로 수행하고 있다.

커쉬너는 ≪엔터테인먼트 위클리≫의 편집장인 일곱 살 연하의 마크 해리스와 공식적인 게이 커플이 되었고, 2008년에 캘리포니아주에서 법적 혼인신고를 마쳤다. 그는 2003년 시카고 컬럼비아 대학교, 2008년 뉴욕주립대학교 퍼처스대학, 2011년 뉴욕시립대학교에서 명예박사 학위를 받았다. 2013년 6월에는 백악관으로부터 연극과 영화에 기여한 공으로 예술 분야 국가 훈장을 받았다. "무대를 위한 것이든 은막을 위한 것이든 간에, 그의 대본은 유머를

격노, 역사를 환상, 철학적인 것을 개인적인 것과 결합시킴으로써 전 세계의 관객을 감동시켰다"는 훈장 수여 때 백악관의 짧은 설명은 그의 작품 세계를 잘 보여준다.

미국에서는 제2차 세계대전 이후 시작된 동성애 운동 덕분에 동성애자들의 활동 공간이 열렸다. 국가가 약자를 보호하고 정의를 추구해야 한다는 진보적인 사회적 분위기 덕분에 동성애자들은 1960년대와 1970년대에는 어느 정도 자유로운 삶을 살 수 있게 되었다. 그러나 1980년대부터 1990년대 초반까지 '국가가 개입하지 않는 무한 경쟁'을 핵심 기조로 삼았던 레이건주의가 일상생활을 지배하면서, 동성애자들은 다시 수렁에 빠진다.

1980년대 에이즈 위기 때 동성애자들에 대한 사회적 차별과 배제는 정점에 달했다. 미디어는 에이즈로 진단받은 사람들 중 상당수가 동성애자들이고 대부분 죽음에 이르렀다며 에이즈에 대한 공포와 혐오를 부추겼다. 결국 미국 사회 전반에 동성애자 공포증과 에이즈 환자들에 대한 공포와 불안이 퍼졌다.

에이즈에 대한 잘못된 정보 때문에 동성애자들이 사회적 편견의 희생자로 살아가고 있는데도 보수주의적 레이건 정부가 이에 대한 치명적인 무능함을 드러내자, 커쉬너는 동성애자 인권 운동에 적극적으로 참여했다. 그는 저항하고 그 속에서 희망을 찾았다. 커쉬너의 동성애에 대한 관심은 유대인을 비롯한 다른 주변인들에 대한 관심으로 이어졌다. 커쉬너는 유대교, 모르몬교, 동성애자가 비슷한 억압과 고통을 공유한다는 사실에 주목했다. 그 자신이 중산층에 속했지만 동성애자, 진보주의자, 유대인, 동유럽 이민자라는 다층적인 정체성을 지녔다.

다행히 덜 보수적인 클린턴 정권의 출현하고, '액트-업'과 '퀴어 네이션'과 같은 진보 단체들이 에이즈 환자들의 건강보험 혜택 및 정부의 정책 변화를 위해 더 활발하게 움직이고, 급진적인 정치적인 저항 정신을 표출하자, 동성애자들의 상황은 조금 바뀐다. 커쉬너는 '액트-업'이나 '퀴어 네이션'의 정치적 운동의 저항정신을 연극으로 시도했는데, 그 결과물이 바로 『미국의 천사들』이다. 결론적으로 『미국의 천사들』은 정치적으로 레이건과 부시 정부를 비판하는 동시에 동성애자들의 정치적·문화적 저항과 그 맥을 같이 한다고 할 수 있다.

왜 '성녀 조앤'이 아니라 '세인트 조앤'이어야 하는가

조지 버나드 쇼는 아일랜드 더블린 출신의 영국 극작가다. 그는 극작가 외에도 소설가, 수필가, 비평가, 화가, 웅변가 등 다양한 직함을 가졌다. 신교도로 태어났지만 아버지의 경제적 무능력으로 집안은 늘 가난했다. 이른 나이에 학교 공부를 포기하고 런던으로 건너가 생업 전선에 뛰어들었지만 가난에서 벗어나지 못했다. 런던에서 보낸 그의 20대는 한마디로 '좌절과 빈곤의 연속'이었다. 그럼에도 불구하고 그는 박물관 도서실에서 책을 읽고 글을 쓰면서 힘든 시기를 버텨냈다. 밤에는 런던 중산층 지식인들이 주로 활동하던 강연과 토론에 참석하면서 자신의 사상적 토대를 구축했다. "모든 예술은 교훈적이다"라고 주장했던 그는 자신을 선생으로 간주하기는 했어도 학교 선생이나 공적 교육에 대해서는 거의 존경심을 보이지 않았다. 그는 무언가를 습득하려는 정신과 독립적으로 연구할 수 있는 능력을 지녔던 지식인이자 사상가였다.

쇼의 사상적 좌표는 '사회주의'다. 그는 『진보와 빈곤』(1879)의 저자 헨리 조지와 『자본론』(1867)의 저자 카를 마르크스의 영향을 받아 사회주의에 심취했다. 온건 좌파 단체인 '페이비언 협회'에 가입해 많은 사상가와 사귀게 되는데, 그 가운데는 마르크스의 딸 엘리노어 마르크스도 있다. 그는 정치, 사회, 문화, 예술, 종교, 의학 등 기존 제도를 '악'으로 규정하고 신랄하게 비판했다. 그는 현대의 가장 위대한 '악의 파괴자'로 불린다. 하지만 그의 사회주의는 사회의 낙오자를 동정하는 게 아니라 악의 파괴를 통해 더 새롭고, 더 건설적이고, 더 나은 세상을 지향한다.

쇼는 살아생전 그 누구보다도 오랜 기간 동안 많은 작품을 발표하며 영국을 넘어 현대의 가장 중요하고 위대한 극작가로 자리매김했다. 그는 죽기 직전까지 쉬지 않고 작품을 썼다. 하지만 극작가로서 그의 전성기는 『홀아비의 집』(1892)부터 『세인트 조앤』(1923)까지의 시기라고 할 수 있다. 즉 19세기 후반부터 20세기 초반에 이르는 시기에 그는 『워렌 부인의 직업』(1893), 『무기와 사람』(1894), 『캔디다』(1894), 『운명의 사람』(1895), 『악마의 제자』(1897), 『인간과 초인』(1905), 『피그말리온』(1913) 등과 같은 작품을 발표했다. 그가 쓴 모든 작품들이 훌륭하다고 말할 수 없지만, 그의 재담이 지닌 신선함과 활기는 모든 작품에서 빛을 발한다. 그는 작품을 통해 부조리한 사회를 변화시키려 노력했고 마침내 1925년에 노벨문학상을 수상한다.

쇼는 희곡 작가로서뿐만 아니라 연극학자와 평론가로서도 큰 업적을 남겼다. 연극학자로서 그는 『입센주의의 정수』(1891)를 통해 영국에 헨리크 입센을 소개했고 근대 연극의 토대를 정립했다. 입센은 그때까지 현실과 유리된 영국 연극에 현실적 의식을 조명하는 자극제가 되었다. 평론가로서 그는 신문과 잡지 등에 연극비평을 기고하면서 연극에 대한 새로운 입장을 정리하고 발표했다. 특히 그는 1893년부터 1895년까지 주간지 ≪새터데이 리뷰≫에 매주 투고한 평론을 모아 『90년대 우리 시대의 연극』(1931)을 출간했는데, 이 책은 현재까지도 당시, 즉 1890년대 연극에 대한 가장 훌륭한 연극평론집으로 평가된다.

쇼는 "연극 무대에 대한 애착은 없다"고 공언했다. 그는 무대를 자신이 노력하는 사회개혁의 사상을 전달하는 효과적인 장소로 인식했다. 즉 그에게 무대, 즉 극장은 도적적·사회적 설교의 장에 지나지 않는다. 쇼의 연극은 윌리엄 셰익스피어의 낭만희극과도 다르고, 몰리에르의 세상비평희극과도 다르다. 오스카 와일드의 기지 넘치는 풍습희극과도 다르다. 쇼의 연극은 희극이지만 새로운 생각을 촉구하는 '사상극(theatre of ideas)'이다. 그가 제시하는 사상은 신선하고 경이롭고 인간성에 대해 새로운 비전을 제시한다. 위트 넘치는 대사를 특징으로 하는 그의 극에는 '사회 속의 인간'이라는 삶의 철학이 담겨 있다.

쇼의 작품의 기조는 지성'과 '반란'이다. 그가 극작가와 평론가로 활동하던 당시 영국 연극계는 빅토리아조의 인위적이고 속물적이고 가식적인 풍조가 지배했다. 하지만 그는 감상적이거나 낭만적인 요소를 철저히 배격했다. 이성의 명령에 반대된다면 그 어떤 것도 용납하지 않았다. 지각없는 대중이 우상으로 받아들이는 것을 사정없이 파괴했다. 그는 근대 연극의 시효를 이룬 입센의 사실주의 연극을 도입해 빅토리아조의 연극 요소를 공격하면서 사상극을 구현하려 했다. 그는 혁신의 이상을 갖고 있었지만 철저한 현실주의자였다.

쇼는 빅토리아 시대 영국에서 극화되지 않았던 소재와 주제, 즉 빈민굴, 매춘, 가족 간의 반목, 종교의 불관용, 경제적 불평등 등과 같은 사회악을 극화하면서 보수적인 관객들에게 큰 충격과 혼란을 주었다. 하지만 그는 입센의 사실주의극 전통에 따라 추악한 현실을 사실적으로 극화했다. 하지만 그는 희극적인 방식으로 자신의 사상을 구체화했다. 그의 이런 극작 태도는 '희극적 비전의 전개'로 명명된다. 그의 희극적 비전은 기본적으로 반어적이고 풍자적이지만, 이면에는 그의 꿈과 이상이 담겨 있다. 그리고 그의 극작 태도는 '페이비언 협회'의 중심인물로서 그의 입장에도 부합한다.

쇼의 극작가로서의 탁월함은 무엇보다도 뛰어난 통찰력에 있다. 다시 말하면 그의 작품에서 가장 탁월한 구성적 요소는 사물의 근원까지 파고들며 쇠망과 붕괴의 원인을 규명하는 투시력이다. 그는 '풍자'를 무기로 재치와 명답과 역설을 좋아하던 당시 관객을 매료시켰다. 그는 비판의 대상과 결코 타협하지 않았다. 관용도 베풀지 않았다. 그는 결코 중도에서 그만두는 일 없이 끝까지 파고

들었다. 그는 문학적으로 신랄한 발언으로 새로운 연극적 대사를 만들어냈을 뿐만 아니라 또한 성격 묘사에서도 새로운 원형을 제공했다. 그는 마음 약하고 수줍은 여주인공 대신에 지적이고 대담한 여인, 강력하고 초라한 영웅 대신에 힘도 없고 의지도 약한 소시민, 환상적이고 모범적인 성직자 대신에 군복과 장화가 어울리는 목사, 있을 것 같지 않은 악당 대신에 자칭 사교계의 앞잡이 등을 형상화했다.

기본적으로 쇼의 연극은 사실주의 연극을 지향하면서도 '환상과 현실의 결합'이라는 새로운 연극적 방식들을 실험했다. 연극적 본질을 훼손시키지 않으면서도 대사가 아닌 무대 지시나 서문을 통해 극적 사건이 전개되는 새로운 연극도 실험했다. 지금까지 수많은 비평가들이 쇼의 삶과 작품에 대해 논평했다. 한때 그의 작품을 비판하는 경향이 거센 적도 있었지만 위트와 유머, 그리고 기지가 넘치는 대사와 흥미 있는 극의 진행은 독자와 관객에게 즐거움을 주기 때문에 그의 작품은 여전히 읽히고 무대에서 상연된다. 평론가의 논평이 아니라 세월이 그의 작품의 진가를 규명하고 있다.

『세인트 조앤』은 쇼가 67세가 되던 1923년에 쓴 작품이다. 이 작품의 중심 사건은 영국과 프랑스 간의 백년전쟁(1337~1453)이다. 쇼는 백년전쟁에서 프랑스의 승리로 끝내는 데 결정적인 역할을 한 무지한 농부의 어린 딸 잔 다르크의 역사적 행적을 극화했다. 하지만 그는 역사적 사건을 극화하면서도 자신의 이념을 표출하는 사상희극의 극적 구성을 취하고 있다. 즉 쇼는 나라를 구한 위대한 여성이지만 종교적·정치적 제도와 이념으로 인해 종교재판에서 마녀로, 이단으로 몰려 화형을 당하는 잔 다르크, 즉 조앤을 통해 인간성과 제도의 한계를 현대적 관점에서 재조명한다. 이 극을 이해하기 위해서는 중세의 역사적 현실, 특히 정치와 종교의 역사적 사실에 대한 고찰이 필요하다.

『세인트 조앤』을 관통하는 두 가지 키워드는 왕위계승권과 봉건제도다. 백년전쟁의 직접적인 원인도 사실 왕위계승권이다. 주지하듯 왕위계승은 장자 상속이 대원칙이다. 장자의 유고 시에는 그다음 왕자에게, 왕자가 없고 공주만 있을 때는 사위에게 돌아간다. 그런데 왕자 없이 세상을 떠난 프랑스의 왕 샤를 4세의 왕위가 그의 딸이 아니라 조카 필립 백작에게 돌아가면서 영국과 프랑스 간에 분란이 발생한다. 샤를 4세의 사위였던 영국의 에드워드 3세가 프랑스의 왕위를 요구하면서 백년전쟁이 시작된다. 시간이 흐른 뒤 영국의 왕 헨리 5세는 프랑스와의 전쟁에서 대승을 거두며 프랑스의 왕 샤를 6세로부터 왕위 계승권을 약속받는다. 하지만 샤를 6세에게는 왕세자 도팽이 있었다. 프랑스의 귀족들 가운데 일부가 도팽을 왕으로 옹립하고 영국군을 축출하기 위한 군사행동을 시도하는데 그 중심에 바로 조앤이 있다.

중세에는 영주 혹은 봉건 제후들이 각각 독립된 국가, 즉 공국(Dukedom)을 다스리고 있었기 때문에 프랑스인이라거나 영국인이라는 민족의식 혹은 국민의식이 아직 없었다. 백성들은 왕이 아니라 자기 영주에게 충성했다. 왕국(kingdom)의 백성이라는 의식은 백년전쟁을 거치면서 형성되었다. 쇼는 『세인트 조앤』에서 조앤을 민족주의를 구현하는 인물로 그리고 있다. 그녀는 공국의 신민이 아니라 오직 프랑스 왕국의 신민이라는 의식을 갖고 영국군과 대결한다. 그녀가 왕세자 도팽을 프랑스의 왕으로 옹립하려는 것도 민족주의에서 비롯된다. 그녀는 기적을 일으키며 전쟁을 승리로 이끈다. 그녀는 공작, 백작 등 귀족의 권위를 부정하고 오직 왕만을 자신의 '주인(lord)'으로 인정하려 한다. 마찬가지로 그녀는 신부, 주교, 대주교 등 종교 지도자의 권위를 인정하지 않고 오직 신만을 주신의 '주님(lord)'으로 섬긴다. 바로 그것 때문에 그녀는 정치적·종교적으로 유해 인물로 간주되어 배척당한다.

조앤은 파리 탈환을 위해 공격을 시도했지만 상처만 입고 실패로 끝난다. 또한 프랑스 왕국의 최대 적이 되어 영국 편을 드는 부르고뉴 공국과 전투를 벌이지만 실패로 끝나고 포로로 붙잡힌다. 조앤은 종교재판에 회부된다. 종교 지도자들은 그녀가 교회의 권위를 부정하고 순종하지 않는다고 '이단(heresy)'으로, 정치 지도자, 특히 워릭 공은 그녀를 정치적 제물로 삼기 위해 '마녀(witch)'로 몰아세우며 처형을 요구했다. 결국 그녀는 수천 명이 지켜보는 가운데 화형에 처해졌다. 정치적·종교적으로 일대 변혁의 바람을 선도한 조앤은 기존 권력 구조와 질서를 유지하려는 세력들에 의해 희생되었다.

조앤은 숭고하고 정의로운 대의를 지녔지만 독선적인 면이 있었고 바로 그 때문에 비극적인 최후를 맞이했다. 그녀는 사후 25년이 지난 뒤 종교재판을 번복하는 재판을 통해 복원되어 이단과 마녀라는 불명예에서 벗어난다. 또한 400년이 지난 1920년에는 로마 가톨릭으로부터 '성녀 조앤'으로 추앙된다. 그녀의 생애는 개인적으로는 비극적이었지만 사후에는 이처럼 영예로웠다. 하지만 쇼는 『세인트 조앤』에서 에필로그를 하나의 장(scene)으로 확대해 극의 결말을 '희극적'으로 만든다. 쇼의 희극적인 비전은 기본적으로 현실적 이해관계를 뛰어넘는 진실과 진리에 대한 비전이다.

전술했듯이 쇼는 불평등하고 부조리한 사회를 변화시키기 위해 노력했다. 특히 그는 자본주의와 권력에서 소외당한 여성의 불평등한 상태에 특별한 관심을 기울였다. 『워렌 부인의 직업』의 비비와 『세인트 조앤』의 조앤은 '여성 같지 않은 초 여성(Unwomanly Super Woman)'으로 기존의 가치관을 탈피한 독립적인 신여성으로 여성의 발전상을 나타낸 쇼의 대표적인 여성들이다. 그들은 시장과 권력으로부터 소외된 빅토리아 시대의 소외된 '여성 같은 여성(Womanly Woman)'과 차별된다.

『세인트 조앤』에서 조앤은 자신의 자유를 찾기 위해, 빅토리아 사회의 인습과 정치, 종교, 사회적 권위에 도전한다. 조앤은 인간의 삶에 용기와 희망을 부여할 새로운 사회 질서와 인간성 창조를 위해 노력하는 의지가 굳고 행동적인 인간상, 즉 생명력을 가진 인물로 제시된다. 쇼는 조앤을 통해 개인, 특히 여성을 억압하는 사회의 낡고 잘못된 인습과 규칙들을 비판한다. 직접 비판하기보다는 작품 속 주인공들에게 토론하고 비판하도록 한다. 토론 형식은 극 중 인물들의 숨은 의도와 각자의 생각들을 자유롭게 개진하는 장을 마련한다. 관객 또한 토론에 참여함으로써 새로운 진실을 깨닫고, 변화된 생각으로 새로운 행동을 취할 수 있다. 쇼의 세계관은 한마디로 '진보주의'로 요약될 수 있다.

쇼의 진보주의는 에드먼드 버크의 보수주의와 대별된다. 버크는 시민들에게 부패하고 미숙한 권위를 전복시킬 권리가 있다고 인정하면서도, 전통적 체제의 좋은 점을 존중하면서 보다 점진적인 변화를 끌어내는 편을 선호했다. 그는 급진적인 이상이 정의롭고 평등한 사회를 실현할 것으로 생각하지 않았다. 제아무리 선한 의도가 있더라도 극단적 시도들은 사회의 상당 부분이 합리적이지 않은 요소들을 기반으로 이루어져 있다는 사실을 쉽게 무시하기 때문이다.

쇼는 닫힌사회에 있는 여성의 지위를 한 단계 끌어올리고, 사회적으로 억압된 여성의 권익을 보장하며 남성과 동등한 인격체로 대우받게 하기 위해 조앤을 남성보다 뛰어난 위치에 올려놓는다. '남성은 성인, 여성은 성녀'라는 도식으로 오랜 기간 동안 'Saint Joan'은 '성녀 조앤'으로 번역되었다. 늦었지만 이제부터라도 성녀 조앤이 아니라 성인 조앤, 혹은 세인트 조앤으로 번역해야 한다. 그 번역이야말로 빅토리아 시대의 인습적 여성관에 안주하지 않고 창조적인 이를 해내는 새로운 여성상을 제시한 쇼의 여성관에 부합한다.

자혜, 늦었지만 그래도 다행인

체코 출신의 영국 극작가 톰 스토파드는 『로젠크랜츠와 길덴스턴은 죽었다』(1967)에서 윌리엄 셰익스피어의 『햄릿』(1601)을 기존의 관점과 다른 새로운 읽기/쓰기를 시도함으로써 흥행에도 성공하고 비평 에서도 크게 주목을 받게 된다. 더 나아가 자신이 직접 영화로 연출해 1990년 베니스영화제에서 황금사자상을 수상한다. 그런데 제목에서 알 수 있듯이 『로젠크랜츠와 길덴스턴은 죽었다』에서 주인공은 햄릿이 아니라 『햄릿』에서는 주변 인물에 불과했던 로젠크랜츠와 길덴스턴이다. 그들은 햄릿의 대학 친구로 왕 클로디어스의 사주를 받아 햄릿을 염탐하는 인물이다. 로렌스 올리비에의 〈햄릿〉(1948)에서는 아예 등장조차 하지 않을 정도로, 시쳇말로 '있으나 마나 한', '없어도 전혀 지장이 없는' 인물이다. 그런 그들이 『로젠크랜츠와 길덴스턴은 죽었다』에서는 햄릿뿐만 아니라 클로디어스, 거트루드, 폴로니어스, 오필리아 등 『햄릿』의 중심인물들을 관찰하고 평가하는 핵심인물로 격상된다.

『로젠크랜츠와 길덴스턴은 죽었다』는 『햄릿』을 기본 틀로 삼고 있을 뿐만 아니라 대사, 극적 사건, 등장인물 등을 거의 그대로 가져오고 있다. 그렇다고 해서 『햄릿』에 전적으로 의존하지 않는다. 표면적인 텍스트뿐만 아니라 텍스트 안에 포함된 광범위한 어구의 반향과 인유를 포함한다. 『햄릿』에서 차용된 사건과 인물은 『햄릿』에서 지녔던 상징성을 그대로 갖는 것이 아니라 전혀 다른 상징적 의미를 갖는다. 실제로 이 작품의 중심 사건은 『햄릿』에서는 중요하게 다루어지지 않거나, 전혀 극화되지 않는 부분이다. 이 작품은 단순히 『햄릿』의 현대적 개작이 아니라 햄릿을 중심으로 읽던 기존의 『햄릿』 읽기에 대한 저항으로서 새로운 맥락과 의미를 생산한다.

스토파드의 또 다른 작품 『희작』(1974)은 실제의 역사적 사건을 중심으로 역사와 허구를 교묘하게 병치시켜 둘의 경계를 허물고 있다. 스토파드는 레닌, 짜라, 조이스가 각각 다른 이유로 스위스의 취리히에 잠깐 머문 적이 있었다는 사실을 바탕으로 역사를 재구성하고 있다. 보통 역사적인 인물이나 사건을 다루는 작품은 대체로 그 시대에만 국한된 특수성이 아니라 어느 시대에도 해당될 수 있다는 보편성을 강조한다. 작가는 역사적인 인물이나 사건을 배경으로 처리하고 현대적인 관점을 전경화하면서 역사를 재해석한다. 그런데 『희작』은 역사적인 사건을 배경으로 당대를 새롭게 조명하는 것이 아니라 오히려 역사적인 사실 자체를 허구화한다. 『로젠크랜츠와 길덴스턴은 죽었다』과 마찬가지로 이 작품에서 주인공은 '그 누구도 주목하지 않는 주변 인물에 불과한 취리히의 영사관 하급 관리 헨리 카다. 그는 자신의 기억을 통해 과거를 재구성한다.

심수영 작가의 『자혜, 그 누구도 아닌』(2020)을 읽고, 이 작품을 원작으로 한 동명의 연극을 보면서 생뚱맞게 스토파드의 작품들이 떠올랐다. 형식과 내용, 맥락과 스타일이 너무나도 다르기 때문에 스토파드의 작품들과 『자혜, 그 누구도 아닌』을 비교하는 게 생뚱맞을 수도 있다. 그런데 처음에는 눈송이에 불과했던 그 생뚱맞은 생각이 계속 불어나 커다란 눈덩이가 되었다. 이 글을 쓰기 위해 오래전 읽었던 김삼웅의 『단재 신채호 평전』(2005)을 다시 읽으면서 그 눈덩이는 점점 더 커지고 더 단단해졌다. 신채호 평전을 읽어보면 신채호가 주인공이고 그의 부인 박자혜는 평전에 등장하는 수많은 조연 혹은 주변 인물 중 한 명이다. 평전에서 박자혜는 신채호 또는 평전의 저자에 의해 관찰되고 그의 시각에서 평가된다. 평전에서 박자혜는 신채호의 부인인데도 불구하고 생각만큼 많이 등장하지도 않을뿐더러 자세히 다루어지지도 않는다.

그런데 이 시각과 관점을 바꾸면 어떻게 될지 문득 궁금해진다. 즉 누군가 '박자혜 평전'을 쓴다면 『단재 신채호 평전』에서 그랬던 것처럼, 박자혜 또는 평전 저자의 관점과 시각에서 신채호가 관찰되고 평가된다면 어떨까, 궁금해진다. 어쩌면 이렇게 생각하는 것 자체만으로도 불경하고, 불온할 수 있다. 많은 이들이 불편해할 것 같다. 하지만 기록된 것만이 역사의 전부가 아니듯이, 기록되지 않은 부분도 역사의 일부일 수 있다. 더군다나 역사의 시제는 언제나 완료형이 아니라 진행형이다.

역사는 기록하는 사람의 시각과 관점에 따라 달라진다. 즉 역사를 기록하는 데 있어 취사선택은 불가피하다. 역사학자 에드워드 핼릿 카가 지적한 것처럼 기록이 없다고 해서 없었던 일이라고 단정할 수 없다. 신채호 평전에 박자혜의 이야기가 자세히 다뤄지지 않았다면 원래 없었던 것이 아니라 정확히는 모르겠지만 어떤 이유로 빠졌기 때문이라고 추정할 수 있다. 있었던 일을 기록하는 것도 역사지만 빠진 부분을 채워 넣는 것 또한 역사다. 『자혜, 그 누구도 아닌』처럼 말이다.

심수영 작가는 『자혜, 그 누구도 아닌』을 '다큐 소설'이라고 명명하며 "이 이야기는 7할의 자료적 사실과 2할의 편의적 상상과 1할의 소망으로 구성되었다"고 밝히고 있다. 사실과 상상의 결합이라고 일반적으로 팩션을 떠올린다. 사실(fact)과 상상 또는 허구(fiction)의 결합, 주지하듯 이를 문학적으로 팩션(faction)이라고 부른다. 좀 더 풀어서 말하면 팩션은 사실을 바탕으로 한 실화나 실존 인물의 이야기에 픽션을 섞어 재창조하거나 더 나아가 가상의 사건이나 인물을 덧붙이는 행위, 또는 그렇게 탄생한 허구의 작품을 의미한다. 다시 말하면 사실에 기반을 두고 있다고 하더라도 팩션은 어디까지나 허구다. 반면 『자혜, 그 누구도 아닌』은 역사적 사실의 기록이다. 더 정확히 말하면 '역사적 사실의 기록'과 '역사의 빠진

틈 채워 넣기'다. 그 빈틈을 상상과 소망으로 채우고 있다.

『자혜, 그 누구도 아닌』은 신채호의 아내로서의 이야기, 수범과 두범의 어머니로서의 이야기가 아니라, '그 누구도 아닌' 박자혜라는 한 사람의 이야기다. 『자혜, 그 누구도 아닌』을 살펴보기에 앞서 아직 쓰지 않은 가상의 박자혜 평전을 써본다. 이 평전은 이렇게 요약될 수 있다.

박자혜는 1895년 12월 11일 경기도 고양군 숭인면 수유리에서 태어났다. 한때 경기도 파주군 금촌면에서 잠시 유아기를 보낸 적이 있지만 대부분 한성부에서 성장하였다. 그녀의 부친은 중인 출신의 박원순이고 모친에 대해서는 알려지지 않았다.

박자혜는 어린 시절 아기나인으로 입궁해 약 십여 년 궁중 생활을 하다가 1910년 경술국치 이후 궁녀 신분을 벗어난 후 숙명여학교 기예과에 입학해 근대교육을 받는다. 졸업 후에는 사립 조산부양성소를 다녔다. 양성소를 졸업한 후에는 경제적인 독립을 위해 조선총독부의원 산부인과의 간호부로 취업하였다.

박자혜는 1919년, 간호부 근무 당시 3·1 만세 운동으로 병원에 부상 환자들이 줄을 잇자, 많은 부상자들을 치료하던 과정에서 민족의 울분을 느끼고 함께 근무하는 간호사들을 모아 만세 시위를 독려했다. 그 후 일제 산하 기관에서 산파로 일하고 있는 자신이 부끄러워져 직접 행동에 나서기로 하고 직접 3·1 만세 운동에 참여하기 위해 '간우회'를 조직하고 병원의 의사들과도 긴밀한 관계를 맺는다. 그녀는 간호사들에게 동맹파업에 참여할 것을 주창하다가 일경에게 체포된다. 병원장의 신병인도로 풀려나고 그 후 북경으로 건너간다.

박자혜는 북경에서 1919년 봄 연경대학의 전신인 회문대학 의예과에 입학한다. 하지만 그녀는 1920년 봄, 평생의 반려자인 단재 신채호 선생을 만나 결혼하면서 대학을 중퇴한다. 이듬해에는 첫아들 수범을 출산한다. 하지만 1922년 둘째를 임신한 채 경제적 어려움 때문에 남편과 헤어져 국내로 들어온다.

남편 신채호 1923년 독립운동가 약산 김원봉과 함께 항일운동을 전개하자 박자혜 또한 의열단 활동에 가담한다. 그녀는 남편과 연락을 계속하면서 국내에서 가능한 독립운동을 지원한다. 1924년 정의부가 결성된 후에 군자금을 모집하기 위해 정의부 요원이 국내로 파견되었을 때는 보천교 북방주 한규숙을 소개한다. 나석주 의사의 토지 수탈 기관인 동양척식주식회사 폭탄 투척 사건에서는 서울의 길 안내 임무를 담당한다.

박자혜는 1936년 2월 21일 남편 신채호가 뤼순 감옥에서 죽음을 맞이할 때까지 옥바라지는 물론 자녀 교육, 생계를 모두 떠맡아야만 했다. 남편이 세상을 떠난 후 둘째 아들 두범마저 14세의 어린 나이로 생을 마감하자, 유일한 희망인 조국의 독립도 보지 못한 채 평생의 회한을 뒤로하고 1943년 병고로 홀로 세상을 떠났다.

『자혜, 그 누구도 아닌』은 1934년 세밑 경성을 시공간적 배경으로 한다. ≪신가정≫의 편집장 노산 이은상은 조선의 시간을 위한 특별한 기사를 구상하는데, 그것은 다름 아닌 두 부인의 방문기를 잡지에 싣는 것이다. 한 사람은 종로경찰서에 폭탄을 던지고 권총자살한 김상옥의 부인이고, 다른 한 사람은 뤼순 감옥에 수감 중인 역사학자 단재 신채호의 부인이다. 그는 취재를 ≪신가정≫의 여성 관련 기사를 담당하는 유일한 여기자 김자혜에게 맡긴다.

취재를 떠맡은 김자혜는 이래저래 걱정이 앞선다. 그녀는 '조선의 정신을 전도한다'는 편집장이 의도했던 결과가 나오지 않을 수 있고, 설령 편집장의 의도대로 기사가 나온다 한들 총독부가 검열해주지 않을 것이라고 걱정을 하고 있다. 그녀는 그런 걱정을 안고 신채호의 아내 박자혜의 집으로 향한다. 그런데 그녀는 길에서 한 소녀를 만나고 그녀의 안내에 따라 박자혜의 집에 들어선다.

김자혜는 박자혜에게 그녀의 가족 이야기와 남편 신채호의 안부를 묻는다. 하지만 그녀로부터 딱히 기사가 될 만한 이야기를 듣지 못해 난처한 상황이다. 그녀는 길을 안내하고 자신을 기자 지망생이라고 소개한 소녀에게 질문해 보라고 권한다. 소녀는 "저는 …… 여사님의 이야기를 듣고 싶습니다. 누구도 아닌 박자혜 여사님의 이야기요"라고 입을 연다. 소녀의 말에 박자혜는 '애국자 단재 신채호의 아내'가 아닌 자신의 이야기를 들려준다.

박자혜는 소녀가 계속 신경 쓰인다. 소녀가 손을 잡자 "그 소녀의 손이 차가웠지만 그 손길이 믿을 수 없이 따뜻하다"고 느꼈다. 그런데도 알 수 없는 통증이 가슴을 훑고 지나갔다. 혼자 남겨졌을 때 어지러워진 심사를 가누지 못했다. 그녀는 소녀를 보면서 오래전에 잃은 딸을 생각했다. 그녀는 한편으로는 자신 때문에 아이가 죽었다고 자책하면서도 다른 한편으로는 일경의 감시를 피해야 하는 시대 때문이었다고 자위한다. 그녀는 벽장 깊이 숨겨둔 남편의 편지를 꺼내 읽는다.

저녁이 되자 눈이 쏟아지기 시작했고 낮에 왔던 소녀가 마당에서 있다. 박자혜는 소녀를 아궁이 앞으로 데려가 몸을 녹인다. 소녀는 보퉁이 속에서 미역을 꺼내 미역국을 끓이겠다고 나선다. 그러고는 박자혜에게 더 많은 이야기를 들려달라고 청한다. "언젠가는 단재 선생님의 이야기도, 여사님의 이야기도 제대로 세상에 전할 날이 있지 않겠어요? 그러니 누군가는 꼭 들어둬야만 한답니다." 박자혜는 소녀에게 스스로 생각해도 이해할 수 없을 만큼 많은 이야기를 한다. 아기나인 시절 혼났던 일부터 남편의 비밀 편지를 받고 남몰래 동지들을 도왔던 이야기까지 누구에게도 하지 않았고 할 수 없었던 이야기를 풀어 놓는다. "두서없는 그 이야기들을 소녀는 하나하나 집중하고 감동하며 들어주었다. 박자혜는 답답했던 가슴이 조금씩 가벼워지는 것을 느꼈다."

소녀가 맛을 보라고 미역국을 건네자 박자혜는 자신이 문득 꿈을 꾸고 있다는 생각이 들었다. 그녀는 소녀가 누군지 알 것 같았다. 그녀는 눈물이 그렁해진 소녀를 어미 새처럼 품었다. 소녀의 몸이 자신의 가슴속으로 녹듯이 스며들었다. 얼마의 시간이 흘렀을까 소녀의 모습은 보이지 않았고 부뚜막에 반듯하게 접힌 종이가 놓여 있다. 종이에는 아무것도 적혀 있지 않았다. 하지만 아궁이에 가까이 가져가자 글자들이 나타나기 시작했다.

"사랑하는 어머니, 장하신 내 어머니/ 이 말을 꼭 해드리고 싶었습니다./ 어머니는 산파시지요./ 아기가 태어나도록 돕고, 조선이 독립국으로 태어나도록 돕는 산파/하니 무엇도 슬퍼하지 마세요. 답답해하지도 아파하지도 마세요./ 그날은 더디게 더디게 봄처럼 기어이 올 것입니다./ 저는 늘 어머니 곁에, 아버지 곁에 있습니다./ 바람이 되고, 구름이 되고, 비가 되고, 눈이 되어/ 두 분이 이야기가 사라지지 않도록 언제까지나 조선에 내리겠습니다."

눈이 그쳤고 하늘을 덮었던 구름이 열리면서 시린 그믐달이 은빛을 뿌렸다. 박자혜는 조금 전까지 곁에 있었던 소녀의 얼굴이 그 달빛 속에 비치는 듯 하늘을 향해 웃어 보였다. 늦었지만 딸에 대한 어머니의 안타까움이, 어머니에 대한 딸의 그리움이 서로에게 전해져서 다행이다. 신채호의 아내, 또는 세 아이의 어머니가 아니라, 그 누구도 아닌 박자혜라는 이름으로 불리게 된 것은 더더욱 다행이다.

김자혜는 낮에 박자혜를 취재한 이야기와 알 수 없는 소녀를 만난 이야기를 동료 기자 주요섭에게 했지만, 그는 이를 대수롭지 않게 여긴다. 그녀가 "아무리 어둠이 깊어도 새벽은 오고 눈은 녹고 얼음은 풀리고 다시 봄은 오겠지요?"라고 묻자, 그는 "견뎌낼 수 있다면 오겠지! 새벽은 어둠을 견딘 자들에게만, 봄은 겨울을 견딘 자들에게만 허락되는 것 아니겠소?"라고 대답한다. 이어 창밖의 어둠을 향해 격문을 외치듯 말했다. "조선에 자유 있거라, 조선에 평화 있거라." 그가 외치는 '자유'와 '평화'는 시간과 공간을 가로질러 오랫동안 길게 울려 퍼진다. 지금도 말이다. 사실 자유와 평화의 외침 또한 완료형이 아니라 진행형, 그것도 영원한 현재진행형이다.

연극 〈자혜, 그 누구도 아닌〉은 극단 온몸의 대표 한명일의 연출로 신형호 고가에서 야외 상연했다. 누군가는 "연극이 원래 야외에서 시작했다는 점에서 야외극은 연극의 본질"이라며 "모르는 사람이 함께 모여 즐기는 축제성과 상호교감성이 야외 공연의 특징"이라고 말한다. 또 "공연의 공동체성, 축제성, 민중성을 고려할 때 야외 공연장은 반드시 있어야 하며, 야외 연극이 없다는 것은 연극의 본질적인 죽음을 뜻한다"고 목소리를 높인다.

또 다른 누군가는 "야외 공연은 실내 공연과 비교할 때 움직임, 음악 등 양식에서도 차이가 나기 때문에 야외 공연장에서는 실내 공연과는 다른 다양한 종류의 공연을 만날 수 있다"고 설명했다. 또 "실내 공연장이 관객이 직접 찾아가야만 하는 폐쇄성을 띠고 있다면 야외 공연장은 누구나 자유롭게 오갈 수 있는 개방성을 지니고 있다"며 "야외에서 많은 사람을 모을 수 있고, 사람들도 쉽게 오가며 공연을 접할 수 있기 때문에 공연 문화의 확산에도 이바지할 수 있다"고 야외 공연의 가치를 평가했다.

구구절절 맞는 이야기다. 그런데 연극을 하는 사람들은 야외 공연이 얼마나 힘든지 너무나 잘 알고 있다. 야외 공연은 실내 공연보다 몇 배나 힘들고 부담감이 크다. 더군다나 연극 무대가 아닌 경우 야외 공연은 훨씬 더 힘들다. 마당극처럼 관객이 참여하는 연극이라면 덜 힘들 수도 있지만 배우의 감정 몰입 연기가 필요한 정통 연극의 경우는 몇 배나 힘들다. 사실주의와 상징주의가 혼합된 연극의 경우 야외 공연은 더더욱 힘들다. 〈자혜, 그 누구도 아닌〉은 이 어려운 조건을 모두 감내하고 야외 상연했다.

박자혜와 소녀를 연기한 두 배우는 햇볕이 내리쬐는 뜨거운 야외 공간에서, 부채질하고, 전화 통화가 오가고, 이리저리 자리를 오가는 등 어수선한 상황에서 감정을 끌어 올려야만 했다. 나머지 두 배우는 등장과 퇴장이 원활하지 않은 상황에서 여러 역할을 해야만 했다. 무대 장치는 말할 것도 없고, 의상과 소품도 원활치 않기 때문에 자신들이 맡은 역할이 바뀌었다는 것을 오로지 대사와 연기로만 전달해야 하는 상황이었다. 대사 또한 만만치 않았다. 이런 어려운 조건과 상황에서 눈부신 연기를 보여준 배우들에게 깊은 경의를 표한다. 그리고 배우들의 그 눈부신 연기를 끌어내기 위해 고민하고 피땀을 아끼지 않은 연출가와 안무가에게 뜨겁고 힘찬 박수를 보낸다.

모두가 기억해야만 하는 전쟁

2023년은 청주민족예술제가 제30회를 맞는 뜻깊은 해다. 30년이라는 시간은 통상적으로 '한 세대'로 불리기도 한다. 이제 청주민족예술제는 한 세대의 끝을 마무리하고 새로운 세대의 시작을 준비하고 있다. 그런데 지난 30년을 돌이켜보면 그 길이 결코 쉽지 않았다. 대한민국 근현대가 그랬던 것처럼 청주민족예술제도 여러 고초를 겪으며 성장해 왔다.

2023년은 6·25전쟁 휴전 70년이 되는 해다. 주지하듯 6·25전쟁은 1950년 6월 25일 일요일 새벽 4시 북한이 북위 38도선 전역에 걸쳐 남한을 선전포고 없이 기습 남침하여 발발했다. 6·25전쟁은 1950년 6월 25일부터 1953년 7월 27일 정전 협정이 체결되기까지 3년 넘게 이어졌고 현재까지 명목상으로는 73년간 끝나지 않은 전쟁이다. 6·25전쟁은 이오시프 스탈린이 김일성의 남침을 역이용해 극동아시아의 미소 냉전 사이에서 승기를 잡으려 한 의도가 있어 대리전 양상을 띠기도 한다. 그 때문에 6·25전쟁은 초창기 냉전 시기를 대표하는 사건 중 하나로도 평가된다.

역사학자 브루스 커밍스는 한국전쟁을 "일본의 한국 식민 통치 시기(1910~45)의 특징이었던 계급 간의 분열과 항일투쟁의 분열에서 비롯된 내전"으로 규정짓는다.* 6·25전쟁에서 각각 통일에 실패한 대한민국과 북한은 이후 한반도의 정통 국가로서의 정통성을 걸고 대립하게 되었고, 이는 국가 운영과 국민 여론 및 의식의 형성에 지대한 영향을 미쳤다. 이 전쟁으로 굳어진 각 체제와 상호 간 대치 상태는 정전 70년이 지난 오늘날까지 유지되고 있다.

6·25전쟁의 평화협정은 아직 체결되지 않았으며, 따라서 명목상으로는 아직 끝나지 않은 전쟁이지만, 현재 남북 양측의 국민들에게는 전쟁 중이라는 인식은 드물다. 법적으로 볼 때 대법원의 판례는 지금이 '전시'인지 '평시'인지 명확하게 입장을 내린 적이 없으며 사안에 따라 다르게 해석하고 있다. 국회 또한 그러한데, 전쟁 수행을 목적으로 하는 법률과 남북 관계의 협력을 목적으로 하는 법률이 동시에 공존하고 있다.

일반적으로 전쟁은 분쟁의 주체, 전투는 발생한 장소를 그 명칭으로 쓰지만 이 전쟁은 발발한 날짜가 전쟁의 이름으로 쓰이고 있다. 대한민국 정부 및 한국사 교과서에서는 공식적으로 6·25전쟁이라는 명칭을 사용하고 있다. 예전에는 6·25사변, 6·25동란, 한국동란

---

*브루스 커밍스, 조행복 옮김, 『브루스 커밍스의 한국전쟁』, 현실문화, 2017, 10쪽.

등의 용어가 사용되기도 했는데, 요즘에는 잘 쓰이지 않는다. 6·25전쟁은 영어로 'The Korean War' 또는 'The Forgotten War'로 표기하는데, 이는 각각 '한국전쟁'과 '잊혀진 전쟁'으로 번역된다. 이 번역을 받아들여 6·25전쟁을 종종 한국전쟁으로 명명하기도 한다. 하지만 이 글에서는 편의상 6·25전쟁으로 통일한다.

6·25전쟁은 우리 민족의 비극적 역사를 환기하기 때문에 6·25전쟁을 소재로 수많은 문학작품이 나왔고 그에 못지않게 수많은 드라마와 영화가 제작되었다. 예컨대 최인훈의 『광장』(1960), 박완서의 『그 많던 싱아는 누가 다 먹었을까』(1992), 이태의 『남부군』(1988), 김원일의 『마당 깊은 집』(1988), 이청준의 『병신과 머저리』(1966), 윤흥길의 『장마』(1973), 하근찬의 『수난이대』(1957) 등 다양한 문학 작품이 출간되었다. 〈오발탄〉(유현목, 1961), 〈장마〉(유현목, 1979), 〈태백산맥〉(임권택, 1994), 〈은마는 오지 않는다〉(장길수, 1991), 〈웰컴 투 동막골〉(박광현, 2004), 〈장사리: 잊혀진 영웅들〉(곽경택·김태훈, 2019), 〈인천상륙작전〉(이재한, 2016), 〈작은 연못〉(이상우, 2009) 등은 작품의 완성도와 정치적인 지형을 떠나 6·25전쟁을 다각적이고 입체적으로 조망하도록 한다.

사실 6·25전쟁을 소재로 한 대부분의 문학작품이나 영화는 6·25전쟁을 직접적인 사건 또는 시대적인 배경으로 다루고 있다. 6·25전쟁 자체에 초점을 맞추고 있기 때문에 6·25전쟁이 왜 발생했는지에 대한 설명은 충분하지 않다. 그런데 배삼식 작가의 희곡 『화전가』(2020)는 한국전쟁 발발 두 달을 앞둔 1950년 4월을 시간적 배경으로 하고 있다. 이때는 누군가는 이념을 위해 목숨 바치고 누군가는 이념 때문에 죽어야 했던 '과잉된 이념'의 시절이었다. 이 작품에는 등장인물의 갈등을 유발하는 특별한 극적 사건이 없다. 그렇기 때문에 이 작품은 '평범한 사람들의 평범한 이야기'로 요약된다.

환갑을 맞이한 '김씨'를 축하하기 위해 여기저기 흩어져 있던 아홉 명의 여자들이 한자리에 모인다. 세 딸과 두 며느리, 손아래 시누이, 집안일을 봐주는 할매와 홍다리까지 모인 집안은 오랜만에 활기를 띤다. 그런데 경사스러운 날이지만 여러 가지 사연으로 나머지 식구들이 돌아오지 않아 사람들은 마음이 편치 않다.

그 때문인지 김씨는 환갑잔치를 극구 거부한다. 독립운동을 하던 남편 '권씨'는 행방이 묘연하고, 세파에 시달리던 큰아들 기준은 불귀의 몸이 되었고, 둘째 아들 기협은 좌익으로 몰려 교도소에 갇혀 있다. 하지만 세 딸, 즉 좌익 활동으로 수감된 남편 때문에 걱정이 많은 큰딸, 대구로 시집간 둘째 딸, 서울에서 유학 중인 막내딸과 시누이의 끈질긴 권유로 김씨는 결국 환갑잔치를 허락한다.

대신 김씨는 집안에서 치르는 것이 아니라, 봄꽃이 흐드러진 야산에 가서 화전놀이를 하자고 제안한다. 그들은 화전놀이 가기 전날 고기를 굽고, 술잔을 돌리며, 각자의 가슴 속에 숨겨놓았던 이야기를 밖으로 꺼내며 함께 웃고 운다. 경신 밤에는 잠을 자면 안 된다는 풍속에 따라 이들은 동이 틀 때까지 웃고 울며 떠든다. 그들의 대화는 끊이지 않는다. 그들은 말 그대로 '이야기꽃을 피운다'. 그들은 서로 걱정하고, 공감하고, 이해한다. 그러면서도 웃음을 잃지 않는다. 그들의 대화 속에는 여성들 내면의 평화, 그 원동력이라 할 만한 비밀이 빛나고 있다.

소박한 기억과 정직한 기대감으로 가득 찬 그들의 대화는 의미 없이 충만하고 의미 없이 아름답다. 끝이 보이지 않는 암흑의 한가운데에서도 일상을 포기하지 않고 삶의 터전을 지킬 수 있는 건 이토록 의미 없이 충만한 대화가 있어 가능하다. 다정하고 다감한 순간 뒤로 살육의 순간이 다가오고 있을 거라고는 누구도 예상하지 못한 채 말이다. 화전놀이를 다녀온 후 각자의 일상으로 돌아가는데, 그 일상 속에는 그들이 알지 못하는 거대한 운명이 도사리고 있다.

『화전가』는 오랫동안 전승되어 온 '화전놀이'와 경상도 지방에서 전해지는 '덴동어미 화전가'를 모티브로 했다. '화전놀이'는 여성들의 전래놀이로 매년 봄, 음력 3월 중순께 산이나 들로 나가 하루를 즐기며 놀던 풍습이다. 작가는 『화전가』를 통해 역경 속에서 사람을 보듬어 줄 수 있는 것은 함께하는 이들이라는 것을 환기한다.

『화전가』는 "경북 내륙, 어느 반촌"을 배경으로 하고 있기 때문에 등장인물들 모두 처음부터 끝까지 경상도 사투리를 쓴다. 그런데 〈화전가〉를 연출한 위선일 작가는 가독성을 높이고 보편성을 확보하기 위해 경상도 사투리를 표준어 혹은 충청도 사투리에 가깝게 개작했다고 한다. 그녀는 "아홉 명의 아름다운 배우들이 무대에서 호흡하며, 가까워졌다 멀어졌다 한다. 단숨에 우리를 1950년대로 데리고 간다. 두 달 후에 무슨 일이 벌어질지 아무도 모른 채 그녀들은 밤새도록 먹고 마시고 논다. 그러나 우리는 알고 있다"며 "그래서 가슴이 시리다. 내년 봄에 다시 만나자며 손을 흔들며 떠나간 그녀들을 매일 만나는 동안, 어느 날은 통곡이었다가 어느 날은 아지랑이 핀 꽃밭 속에 누워 몽롱함에 취하기도 했다"고 말했다.

다시 말하지만 〈화전가〉의 등장인물들은 자신들이 화전놀이를 다녀온 후 얼마 지나지 않아 끔찍한 일이 벌어진다는 사실을 끝까지 알지 못했다. 하지만 우리는 이미 알고 있기 때문에 즐거워하는 그들을 보는 내내 불안할 수밖에 없다. 결국 전쟁은 터지고 말았다.

6·25전쟁은 가장 중요한 두 당사국인 북한과 미국이 서로 잘 모르고 비교할 수 없는 목적을 두고 싸운 전쟁이었다. 북한이 남한을 공격한 이유는 당시 미국 정책의 변화로 일본의 산업 경제와 과거 일본이 한국에서 지녔던 지위가 되살아날지 걱정되었기 때문이었고, 오랫동안 일제에 협력했던 남쪽의 토착 세력이 그 전략의 한국인 산파였기 때문이었으며, 북한의 지위가 시간이 흐르면서 남한에 비해 약해질 가능성이 있었기 때문이다.

김일성은 미국이 남한을 지키려고 개입할 가능성을 진지하게 고려했지만, 스탈린과 마오쩌둥이 공동으로 자신의 침공을 지지한다고 느꼈기 때문에 그 의미를 무겁게 받아들이지 않았다. 그는 6·25전쟁이 트루먼 행정부의 여러 중대한 문제들을 해결하고 미국의 냉전 진지를 세계적 차원으로 구축하는 데 매우 효과적이었다는 사실을 알지 못했다.

6·25전쟁은 20세기의 가장 파괴적이고 가장 중요한 전쟁 중 하나로 기록된다. 300만 명이나 되는 한국인이 사망했고, 그중 최소한 절반은 비전투요원, 즉 민간인이었다. 그런데 이 전쟁은 일본의 해안에서 가까운 곳에서 사납게 일었기에 일본 부흥과 산업화를 강력히 촉진했다. 그래서 어떤 이들은 6·25전쟁을 "일본의 마셜 플랜"이라고 명명했다. 전쟁 이후 두 한국은 서로 마주한 채 경제 개발에서 경쟁했고, 그 덕에 두 나라는 현대 산업 국가로 바뀌었다. (…) 1950년대 후반 여섯 달 동안 방위비가 거의 네 배로 증가하면서 미국의 광범위한 해외 기지를 구축하고 국내에서 안보 국가를 수립한 것도, 그리고 미국을 세계의 경찰국가로 만든 것도 제2차 세계대전이 아니라 바로 6·25전쟁이었다.

대한민국은 일제 강점기를 벗어났지만 이내 6·25전쟁을 맞이해야만 했다. 전쟁 후에는 전 국민이 합심해 다른 나라들이 부러워할 정도로 초고속 경제성장을 이루었다. 하지만 그 과정에서 분열과 갈등이라는 문제를 해결하지 못했다. 아직도 여기에서 벗어나지 못하고 여러 가지 문제를 안고 있다. 그 문제의 출발은 6·25전쟁이다.

브루스 커밍스의 지적대로 "한국전쟁은 그 기원이 더 이르진 않더라도 최소한 1930년대까지는 거슬러 올라가는 내전으로 널리 받아들여진다". 〈화전가〉에서 행방이 묘연한 김씨의 남편, 세파에 시달리다가 불귀의 몸이 된 큰아들, 좌익 활동을 하다 교도소에 갇힌 작은 아들, 큰딸과 둘째 딸의 갈등도 모두 여기에서 비롯된다.

〈화전가〉는 과거 우리 민족의 고통과 비극을 환기하면서 현재의 갈등과 분열을 전경화한다. 더 나아가 고난과 역경을 이겨내기 위해서 어떻게 해야 하는지 미래의 길을 제시한다. 연출가의 말처럼 이 작품은 "한국전쟁[6·25전쟁] 휴전 70주년인 올해 시대의 아픔을 함께 공감하고 생각"하게끔 한다. 우리는 아직 끝나지 않은 분단으로 동족상잔의 아픔을 함께 통감하고 있다.

"당신은 진정한 한울 사람이셨습니다"

의암 손병희는 누구인가? 대부분의 사람들은 충북 출신의 '유명한' 사람 중 하나 정도로 기억한다. 아마 역사에 조금 더 관심이 있는 사람들은 '3·1운동'에서 33인 중 한 사람으로 기억할 수도 있다. 하지만 그는 천교도의 지도자이자, 3·1운동이 아닌 '3·1혁명'의 지도자였다. 그는 동학이 서구 근대성을 만나면서 독자적인 길을 열어 나가는 격동의 시기에 중요한 역할을 했다. 동학혁명 9월 봉기의 통령으로 일본군과의 전쟁을 이끌었고, 한때 뜻을 함께 했던 이용구 일파가 천도교를 발판 삼아 매국 행위를 하자 그들 모두 출교 처분해 동학의 혼과 천도교의 맥을 지켰다. 1904년부터 민회를 중심으로 전개한 갑진개혁운동을 통해 자주적으로 사회적 근대성을 수립하고자 했다.

손병희는 1905년에는 동학에 서구 근대적 종교성을 통합하여 천도교로 개명하면서 근대적 제도 종교로 정립하고자 했다. 그는

1912년에 「무체법경」 등을 포함한 주요 저서를 통하여 유교와 불교에서 일반화된 성심(性心) 개념으로 종교철학을 체계화했다. 이를 기반으로 1919년에는 민족 해방을 위하여 개신교 및 불교와 연대하여 3·1혁명을 주도하여 민족 통합의 민주공화국을 건설하고자 했다. 3·1혁명으로 전 민족적 단합을 꾀하고 이를 통해 민족 해방과 동아시아 평화, 더 나아가 세계평화를 이루고자 했다. 그의 역사적·정치적 사업은 후천 오만 년 개벽 문명이라는 보다 근본적인 종교적인 안목과 비전에 기초하고 있다.

역사학자 김삼웅은 『의암 손병희 평전』(2017)에서 "손병희는 혁명가이자 경세가로서 우리 민족사에 큰 족적을 남겨 후대까지 그 영향이 미치고 있다"고 평가하고 있다. 그의 평가에 따르면, 손병희의 업적을 더욱 빛내주는 운동은 교육문화운동이었다. 그의 항일독립운동은 동시에 두 가지 이념이 들어 있었다. 하나는 민족운동이고 다른 하나는 근대화운동이었다. 전자를 동학운동이라고 한다면 후자는 서학운동이었다. 민족문화인 동학을 보존 발전시키면서 동시에 서구문화를 수용하여 새로운 인간, 새로운 사회, 새로운 문화를 창조하는 것이 목적이자 철학이었다. 그는 그 목적과 철학을 교육운동과 신문화운동을 통해 이루고자 하였다. 손병희는 "대한민국임시정부를 태동시켜 민주공화정치를 꽃피고 결실하게 하였으므로 그에게 우리나라의 법통성이 영원히 존재해 있다. 그는 오늘날 대한민국 법통성의 본체다. 그는 통찰력, 포용력, 과단성의 지도자다".

김삼웅은 손병희의 삶을 다음과 같이 요약 정리했다.

"격변기에 서자로 출생, 암담한 시대, 동학에 입도하다, 동학의 조직과 교조신원운동, 동학, 농민혁명으로 불타올라, 동학농민혁명의 지도자, 동학 3세 교조로 승통, 일본 망명기의 활동, 망명지에서 「삼전론」을 쓰다, 망명지의 고투, 천도교 창건, 배신자의 처분과 천도교 기반 구축, 일제강점기 초기의 저항활동, 일제 무단통치기의 민족운동, 천도교단의 줄기찬 항일투쟁, 세계만방에 조선독립선언 발표, 민족 대표들 당당하게 재판받아, 총독부 재판정에 서다, 임시정부 대통령 추대, 서대문감옥에서 옥고, 병보석 석방, 62세로 서거."

극단 온몸의 〈한울 사람, 손병희〉(2023)는 파란만장한 의암 손병희의 삶을 음악극 형태로 극화했다. 연출가 한명일은 이 작품이 "더 나은 세상을 위해 한 생을 걸었던 모든 분들에 대한 일방적 편들기"와 "동학에 관한 역사적 궁금증의 실마리를 풀어보는 작업"에서 출발했다고 밝히고 있다. 이 작품은 프롤로그와 에필로그를 포함해 총 10개의 장(章)으로 구성되어 있다. 각 장은 프롤로그에서 시작해, 갑오왜란, 벼락치기 각판소, 1894, 우금티, 1921, 겨울, 구도자의 삶, 이상헌 나라, 이상헌, 인쇄소 보성소, 1919 그날, 에필로그로 끝난다, '1921, 겨울'이 연극의 현재 시점으로 1894 동학혁명부터 1919 독립만세혁명까지 압축적으로 무대화하였다. 그리고 장과 장 사이를 「문 열어라」, 「칼 노래」, 「갑오세 가보세」, 「그대하늘입니다」, 「기미 독립선언서」, 「봄이 오지 않겠나」, 「진달래」 등의 노래가 채우고 있다.

〈한울 사람, 손병희〉의 내용을 간단히 살펴보면 이렇다. 일본군이 '갑오왜란'을 일으키며 경복궁을 습격해 고종과 민비를 협박한다. 그때 의암 손병희와 해월 최시형은 『동경대전』의 목판 활자를 판각 중에 있다. 일본의 경복궁 습격 후 동학 내부적으로 일본군과 싸워야 하는 문제를 두고 의견이 갈린다. 최시형은 동학의 뜻은 "답답하고 느리더라도 피 흘리지 않고 나아갈 수 있는 길을 가는 것이 진정한 하늘의 길"이라고 말하며 일본과의 싸움을 말리지만 전봉준의 설득과 손병희의 단호한 의지에 결국 의병 봉기를 허락하고 만다. 전국 각지에서 수많은 의병들이 모여 일본과 맞서 싸우지만 패배하고 만다. 전봉준은 손병희에게 "니가 사는 것이 내가 사는 것이다"라고 말하며 자신의 목숨을 바친다.

갑자기 장면이 바뀌어 손병희는 1921년 겨울 병원 침대에 누워 있다. 그는 자신의 삶이 얼마 남지 않았다는 것을 직감하고 과거를 회상한다. 그는 어렸을 때 키도 작고 힘도 약했다. 게다가 서출 출신이다. 하지만 그는 굴하지 않고 "노력하고 노력해서, 반드시 세상의 문을 여는 사람이 될" 것이라고 다짐한다. 성인이 된 손병희는 동학에 입교하고 2대 교조 최시형을 가까이서 모신다. 동학혁명이 실패로 끝나면서 두 사람은 일본군과 관군으로부터 쫓긴다. 최시형은 혁명의 실패로 절망한 손병희에게 "무너지지 마라. 35년 전 내가 그랬든 너도 나를 딛고, 스승님과 나를 넘어, 높이 날고 멀리 뛰어라"라고 용기를 불어넣어 준다.

손병희는 일본에서 '마차를 모는 광인 이상헌'으로 살아간다. 그는 이토 히로부미의 초대를 받고 그의 관저를 방문한다. 이토는 조선의 엘리트들이 '금붕어'처럼 "자발적으로 대일본의 보호를 받고 싶다며 입을 벌리고 달려" 든다고 조롱한다. 그러자 손병희는 이토의 세계관을 '빼금론'으로 받아친다. 손병희는 이토와 대작하면서 새로운 문을 찾아 새로운 조선을 열겠다고 다짐하고 그에 대한 방법론으로 삼전론을 제시한다.

손병희는 자신을 찾아온 이용구에게 신문을 내던지며 대노한다. 왜냐하면 그가 자신과 상의도 없이 친일파 송병준의 일진회와 합병했기 때문이다. 손병희는 이용구에게 잘못을 뉘우치라고 종용하지만 이용구는 오히려 자신이 일본을 이용하는 것이라고 정당화한다. 손병희가 그에게 출교 처분을 내리자, 그는 그럴 줄 알고 이미 자금과 재산의 명의를 변경했다고 뻔뻔함을 보인다. 손병희는 "매국노들에게 얼룩진 동학의 이름을 구해내겠다"며 조선으로 돌아가겠다고 결심한다.

손병희는 '풍류교주'라는 오명을 쓰고 인쇄기를 들고 입국한다. 그는 보성사에서 인쇄기를 시운전하며 동학의 서적과 학교 교과서 등을 인쇄한다. 어느 날 한 소년이 보성사에 찾아와 악보를 공짜로 인쇄해 달라고 부탁한다. 손병희는 그가 들려준 습작 동화를 듣고 크게 웃으며 자신이 직접 인쇄비를 지불한다. 그 소년은 훗날 조선의 아동문학을 대표하는 아동문학가이자 손병희의 사위가 되는 소파 방정환이다. 손병희는 멀어져가는 방정환의 뒷모습을 바라보며 "어린이들에게 부끄럽지 않은 나라, 독립된 나라"를 물려주겠다고 다짐한다. 그러면서 그는 자신의 민족운동 방법을 "철저히 비폭력, 무저항 항쟁"으로 천명한다.

'1919 그날'을 앞두고 손병희는 이완용에게 찾아가 함께하기를 간곡히 부탁한다. 하지만 이완용은 그런 손병희를 미치광이로 간주하며 내쫓는다. 오히려 경무총감에게 손병희가 조선독립운동만세를 준비한다고 전화로 알린다. 하지만 경무총감이 이완용의 전화를 무시한 덕분에, 그리고 조선인 형사가 눈감아준 덕분에 온 나라에 조선독립만세의 목소리가 울려 퍼진다. 손병희는 "조선이 독립될 때까지, 최후의 한 사람까지, 마지막 순간까지 우리 모두, 민족의 만세를 부를 것이다!"라고 사자후를 토해낸다.

손병희는 회한에 잠겨 주위를 돌아보다 갑자기 쓰러진다. 의식이 없는 상태에서 그는 어린 시절의 자신, 즉 응구를 마주하고 스스로에 대한 연민으로 뜨거운 눈물을 흘린다. 또한 그는 스승 해월 최시형, 동지 녹두 전봉준과 해후한다. 그는 자신만 살아남았고 아직 할 일이 많이 남았다고 원통해한다. 그런 그에게 스승은 "이제 그만 꽃 지듯 편히 쉬시게"라고 위로의 말을 건넨다. 결국 그는 모든 이들에게 인사를 하고 피안의 세계를 향해 범선에 오른다.

절대 오지 않을 것 같은 봄은 마침내 찾아왔다. 노년이 된 김구, 즉 황해도 팔봉 접주 김창수는 손병희의 묘소 앞에 모자를 벗으며 예를 갖춘다. 김구는 손병희에게 "당신은 진정한 한울 사람이셨습니다"라고 경의를 표한다. 왜 김구는 환국해 가장 먼저 손병희의 무덤을 찾았을까? 그 이유는 손병희가 없었다면 임시정부도 없었고, 3.1혁명도 없었고, 조선의 개화혁신도 없었고, 동학혁명도 호남 지방에 국한한 민란으로 그쳤을 것이기 때문이다.

손병희는 서출이라는 신분의 한계를 극복하고 걸출한 민족지도자로 성장했고 우리나라 근현대사에서 세 가지 역사적 변혁을 주도했다. 첫째, 동학군 북접 통령으로 임명되어 보국안민, 광제창생, 척왜척양의 기치 아래 북접의 10만 혁명군을 이끌고 왜군을 상대로 치열하게 맞서 싸웠다. 둘째, 개벽, 개화, 제세구민, 인내천, 만인평등을 내세우며 창도한 동학의 3대 교조로서 서세동점의 격동기에 시대를 광정하고, 백성을 위로했다. 그는 신실한 종교지도자로서 동학을 천도교로 개칭해 민족종교의 발판을 만들었다. 셋째, 일제강점기에 국권 회복을 위해 민족 대표들을 결집했고, 3.1혁명을 통해 세계만방에 대한의 자주독립을 선포했다.

동학혁명이 반봉건, 반외세투쟁의 근대적 분기점이라면, 천도교 창설은 민족적 정체성을 지키려는 종교개혁의 시발점이고 3·1혁명은 반제, 자주독립과 민주공화주의를 연 현대사의 출발점이다. 그 중심에 손병희가 존재한다. 그는 일찍이 교육·문화의 도전론, 정치·경제의 언전론, 경제·산업의 재전론 등 3전론을 정립한 절세의 경륜가다. 여전히 주자학이 경학으로 자리 잡은 구한말에 동학을 수용하고 3전론을 제시할 만큼 앞을 내다보는 뛰어난 학자였다. 비록 왜적 치하여서 제민의 기회를 갖지 못했지만 경세제민을 실천한 보기 드문 경론가라 할 수 있으며, 민족사의 격변기 때마다 시대정신을 제시하고 실천한 입체형 지도자였다.

3·1혁명이 손병희가 아니었으면 과연 가능했을까, 싶을 정도로 그는 인력 동원과 자금 지원에서 큰 역할을 하였다. 권위와 명예를 중시하는 종교계의 지도자들이 독립선언서 첫 서명자로 손병희를 추대할 정도로 그는 고매한 인격의 소유자였고 모든 면에서 헌신적이었다. 〈한울 사람, 손병희〉에서도 극화되지만 실제로 보성사에서 독립선언서를 인쇄할 때 낌새를 맡고 들어온 조선인 형사는 손병희의 독립 정신과 인격에 감화되어 끝내 입을 다물었다.

사실 3·1혁명은 선열들의 고귀한 희생정신과 세계혁명사 어디 내놔도 손색이 없는 사회과학적인 혁명이다. 한민족의 거족적인 자주독립투쟁은 비록 '운동'의 측면에서는 좌절되거나 실패했을지 모르지만, '혁명'의 역사로 보면 대한민국임시정부 수립과 대한민국정부 수립으로 이어지는 훌륭하게 성공한 혁명이다. 하지만 그동안 일제의 관제 용어인 3·1운동으로 불리면서 정명(正名)을 회복하지 못했다.

3·1혁명의 핵심에 손병희가 있었고 천도교가 중심이 되었음에도 이 부분은 조명이 덜 되었다. 손병희와 천도교의 역할이 재평가되어야 하는 이유는 단순히 그 공적을 되찾자는 데 있지 않다. 3·1혁명은 우리나라 민주공화제의 출발점이자 국민통합과 남북평화통일을 위한 주춧돌이기 때문이다. 해월 최시형에게서 '의암'이란 호를 받으면서 평생 '의로운 바위'처럼 살다 간 손병희는 오늘날 우리 시대

의 사표이자 겨레의 스승으로 삼아도 결코 모자람이 없다.

아우구스티누스는 신앙이란 이성적인 논증을 통해서만 해결할 수 있는 문제가 아니라 신의 개입, 다시 말해서 주님의 은혜를 통해서만 해결할 수 있다고 주장했다. 우리의 능력이 '인간의 타락'과 함께 훼손되었기 때문이다. 종교는 단순히 교리를 몇 개를 따르는 것 그 이상이다. 우리에게 필요한 것은 근본적인 자기 개혁이다. 이러한 목표를 이루기 위해서는 겸손함, 성실함, 그리고 무엇보다도 신의 도움이 필요하다. '바른 뜻을 품고 정성을 들이면 사람이 한울에 이른다'고 했는데, 그런 점에서 손병희는 진정한 '한울사람'이다.

제6부 정치와 경제

마녀는 어떻게 왜 만들어지는가

로절린 섄저의 『세일럼의 마녀들』(2011)은 실제로 미국에서 있었던 '세일럼의 마녀재판(Salem's Witch Trials)'이라는 역사적 사건에 대한 일종의 르포르타주다. 1692년 미국의 매사추세츠주 세일럼이라는 한 작은 마을에서 '마녀사냥'이라는 광풍이 몰아쳐 마을 사람들은 서로가 서로를 마녀로 고발한다. 무고하게 고발당한 사람들 중 19명이 마녀로 몰려 교수형을 당하면서 이 비극적인 사건은 끝난다. 끝났다기보다는 덮었다는 표현이 더 정확할 것이다. 그러나 사건이 끝났다고 해서 모든 게 끝난 게 아니다. 후유증은 훨씬 더 오래갔다. 사실 마녀로 몰려 죽은 사람의 숫자보다도, 청교도 공동체가 붕괴되어 이웃끼리 서로 믿지 못하는 불신의 벽이 더 심각했다.

세일럼의 마녀사냥은 표면적으로는 마을 사람들 간의 종교적 갈등에서 비롯된 것처럼 보인다. 하지만 사실 이 사건은 전통을 고수하던 집단과 새로운 상업 계층 간의 정치, 경제, 사회, 문화,

종교 등 여러 분야에서 헤게모니를 둘러싸고 벌인 갈등과 투쟁이다. 거기에 마을 사람들 사이에 개인적인 증오와 원한이 더해졌다. 당시 뉴잉글랜드 지방은 토지 문제로 인해 이웃 간에 많은 분쟁이 발생해 이웃끼리 서로 고발하는 경우가 빈번했다. 이웃 간의 불화가 심했고, 게다가 위생 상태가 안 좋아 유아사망률이 높았다. 아이가 없거나 아이가 죽은 이들은 아이가 있는 이들을 시기하고 질투했다. 그런 여러 가지가 복합적으로 작용해 마녀사냥과 마녀재판이라는 비극적 사건이 발생했다.

교과서적으로 말해 역사를 배우고 기록하는 이유는 과거의 실수를 반면교사로 삼아 같은 실수를 반복하지 않기 위해서다. 그렇지만 인간이기 때문에 똑같은 실수를 되풀이한다. 예컨대 미국 역사에서 가장 비극적인 사건 중 하나인 마녀재판은 1950년대 '매카시즘'이라는 형태로 재현된다. 매카시즘이라는 광풍이 휘몰아치던 1950년대 전도가 유망하던 수많은 젊은 예술가와 지식인들은 '공산주의자'로 몰려 숱하게 희생되었다. 냉전이 본격화되던 당시에 가치중립적인 '공산주의자'라는 단어는 마녀와 동일한 의미와 맥락을 갖게 되었다. 이 시기 예술가들은 선택의 기로에 놓이게 된다. 그들에게는 두 개의 선택지가 있다. 개인적인 양심을 지키기 위해 동료의 이름을 말하지 않거나, 아니면 자신의 예술을 위해 동료의 이름을 말하거나.

극작가 아서 밀러는 과거 공산주의에 동조했던 동료의 명단을 제출하라는 의회의 명령을 거부했다. 반면 그의 절친한 친구였던 연출가 엘리아 카잔과 밀러가 존경해 마지않았던 극작가 클리퍼드 오데츠는 매카시즘 광풍에 떠밀려 결국 과거 공산주의에 경도되었던 동료의 명단을 제출한다. 그 외에 월트 디즈니, 나중에 대통령에 오르게 되는 로널드 레이건 등도 자신이 알고 있는 공산주의자 명단을 제출한다. 물론 카잔과 오데츠, 디즈니와 레이건의 선택 사이에는 큰 차이가 있다. 전자가 자신의 예술 세계를 어쩔 수 없이 동료의 명단을 넘겼다면, 후자는 개인적인 영달을 위해 동료를 팔아넘겼다. 온 나라를 떠들썩하게 만들고 미국 문화 예술계를 갈등과 투쟁의 장으로 만들었던 매카시즘은 실체도 정확히 밝혀지지 않은 채 결국 '해프닝'으로 끝나고 말았다. 매카시즘 광풍을 보면서 "역사는 처음에는 비극으로 나중에는 희극으로 반복된다"는 마르크스의 말을 새삼 실감하게 된다.

다시 말하지만 밀러는 공산주의자로 몰려 과거에 공산주의에 동조했던 동료의 명단을 제출하라는 명령 아니 위협을 받는다. 하지만 그는 개인적인 양심에 따라 동료의 명단 제출을 거부한다. 그 때문에 밀러는 예술 활동이 제한되고, 심지어 의회 모독죄로 기소된다. 결국 그는 무죄 판결을 받는다. 하지만 이 사건은 밀러 개인적으로나, 사회와 국가적으로나 치유되기 힘든 비극적 사건이다. 밀러는 극작품 『시련』(1953)에서 세일럼의 마녀재판과 매카시즘의 유비를 통해 개인의 양심이라는 문제에 대해 숙고했다. 비슷한 시기에 카잔은 부두 노동자 노조의 불법 행위를 고발하는 주인공의 양심적인 행위를 중심 서사로 하는 영화 〈워터프론트〉(1954)

를 통해 자신의 정치적·예술적 선택을 정당화했다.

그런데 마녀사냥과 마녀재판은 단지 미국의 역사로만 읽히지 않는다. 분단과 내전의 역사를 경험한 우리도 마녀사냥의 비극적인 역사에서 벗어날 수 없다. 오래전에 읽었던 복거일의 소설 『높은 땅 낮은 이야기』(1988)에도 이와 비슷한 이야기가 나온다. 마녀사냥과 마녀재판은 우리와 동떨어진 곳에서 벌어진 '이미 끝난' 과거의 사건이 아니다. 오히려 지금 이 순간 우리 땅에서 '여전히 벌어지고 있는' 현재 진행형의 사건이다.

미국의 정치평론가이자 언어학자인 노엄 촘스키는 "전체주의는 폭력을 휘두르고 민주주의는 선전을 휘두른다"고 일갈했다. 언론에 국한시켜 말한다면 권위주의 국가는 폭력과 협박을 통해 뉴스를 직접 검열한다. 반면 민주주의 국가는 보다 덜 분명한 통제 방법을 사용한다. 정부는 '필터링'이라는 명분으로 미디어 선전 모델을 제공하고 언론은 크게 저항하지 이를 받아들인다. 그 결과 민주주의 국가에서 언론은 어느새 권력 집단의 근본적 가치를 반영한다. 이는 미국에만 국한되지 않는다.

우연치 않게 마녀사냥을 다룬 또 다른 책을 읽었는데 이택광의 『마녀 프레임』(2013)이라는 책이다. 『세일럼의 마녀들』이 마녀사냥과 마녀재판이라는 실제의 역사적 사건에 대한 기록이라면, 『마녀 프레임』은 마녀가 어떻게 만들어지는가를 추적한다. 이 책에서 저자는 근대 계몽주의의 도래로 마녀가 없어진 게 아니라 '숨었다'고 결론을 내린다. 마녀는 때가 되면 갑자기 모습을 드러내지만 어느 순간 사라진다. 엄밀히 말하면 마녀는 스스로 등장하는 게 아니라 필요에 따라 우리에 의해 소환된다. 저자는 에필로그에서 다음과 같이 말한다. "누구나 마녀가 될 수 있다. 우리는 마녀인 동시에 마녀 심판자이기도 하다. 마녀로 지목당하지 않기 위해서 필사적으로 마녀를 지목해야 하는 운명에 놓인 것이다." 더 이상의 설명이 필요 없을 정도로 핵심을 꿰뚫고 있다. 짧으면서도 묵직한 울림을 전한다.

플라톤은 인간의 잘못은 무지로부터 나온다고 믿었다. 그에 따르면 누구도 고의로 잘못을 저지르지 않는다는 것이다. 반면 아리스토텔레스는 옳은 일이 무엇인지 알면서도 그 길을 따르지 않거나 못하는 경우가 있다고 생각했다. 기본적으로 의지가 약하거나 이성이 비합리적인 충동에 압도되기 때문이다.

미국의 철학자 마사 누스바움은 역작 『학교는 시장이 아니다』(2010)에서 사람들에게 옳고 그름을 가르친다고 해서 도덕적으로 행동하리라는 보장은 없지만 그렇기 때문에 혹은 그럼에도 불구하고 윤리적·감정적 교육이 필요하다고 역설한다. 그녀는 현대 교육이 인문학을 희생하며 유용한 학문을 강조했고 바로 그 때문에 기후변화, 유전자조작, 온라인 사생활과 같은 윤리적·감정적 문제에 직면하게 되었다고 진단한다. 우리는 문화적·정치적·사회적 생활에 제대로 참여할 수 있을 때 비로소 인간이 된다. 그녀의 말대로 "지식은 선행을 보장하지 않지만, 무지는 악행을 보장한다". 그렇다면 마녀사냥은 결국 무지에서 비롯된다고 말할 수 있다.

능력주의, 뭐가 문제인가

사전적으로 '능력주의(meritocracy)'는 부나 권력처럼 희소한 자원의 분배에 있어서 사람의 재능, 노력 및 성취도를 평가하는 기준을 마련하고, 그러한 외부적인 평가 기준에 따라 차등적으로 대우하는 것을 긍정하는 정치 철학이다. 이 단어는 원래부터 있던 단어가 아니라 영국의 사회학자 마이클 영이 라틴어 'meritum'에서 유래한 'merit'와 그리스어 어근 '-kratia'에서 유래한 '-cracy'를 결합하여 만든 신조어다. 그는 능력에 따른 차별을 긍정하는 게 아니라 비판하기 위해 이 용어를 만들었지만 현재는 주로 긍정적인 맥락으로 사용되고 있다.

능력주의는 종종 실적주의(merit system)와 혼용된다. 때로는 본래 맥락과 다르게 긍정적으로 사용되기도 한다. 대표적으로 영국의 전 총리 토니 블레어를 들 수 있다. 그는 "나는 적자생존이 아니라 능력주의를 원한다"고 말하며 능력주의를 긍정적인 맥락으로 사용했다. 그러자 영은 "[토니] 블레어가 이 단어를 사용하지 않기를 바란다"고 비판했다. 이는 블레어가 능력주의를 공정하다고 착각함으로써 벌어진 실수로, 이후 능력주의를 비판하는 학자들로부터 두고두고 지적받는 흑역사가 되었다.

실적주의가 '실적에 따른 적절한 보상'을 의미한다면 능력주의는 '능력에 의한 지배'를 뜻한다. 능력주의는 영어로 '주의'를 뜻하는 '-ism'이 아니라 '지배'를 뜻하는 '-cracy'로 끝나는 것에서 알 수 있듯이 부정적인 함의를 갖고 있다. 따라서 능력주의를 단순히 '능력 있는 사람이 보상을 더 받는 것은 당연하다'라고 정당화해서는 안 된다.

『정의란 무엇인가』(2009)로 유명한 마이클 샌델은 『공정하다는 착각』(2020)에서 '능력주의는 모두에게 같은 기회를 제공하는가'라는 질문을 던지며 능력주의를 비판하고 있다. 능력주의에 대한 그의 태도는 이 책의 원제 '능력의 폭정(The Tyranny of Merit)'에 잘 드러나 있다. "부의 양극화와 이를 공고화하는 고학력 세습화의 심화, 그리고 승자들의 오만함과 패자들의 굴욕감 사이 팽팽한 긴장감, 전 세계를 뒤덮고 있는 이 어둡고 불길한 징조의 근원을 그는 CT로 스캔을 하듯 뒤지고 있다." 미국인에게 능력주의는 '신화'에 가깝다. 그리고 그 신화는 대체로 세 가지 명제로 이루어진다. 기회를 공평하게 제공하고, 능력을 마음껏 발휘하게 하며, 능력에 따라 성과를 배분한다. 이 명제들은 자유시장경제의 핵심 테마이며, 미국이 '기회의 땅'이라는 꿈의 나라가 된 것도 이 명제에 충실한 정책 때문이었다.

하지만 능력주의는 장점도 있지만 허점도 있다. 공평한 기회를 제공하고 능력 발휘를 보장하는 장치가 말처럼 간단하지 않다. 또한 그것을 방해하는 요소를 통제하는 것 또한 쉽지 않다. 능력주의가 과도해지면서 능력과 도덕 판단력의 연결고리가 끊어지기 시작했다. 능력으로 편을 가르고, 한 편이 성과를 독점하면서, 능력과 성과를 기반으로 한 새로운 계급이 생기고, 이를 세습화하기 위한 범법적 시도가 출현하고, 이를 독차지한 사람들의 오만이 극치를 이루게 된다. 그리고 여기에서 탈락한 사람들은 부의 상실만이 아니라 인간으로서의 자존심을 잃고 굴욕감을 느끼게 된다. 이것이 심화되면서 사회적·정치적 긴장을 유발한다.

경쟁 끝의 승리가 미덕이 된 현대 사회에서 공정에 더욱 민감할 수밖에 없다. 얼마나 공정한 룰이 적용되었는지, 구성원들 간 기회는 공평했는지 등에 따라 그 경쟁의 정당성이 인정된다. 이를 판단하기 위한 척도는 능력과 노력이다. 가진 능력을 힘껏 펼쳐 성공하면 그에 따른 보상을 받을 자격이 있다는 것이 지금 이 세상을 견인하는 능력주의, 혹은 자유성과주의적 자본주의의 핵심이다. 샌델은 여기에 브레이크를 건다. 그는 능력주의의 장(場)에서 굳어진 성공과 실패에 대한 태도가 현대사회에 커다란 부작용을 낳고 있다고 주장한다. 또한 승자들 사이에서 능력주의가 만들어내는 오만과 뒤처진 사람들에게 부과하는 가혹한 잣대를 적나라하게 보여주며 해결책을 모색하려 한다.

대한민국 사회 또한 오랫동안 능력주의를 갈구해 왔다. 능력주의가 미국인에게 신화라면 한국인들에게는 거의 종교에 가깝다. 고려시대부터 조선시대까지 최소 수백 년 동안 과거제가 사람으로 태어나 제 몫을 할 수 있는 유일한 길처럼 여겨졌다. 사실상 과거에 낄 수 없는 중인 이하 신분의 사람들은 한시를 짓고 한문 경전을 공부하는 사설 모임을 만들어서라도 그 한을 달랬다. 사회학자 김동춘은 『시험능력주의』(2022)에서 대한민국의 능력주의를 '시험능력주의'라는 사회병리로 명명한다.

'능력에 따른 합당한 대우와 적절한 차별이 공정하다'라는 논리는 거의 신앙처럼 청년들과 기성세대의 정신세계를 사로잡고 있고 일상의 모든 행동을 관장한다. 그런데 여기서 공정이란 곧 절차적 공정이며, 그 절차를 제대로 통과한 사람만이 능력자로 인정받는다. 대한민국에서 공정과 능력주의 사이에는 언제나 시험 합격이 전제된다. 그에 따르면 이것이 바로 시험능력주의다. 커트라인을 정해서 자격자를 추려내는 시험이 아니라, 순위를 정해서 엄격한 변별을 하는 시험이 능력을 입증하는 매우 일반적인 방법이다. 지금까지의 학력·학벌주의는 이 시험능력주의라는 더 큰 그릇 속에 잠겼다. 그래서 이제 학력·학벌주의 비판은 과거에 비해 호소력을 잃었다.

샌델은 미국인들이 능력주의에 유독 친화적인 까닭을 '출신이 무엇이든 열심히 노력하면 누구나 성공할 수 있다는 아메리칸드림'에서 찾는다. 한국인들도 출신이 무엇이든 열심히 공부하면 누구나 성공할 수 있다는 '코리안드림'을 꿈꾸었다. 그런데 이게 과거지사가 되어 버렸고 요즘엔 그 코리안드림의 빛이 바래고 있다. 개천에서 용 나오던 때는 이제 과거지사가 되어 버렸고 '점수 몇 점'보다는 태어날 때 무심코 들고 나온 '수저'의 색깔이 점점 더 인생을 좌우한다. 그럼에도 불구하고 여전히 능력주의에 목을 매고 있다.

능력주의의 가장 큰 폐단은 '생각하지 않는 사람'을 만든다는 점이다. 완벽한 사회도 완벽한 인간도 없다. 그렇기 때문에 불완전한 인간은 불완전한 사회를 조금이라도 더 나은 사회를 만들기 위해 머리를 굴리고 머리를 맞댄다. 그것이 생각하는 백성의 본분이며 고대부터 지금까지 민주주의의 정신이다. 민주주의는 '사람 위에 사람 없다', 즉 모든 인간은 평등하다는 전제 아래 작동된다. 하지만 신분제와 능력주의는 '사람 위에 사람이 있다', 즉 인간은 평등하지 않다는 명제를 강조한다. 똑같은 시민이지만 능력주의의 기준에 따라 탁월하고 비범한 존재들로 입증된 엘리트들에게 우리의 운명을 맡긴다. 하지만 그들은 우리의 운명을 결코 책임지지 않는다.

『공정하다는 착각』을 읽고 학생들과 독서 토론을 한 적이 있다. '능력주의 사회가 공정한가', '학력주의에 대해 어떻게 생각하는가', '한국 사회에서 계층 이동이 가능하다고 생각하는가', '빈부격차를 해소하기 위해서는 어떤 조치가 필요한가', '일의 존엄성을 회복하는 방법에는 뭐가 있을까' 등 다양한 주제가 논의되었다. 명목상 지도교수로 참가했지만 오히려 학생들과 토론하면서 많은 것을 배웠다.

능력주의와 학력주의에 대해서 긍정적인 의견과 부정적인 의견이 다양하게 개진되었다. 능력주의가 공정하다는 측에서는 "능력이라는 것은 타고난 재능과 끈기 및 노력이 합쳐져 만들어지기 때문에 과거의 신분제 사회와 비교해 보면 훨씬 공정하다"고 보았다. 반면 공정하지 않다는 측에서는 "능력을 발휘할 수 있는 것도 경제적인 능력이 뒷받침되어야 하고 오히려 능력으로 엘리트 계층이 되어서 그렇지 않은 사람들을 무시하는 경향이 있기 때문에 공정하지 않다"고 보았다.

학력주의에 대해서 긍정적인 측에서는 학력주의가 학력에 따라 개인의 역량 차이가 있고, 회사에서는 높은 역량을 가진 인재를 뽑고 싶어 하는 것이 당연하기 때문에 긍정적으로 보았다. 반대로 학력주의에 대해서 부정적인 측에서는 학력이 낮아도 능력이 뛰어난 사람이 있고, 학력이 높아도 능력이 낮은 사람이 있을 수 있다고 주장했다. 즉 학력만으로 사람을 평가하는 것은 정당하지도 윤리적이지 않다고 반박했다.

능력주의와 학력주의에 대해서는 긍정적인 의견과 부정적인 의견이 팽팽하게 개진되었지만 계층 이동 가능성에 대해서는 대부분 회의적이었다. 과거 경제 성장 시기에는 열심히 공부하거나 열심히 일을 하면 계층 상승할 수 있었지만, 지금은 사회의 시스템이 명확하게 구축되고 그 안에서 부의 대물림이 진행되고 부의 재분배가 미흡하기 때문에 계층 상승이 어렵다고 생각하는 것 같았다.

코로나 사태로 경제적으로 상위 계층과 하위 계층 간의 차이가 이전보다 훨씬 더 커졌다.

빈부격차를 완화하고 일의 존엄성을 회복하는 방법에 대해서는 오히려 실질적이고 구체적인 대안을 제시했다. 학생들은 국가 차원에서 실직자들의 재취업을 돕는 정책들을 시행하거나 최저임금을 올려서 직업 간의 임금 격차를 줄여야 한다는 의견을 제시했다. 교육 간 격차를 줄여 소득에 상관없이 동등한 기회를 얻을 수 있도록 복지 정책에 많은 관심을 기울여야 한다는 의견도 있었다. 일의 존엄성을 회복하기 위한 조건으로 사람들의 인식 변화, 자신의 능력에 대한 겸손, 최저임금 보장, 근로 활동이 공공선에 이바지할 수 있도록 사회구조의 변화 등을 꼽았다.

존 롤스는 '분배적 정의' 개념을 통해 경제적 최상층이 정당성을 인정받기 위해서는 최하위층과 이익을 공유해야 한다고 주장했다. 반면 로버트 노직은 자유를 훼손하지 않고서는 부의 재분배가 불가능하다고 주장했다. 그에 따르면, 가난한 사람들에게 혜택을 주기 위해 부자들에게 세금을 매기는 것은 불공평하며, 정부는 사회가 기능할 수 있을 정도의 기본적 역할에만 충실해야 한다. 그는 외부적 힘이 개입한 평등 대신 개인에게 주어진 선택의 자유를 강조했다.

『공정하다는 착각』을 다시 읽고 토론문을 정리하다가 예전에 읽은 북유럽을 소재로 한 『거의 완벽에 가까운 사람들』(2018)이라는 책이 생각났다. 저자 마이클 부스는 북유럽에 대해 이렇게 말한다. "거의 완벽에 가까운 사회에도 약점은 있다. 누구나 감추고 싶은 역사적 비밀이 있으며, 단일 민족, 단일 문화의 성향을 띤 나라는 너무 안전하고 따분하여 배타적인 경향이 있다. 미래를 생각하면 북유럽 국가들 역시 몇 가지 심각한 문제를 안고 있다. 인구 고령화, 삐걱대는 복지제도, 계속 진행 중인 이민자들의 통합, 늘어나는 불평등 같은 문제." 그러나 거기에 한 마디 더한다. "하지만 여전히 스칸디나비아다. 여전히 샘날 정도로 부유하고 평화롭고 화목하고 진보적인 나라다. 오랫동안 그랬던 것처럼."

부스는 원래 서양 언론이 북유럽 지역에 대해 늘어놓는 불균형한 장밋빛 보도를 바로잡고 마음에 담아둔 몇 가지 불만을 털어놓으려고 이 책을 시작했지만, 스칸디나비아의 몇 가지 더 긍정적인 측면, 즉 신뢰, 사회적 결속, 경제 평등과 남녀평등, 합리주의, 겸손, 균형이 잘 잡힌 정치경제 제도 등에 관한 새로운 정보를 전하게 되었다고 말한다.

지금 세계는 자본주의에 대한 새로운 대안을 찾고 있다. 저자는 양극단에 있는 소련의 사회주의나 규제를 철폐한 미국의 신자유주의를 피할 수 있는 시스템으로서 북유럽 모델을 든다. 북유럽은 많은 전문가들이 행복의 열쇠로 언급하는 '삶의 자율성'이 보장되어 있다. 삶의 자율성이란 스스로 자기 운명을 결정하고 자기실현을 할 수 있는 특성 또는 성질이다. 북유럽 지역이 하나같이 행복도와 삶의 수준이 세계에서 제일 높고, 사람들이 가장 행복해하며 삶의 만족도가 높다. 또한 세계에서 계층 이동성이 가장 높은 편에 속한다.

진정으로 지속적인 행복을 이루기 위해서는 무엇보다 삶의 주인이 되고, 자기 의지로 되고 싶은 사람이 되며, 그렇지 않다면 적절하게 경로를 변경할 수 있어야 한다. 이것은 단지 생각에 머물거나 아메리칸드림처럼 공허한 슬로건이어서는 안 된다. 가능한 조건이어야 한다. 스칸디나비아에서는 현실 가능하다. 진정한 기회의 땅이다. 북유럽 국가는 미국이나 영국보다 계층 이동성이 훨씬 더 크다. 그렇기 때문에 이 지역 사람들의 삶에 영향을 미치는 집단주의와 국가의 개입에도 불구하고 되고 싶은 사람이 되며, 하고 싶은 일을 할 자유가 훨씬 더 많이 주어진다.

계층 이동성에 절대적으로 중요한 요소는 '교육'이다. 수준 높은 무상 교육 덕분에 누릴 수 있는 자주권은 북유럽 지역의 경제 평등과 폭넓은 사회복지 안전망만큼이나 중요하다. 스칸디나비아의 교육 수준은 세계 최고일 뿐 아니라 교육의 기회는 모두에게 무상으로 주어진다. 바로 이것이 북유럽 예외주의의 토대다.

다시 샌델로 돌아가자. 그는 능력주의가 계층의 이동에 기여한다는 생각은 논리적으로도 통계적으로도 틀린 신화일 따름이라고 주장한다. 그는 능력주의에 대한 신화를 깨부수어야 기득권층이 당연하게 생각해오던 자신의 성공은 자신만이 이루어낸 것이라는 착각은 무너지고 자신이 속한 공동체에 대한 겸손과 감사한 마음을 가지게 된다고 주장한다. 그에 따르면 상류층에 있는 승자의 거만한 태도는 중산층의 패배감과 분노를 불러일으키고, 중산층들은 이러한 분노를 포퓰리즘적인 선택으로 보여줌으로써 민주주의를 위험하게 만든다.

샌델은 성공한 사람의 겸손한 태도야말로 공정한 사회 정의를 이뤄내는 도덕적 기본 토대라고 강조한다. 무엇보다도 이 겸손함은 사회 구성원 모두가 함께 있다는 생각을 하게 되고, 또한 이를 통해 사회적 유대감을 강화하여 능력주의가 만들어놓은 사회 결속력 약화로부터 우리 스스로를 단합시킬 수 있게 한다. 이러한 도덕적 합의는 성공의 주변부에 있던 사람들의 재정적·정책적 지원에 정당성을 부여하는 계기가 된다. 샌델의 주장을 읽으며 문득 '문제에 대한 해결책은 결국 문제에 있다'는 생각이 든다. 해결책은 생각보다 어렵지 않고 멀리 있지 않다. 무엇이 문제냐보다는 어떻게 그 문제를 해결하느냐가 더 중요하다.

우리는 왜 서로를 미워하는가

미국의 실용주의 철학자 리처드 로티는 『철학과 자연의 거울』(1979)에서 실용주의적 접근과 루트비히 비트겐슈타인의 사상을 결합시켜 미국의 실용주의 철학을 집대성했다. 그는 전통적 철학 문제 중 상당수는 실제로 문제가 아니라 다만 철학적 생각을 너무 진지하게 받아들인 결과일 뿐이라고 주장했다. 그에 따르면 철학은 플라톤의 믿음과 달리 절대적 진리를 정립하는 학문이 아니다. 철학적 사유는 우리가 현실을 이해하는 데 도움을 주는 일종의 은유에 가깝다. 그 가운데 최고의 은유는 역시 실제 현실에 적용되는 '사유의 유용성'이다. 그 유용성을 판단하고 결정하는 주체는 우리가 속한 문화 공동체다. 그런데 유용성이 항상 올바르게 작동하는 것만은 아니다. 때로는 불필요한 논쟁을 불러일으키기도 한다.

'정치적 올바름(political correctness, PC)'이라는 용어가 있다. 이 단어는 말의 표현이나 용어의 사용에서 인종, 민족, 언어, 종교,

성차별 등의 편견이 포함되지 않도록 정치적으로 올바르게 사용하자는 당위적 주장을 담고 있다. 특히 다민족국가인 미국에서 정치적인 관점에서 차별과 편견을 없애는 것이 올바르다는 의미에서 힘을 얻고 있다. 정치적 올바름에 따라 니그로와 아메리카 인디언 대신 아프리카계 미국인, 아메리카 원주민이라는 단어가 공식적으로 사용된다. 북방 지역에 사는 사람들도 에스키모 대신 이누이트, 유피그, 알류트 등 각 부족의 이름으로 불리게 되었다.

정치적 올바름은 일상 언어와도 밀접하게 관련이 있다. 영어에서 남성은 결혼 여부에 관계없이 '미스터'지만 여성은 미혼은 '미스'로 기혼은 '미시즈'였다. 하지만 지금은 '미즈'로 통칭하고 있다. '미즈'라는 단어가 처음 등장한 게 1971년이었고 한참이 시간이 흐른 뒤에야 보편적으로 사용되고 있다. 외국인과 불법이민자를 가리키는 비시민권자와 서류 미비자도 정치적 올바름의 한 예다. 우리나라에서도 개신교 성경 표준새번역 개정판은 개역 성서에서 '형제'라고 번역되었던 낱말을 '형제자매'로 바꾸었다. 오랜 기간 동안 사용되어 온 여류 소설가, 여의사 등과 같은 단어도 이제는 좀처럼 쓰이지 않는다. 왜냐하면 이 단어들은 여성이 전문직에 종사한다는 희귀성 또는 특별함을 내포하기 때문이다.

정치적 올바름은 언어의 문법 구조가 그 언어를 구사하는 인간의 사고에 영향을 준다는 사피어-워프 가설과 관련되어 있다. 일부 언어학자들이 어떤 종류의 언어를 쓰느냐가 인간의 사고에 어느 정도 영향을 준다고 여기고 있지만, 이 가설을 확대해서 해석하면 언어가 인간의 사고에 절대적인 영향을 준다는 주장이 가능하다. 성차별적인 어휘를 쓰면 성차별주의자가 될 수 있다.

하지만 모든 사람들이 정치적 올바름에 동의하는 것은 아니다. 정치적 올바름을 반대하는 측에서는 다른 사람들이 차별적이라고 여기는 용어를 바꾸려고 할 때 그 용어를 당사자들은 오히려 수용하려고 하는 경우가 있어 문제가 더 복잡해진다고 주장한다. 정치적 올바름에 비판적인 시각을 가진 평론가들은 정치적 올바름이 지나치게 만연하게 되면 사회가 전체주의 사회가 되고 집단적인 압력이 개인의 자유를 억압하는 현상이 생길 수 있다고 지적한다. 그렇기 때문에 차별금지법 제정과 같은 정치적 올바름의 법제화에 대해서도 반대 입장을 표명한다. 정치적 올바름은 차별이나 편견 없는 언어를 사용하자는 원래의 취지에서 점점 외연을 넓혀 각종 소수자 운동과 소수자 우대 정책으로 이어졌다. 정치적 올바름은 이른바 '기울어진 운동장'을 바로잡는다는 긍정적인 측면도 있지만, 그것이 표현의 자유를 억압하며 역효과를 야기한다는 비판 또한 만만치 않다.

『정치적 올바름에 대하여』(2018)는 정치적 올바름을 둘러싸고 벌어지는 여러 가지 논쟁을 다루고 있다. 이 책에서 마이클 에릭 다이슨과 미셸 골드버그는 정치적 올바름을 찬성하는 입장이고 조던 피터슨과 스티븐 프라이는 정치적 올바름에 반대하는 입장이다. 열정적인 '흑인' 사회학자인 다이슨은 흑인에 대한 편견을 없애고 흑인을 존엄한 개인으로 보는 문화를 정립하는 데 정치적 올바름이 필요하다고 주장한다. '여성' 칼럼니스트인 골드버그는 남녀 차별을 없애는 데 정치적 올바름이 필요하다고 주장한다. 반면 피터슨은 정치적 올바름을 "혐오스러운 개념"이라고 부르는 데 주저하지 않는다. 프라이는 정치적 올바름의 독선, 분개, 비난, 성토, 창피 주기에 불쾌감을 느낀다고 고백한다.

일반적으로 좌파는 정치적 올바름을 찬성하고, 우파는 정치적 올바름을 반대한다고 알려졌다. 하지만 프라이는 정치적 올바름에 반대하는 레토릭이 전적으로 우파의 전유물은 아니라고 주장한다. 그는 우파 진영에도 정치적 올바름이 있다고 말한다. 예컨대 우파 진영에서는 상대방이 '레드넥'이라는 표현을 쓰면 무례하고 공격적인 것으로 간주한다. 레드넥은 '교육 수준이 낮고 교양이 없는 가난한 백인 노동자'를 경멸적으로 부르는 용어다. 그에 따르면 정치적 올바름이 어느 한쪽 진영에만 국한되는 사안이 아니다. 토론을 차단하고 논란을 일으키는 수법이다. 그는 다양성, 포용, 평등이라는 미명 아래 나쁜 일들이 수없이 벌어지고 있고, 그것이 더 큰 포용과 더 많은 다양성이 지연시킨다고 말한다. 프라이는 정치적 올바름을 어느 한쪽, 그가 보기에는 좌파가 일방적으로 장악한 게 더 본질적인 문제라고 생각한다.

골드버그는 토론자들이 표현의 자유와 혐오표현 규제법에 대해 서로 다르게 이해하고 있다고 주장한다. 그녀는 기본적으로 미국의 자유주의적인 표현의 자유를 지지하지만 혐오표현 규제법은 지지하지 않는다. 그녀는 시민 자유주의를 옹호하는 입장에서 개인의 권리와 집단의 권리를 대치시키는 이분법은 기만이라고 주장한다. 그녀가 생각하기에, 어떤 집단을 차별하는 것은 개개인이 충분히 자신을 표현하고 잠재력을 실현하고자 하는 능력을 방해한다. 구성원 개개인이 자유롭게 자신을 추구할 수 없다면 여성, 유색인종 개인이 누릴 권리도 없어진다. 다시 말하면 개인의 자유와 집단의 시민권 운동은 서로 대치되지 않는다. 그녀는 기본적으로 계몽주의적 관점에서 정치적 올바름에 접근한다. 계몽주의에 따르면 전통적인 구조에 신세를 지지 않더라도 인간의 자유는 확대되고 결과적으로 문화도 바꿀 수 있다.

원론적으로 좌파와 우파는 정치적 올바름에 대해 상반된 태도를 견지한다. 좌파는 정치적 올바름이 인류가 응당 취해야 할 정의로운 가치라고 주장하는 반면 우파는 정치적 올바름이 표현의 자유를 억압하고 개인을 말살하는 그릇된 개념이라고 반박한다. 찬성 측 입장에서 보면 정치적 올바름은 말하고 행동할 때 조심하고 신중해야 한다는 상식적이고 당위적인 태도이다. 정치적 올바름이 골칫거리가 된 까닭은 특권을 가진 계층이 그것이 특별한 경우라는 것을 인식하지 못했기 때문이다. 하지만 반대 측 입장에서 보면 정치적 올바름은 개인을 배제하고 집단적인 정체성만을 중요하게 다루기 때문에 본질적으로 개인의 자유를 침해하고, 더 나아가 민주주의를 위협한다.

정치적 올바름에 대한 논쟁은 겉으로는 '정치적 올바름의 결핍' 대 '과도한 정치적 올바름'이라는 도덕 또는 윤리 논쟁처럼 보이지만 실제로는 진보와 보수 간의 정치 논쟁이다. 개인적으로는 정치적 올바름에 대해서 찬성하는 입장이다. 왜냐하면 정치적 올바름은 분명히 사회의 진보에 기여하기 때문이다. 예전보다 소수자 및 사회적 약자를 보호하는 정책들이 더 많이 입안되고 실행되는 것은 사회적으로 바람직하다. 정치적 올바름은 불평등과 차별을 보정하는 긍정적인 역할을 수행한다. 하지만 정치적 올바름이 그 한계를 노정하고 있는 것 또한 사실이다. 특히 불평등과 차별을 보정하기 위해 결과적 평등을 지향할 때 그 한계가 분명해진다. 기회의 평등과 결과의 평등은 마땅히 구분되어야 한다. 결과의 평등은 선의와 관계없이 자칫 피터슨의 지적처럼 역차별을 가져올 수도 있기 때문이다.

현재 정치적 올바름을 둘러싼 논쟁에서 가장 큰 문제점은 내용보다도 태도에 있다. 정치적 올바름을 두고 처음에는 가치와 사회의 방향성을 두고 논쟁이 벌어졌다. 하지만 현재는 가치와 주장보다는 주로 태도를 두고 논쟁이 벌어진다. 즉 상대방의 주장을 논리적으로 반박하기보다는 상대방의 태도를 문제 삼는다. 이는 이 책의 논쟁에 참여한 참가자들도 마찬가지다.

사실 우리나라에서도 정치적 올바름뿐만 아니라 여러 사회적 의제를 두고 논쟁이 벌어질 때 이와 비슷한 현상이 벌어진다. 일단 편을 가르고 자신과 의견을 달리하는 사람의 태도를 문제 삼는다. 심지어 의견이 같다고 하더라도 태도와 취향이 다르면 이를 문제 삼고 공격한다. 누군가의 말처럼 상대방을 이해하는 것보다도 인정하는 게 훨씬 더 어렵다.

정치적 올바름을 둘러싸고 벌어지는 논쟁은 정치적 양극화로 전화되기도 한다. 원래 정치적 양극화는 정치 엘리트나 유권자들이 상호 적대시하는 두 진영으로 갈라지는 현상을 의미한다. 정치적 양극화는 가짜뉴스 확산을 부추긴다. 트위터 이용자들은 상대 정당에 대한 혐오가 강할수록 가짜뉴스 기사를 더 많이 공유한다. 정치적 양극화는 다른 정당을 지지한다는 이유만으로 상대를 자신과 근본적으로 다른 사람으로 보는 타자화와 이들을 싫어하고 불신하는 혐오, 그리고 심지어는 이들을 도덕적으로 사악한 사람들로 보는 경향인 도덕화 현상이 강해 종교 분파 간 갈등과 유사한 분파주의 특징을 보인다.

정치적 양극화는 처음에는 자신이 좋아하고 지지하는 정치인을 강하게 지지하는 '포지티브' 방식이었지만, 시간이 흐르면서 내가 싫어하는 정치인을 비난하고 깎아내리는 '네거티브' 방식으로 바뀌었다. 우리나라뿐만 아니라 미국, 영국 등 다른 여러 나라에서 최근의 선거를 보면 정치적 양극화를 쉽게 목도할 수 있다. 정치적 양극화가 하나의 유행 또는 현상이라고 불러도 결코 이상하지 않을 정도다. 그런데 양극화의 세기와 정도는 점점 가속화되어 가고 있다. 누군가는 정치적 양극화를 두고 "같은 레일 위에서 마주 보고 달리는 열차나 다름이 없다"고 말한다.

미국의 저널리스트이자 정치 분석가인 에즈라 클라인의 『우리는 왜 서로를 미워하는가』(2020)는 미국의 정치적 양극화의 역사를 일별하고 나름의 해법을 제시한다. 전체적으로 이 책은 20세기 미국 정치가 정체성을 두고 왜 그리고 어떻게 양극화되었는지, 그 양극화가 우리가 세상과 서로를 바라보는 방식에 어떤 영향을 미쳤는지 살핀다. 그리고 정치 시스템을 위기로 몰아넣고 있는 양극화한 정치적 정체성과 양극화한 정치 기관들 사시의 순환 고리를 다룬다.

원제 '우리는 왜 양극화되는가'에서 알 수 있듯이 『우리는 왜 서로를 미워하는가』는 양극화는 결국 서로를 미워하는 단계로까지 나아간다는 사실을 논증한다. 즉 정치적 의견의 대립은 서로에 대한 증오와 분노로 변하고 증오와 분노의 끝에는 비극이 기다리고 있다. 클라인은 오늘날 미국은 정치적으로 극단적인 양극화 상태에 놓여 있고, 양극화는 미국인들의 정치적 삶의 모든 면에 영향을 미치고 있다고 진단한다.

하지만 클라인은 양극화라는 개념을 손쉽게 '악'으로 치부하지도, 특정한 문제적 인물이 없으면 곧바로 해결될 일시적 현상으로 보지도 않는다. 점점 더 극단으로 치닫는 정치 시스템에 대한 그의 입체적 분석은 속 시원하고 자성을 촉구한다. 자기만 옳다면서 상대를 악으로 규정하는 정치 문법이 당연해진 '이상한 정치의 시대'를 어떻게 하면 지혜롭게 건너갈 수 있을까? 우리의 과거와 현재, 그리고 미래의 선택을 유심히 돌아보게 한다.

클라인은 2016년 미국 대선, 즉 도널드 트럼프와 힐러리 클린턴의 대선을 분석의 출발점으로 상정한다. 일반적으로 2016년 미국

대선은 그 이전의 선거들과 다르게 극단적인 양극화 현상의 결정판이라고 생각하지만, 클라인은 정확한 수치 분석을 통해 2016년 대선은 또한 이전의 대선과 크게 다르지 않다고 결론을 내린다. 그에 따르면 2004년 선거부터 2016년까지 총 네 번의 선거에서 공화당 지지자와 민주당 지지자의 변동은 생각보다 크지 않다. 그의 말을 그대로 옮기면 "지각 변동은 없었다". 다시 말하면 "일반 대중의 지지 추세만 본다면, 2016년 대선이 눈에 띌 정도로 예외적인 것은 아니었다".

클라인이 생각하기에 문제는 사람이 아니라 시스템이다. 그에 따르면 유독한 시스템은 선량한 개인들을 손쉽게 타락시킨다. 우리에게 가치를 배반하라고 강요하는 게 아니라, 가치를 줄 세워서 우리가 서로를 배반하도록 하기 때문이다. 각자에게 합리적이고 도덕적인 것이 집단으로 행해질 때는 파괴적인 양상을 보인다.

몇 년에 한 번씩 새로운 정치인들이 등장해서 당보다 나라를 우선하고, 권력자보다 국민을 대표하고, 파벌을 챙기기보다 공동선을 추구하겠다고 약속한다. 하지만 시간이 흐르면 진보적 저항세력은 기득권이 되고, 대중의 환멸이 시작되며, 유권자들은 반대편으로 슬슬 움직인다. 이 과정은 쳇바퀴 돌리기처럼 계속되고, 정치에 대한 분노와 환멸만 계속 쌓여간다. 계속 나빠지는데, 이미 실패한 방법으로 해결해보려고 하는 것은 누군가의 말처럼 미친 짓이다.

클라인은 미국 정치에는 문제가 많다고 지적한다. 그는 서로 간에 분열을 초래하고 정치 참여자들의 행동을 근본적으로 형성하는 가장 큰 이유로 양극화를 꼽는다. 대중에게 호소하기 위해 정치 기관들과 정치인들은 더 양극화를 자극하는 방식으로 행동한다. 기관과 정치인들이 점점 양극화함에 따라, 대중은 더욱 양극화하는 방식으로 순환이 이루어진다. 양극화한 정치 기관이 많아지면 많아질수록 대중은 더욱더 양극화한다.

양극화에는 여러 형태가 있을 수가 있는데, 핵심은 미국 정치판의 모든 사람이 정체성 정치를 한다는 데 있다. 사실 우리는 자연스럽게 정체성을 형성하고 변형한다. 정체성은 우리 내부에 자연스럽게 존재하기 때문에 정치에도 자연스럽게 존재한다. 정체성은 우리의 마음 깊은 곳에 있고, 아주 약한 신호나 멀리 있는 위협에 의해서도 너무나 쉽게 활성화된다. 그래서 우리의 정체성이 어떻게 형성되는지 이야기하지 않고서는 우리가 서로 어떻게 관계를 맺는지 진지하게 말할 수 없다.

정체성은 새로운 것이 아니다. 하지만 우리의 정치적 정체성은 변화하고 있고 강화되고 있다. 오늘날 정치적 정체성은 가장 강력한 정체성으로 최근 수십 년 동안 다양한 다른 정체성을 포괄하고 증폭되어 왔다. 정체성 정치는 뭔가를 드러내기보다는 가린다. 정치적 토론의 장에서 더 강한 집단의 관심사를 합리적이고 적절하게 보이게 하고 약한 집단의 관심사는 이기적이고 특수한 호소처럼 보이게 한다. 정체성은 사회적 약자의 관심사를 축소하고 신뢰성을 떨어뜨리는 데 사용된다. 정치적 올바름에 관한 논쟁에서 찬성 입장의 골드버그는 “자신의 정체성 때문에 타깃이 되는 사람들을 보호해야 한다”고 주장한다.

정체성을 빼고는 사람들의 정치적 행동을 이해할 수 없을 정도로 정체성은 강력한 힘을 발휘한다. 모든 정치는 정체성에 영향을 받는다. 정체성은 눈에 보이지 않거나 논란의 여지가 없을 정도로 만연할 때 가장 강력하다. 정치는 정체성 찾기라는 공식으로 해결되지 않는다. 정체성은 우리의 세계관을 형성하지만 기계적으로 작동하지는 않는다. 우리는 종종 정체성이 단수인 것처럼 말하지만 사실은 언제나 어지러울 정도로 복수다. 우리에게는 셀 수 없이 많은 정체성이 있다. 일부는 서로 충돌하고, 어떤 것들은 위협을 받거나 우연히 작동될 때까지는 휴면 상태에 있다. 정체성은 ‘우리의 마음’이기에 없앨 수 없다. 단지 관리되고 통제되어야 할 뿐이다. 그렇다면 정치적 양극화 또한 마찬가지일 것이다.

'의심'과 '불화'가 만날 때

먼저 '의심'이다. 활력이 넘치고 자유로운 사고를 하는 젊은 신부는 가톨릭교회의 엄격한 규율과 원칙을 지키려는 원장 수녀와 대립한다. 그는 변화하는 시대의 흐름에 발맞추어 교회 재단 학교의 관습을 바꾸려 한다. 일례로 그는 그때까지 허용되지 않던 흑인 학생의 입학을 허가한다. 하지만 순진무구한 젊은 수녀가 신부와 그가 입학을 허용한 흑인 학생의 관계가 '의심스럽다고', 즉 신부가 학생에게 지나치게 개인적인 호의를 베푸는 게 마치 죄를 지은 것 같다고 수녀원장에게 말하면서, 일은 전혀 엉뚱한 방향으로 흐른다.

젊은 수녀의 말을 들은 수녀원장은 신부와 흑인 학생의 관계를 의심하고 숨겨진 진실을 폭로하여 신부를 학교에서 내쫓으려 한다. 하지만 그녀에게 도덕적 확신 또는 의심만 있을 뿐 확실한 증거는 없다. 확인되지 않은 관계에 대한 의심은 더 큰 의심을 불러온다. 그녀는 오로지 의심에 근거해 신부에게 자신의 죄를 고백하라고 강요한다.

젊은 신부를 의심하는 수녀원장은 '교리를 따르고 규율에 따라 생각하고 행동하는 것이 절대적으로 선하고 옳다'는 믿음을 갖고 있다. 그녀는 자신의 신념대로 행동하고 자신의 신념에서 벗어난 것은 모두 의심을 눈길로 바라본다. 그녀는 객관적 상황, 당사자의 말과 행동에 대해 조금도 재고의 여지를 남겨두지 않는다. 원래 의심은 눈에 보이는 현상의 단면을 믿어버림으로써 발생한다. 의심이 발생하면 현상의 다른 측면과 아울러 보이지 않는 현상은 당연히 간과된다. 그 의심은 또 다른 의심을 통해 정당화된다. 그렇게 정당화된 의심은 뒤를 돌아보지 않고 오직 앞만 보고 나아간다. 그런데 문제는 그 의심의 끝이 어디인지 아무도 모른다는 점이다. 그 의심이 의심일 뿐이라는 게 밝혀져도 의심은 사라지지 않는다.

퓰리처상을 수상한 존 패트릭 섄리의 희곡 『의심』(2005)의 줄거리다. 이 작품을 원작으로 〈다우트〉(2009)라는 제목의 영화도 만들어졌다. 원작자 섄리가 영화의 시나리오를 쓰고 연출까지 했기 때문에 원작인 희곡과 이를 바탕으로 한 영화는 내용이 거의 똑같다. 원작과 영화 모두 '의심이 가진 위력과 의심의 근원'에 대해 고찰하고 있다. 의구심과 불확실성, 편견과 도덕적 딜레마, 종교적 신념과 권력관계 등의 주제를 형상화한다. 이 작품은 의심이 인간관계를 한순간에 망가뜨릴 수 있다는 점을 잘 보여준다. 또한 지속적으로 발생되는 사회적 변화와 도덕적 딜레마에 의해 표출되는 갈등과 그에 대한 해결책 모색의 필요성을 역설한다.

다음으로 '불화'다. 한 마을이 있는데, 그곳은 청교도 교리에 의해 운용되는 신정정치 공동체다. 그 마을에서는 '극장 또는 '헛된 향락'이라 할 만한 그 어떤 것도 용납되지 않는다. 하지만 한 소녀 주도로 마을 소녀들은 밤중에 몰래 빠져나가 숲속에서 모닥불을 피우고 춤을 추며 논다. 하지만 목사가 그 광경을 목격하고 그 무리에 있던 딸은 충격과 두려움으로 혼수상태에 빠진다. 그 후 마을에는 마녀가 존재한다는 소문이 떠돌고, 놀이에 참여했던 몇몇 소녀들은 어른들이에게 혼날까 봐 두려워 '마녀의 사주'로 그런 일을 벌였다고 거짓말을 한다.

게다가 이 마을에서는 토지 소유권을 둘러싸고 이웃 간에 '불화'가 끊이지 않았다. 그런데 불화의 씨앗은 땅뿐만이 아니었다. 당시에는 출산율도 높은 만큼 유아 사망률이 높았다. 그래서 많은 아이들이 태어났고 또 많은 아이들이 목숨을 잃었다. 그런데 모든 집이 똑같지는 않았다. 어떤 집은 아이들이 많았고 또 어떤 집은 아예 없었다. 아이를 잃은 부모는 아이가 많은 부모를 부러워했다. 부러움을 넘어 시기하고 질투했다. 그들의 시기와 질투는 '마녀재판'의 또 다른 질료가 되었다. 엄격한 청교도 사회에 염증을 느낀 소녀들이 벌인 사소한 장난과 거짓말, 그리고 '불화'에서 비롯된 이웃에 대한 시기와 질투는 '마녀사냥'과 '마녀재판'이라는 끔찍한 결과를 불러온다.

마을 사람들 모두 처음에는 서로를 '우리'로 간주했다. 그들은 새로운 청교도 사회의 건설이라는 공동의 목표로 근접성의 범위에 들어간다. 그러나 그들의 친연성(affinity)은 그 구성원들 간의 어떤 실제적인 특징들에도 의존하지 않는다. 그렇기에 시간이 흐르면서 그들은 서로를 적대시하면서 진정한 이웃이 되지 못한다. 이웃에 대한 시기심과 적대감을 도덕성의 탈을 쓰고 표현하고 심지어 신앙의 구호 아래 보복의 기회를 엿본다.

아서 밀러의 『시련』(1954)의 줄거리다. 작가 스스로 자신의 작품 중에 가장 애착을 갖는다고 언급한 『시련』은 1692년 미국 매사추세츠주 세일럼 마을에서 실제로 벌어졌던 마녀재판을 극화한 작품이다. 『의심』이 나중에 〈다우트〉로 영화화된 것처럼, 『시련』 또한 〈크루서블〉(1996)로 영화화되었다. 밀러는 『시련』에서 세일럼 재판관들의 권위에 반대하는 자들을 재판의 위엄을 파괴하는 무리, 즉 마녀로 낙인찍어 교수형에 처하도록 한 1690년대의 사회적 분위기를 조지프 매카시 상원의원에게 반대하는 모든 인사들을 공산주의자로 몰아붙인 1950년대의 폭압적인 정치 상황과 '유비(analogy)' 하고 있다. 『시련』은 세일럼 마을 사람들의 개인 차원의 죄, 즉 개인적인 '원한', '증오', '복수'가 사회적 행위와 어떻게 연관되는가를 주제로 형상화하고 있다. '이웃 간의 불화' 혹은 '공동체의 붕괴'가 어떤 비극적 결과를 초래하는지를 극명하게 예증한다.

『의심』과 『시련』의 주제와 이야기를 끌어가는 주된 동력은 각각 '의심'과 '불화'다. 한 개인의 의심과 이웃 간의 불화는 때로는 전혀 예상치 못한 결과를 가져온다. 하지만 그들이 처음부터 서로 의심하거나 서로 간에 불화가 있었던 것은 아니다. 『의심』에서 젊은 수녀는 신부가 학생과 동성애 관계에 있다고 의심했다기보다는 개인적으로 흑인 학생이 불편했을 뿐이었다. 그녀는 자신의 '불편함'을 원장 수녀에게 토로한 것뿐이다. 『시련』에서 숲속의 장난을 주도한 소녀와 그곳에 있던 소녀들을 발견한 목사도 처음에는 그들의 '질투'와 '시기'와 같은 개인적인 감정을 보았을 뿐이다. 하지만 그는 거기에 프록터에 대한 자신의 '원한'을 얹었다. 원장 수녀나 목사는 그것이 나중에 어떤 결과를 가져올지 생각지 못했을 것이다.

『의심』과 『시련』은 현재의 대한민국을 상기시킨다. 긍정적인 맥락이든 부정적인 맥락이든 대한민국은 '다이내믹'하다. '쉼 없이 움직이고', '뜨겁게 들끓는'다. 언제나 그랬지만 최근 몇 년 동안 대한민국 사회는 그 어느 때보다도 쉼 없이 움직였고 뜨겁게 들끓었다. 일일이 열거할 수 없을 정도로 중요한 사건과 사태가 넘쳐났고, 이를 주제로 '공정'과 '정의'라는 이름으로 열띤 토론과 논쟁이 벌어졌다. 그런데 공정과 정의라는 이름으로 개진되는 토론과 논쟁에서 제기되는 주장 가운데 상당수는 개인적인 '의심'과 '불화'에서 비롯된 것처럼 보인다.

상식적인 차원에서 말하면 토론과 논쟁의 본령은 상대방의 말을 듣는 것이다. 즉 상대방의 생각에 자기 생각을 견주고 다듬는 게 토론과 논쟁의 핵심이다. 하지만 최근 몇 년 동안 우리 사회에서 벌어진 토론과 논쟁을 보면 '상대방의 말 듣기'는 사라지고 오직

'자기 말하기'만 남아 있을 뿐이다. 게다가 말하는 내용도 객관적인 사실에서 한참 벗어나 있다. 백번 양보해서, 그 내용이 사실이 아니더라도 최소한 주관적인 의견 정도라면 받아들일 수 있다. 하지만 그 주장이라는 것 대부분은 출처도 불분명하고, 의심에서 기인하고, 불화에 의해 촉발된 '풍문'일 뿐이다.

토머스 홉스는 말에 지나치게 집착하는 태도를 경계했다. 그가 생각하기에 말은 언제든 변할 수 있기에 중요한 것은 그 속에 담긴 의미다. 그런데 언제부터 '일단 상대방의 말은 무조건 의심하라'는 경구는 어느덧 토론과 논쟁에서 최선의 무기가 되었다. 상대방에게 의심의 화살을 들이대는 게 토론과 논쟁의 정석이자 상식이 되어 버렸다. 이제는 그 의심의 화살을 자신에게 돌릴 때다.

앞서 『의심』과 『시련』에서 보았듯이 상대방에 대한 의심과 불화는 예상치 못한 결과를 가져올 수 있다. 그 결과는 상대방에게만 향하지 않는다. 이제는 상투적으로 여겨질 수도 있는 '너 자신을 알라', '알지 못하는 것을 알지 못한다고 말하는 게 진정한 앎이다'와 같은 옛 성현의 말씀에 귀를 기울일 때다. 우리는 세상 모든 것을 알 수 없다. 사실 모르는 게 더 많다. 그렇기 때문에 모르는 것에 대해서는 침묵해도 괜찮다. 루트비히 비트겐슈타인의 말처럼 "말할 수 없는 것에 대해 침묵해야 한다". 대신 상대방을 의심하기에 앞서 먼저 자신을 의심해야 한다. 상대방을 의심할 때는 그 의심이 단순히 개인적인 의심과 불화에서 비롯되었는지를 의심해야 한다.

정치의 계절에 고전의 숲을 거닐다

맹자는 "자기 몸이 구부정한 상태에서는 남의 몸을 똑바로 세울 수 없다"고 말했다. 맹자는 이 원칙이 철학자들에게 더욱 엄격하게 적용되어야 한다고 믿었다. 그런데 그가 말한 철학자는 단순히 철학을 공부하고 가르치는 '학인'이 아니라 '철인'이다. 철인은 당시에는 왕이나 제후와 같은 통치자, 오늘날에는 정치인을 가리킨다. "스스로 옳다고 믿는 길을 따르지 않으면서 어떻게 타인에게 조언을 베풀고 지도할 수 있단 말인가?"

제20대 대통령 선거가 채 6개월도 남지 않았다.* 바야흐로 '정치의 계절'이다. 어쩌면 정치의 계절이라는 표현 자체에 어폐가 있는지 모른다. 대한민국에는 5년마다 대선, 4년마다 총선과 지선, 간헐적인 재보선에 이르기까지 늘 선거가 있기 때문이다. 또한 신문,

---

*이 글은 2021년 10월 7일자 ≪홍주일보≫에 기고한 칼럼 '매혹적인 영화인문학'에서 가져왔다.

방송, 유튜브 등 거의 모든 매체는 이른 아침부터 밤늦게까지 정치 이야기로 시끌벅적하다. 혹자는 이런 현상을 가리켜 '정치의 과잉'이라고 일컫는다. 정치의 과잉 때문에 종종 많은 사회적 비용이 발생하고 적지 않은 갈등이 초래된다. 그렇다고 일본이나 싱가포르가 예거하듯이 '정치의 결핍'이 바람직하다고만 말할 수도 없다.

다시 말하지만 정치의 계절이 도래했다. 선거마다 조금씩 다르지만 대부분의 선거 화두는 '좋은 삶'이다. 선거할 때만 되면 후보자들은 제각기 '살기 좋은 나라' 또는 '살기 좋은 동네'를 만들겠다고 각종 공약을 쏟아낸다. 유권자는 어느 후보가 그 일을 잘할 수 있을지 공약을 꼼꼼히 살피고 결정한다. 교과서적으로 말해 더 좋은 정치를 통해 더 좋은 나라를 만들 사람을 뽑는 게 선거, 더 나아가 민주주의의 본령이다. 현실이 그렇지 못할 때도 있지만 이론적으로는 그렇다. 이는 소크라테스, 플라톤, 그리고 아리스토텔레스가 살았던 고대 그리스 때부터 지금까지 이어지는 유구한 전통이다.

라파엘로의 프레스코화 〈아테네 학당〉(1510~1511)은 "고대 그리스의 뛰어난 철학적 사고 학당을 나타내고, 그들의 선구자, 주요 대표자 및 후계자를 구현해냈다"고 평가받는다. 라파엘로는 〈아테네 학당〉을 통해 르네상스 정신 속에 유럽 문화, 그들의 철학 그리고 학문의 기원에 대한 고대 사상을 찬양한다. 그 중심에는 플라톤과 아리스토텔레스가 있다. 그림 속에서 플라톤은 손을 위로 향하고 있고, 아리스토텔레스는 손을 아래로 향하고 있다. 그래서 많은 사람들은 이를 통해 플라톤의 학문은 '이상'을, 아리스토텔레스의 학문은 '현실'을 지향한다고 말한다.

소크라테스의 제자인 플라톤과 플라톤의 제자인 아리스토텔레스는 소크라테스를 철학적 원류로 삼고 있다는 점에서는 비슷하지만, 세부적으로 들어가면 제법 차이가 난다. 철학뿐만 아니라 '정치'와 '국가'에 대해서도 그들은 총론에서는 비슷하지만 각론에서는 제법 크게 엇갈린다. 주지하듯 현대의 정치철학은 플라톤의 『국가』와 아리스토텔레스의 『정치학』에서 시작한다. 얼마 전 우연히 '서양 고전학자들이 들려주는 문사철 탄생의 10'이라는 부제가 붙은 『고전의 고전』(2019)을 읽었다. 그 가운데 플라톤과 아리스토텔레스 꼭지를 읽다가 예전에 읽었던 『국가』와 『정치학』이 생각났다. 심란하고 어수선한 정치의 계절에 『국가』와 『정치학』으로 고전의 숲을 거닐어 본다.

플라톤의 『국가』는 '정의란 무엇인가?'라는 질문으로 시작한다. 플라톤은 '강자에게 유익한 것'을 정의로 본 트라쉬마코스를 비판한 소크라테스를 인용하며, 정의를 이익의 관점이 아니라 자기 배려의 철학적 관점에서 파악한다. 그가 생각하는 정의는 "욕망에 휘둘리지 않고 일상생활을 잘 꾸려나갈 수 있는가?"라는 질문에 무엇보다 잘 드러난다. 그는 이 질문에 "스스로 욕망에 휘둘리지 않고 일상생활을 잘 꾸려나가는 것이 정의"라고 답한다. 더 나아가 그는 정의로운 자는 자기 배려를 했기 때문에 더 행복하다고 결론을 내린다. 그에 따르면, 사람들이 정의를 존중하는 것은 정의가 좋기 때문이 아니라, 불의를 저지를 수 없는 허약함, 다시 말해 불의를 저지르고도 처벌을 받지 않을 수 없는 힘이 없기 때문이다. 불의를 저지르고도 처벌을 받지 않을 힘이 있는 사람은 정의를 존중하지 않는다. 그런데 플라톤은 "나쁜 일을 저지르는 것보다 나쁜 일을 당하는 것이 더 낫다"고 말했다. 폭군은 타인뿐만 아니라 자기 자신에게도 해를 끼치며 불행한 삶을 산다. 하지만 정의롭고 도덕적인 인간은 어떤 일에도 해를 입지 않는다. 역사가 증명하듯 폭군의 삶은 결국 비참하게 끝난다. 물론 역사적으로 보았을 때 불의를 저지르고 정의를 존중하지 않은 예들은 동서고금을 막론하고 일일이 열거할 수 없을 정도로 무수히 많다. 지금도 예외는 아니다.

플라톤이 생각하기에 정의를 실현하는 게 정치 행위고, 그 정치 행위를 주도적으로 해나가는 계급이 통치자다. "통치자가 할 일은 시민들을 더 훌륭하게 만드는 일"이기 때문에 자기에게 좋은 일이 아니라 남에게 좋은 일을 해야 한다. 반대로 자기에게 좋은 일을 하는 사람, 즉 자기 이익만 탐하는 사람이 통치를 맡을 때 그 나라의 운명이 어떻게 될지 명약관화하다. 훌륭한 사람들이 통치하려는 마음을 갖도록 해야 하고, 그들에게는 어떤 강제나 벌이 가해지지 않으면 안 된다. 훌륭한 사람이 "스스로 통치하려는 마음을 갖지 않을 경우, 최대의 벌은 자기보다 못한 사람한테 통치를 받는 것이다". 이를 더 확장시키면 '우리가 정치에 관심을 갖지 않으면 우리보다 못한 사람들에게 지배를 받게 된다'는 결론이 도출된다.

플라톤은 국가를 필요의 산물로 보았으며, 자기만의 아름다운 나라를 꿈꾸었다. 범박하게 말해 그가 생각하는 아름다운 나라의 조건들은 다음과 같다. 첫째, 구성원들 사이에 아무런 갈등도 불화도 없어야 한다. 둘째, 구성원들이 자기가 맡은 일에 만족해야 한다. 셋째, 통치자는 시민들의 행복을 목적으로 추구해야 한다. 그는 계급을 각각 통치자—수호자—생산자로 나누었고, 구성원들이 고유한 덕에 따라 제 할 일을 훌륭하게 수행할 때, 즉 사회적 분업이 이루어질 때 정의로운 국가가 실현된다고 보았다. 사회적 분업이 적절하게 구축되기 위해서는 개인의 영혼을 돌보는 게 전제되어야만 한다. 그가 생각하는 아름답고 정의로운 나라는 크게 성장하는 강대국이 아니라 지혜, 용기, 절제가 조화를 이루며 시민들이 하나라고 인식할 수 있는 규모를 갖춘 국가이다.

그런데 플라톤의 정치철학에 관해서는 몇 가지 오해가 있다. 대표적으로 위에서 언급된 '계급론', '사유재산' 불허, 그리고 '처자' 부정론 등이다. 그의 계급론은 운명론으로 귀결되기 때문에 비판의 여지가 있을 수 있다. 하지만 사유재산 불허와 처자 부정은 맥락을 조금 더 살펴볼 필요가 있다. 그가 사유재산을 불허하고 처자를 부정한 이유는 그것이 인간의 이기심을 촉발하기 때문이다. 또한 사유재산 불허와 처자의 부정도 대체로 통치자에게 국한된다. 그는 통치자의 도덕적 엄격성을 그 무엇보다도 강조한 것이다. 그는 교육도 강조한다. 그는 생산자, 오늘날의 기준으로는 시민을 스스로 다스릴 수 있는 사람으로 가르치고 기르는 일을 국가가 모든 역량을 동원해서 노력을 기울여야 할 유일한 정책으로 간주한다. 통치자의 도덕적 엄격성과 교육의 강조는 '보수적인 개혁가'로서의 플라톤의 면모를 잘 예거한다.

플라톤은 『국가』에서 좋은 나라의 실현을 위한 방법론으로 그 유명한 '철인 통치'를 제시한다. 그에 따르면, 좋은 나라, 즉 이상국가에서는 철학자가 곧 통치자이어야 한다. 혹은 통치자는 철학자이어야 한다. 플라톤이 궁극적으로 추구하는 정치체제는 '아리스토크라티아', 즉 '귀족정체'이다. 그런데 그가 말하는 귀족은 신분으로의 귀족이 아니라 가장 훌륭한 사람이고, 따라서 귀족정체는 가장 훌륭한 사람들이 지배하는 이상적인 정치 체제를 가리킨다. 그의 정치 철학은 다른 철학과 마찬가지로 '이상', 즉 이데아로 수렴된다.

그런데 플라톤이 다른 저작 『법률』에서 현실의 한계를 고려해 법에 의한 통치, 즉 '법치'를 제안한다는 사실은 잘 알려지지 않았다. 『국가』에서 '최선의 나라'를 꿈꾸었다면 『법률』에서는 '차선의 나라'를 제시하고 있다. 플라톤의 생각이 옳고 그름을 따지기보다는 정치인의 역할에 대해 생각해 볼 필요가 있다. 플라톤의 주장에 따르면 정치인은 아름다운 나라가 현실에서 실현 가능한가를 물을 것이 아니라 그보다는 어떻게 현실적으로 아름다운 나라에 가까운 나라를 만들 것인가에 관심을 가져야 한다.

반면 아리스토텔레스는 정치학의 목적을 "최고의 선"으로 규정하고, 플라톤에서 시작된 도덕적이고 고귀한 삶을 진작시키기 위해 폴리스를 새롭게 개조하려는 작업을 완결한다. 그는 국가를 '필요의 산물'로 간주한 스승 플라톤과 다르게 정치적 공동체인 폴리스를 자연적 실재라고 상정한다. 한발 더 나아가 그는 인간은 폴리스가 그런 것처럼 정치적이고 사회적인 존재라고 주장한다. 그는 개인의 행복과 폴리스의 행복을 동일화한다. 단 개인의 행복은 공동체의 행복 위에서 이루어져야 한다. 개인은 나보다는 우리를 지향하고 선한 공동체 건설해야 한다. 사실 이는 모든 정치가가 갖추어야 할 덕목이기도 하다. 정치가는 반드시 좋은 인간이어야 하고 자신의 이익이 아니라 공동체의 이익을 위해서 활동해야 한다. 정치가는 마땅히 '실질적인 정치적 앎을 가진 자'로서 최선의 것뿐만 아니라 가능한 것도 고찰할 수 있어야 한다.

플라톤과 아리스토텔레스의 정치적 목표는 거시적으로 모두 '선한 생활의 실현'으로 수렴하지만 미시적으로 조금 차이가 있다. 플라톤의 정치적 목표는 선의 이데아, 정의의 이데아처럼 이미 정해진 것으로서 절대적이다. 반면 아리스토텔레스의 정치적 목표는 인간의 자연적인 성질을 근거로 하기에 상대적이다. 둘의 정치적 목표의 차이는 원하는 국가 또는 원하는 정치체제의 차별로 귀결된다. 플라톤의 이상 국가는 철학적 공산주의 국가다. 그의 이상 국가는 토머스 모어가 말한 '유토피아'처럼 금욕적이고 변화가 없는 이데아의 세계를 현실에 옮겨놓은 세계다. 반면 아리스토텔레스의 국가는 인간의 본성에 따른 소규모 폴리스, 즉 도시국가이다.

『정치학』에서 아리스토텔레스의 주된 관심사는 '어떤 정치체제가 최선일 수 있는가?'라는 질문으로 요약된다. 그는 정치체제를 "모든 시민의 삶을 조직하는 방식"으로 정의한다. 정치체제는 폴리스의 어떤 종류의 삶을 가리킨다. 그는 정치체제의 유형을 분류하고 올바른 정치체제와 그렇지 않은 정치체제의 기준을 제시한다. 그에 따르면, 정치 체제와 관계없이 공동의 유익함을 위해서 지배할 때는 올바르지만, 개인의 유익함을 위해서 지배할 때는 타락한다. 즉 공동의 유익함을 진작시키는 정치체제는 정의롭고, 단지 지배자의 이익만을 위한 것은 정의롭지 않다. 사실 그는 왕정 또는 귀족정을 이상적인 정치체제로 파악했지만 현실적으로 귀족정과 민주정이 혼합된 정치체제를 선호했다. 왜냐하면 이 정치체제에서는 다른 정치체제보다도 다수가 참여할 수 있기 때문이다. 그가 귀족정을 높이 평가한 이유는 다름 아닌 지도자의 '도덕적 탁월성'에 있다.

아리스토텔레스는 플라톤과 다르게 이상적인 정치체제가 아니라 최선의 정치체제를 모색한다. 그는 이상적인 정치체제가 현실적으로 존재할 수 있든지 없든지 간에, 현존하는 폴리스의 개선에 관심을 기울인다. 폴리스는 모든 시민들이 번갈아가면서 가장 중요한 관직을 지배하는 정치체제다. 그가 생각하기에 좋은 폴리스의 전제 조건은 좋은 시민이다. 좋은 폴리스를 만들고 유지하기 위해서는, 또 좋은 시민을 만들기 위해서는 무엇보다도 교육이 중요하고 필요하다. 인간은 도덕적 덕과 실천적 지혜가 있어야 도덕적 자각 능력을 가질 수 있다. 인간의 도덕적 자각 능력은 본성이 아니라 습관화와 교육을 통해서 함양된다. 습관화와 교육은 정치적 수단과 폴리스의 법을 통해 가능해진다. 습관화와 교육을 통해 모든 시민은 훌륭해야 하고 각각의 시민 또한 훌륭해야 한다. 시민은 정치체제에 적합하도록 교육을 받아야 한다. 폴리스가 각각의 시민을 돌본다는 것은 전체로서 폴리스를 돌보는 것을 의미한다.

아리스토텔레스는 모든 종류의 덕과 관련해서 다중, 즉 다수의 시민들이 완벽해질 수 있다고 믿지 않았다. 그럼에도 그는 평범한 다수의 시민들이 한 명의 뛰어난 개인보다 더 잘 통치할 수 있다고 믿었다. 다수의 시민들에 대한 그의 믿음은 오늘날 '다중지성' 또는 '집단지성'의 긍정으로 연결된다. 그에 따르면, 각각의 개인은 최선의 개인보다 열등하지만, 시민을 집단적 숙고를 할 수 있는 하나의 통일체, 하나의 유기적 전체로서 생각해 볼 때는, 전체로서의 인간들이 더 낫고 지혜롭고, 더 나은 결정을 할 수 있다. 정의와 덕은 혼자보다 집단에서 더 잘 발휘될 수 있다.

'다수의 민주적인 의사결정이 소수의 지배보다 더 낫다고 생각하는 것이 더 안전하다.' '파스칼의 내기'와도 비슷한 이 경구는 우리가 민주주의를 택하지 않을 수 없는 혹은 포기할 수 없는 무수히 많은 이유 중 하나다. 복잡하고 어지러운 정치의 계절에 고전의 숲을 거닐며 얻은 게 단지 '민주주의에 대한 믿음'이라면 너무 소박한 걸까? 하지만 늘 그렇듯이 가장 소중한 것은 가장 소박하다.

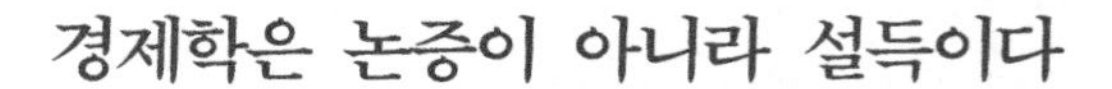

경제학은 논증이 아니라 설득이다

최근 아주 흥미로운 경제학 책 한 권을 읽었다. 제목은 '글로벌 자본주의 변동으로 보는 한국 불평등 30년'이라는 긴 부제의 『좋은 불평등』(2022)이다. 제목만 보면 저자가 보수 경제학자라고 생각할 수 있다. 하지만 저자 최병천은 진보 진영을 대표하는 경제전문가다. 작가 약력에 따르면 그는 오랜 기간 진보정당에서 활동했고 민주당에서 정책 관련 일들을 해 왔다. 그는 "박원순 서울시장의 마지막 정책보좌관, 민주당 싱크탱크인 민주연구원 부원장, 한국사회이론연구소 부소장"을 거쳐 현재 신성장경제연구소 소장을 맡고 있다.

단도직입적으로 저자는 문재인 정부의 '최저임금 1만원 정책'과 '소득주도성장론'이 틀렸다고 단언한다. 그의 주장에 따르면, 정책은 분석, 처방, 집행을 거쳐 실현되는데, 문재인 정부는 불평등의 원인을 제대로 분석하지 못했기 때문에 처방도 틀렸고 집행도 틀렸다. 그는 한국경제 불평등에 관한 기존의 통념을 뒤집는다. 그는 틀린 분석에 입각해서 틀린 정책 처방이 나왔다는 자신의 주장을 '입증'하기 위해 통계 자료를 적극적으로 활용한다. 그는 이 책의 특징을 다음 세 가지로 설명한다. 첫째, 한국경제 불평등 전반을 입체적으로 다루고 있다. 둘째, 한국경제 불평등 전반을 세계경제 및 중국경제와 연결해 설명한다. 셋째, 한국경제 불평등의 문제를 정책의 관점에서 접근한다.

『좋은 불평등』은 총 6부로 구성되어 있다. 제1부는 불평등과 경제성장의 관계를 다룬다. 제2부는 1980년부터 최근까지 한국경제 불평등의 변화 추이를 살펴본다. 제3부는 한국경제 불평등의 3대 변곡점 중의 하나인 2015년 변곡점을 추적하기 위해 중국경제의 개혁개방 역사를 다룬다. 제4부는 문재인 정부와 한국 진보세력의 불평등 축소 기획이 왜 실패했는지를 다룬다. 제5부는 전체 내용을 요약하고 종합한다. 마지막으로 제6부는 정책적 제안을 다룬다. 그가 생각하기에 핵심적인 문제 의식은 환경 변호와 재적응의 중요성이다.

저자는 우리 사회 불평등의 원인이 적폐 세력 탓이 아니라 수출 대기업들의 후한 성과급 때문이고, 우리가 보살펴야 할 계층은 저임금 근로자들이 아니라 고령층 노인들이라고 주장한다. 불평등과 경제성장을 입체적으로 고려해 중요한 세 가지 정책 방향을 제시한다. 즉 경쟁력 강화, 계층 사다리, 약자의 처우개선과 불평등 완화를 위한 정책을 제시한다. 저자는 튼실한 근거와 꼼꼼한 통계로 자신의 주장을 '논증'한다.

그런데 책을 읽는 내내 '논증'이라는 단어가 걸렸다. '닫힌' 학문이 '열린' 사회를 논증하는 게 과연 가능할까, 라는 의문이 떠나지 않았다. 이 책의 저자가 그런 것처럼 많은 경제학자들은 정치인들이 자신들의 조언을 귀담아듣지 않는다고 불평한다. 그들은 정부가 시장에 개입하지 않는 한 모든 일이 잘 풀릴 것이라는 관점을 견지한다. 이에 대해서는 진보든 보수든 큰 차이가 없어 보인다.

지난 30년 동안 인류의 경제활동과 관련해 많은 문제가 발생했다. 불평등이 극심해지자 노동 보호와 절차가 해체됐고, 2007~2008년에는 세계적 금융 시스템이 붕괴했다. 주류 경제학이 이와 같은 수많은 경제 문제에 연루된 정황이 드러나면서 더 나은 세상을 만든다는 경제학 본연의 역할에 대해 의심과 불안이 제기되었다. 원론적으로 말하면 경제적의 본령이자 목적은 더 나은 삶, 더 나은 세상을 추구하는 데 있다. 그런데 경제학자들은 그보다는 자신의 이론이 틀리지 않았음을 논증하는 것을 최우선 과제로 삼는다.

마르크스주의자들은 자본주의 사회에서 권력자들이 의료, 정치, 교육 시스템을 통제함으로써 자신들의 이익에 적합하지만 노동자들의 이익에는 반하는 행동을 노동자들이 하도록 유도하는 사상을 만들어냈다고 비판했다. 그들은 사상이 권력을 생성하고 사상이 권력이 봉사한다고 비판했다. 그들이 비판한 사상 가운데 하나가 바로 '경제학'이다. 그들은 경제적 주장인 '사상'과 정치적 주장인

'권력' 사이에 일대일 관계가 성립된다고 주장했지만, 1970년대 역사가 예거하듯 둘 사이에는 일대일 관계가 성립되지 않는다.

경제학은 다른 사회과학과 함께 정치 세력으로부터 독립했다. 경제학은 다음과 같은 이유로 기업의 이익에 도움이 된다. 첫째, 경제학은 과학의 권위에 기댐으로써 사리사욕을 보다 '계몽적인 것'으로 보이게 할 수 있다. 둘째, 경제학은 어젠다 권력을 행사할 수 있다. 셋째, 경제학은 주류 경제학 신자유주의 경제 정책을 지원한다. 주류 경제학의 구체적인 명제에는 시장 시스템이 기업이 자신들의 가치만큼 보상을 얻도록 보장하고, 세계화는 일자리를 잃은 사람들에게도 이익이 되며, 불경기에 정부 적자는 상황을 악화시키고, 금융은 경제 시스템의 독자적 경제 주체가 중재자라는 사상이 포함되어 있다. 이 모든 명제는 특별한 상황에서 진실이거나 부분적으로 사실일 수 있다. 하지만 이를 보편적 법칙으로 일반화하는 과정에서 문제가 발생한다.

신고전주의 경제학은 신자유주의를 향한 정치 프로그램을 학문적으로 지원했고 마침내 '이코노크라시'를 형성했다. 이코노크라시는 신고전주의 경제학이 통치하는 사회로, 중앙은행, 재무부, 정부의 힘없는 손아귀에서 경제 통제권을 빼앗는 과학 기술 기반 기업들의 테크노크라시 네트워크를 가리킨다. 결국 주류 경제학의 지배력은 학문적 방종 이상이 되었다.

로버트 스키델스키는 『더 나은 삶을 위한 경제학』(2020)에서 경제학의 치명적인 문제점은 특정 이론이 아니라 특정 결론에 도달하고자 사용한 방법에 있다고 지적한 바 있다. 사실 존 메이너드 케인스가 당시 정통 경제학에 가한 공격은 경제학자들의 무능이 아니라 그들이 사용하는 방법론이었다. 오늘날도 마찬가지다. 신고전주의 경제학은 관리가 안 되는 시장이 제공할 수 없는 것들을 약속하기 때문에 격동의 시기에는 위험한 조언이다. 자신들의 갇힌 세계에서 도출한 결론을 열린 세계에 적용하면 심각한 오해를 불러일으키고 경제 정책에 큰 실수를 초래할 수 있기 때문이다.

'신자유주의 경제학' 혹은 '신고전주의 경제학'은 고전주의 경제학을 계승한다. 하지만 신고전주의 경제학은 고전주의 경제학보다 사회 문제를 바라보는 관점과 사회적 지식을 습득하는 시각이 훨씬 더 좁다. 신고전주의 경제학은 실제로 존재하는 것은 오직 '개인'이며 개인의 합리성이 인간 행동을 예측하게 해준다고 주장한다. 신고전주의 경제학에서 조직은 개인으로 구성된 집단일 뿐이다. 신고전주의 경제학은 자신들의 지식을 과장한다. 사실 신고전주의 경제학의 최대 강점은 일반화다. 하지만 지나치게 단순한 전제를 근거로 한 일반화는 신고전주의 경제학의 최대 약점이기도 하다.

그럼에도 불구하고 신고전주의 경제학은 '경제학은 모든 사회과학 중 물리학과 가장 유사해서 예측이 가능하다'고 주장한다. 그리고 이 예측을 무기로 신고전주의 경제학에 특별한 권위를 부여한다. 신고전주의 경제학은 모델, 함수, 분석, 통계 등 수학적 개념들로 구성된다. 수학 기호에 숫자를 붙여 방정식을 만들어내는 능력에서 경제학의 권위가 생긴다. 경제학자들은 이 능력으로 정량적 예측치를 내놓는다. 경제학은 연구 대상을 측정 가능한 경제 행위로 제한하면서 다른 사회과학과 차별화를 이룬다.

최근 경제학에서 가장 눈에 띄는 검증 방법은 계량경제학이다. 계량경제학은 일종의 통계학인 계량경제학에서 통계는 논증의 근거가 아닌 결론의 타당성을 진단하기 위해 사용된다. 즉 통계 형태로 세상에 관한 진실을 보여주는 게 아니라, 경제 모델이 가정한 관계의 통계적 중요성을 검증한다. 모델 설계자가 설정한 경제 모델의 세부 조건에 따라서 종속 변수에 독립 변수가 미치는 영향을 정량적으로 추산하고자 '회귀 분석'을 실행한다. 일반적으로 회귀 분석은 독립 변수와 종속 변수 사이에 선형 관계가 있다고 가정한다.

하지만 계량경제학은 두 가지 문제를 안고 있다. 첫째, 검증을 가능케 하고자 가정한 많은 가설에서 검증해야 하는 가설을 분리하는 것은 불가능하다. 여기에는 완전히 종속적이라고 가정한 변수가 독립 변수에 영향을 미치거나, 종속 변수와 종속 변수의 관계가 모델에서 생략될 가능성도 있다. 이는 상관관계가 인과관계에 대해 아무것도 설명하지 못할 수 있다는 사실을 보여준다. 둘째, 통계의 시계열로는 경제학자가 추구하는 법칙을 확립할 수 없다. 시계열이 너무 짧으면 데이터가 부족하고 너무 길면 조건이 변한다.

한 시점에서 진실이었던 사건이 다른 시점에서는 거짓이 될 수 있다. 관찰 표본 또한 너무 적을 수 있다. 이는 계량경제학 검증 방법의 근본적인 약점을 잘 보여준다. 계량경제학 연구는 검증 성공에 필요한 조건들이 오직 통제된 환경에서만 유의미하다. 계량경제학자 대부분이 이와 같은 문제점을 인정하면서도 대수롭지 않다는 듯이 관행적으로 연구와 실험을 계속한다. 관행이라고 해서 언제나 옳은 것은 아니다.

경제학의 수학적 언어는 입증이 아닌 설득 기술의 일부분으로 간주해야 한다. 경제학은 자신들의 주장이 참이라는 것을 입증할 수 없기 때문이다. 경제학자들은 오직 사람들을 자신들과 같은 관점에서 세상을 바라보도록 할 수 있을 뿐이다. 학문의 권위는 어느 정도 불투명함에서 비롯된다. 하지만 경제학의 핵심 사상은 절대적으로 투명해야 한다. 난해한 전문 용어 속에 묻혀서는 안 된다. 우리의 행동이 어떻게 이해되고 있는지를 이해해야 하고 학문은 서로 소통하면서 발전해야 하기 때문이다.

경제학자들은 인간 존재를 효용 극대화의 관점에서 바라본다. 우리가 경제 행위를 하는 일관된 목적과 경제 행위의 결과를 계산하는 신뢰할 만한 방법은 경제학자들에게 인간 행동의 비밀을 풀어줄 마법의 열쇠다. 경제학자들은 인간을 '호모 이코노미쿠스', 즉 경제적 인간으로 이해하며 갖가지 경제 정책 자문을 제공한다. 그들은 개개의 인간이 합리적이고 이기적인 동기를 갖고 경제 행위를 하므로 예측 가능하다고 여긴다. 하지만 인간이 언제나 합리적이고 이기적으로 행동하는 것은 아니다.

행동경제학은 바로 이 점을 잘 설명해준다. 행동경제학은 인간

로봇인 호모 이코노미쿠스를 더 현실적인 존재로 대체하려는 시도에서 등장했다. 행동경제학은 지금까지 경제학자들이 이해할 수 없었던 심리학과 신경과학의 통찰을 활용한다. 그렇다고 행동경제학이 호모 이코노미쿠스처럼 행동하는 게 웰빙을 확보하는 최고의 방법이라는 주장을 전적으로 부정하지는 않는다. 다만 그 행동이 실제로 어느 수준까지 일어나는지 의문을 제기할 뿐이다.

신고전주의경제학에서는 합리성에서 이탈한 인간의 행동은 체계적이지 않은 것으로 간주된다. 반면 행동경제학에서는 합리성에서 이탈한 인간의 행동을 나름 체계적이고 예측 가능하다고 주장한다. 이를테면 개인은 '지속적으로' 이익과 비용을 과대평가하거나 과소평가한다. 이런 상황에서 인간은 마치 제한된 정보를 가진 로봇처럼 행동한다. 행동경제학은 사람들이 저지르는 시스템적 오류를 일곱 가지로 식별했는데 이는 다음과 같다. 생존 편향, 손실 회피, 가용 정보의 우선순위 지정, 기준점 효과, 확증 편향, 매몰 비용의 오류, 사후 과잉 확신 편향이다.

이 가운데 매몰 비용의 오류는 기준점 효과와 손실 회피가 결합된 경향이다. 미래에 발생할 효용이 없는데도 그 동안 투자한 비용과 시간 때문에 중단되지 않는다. 개인적으로 공모 사업 신청 지원서를 작성할 때 요강을 충분히 숙지 않고 진행했던 적이 있다. 자격 요건이 불충분하다면 포기해야 하는데 투자한 시간과 노력 때문에 계속 진행한다. 결과에 상관없이 말이다. 누군가는 주식이나 펀드에 투자했을 때 기대 수익률을 얻을 수 없다는 것을 알면서도 실패했다는 사실을 인정할 때 느끼게 될 심리적 고통을 감당할 자신이 없어 실패한 투자를 지속한다. 행동경제학이 말하는 일곱 가지 오류는 '인간은 언제나 합리적 기대를 품는다'는 현대 경제학의 핵심을 뒤엎는다. 즉 행동경제학에 따르면 사람들은 알면서도 비합리적 선택을 종종 한다.

현대 경제학은 한마디로 시장 중심 경제학이다. 시장 중심 경제학은 자유 경쟁을 기본 원리로 삼는다. 하지만 자유 경쟁은 인간의 운명에 무관심한 채 길들지 않은 거대한 괴물처럼 마구 날뛴다. 시장 경쟁이 자발적으로 안정과 공평을 낳는다는 맹목적 믿음은 시장 시스템을 안정되고 공평하게 설계해야 할 필요성을 간과하게 만든다. 경제학이 진정으로 더 나은 삶과 더 나은 세상을 위해 유용하려면 자율 규제 시장에 대한 믿음을 조정할 필요가 있다. 물론 자유 시장이 스스로 질서를 유지한다는 것은 대단한 발견이다. 이는 경제생활이 국가, 지방 자치 단체, 공동체의 관습적 규약으로부터 자유로워질 수 있음을 의미한다.

시장 경쟁이 자기충족적 지배 원칙이라고 주장하는 것은 옳지 않다. 시장은 정치적 제도와 도덕적 신뢰에 기반한 시스템이다. 오늘날 시장은 거래자들뿐 아니라 유권자들에 대해서도 피할 수 없는 책임을 지고 있다. 글로벌 시장 통합은 가치 있는 목표이기는 하지만 어디까지나 정치적 합의가 허용하는 범위와 수단으로서만 유효하다. 이는 증명의 문제가 아닌 판단의 문제다. 경제학은 대단한 일을 해냈지만 언제나 할 수 있는 것보다 더 많은 것을 약속한다. 개인을 합리적이고 미래 지향적인 경제 주체로 가정해 지키지 못할 약속의 비용을 과소평가한다. 인간 행동을 재설계하고자 경제학이 택한 경로가 사회를 망가뜨리고 어지럽힐 수 있다.

오늘날 좋은 정책은 경제 문제의 올바른 분석뿐만 아니라 강력한 사회적 상상력을 요구한다. 경제학이 이 모든 일을 혼자서 해낼 수 없다. 그렇지만 경제학이 제대로 된 역할을 한다면 사회 시스템은 보다 공정하게 작동하고 사회적 긴장은 완화될 것이다. 거듭 말하지만 경제학의 목적은 인류를 빈곤에서 구원해 더 나은 삶을 살 수 있도록 돕는 데 있다. 따라서 경제학은 다른 사회과학과 손을 잡아야 한다. 사회과학의 군주로서가 아니라 서로 동등한 위치에서, 인류의 더 나은 삶을 위한 파트너로서 경제 현상을 분석하고 정책을 마련하는 데 필요한 도구를 제공해야 한다.

프로타고라스는 세상 만물에 대해 기본적으로 '회의적' 시각을 갖고 있었다. 그는 소피스트로서 사람들에게 토론하는 방법을 가르치면서도 '세상 모든 것은 동등하게 긍정할 수도, 부정할 수도 있다'라고 주장도 설파했다. 그는 아무리 설득력 있는 논리라도 서로 다른 측면을 갖고 있으므로 절대적인 진실은 존재하지 않는다고 주장했다. 그의 입장에서 진리는 주관적인 것이 아니며, 사실이나 논리가 아니라 사물을 어떻게 보느냐에 따라 달라지는 문제였다.

학문의 발전은 어떤 이론을 증명하면서가 아니라 이미 존재하는 이론이 틀렸음을 입증하면서 이루어진다. 현존하는 최고의 이론들은 아직 틀렸다는 것이 입증되지 않았을 뿐이다. 만일 틀렸다는 것이 입증된다면 그 이론은 즉시 더 나은 것으로 대체될 것이다. 아니 대체되어야 한다. 경제학도 마찬가지일 것이다.

공화주의를 위하여

민주주의가 위기에 처했다. 민주주의가 위기에 직면하자 많은 사람들이 "모든 국가는 그 자격에 걸맞은 정부를 얻는다"고 말한다. 이는 '좋은 정부를 얻기 위해서는 그에 걸맞은 국격을 갖추어야 한다'로 풀이된다. 이 말을 한 사람은 사보이 출신의 프랑스 철학자 조지프 드 메스트르로 알려져 있다. 그런데 오늘날 사용되는 맥락과 조금 다르다. 그는 개인의 자유와 민주주의를 중시하고 전통보다 이성에 의한 통치를 강조하는 계몽주의 사상에 반대했다. 오히려 그는 군주제, 그것도 기독교 군주제를 옹호했다. 그는 오직 기독교 군주제만이 안정된 사회를 이룩할 수 있다. 신성으로 뒷받침되는 국왕의 통치에 등을 돌림으로써 신이 부여한 질서를 거부한 민주공화국의 시민들은 결국 부정으로 가득 찬 무정부상태에 빠져들 것이라고 일갈했다. 그렇다고 하더라도 그의 말을 폐기할 수 없다. 민주주의의 위기라고 그 누구도 민주주의를 포기하거나 부정하지 않기 때문이다. 기독교 군주제를 선호하는 사람은 거의 없다. 대신 대부분의 사람들은 민주주의에 대해 더 고민한다.

고대 그리스 아테네의 정치가 페리클레스는 한 연설에서 "공적인 일에 참여하지 않는 인간은 해를 끼치지 않고 조용히 사는 사람이 아니라 쓸모없는 인간으로 간주한다"고 선언했다. 그에 따르면, 공적 영역이 시민의 참여로 활성화될 때 비로소 민주주의가 가능하고 민주주의 아래서만 인간은 인간답게 살 수 있다. 18세기의 프랑스의 계몽주의 사상가 장 자크 루소도 "국가가 더 좋게 구성되면 될수록 시민들의 마음속에서는 공적인 것이 사적인 것을 그만큼 더 압도한다"고 설파했다. 요컨대 공적인 것의 설파는 정치적 참여와 연대를 통해 일반 의지를 실현한다.

공공성 담론의 퇴조는 자본주의의 승리와 궤를 같이한다. 자본주의를 끌어 나가는 부르주아들은 자유주의라는 이데올로기로 자본주의를 정당화했다. 부르주아적 자유주의는 개인의 사적 이익 추구를 통한 재산 소유를 정당화하는 소유적 개인주의다. 시대를 거치며 부르주아적 자유주의는 곧 자유주의의 대명사가 되었다.

자유주의에 따르면 사적인 것은 공적인 것에 대해 정치적·도덕적으로 우위에 있고, 공적 영역이라는 것도 단지 사적 개인들이 원할 때만 구성될 수 있다. 자유주의는 이러한 사적 영역의 우위를 근대 사회에서 나타나는 필연적인 현상이라고 규정한다. 자유주의는 정치나 사회로부터 분리되고 보호받아야 하는 인간의 삶이 어떤 영역에 존재한다는 관념을 만들고, 그 영역을 법, 경제, 그리고 정치의 공적 세계의 반대편에 놓으려 한다. 인간은 본질적으로 사적 개인이다. 전체 사회 조직은 단지 그러한 수많은 개인들의 집합체에 불과할 뿐이다. 따라서 자유주의에서는 공공선도 존재하지 않고 연대 의식도 형성되지 않는다.

자유주의의 정치적 목적은 반드시 개인의 자유와 권리의 증진이다. 자유주의는 개인적 자유에 특권적 지위를 부여한다. 자유주의자들은 공동체의 공동 이익보다는 개인의 자유를 우선했다. 그들은 서로 타인의 결정을 존중하면서 간섭하지 않는 개인들이 각자 알아서 자신의 이익을 추구하면 보이지 않는 손에 의해 상충하는 이해관계는 자동으로 조절된다고 보았다. 그들은 공동체의 이름으로, 이성적 명령이라는 미명 아래, 개인의 사적 이익의 추구를 간섭한다면 오히려 그것이 전제로 이르는 길을 닦는 것이라고 주장했다.

인간의 복지를 위해 필요한 다른 여러 가지 조건을 생각해 볼 때 개인적 자유의 특권적 지위는 정당성을 상실할 수 있다. 자신에게 의미 있는 목적을 추구할 능력을 충분히 갖추고 있다면 타인의 간섭으로부터 보호받는 개인적 자유는 무엇보다 중요하다. 그렇다고 개인적 자유가 만족스러운 삶을 영위하는 데 절대적이지 않다. 개인의 복지를 구성하는 중요한 요인들이 결핍되었을 때 타인의 간섭을 받지 않는다는 의미의 개인적 자유는 아무리 많다고 하더라도 그러한 결핍을 대체해 개인을 행복하게 하지는 않는다. 자유주의가 집착하는 개인적 자유주의는 종국적으로 사회의 공공성을 훼손하고 사회를 일종의 내전 상태로 몰아간다. 거기서 살아남기 위해 개인들은 저마다 알아서 처세술을 익히고 자기 계발에 충실할 뿐이다.

1970년대 이후 자유주의에 대한 저항 담론들이 '공화주의'라는 이름으로 출현했다. 공화주의는 인간을 사적 개인으로 규정하는 대신 공동체적 존재로서 부각시켰다. 사적 이익을 추구하는 행위를 정당화하는 대신 공동체의 공동선을 위해 공적 영역에 참여하는 행위를 우선했다. 개인의 권리에 앞서 시민적 덕이 선행되어야 사회의 공공성이 확보되고 공익, 즉 공동의 복지가 가능하다. 공화주의에서 인간들은 공동체의 평등한 구성원으로서 지위를 누리고 종속의 굴레에서 벗어날 수 있다. 공화주의는 자유주의와 달리 자유를 단지 '간섭의 부재'가 아니라 시민적 덕의 실현을 통해 동등자의 지위를 확보하는 것으로 규정했다.

토머스 힐 그린은 자유주의의 야경국가론을 비판하면서 간섭의 부재를 자율적인 행위의 여러 분리된 영역에 적용하는 것으로는 문제가 해결되지 않는다고 주장했다. 그는 고전적 자유주의의 핵심인 개인주의와 자유방임주의에서 탈피하여 공동체 정신을 강조하고 국가 개입을 정당화하는 이론적 작업에 몰두했다. 그는 하나의 연대로서 그 안에서 다른 구성원들의 요구가 자신의 요구처럼 받아들여지는 사회가 좋은 사회이며 그런 사회에서만 인간은 자기를 실현할 수 있다고 주장한다. 그런 사회를 만들기 위해서는 시민정신이 발휘되어야 한다. 그는 사회를 단순히 사적 개인들의 집합체로 보지 않는다. 사회는 서로를 수단으로 여기지 않고 목적으로 대하는 평등한 구성원들이 참여와 연대를 통해 공동선을 추구하는 공동체다.

20세기 중반 들어 개인주의적 자본주의의 모순은 전체주의라는 또 하나의 괴물을 낳았다. 한나 아렌트는 전체주의가 사회의 공공성의 파괴를 야기한 개인주의적 자유주의에 의해 초래되었다고 지적했다. 그녀는 전체주의에서 벗어나는 길은 개인주의적 자유주의의 회복과 강화가 아니라 고대 폴리스 정신의 회복이라고 주장했다. 그녀는 인간의 사적 영역의 확대가 아닌 공적 영역에 대한 적극적 참여를 강조했다. 그런데 역설적으로 공적 영역의 본질적 특징 또한 자유다.

현대 미국 사회에서 공공성의 파괴를 개탄하면서 공공의 철학을 다시 주창하고 나선 이가 바로 마이클 샌델이다. 그는 자유주의가 자아를 공동체로부터 방해받지 않는 '무연고적 자아'로 규정함으로써 사회의 공공성을 심각하게 훼손했다고 비판한다. 자유주의에서 공동선을 따르는 삶은 부정된다. 어떤 것이 좋은 삶인지 결정하는 것은 오직 개인의 몫이다. 자유주의에서 국가는 사회적으로 제기되는 도덕적 문제에 중립을 지켜야 하고 모든 것은 절차에 따라 처리하면 된다.

샌델은 공동체의 구성원 간 상호존중에 기초해 공동선을 추구하는 정치가 시민적 삶의 재건을 통해 가능하다고 주장한다. 자아는 공동체적 관계의 산물이다. 개인이 자기 의지대로 공동체를 선택하는 것이 아니라 오히려 공동체가 자아를 형성·발전시킨다. 인간은 시민들과 함께 공동선을 심의하고 정치 공동체의 운명을 결정하는 데 참여할 때 시민으로서 그 존재 의의를 드러낼 수 있다. 자치 공화국을 수립하기 위해 인간은 공공의 일에 대한 지식을 가져야 하고, 소속감을 뚜렷하게 해야 하고, 부분보다는 전체에 관심을 가져야 하고, 사회적 약자들과 도덕적 유대감을 형성해야 한다.

필립 페티트는 자유주의가 자유를 단순히 '간섭의 부재'로 파악하며 사회의 공공성을 파괴한다고 주장한다. 대신 그는 자유를 '지배의 부재'로 규정하며 평등한 구성원들의 공동체를 지향한다. 지배의 부재는 사회 구성원 모두가 함께 누리고 지켜나가야 할 사회적 선이자 공동선이다. 불의가 횡행하고 개인들이 서로 각자의 이익만 추구하는 데 혈안이 된 사회에서 남의 간섭을 받지 않는다고 해서 자유롭다고 말할 수 없다. 사회의 공공성을 파괴하는 것은 물론 사회의 다원성까지 훼손한다. 자의적 지배의 가능성이 존재하는 사회에서 개인이나 집단의 고유성과 차이를 보장받을 수 없다. 최소주의를 극복하고 지배의 부재로서 자유를 증진하는 것이 국가, 곧 '포괄적 공화국'의 역할이다.

마르크스주의 정치철학자인 제럴드 앨런 코헨은 현실 사회주의의 붕괴로 사회주의의 타당성과 실현가능성을 모두 부정하는 후쿠야마식의 '역사의 종언' 신봉 경향을 비판한다. 그에 따르면 역사의 종언은 사회의 공공성을 파괴하고 시장을 우상화할 뿐이다. 사회주의의 본령, 즉 인간의 발전 단계에서 포식의 단계를 극복하고 진보해 나가려는 인간적 시도를 간과해서는 안 된다. 사회주의는 실패한 것이 아니라 방법을 아직 터득하지 못했을 따름이다. 평등과 상호호혜의 원리를 거부하고 모든 것을 시장에 맡기면 결국 탐욕만 남는다. 자유주의가 내세우는 '효율성'은 여러 가치 가운데 하나일 뿐이다. 그것을 위해 평등과 공동체의 가치를 희생시켜서는 안 된다. 그는 시장사회주의에 주목하며 시장사회주의를 통해 시장을 주도하는 기업들의 소유 구조의 공공성을 최대한으로 제고하고, 자본 대 노동의 불평등, 그리고 양극화를 극복하자고 제안한다.

공화주의자들은 인간을 순수한 개인으로 상정하고 정치적·사회적 논의를 전개하는 자유주의를 비판한다. 그렇다고 그들이 공화주의를 정답으로 상정하지 않는다. 그보다는 인간은 처음부터 공동체적 존재이며 그 안에서 평등한 구성원으로서 서로를 돌보면서 살아갈 방법을 모색해야 한다고 주장한다. 그들의 주장은 궁극적으로 공공성의 회복으로 수렴한다.

민주주의의 재건과 공공성의 회복을 위해서 더 이상 자유주의에만 의존할 수 없다. 자유주의는 근본적으로 개인의 선택을 존중하는 이념이다. 타인에게 직접적인 위해를 가하지 않는 한 그 어떤 권위로도 통제하거나 지도해서는 안 된다. 하지만 개인의 선택들은 사회에서 충돌하여 좀 더 효용적인 선택이 승리하거나 자연스러운 조정 과정을 거쳐 사회를 합리적인 이해타산의 장으로 만든다. 자유주의는 근대 사회의 역사적 발전을 통해 이미 내면화되었다. 자유주의의 헤게모니에 도전한 좌우의 이념들이 현실에서 드러낸 패악성과 효율성을 이미 지난 세기의 역사에서 생생하게 목격했다. 그렇다면 새로운 것을 시도해야 한다. 공화주의는 그 새로운 시도 중 하나다.

제7부 문화와 예술

코로나 이후의 수업*

'코로나바이러스감염증-19'(COVID-19, 이하 코로나)가 기승을 부리기 시작한 2020년 초로 시간을 돌려보자. 그때는 처음 몇 주 정도 비대면으로 수업이 진행되고 그 후에는 정상적으로 대면으로 수업이 진행될 것이라고 예상했다. 그런데 예상과 다르게 한 학기 전체를 비대면으로 수업을 진행해야 했고, 2020년 2학기, 2021년 1학기, 2021년 2학기까지 이어졌다. 비록 2021년 2학기, 즉 지난 학기에는 중간고사 이후 대면/비대면 병행 수업이 이루어졌지만, 상황이 언제 어떻게 바뀔지 모른다는 불안감 때문에 수업은 늘 조마조마했다. 실제로 학기 말에는 오미크론 확산에 대한 걱정과 불안 때문에 대면 수업보다는 비대면 수업에 치중했다. 지난 이년을 돌이켜 보면 한편으로는 대면 수업을 하지 못했다는 안타까

* 이 글은 2021년 가을에 썼다.

움과 아쉬움이 들지만 또 다른 한편으로는 별 탈 없이 무사히 지나갔다는 안도감이 드는 게 사실이다.

코로나 훨씬 이전에도 교내학습관리시스템(LMS) 블랙보드를 사용했다. 시험 일정을 포함한 수업 관련 대부분의 공지 사항은 블랙보드를 통해 공지했다. 하지만 수업 시간에 다시 알려줄 수 있기 때문에 블랙보드는 단지 보조적인 기능만을 수행했다. 교수자도 학습자도 그렇게 생각했다. 하지만 코로나 이후 대면 수업 진행이 어려워지면서 수업 진행뿐만 아니라 수업과 관련된 거의 모든 것을 블랙보드에 전적으로 의존할 수밖에 없게 되었다. 구글 클래스룸이나 네이버 클라우드와 같은 교내학습관리시스템 외 다른 도구를 통해 강의 자료를 업로드하고 수업 관련 공지 사항을 전달할 수도 있었겠지만 블랙보드가 없었다면 수업을 진행하는 데 큰 어려움을 겪었을 것이다.

가르치는 교과목이 외국어 교과목이고, 교과목의 특성상 읽기, 듣기, 쓰기, 말하기 활동을 병행해야 한다. 사실 대면 수업에서도 골고루 원활하게 수행하는 게 쉽지 않은데, 비대면 수업에서는 더더욱 쉽지 않다. 다행히 2019년에 '플립 러닝'을 주제로 한 교수 연구모임 활동 덕분에 코로나 상황에서도 읽기와 듣기 수업을 설계하는 데 어려움이 크지 않았다. 말하기 수업 또한 정해진 주제에 대해 발표하고 이를 영상 녹화로 갈음했기에 큰 문제가 없었다.

그런데 문제는 쓰기였다. 주지하듯 쓰기 수업은 크게 '실제 쓰기(practical writing)'와 '피드백 리뷰(feedback review)'로 구성된다. 즉 정해진 주제에 관해 영작을 하면 거기에 피어 리뷰 또는 교사 리뷰가 뒷받침되어야 하는데, 대면 수업이 불가능한 코로나 상황에서 이게 현실적으로 쉽지 않았다. 그래서 개별적인 리뷰 대신 전체적인 리뷰를 선택할 수밖에 없었다. 쓰기 과제의 경우 학교 계정 이메일로 과제를 받기도 했지만 여러모로 블랙보드의 과제 및 시험 창을 활용하는 게 훨씬 용이했다. 즉 교수자가 과제 및 시험 창을 통해 과제물을 부과하면 학습자는 과제를 제출한다. 교수자는 학습자의 과제 제출을 확인하고 리뷰를 거친 뒤 과제를 학습자에게 되돌려준다. 이처럼 블랙보드는 수업을 설계, 준비, 실행하는 데 있어 여러 면에서 유용했다.

개인적으로 코로나 이후 가장 많이 활용했던 교수·학습 도구는 역시 '콜라보레이트'와 '코스도구'였다. 2020년 1학기 때는 대체로 에버렉(EverLec)을 이용해 수업 콘텐츠를 녹화하고 이를 업로드하는 방식을 택했다. 그렇기 때문에 콜라보레이트나 줌을 사용할 일이 별로 없었다. 하지만 2020년 2학기 때부터는 온라인 실시간 수업을 진행해야 했기 때문에 콜라보레이트나 줌과 같은 학습 도구를 사용해야만 했다. 개인적으로는 거의 대부분 콜라보레이트로 수업을 진행했다. 그리고 연휴나 그 밖의 사정으로 실시간 수업이 어려운 경우에만 에버렉을 이용해 수업 콘텐츠를 녹화하고 코스도구의 영상출석콘텐츠를 통해 업로드했다. 코스 도구는 업로드뿐만 아니라 학생들이 수업 콘텐츠를 수강했는지 여부도 확인할 수 있어 여러모로 편리했다.

블랙보드가 없었다면 수업을 원활하게 진행하는 데 큰 어려움을 겪었을 것이다. 그럼에도 불구하고 블랙보드를 사용하는 데 있어 개인적으로 몇 가지 아쉬운 점이 있는 게 사실이다. 지극히 개인적인 문제일 수도 있지만 콜라보레이트로 실시간 수업을 하면서 학생들과 커뮤니케이션하는 데 있어 어려움이 컸다. 일단 학생들의 얼굴을 볼 수 없으니 수업을 제대로 듣고 있는지 확인하는 게 어려웠다. 따라서 수업 시작할 때 교수자의 얼굴뿐만 아니라 학습자의 얼굴이 보이는 설정 기능을 추가하면 좋을 것 같다. 채팅 창을 통해 간단한 메시지를 주고받을 수 있지만 수업과 직접적으로 관련된 사항을 즉각적으로 전달하는 데는 어려움이 컸다. 따라서 채팅 창과는 별도로 판서 창을 추가하면 좋을 것 같다. 사실 기존의 '빈 화이트보드 공유' 기능은 사용자의 입장에서는 조금 번거롭다.

코로나 이전 블랙보드는 대면 수업의 보조적 기능을 수행하는 도구에 불과했다. 수업 관련 콘텐츠를 업로드해도 교수자도 학습자도 어차피 수업 시간에 다시 설명할 수 있다는 생각 때문에 그렇게 중요하게 여기지 않았다. 물론 블랙보드를 수업에 보다 적극적으로 활용해야겠다는 생각은 이미 하고 있었지만 말이다. 코로나 바로 전, 즉 2019년에 '플립 러닝'을 주제로 꽤 오랫동안 교수연구 모임을 가졌다. 2020년 1학기 수업에서 플립 러닝을 시험적으로 시도할 계획이었다. 그 일환으로 학기 첫째 주 OT와 병행할 영문법 강좌를 코로나 이전 영상으로 녹화했다. 그때 녹화한 영문법 콘텐츠는 각각 60분 분량의 총 3개의 영상이었다. 나중에 그 영상을 각 챕터 별로 15분 정도로 나누어 15개 정도로 다시 녹화할 생각이었다. 그런데 바로 그때 코로나가 터졌다. 결국 그렇게 만든 콘텐츠는 2020년 1학기 때 OT의 병행 콘텐츠로 사용했고, 조금 편집을 해서 2021년 2학기까지 사용했다.

교재와 직접적으로 관련된 실제 수업 콘텐츠뿐만 아니라 직접적으로 관련은 없지만 수업에 도움이 될 만한 수업 콘텐츠를 녹화했고 이를 블랙보드에 업로드했다. 다시 말하면 영어 공부 팁(읽기, 듣기, 쓰기, 말하기), 토익 학습, 읽기 자료(소설, 수필), TED 강연, 연설문, 영화 등의 콘텐츠를 녹화했다. 이 콘텐츠를 어느 학기 때는 실제 수업 자료로 활용했고 또 어느 학기 때는 보조 자료로 활용했다. 그뿐만 아니라 평소 읽기든 듣기든 영어를 잘하기 위해서는 다양한 자료를 많이 접해야 한다고 생각했기 때문에 학생들에게 꽤 많은 수업 자료를 블랙보드를 통해 제공했다.

영상 자료만 제공한 것은 아니었다. 영문법과 어휘는 실제 수업 시간에 하는 게 어렵기 때문에 블랙보드의 수업자료 창을 통해 학기 초부터 학기가 끝날 때까지 계속해서 제공했다. 저작권 문제로 출판사에 제공하는 교재 pdf를 학생들에게 임의로 제공할 수 없기 때문에 교재 본문과 스크립트를 타이핑해 ppt로 만들고 다시 이를 pdf로 변환한 후 제공했다. 실시간 수업 영상을 링크로 건 뒤 이를 한글 파일로 만들어 업로드해서 학생들에게 제공했을 때 만족도가 가장 컸다. 블랙보드 덕분에 수많은 강의 자료를 업로드하고 계속해서 업데이트할 수 있었다.

코로나 이전에도 그랬지만 코로나 이후에도 수업하면서 가장 아쉽고 또 가장 어려운 부분은 역시 학생들과의 '소통 및 피드백'이다. 거의 매 학기 학교의 교수학습지원센터에서 진행하는 교수법 연수 프로그램을 통해 새로운 교습 방법도 익히고 이를 실제 수업 시간에 활용한다. 그런데 막상 새로운 교수법을 활용해 보면 이론에 부족한 부분이 있는지 아니면 방법에 문제가 있는지 기대한 것만큼 효과가 크지 않다. 학생들과 나름 원활하게 소통하고 있다고 생각했는데 강의평가를 읽어보면 그렇지 않은 경우도 종종 있다. 솔직히 말하면 수업을 하면 할수록 학생들과의 소통이 점점 더 어려워지는 것 같다. 수업 시간에 학생들에게 질문이나 건의 사항이 있으면 언제든지 문자나 이메일을 통해 알려달라고 독려하고 부탁한다. 노력한 만큼 결과가 뒤따르지 않아 늘 아쉽고 안타깝다. 그럼에도 불구하고 블랙보드만이 거의 유일한 소통 및 피드백 채널이라는 사실을 교수자도 학습자도 모두 공감한다. 그렇기 때문에 블랙보드는 지금도 중요하지만 그 중요도는 더욱 커질 것이다.

2020년 1학기 중간고사, 2020년 2학기 기말고사를 제외하면 수업은 비대면으로 진행하더라도 시험만큼은 대면으로 진행했다. 나름대로 평가의 객관성과 공정성을 확보하기 위해 대면 시험뿐만 아니라 블랙보드를 통해 수시 평가와 과제물 평가도 여러 차례 진행했다. 교수자의 입장에서 보자면 대면 시험뿐만 아니라 수시 평가와 과제물 평가를 통해 학생들의 학업 성취도가 향상되었다고 생각한다. 대다수의 학생들도 그렇게 느끼고 있는 것처럼 보인다.

블랙보드 학습의 사용으로 학습동기 유발이 눈에 띄게 향상되었음을 시험 결과를 통해 알 수 있다. 다만 블랙보드와는 별도로 상대평가라는 평가 기준이 추가적인 학습 동기 유발을 방해하고 있는 것 같아 아쉽다. 상대평가는 한편으로는 학생들 상호 간에 학습 동기 유발을 일으키지만 다른 한편으로는 뒤처진 학생들의 학습 동기를 위축시키거나 저하시킨다. 학점에 대한 부담이 없다면 다양한 수업 활동을 통해 학습 동기를 유발할 수 있고 궁극적으로는 학업 성취도를 더욱 향상시킬 수 있을 것이다.

누구나 그렇겠지만 '코로나 이후, 지난 2년'을 돌이켜보면 개인적으로 많은 변화가 있었다. 무엇보다도 코로나 때문에 학교에 가지 못했다. 돌이켜보면 지난 이십 년 가까이 선생이라는 직업 탓에 학교라는 공간에서 머물렀다. 남들보다 늦게까지 대학원을 다녔기 때문에 학교에서 보낸 기간은 그보다 훨씬 더 길다. 학교는 삶에서 가장 익숙한 공간이고 학교에 가는 것은 너무나도 당연한 일상이었다. 그런데 그 일상이 코로나 때문에 깨졌다.

교실에서 학생을 만나는 게 늘 즐겁고 행복한 것은 아니었지만 그래도 학생을 만나는 것은 삶의 가장 큰 부분이자 일상이었다. 세상이 바뀌어도 학생과 선생이 교실에서 만나는 일은 당분간 바뀌지 않으리라 생각했다. 만약 바뀌더라도 그것은 아주 먼 훗날의 이야기일 것이라고만 생각했다. 그런데 아무런 준비도 되지 않은 상태에서 변화된 일상, 즉 학교에 가지 못하는 상황을 마주해야만 했다. 처음에는 불안감보다는 당혹감이 앞섰다. 시간이 지나면서 어쩌면 이게 일시적인 재난이 아닐지도 모른다는 불안감이 애초의 당혹감을 넘어섰다.

가르치는 교과목이 범박하게 이론 수업으로 분류되기에 수업은 거의 비대면 온라인으로 진행했다. 처음에는 녹화 수업만 하다가 나중에는 실시간 수업과 녹화 수업을 병행했다. 배우는 학생이나 가르치는 선생이나 온라인 수업이라는 것을 처음 해보기 때문에 예상치 못한 여러 가지 문제가 발생했지만 운 좋게도 대부분 사소한 문제라서 무사히 잘 넘어갔다.

지난 2년을 돌이켜보면 온라인 수업을 남들보다 잘했다고 감히 말할 수 없다. 기계를 좋아하지 않을뿐더러 기계를 잘 모르는데도 큰 사고 없이 무사히 잘 넘어간 것은 전적으로 학생들의 너그러움 덕분이다. 이는 결코 빈말이 아니다. 말도 안 되는 수업을 끝까지 참고 들어준 학생들에게 깊은 고마움을 전한다.

행복의 조건과 행복의 실천

누구나 행복한 삶을 꿈꾼다. 일일이 열거할 수 없을 정도로 수많은 철학자, 사상가, 작가, 종교지도자들이 행복한 삶을 살 방법을 이야기했다. 하지만 그 방법들 대부분은 개인적인 체험을 바탕으로 하고 있기 때문에 좋은 방법들이지만 일반화하기 어렵고, 때로는 너무나 추상적이어서 실제로 와 닿지 않는다.

알베르 카뮈는 인간이 부조리 속에 살고 있는 자신을 깨닫는 순간을 포착하여 묘사한 것으로 유명하다. 그는 인간이 자신에게 무섭도록 무관심한 우주로부터 의미를 찾기 위해 발버둥치는 존재라고 생각했다. 그는 장 폴 사르트르와 마찬가지로 인간의 종교적 믿음으로의 회귀를 일종의 도피행위라고 간주했다. 그에 따르면 인간이 피할 수 없는 죽음이나 탈출할 수 없는 부조리를 거부하지 않고 지금 이 순간을 최대한 누린다면 용감하게 삶을 받아들이고 어쩌면 행복을 손에 넣을 수도 있다.

하버드대학교 연구팀은 1930년대 말에 입학한 268명의 삶을 72년간 추적하며 바로 이 질문에 대한 답을 찾으려 했다. 연구 책임자 조지 베일런트 교수가 쓴 『행복의 조건』(2002)은 그 연구 결과물이다. 건강한 인간의 전 생애에 걸친 전향적 연구로서 세계적인 권위를 지닌 '하버드대학교 성인발달연구'를 바탕으로 한 이 책은 과학적 데이터를 뛰어넘는 극적인 기록들과 가슴 깊은 곳을 울리는 시적 깨달음을 전해준다.

『행복의 조건』의 원제는 '잘 늙는 것(Aging Well)', 즉 '건강하고 행복한 노년을 맞이하는 것'이다. 건강하고 행복한 노년을 부르는 '행복의 조건'은 타고난 부, 명예, 학벌 따위가 아니었다. 으뜸은 '고난에 대처하는 자세'였다. 나머지는 평생교육, 안정적인 결혼생활, 비흡연, 적당한 음주, 규칙적인 운동, 적당한 체중이었다. 베일런트 교수는 "삶에서 가장 중요한 것은 인간관계이며, 행복은 결국 사랑"이라고 결론지었다.

50세를 기준으로 이 7가지 가운데 5~6가지를 갖춘 106명 중 50퍼센트가 80세에 '행복하고 건강하게' 살고 있었다. 그들 가운데 '불행하고 병약한' 이들은 7.5퍼센트에 그쳤다. 반면 50세에 3가지 이하를 갖춘 이들 중 80세에 행복하고 건강한 사람은 아무도 없었다. 그리고 4가지 이상의 조건을 갖춘 사람보다 80세 이전에 사망할 확률이 3배나 높았다. 행복과 불행, 건강과 쇠약함 등을 크게 좌우하는 요소가 그저 신의 뜻이나 유전자가 아니라, 사람이 얼마든지 '통제할 수 있는' 요인들이었다는 점이 중요하다.

베일런트 교수는 "어떠한 데이터로도 밝혀낼 수 없는 극적인 주파수를 발산하는 것이 삶"이라며 "과학으로 판단하기에는 너무나도 인간적이고, 숫자로 말하기엔 너무나도 아름답고, 진단을 내리기에는 너무나 애잔하고, 학술지에만 실리기에는 영구불멸의 존재다"라고 말했다. 이 책에는 연구 대상들이 어떻게 행복한 삶 또는 불행한 삶을 영위했는지 보여주는 대표적 사례들이 끊임없이 등장한다. 각 사례는 한 사람 한 사람이 겪는 인생의 굴곡을 따라가며, 독자에게는 드라마를 보는 듯한 재미와 더불어 공감과 연민, 나아가 깨달음과 자기반성을 선사한다. 정답을 주지 않고 스스로 정답을 찾으라고 독려한다. 이 책에는 행복의 조건뿐이 아니라 행복을 누림으로써 진정 빛난 사람들의 '일생'을 간접 경험하고 자신의 삶을 재가동할 기회가 담겨 있다.

인간관계는 삶에서 가장 중요한 요소다. 가족뿐만 아니라 친구, 동료 등의 관계에서도 마찬가지다. '사람을 다루는 핵심 원리는 무엇일까?', '어떻게 하면 호감 가는 사람이 될 수 있을까?', '원하는 것을 얻어내는 가장 효과적인 방법은 무엇일까?' 등은 인간관계 형성에서 기본적인 질문들이다. 데일 카네기도 『데일 카네기 인간관계론』(1936)에서 "인간관계는 친구를 만들고 적을 만들지 않는 것에서 시작된다"고 역설한 바 있다.

인간관계를 직장이라는 공간으로 정향하면 조직 문화로 수렴한다. 직장 내 조직 문화는 보통 수직적인 조직 문화와 수평적인 조직 문화로 나뉘고, 그 가운데 수평적인 조직 문화를 바람직한 것으로 여긴다. 수평적인 조직 문화를 만들기 위해서는 무엇보다 리더의 역할이 중요하다. 리더의 역할은 권위에 있지 않다. 리더는 구성원들의 면면을 파악해야 하고, 일의 목표에 대해서 명확한 방향성을 가져야 하고, 조력자의 역할을 해야 한다.

회사는 리더를 육성해야 한다. 리더가 구성원들과 원만한 관계를 유지할 수 있도록 책임과 권한을 부여해야 한다. 리더는 구성원들과 정량적·정성적 목표에 합의해야 한다. 성과에 대해 인정하고, 앞으로 성장하고자 하는 의지 등을 구체적으로 정리해야 한다. 구성원들은 리더를 인정하고, 존중하고, 존경해야 한다. 그렇지 않을 때 문제가 발생한다. 즉 구성원들은 리더가 자신들의 능력을 인정하지 않는다고 불만을 제기하고 리더는 구성원들이 자신을 믿고 따르지 않는다고 불신한다. 따라서 원활한 소통 장치는 수평적인 조직 문화의 핵심이다.

그렇다고 수평적인 조직 문화가 항상 정답은 아니다. 때로는 수직적인 조직 문화가 유용할 수도 있다. 회사의 조직이 크지 않다면 수직적인 조직 문화는 의사 결정을 신속히 하고 시장 변화에 능동적이고 유연하게 대처할 수 있다. 개인에게 충분한 권한이 부여되고 책임 소재로 명확하다. 연공서열이 아니라 업무 능력에 따라 직원 평가가 이루어져 승진 기회가 더 크다.

로마의 철학자 세네카는 "삶을 배우려면 일생이 걸린다"고 했다. 마찬가지로 진정한 행복을 얻기 위해서는 노력해야 한다. 인간은 자연스럽게 성숙해지는 게 아니라 노력을 기울였을 때 비로소 성숙해진다. 공자가 말하는 불혹, 지천명, 이순 등은 나이가 든다고 자연스럽게 되는 게 아니라 그 나이에 그 단계에 이를 수 있도록 노력해야 한다는 것을 의미한다. 즉 나이가 들면 지혜로워지는 게 아니라 지혜로울 수 있도록 노력해야 한다.

베일런트의 『행복의 조건』이 단어 그대로 '행복의 조건'을 말하고 있다면, 아잔 브라흐머의 『술취한 코끼리 길들이기』(2008)는 행복의 실천 방법에 대해 말한다. 일단 그는 술취한 코끼리를 "행복의 부재에 대한 슬픈 증명"이라고 명명했다. 그에 따르면, 집착과 기대를 내려놓은 일이야말로 진정한 단맛에 이르는 출발점이다. 행복을 갈망하던 마음이 오히려 독이 되고 고통을 줄 수 있다.

욕망이 억압을 이기면 겉으로 화를 부르고 억압이 욕망을 이기면 속으로 화를 부른다. 따라서 행복하기 위해서는 욕망과 억압의 균형을 잘 잡아야 한다. 기독교에서는 '욕망을 금하라'고 말하지만 불교에서는 '욕망을 다스리라'고 말한다. 삶의 부정적인 요소보다는 긍정적인 요소를 살피고 자책과 죄책감에서 벗어나야 한다.

무조건적인 마음의 문을 열기 위해서는 용기와 지혜가 필요하다. 타인의 진실한 마음을 받아들이고 타인의 사랑에 부응하기 위해서는 더 나은 인간이 되려고 노력해야 한다. 그러기 위해서는 먼저 자신을 용서해야 한다. 또 자신을 용서해야 내려놓을 수 있고, 내려놓아야 삶의 고통과 그 두려움에서 벗어날 수 있다.

우리 모두의 마음 그 자체는 순수하며 그 자체만으로 이미 평화롭다. 마음이 평화롭지 못한 것은 기분이나 감정을 따라가기 때문이다. 즉 마음에 화가 들어오기 때문이다. 화를 내는 대부분의 경우는 기대가 무너진 데서 촉발된다. "고통은 분노를 먹고 사는 악마"다. 고통의 근원인 분노는 인간관계를 무너뜨린다.

가장 큰 어리석음은 '삶이 영원히 지속될 것이라는 착각'일지도 모른다. 이 착각이 행복한 삶을 방해하는 가장 큰 요소다. 삶은 영원히 완성을 향해 가는 과정 속에 있을 뿐이다. 삶에는 항상 예기치 않은 일들이 일어나기 마련이다. 미래는 알 수 없기에 다음 순간에 무슨 일이 일어날지 누구도 확신할 수 없다.

카네기는 『데일 카네기 인간관계론』에서 "세상에서 가장 중요한 순간은 현재이고, 가장 중요한 사람은 지금 나와 함께 있는 사람이고, 가장 중요한 일은 그 사람과 함께 하는 일이다"라고 말했다. 그렇기 때문에 그는 상대방을 보살피고 배려하라고 조언한다.

라틴어 '메멘토 모리'와 '카르페 디엠'은 대구를 이룬다. 각각 '죽음을 기억하라'와 '이 순간을 즐겨라'로 번역된다. 죽음을 기억하라는 경구는 죽음을 두려워하라는 뜻이 아니라 죽음 앞에서 겸손하라는 뜻이다. 끝까지 지금 이 순간의 삶을 열정적으로 살아야 한다. 늘 깨어 있고 모든 일이 자연스럽게 흘러가도록 해야 한다. 그럴 때 마음이 고요해진다. 마음의 고요함은 곧 내면의 행복이고 만일 조금이라고 생각을 고요하게 만들 수 있다면 삶은 훨씬 더 자연스럽게 흘러갈 것이다. 잘 산다는 것은 오래 사는 것이 아니라 『행복의 조건』의 부제처럼 '잘 늙는 것'이다.

'의로운 땅'에서 '문화의 꽃'을 피우다

웹진 ≪충북학누리≫에 '충북의 영화'라는 주제로 글을 쓰고 있는데, 얼마 전에는 '영화 속 충북'이라는 글에서 제천, 옥천, 청주 등을 소개했다. 찾아보니 그때 제천에 대해 이렇게 썼다. "제천이라는 도시를 네 글자로 표현한다면 '청풍명월'이다. 그 정도로 제천은 수려한 풍광을 자랑한다. 그런데 개인적으로 제천 하면 한 인물이 가장 먼저 떠오른다. 그는 실존 인물이 아닌 영화 속 인물로서 홍상수 감독의 영화 〈잘 알지도 못하면서〉(2009)에 나오는 '구경남'이다. (…) 경남은 홍상수의 영화에서 볼 수 있는 전형적인 남성 인물로 '찌질하고, 비겁하고, 위선적'이다. 〈생활의 발견〉(2002)의 경수, 〈극장傳〉(2005)의 동수, 〈옥희의 영화〉(2010)의 진구, 〈우리 선희〉(2013)의 문수 등은 또 다른 경남들이다."

영화 〈잘 알지도 못하면서〉의 영향이 워낙 컸던 탓인지 제천은 개인적으로 '영화의 도시'다. 제천을 이야기할 때 많은 사람들이 영화 〈박하사탕〉(1999)을 빼놓지 않는다. 잘 알려져 있듯 이 영화의 백미인 철로 시퀀스는 제천의 진소마을에서 촬영했다. 영화 개봉 이후 많은 사람들이 이곳을 찾으면서 지역의 관광 명소가 되었다. 영화의 힘에 놀란 제천시는 영화 로케이션 유치에 적극적으로 나서기 시작했다. 대형복합상영관 하나 없는 영화 인프라가 전무한 도시가 영상산업도시를 꿈꾸기 시작했고 마침내 그 꿈을 실현했다. 그 꿈의 결과물이 바로 '제천국제음악영화제'다. 〈잘 알지도 못하면서〉에서 경남이 심사위원으로 참석한 영화제 또한 '제천국제음악영화제'였다. 글을 이렇게 마무리했다. "청풍명월이 제천의 현재라면 영상산업도시는 제천의 미래다. 그 미래의 시작이 〈박하사탕〉이었다면 〈잘 알지도 못하면서〉는 미래로 향하는 현재다."

이처럼 '잘 알지도 못하면서' 또 '구체적인 근거도 없이' 제천을 영상산업도시로 규정했다. 그런데 얼마 전에 알았다. 제천이 원래 '의병의 도시'였다는 것을 말이다. '청풍명월', '제천국제음악영화제', '한방바이오박람회', '박달가요제', '의림지 농경문화축제'는 어느 정도 상상력의 범주 내에 있었지만 '의병의 도시'는 그 범주를 넘어섰다. 제29회 충북민족예술제는 '제천의병과 항일운동으로 우리 민족의 어두움을 밝혀냈던 의로운 도시' 제천에서 열렸다. 예술제를 함께 준비한 모든 이들을 대표해 글씨를 쓰는 이는 "역병으로 힘겨웠던 날들의 깊은 시름을 털어내고 부둥켜 얼싸안는 한마당을 준비했"으니 "맑은 바람과 춤추고 밝은 달을 노래를 노래하"자고 초대했다. 시를 짓는 이는 "삼한의 후예들이 맑은 바람의 역사를 이어가는 땅,/ 대륙을 호령하던 고구려의 기상이 서린 내토(奈吐)의 품"인 "의로운 땅에서 사랑을 노래하자"고 축하했다. 그는 "이 땅의 시민들과 손을 잡고 어깨들 겯고/ 서로에게 눈이 되고 귀가 되고 입이 되고 다리가 되어 줄 때,/ 그리하여 신명으로 서로를 격려하고 앞으로 한 발 나아갈 때/ 구름을 뚫고 어둠을 뚫고 달은 떠올라/ 세상을 밝힐 것입니다"라고 노래했다.

2019년까지 충북민족예술제는 주로 청주에서 열렸다. 하지만 그 이듬해인 2020년부터는 청주 외 다른 지역에서 열리고 있다. 2020년에는 '평화를 춤추자'라는 주제로 괴산에서, 지난해에는 '동시충주'를 주제로 충주에서, 올해는 '청풍명월 제천을 노래하라'라는 주제로 제천에서 열렸다. 30회를 맞이하는 내년에는 옥천에서 개최될 예정이다. 작년과 재작년의 경우에는 코로나 때문에 예술제의 규모가 예년과 비교했을 때 소박했다. 예정되었던 프로그램도 취소되었고 때에 따라서는 온라인으로 대체되기도 했다. 하지만 올해는 거리두기의 완화 또는 해제로 코로나 이전처럼 예술제가 성황리에 진행되었다. "제천 의병과 항일 운동의 역사를 담아 역사문화도시 제천을 재조명함은 물론 예술가 주도형 축제가 아니라 시민과 함께 만들어가는 시민 참여형 축제"를 기획했다는 예술제 관계자의 말이 절대 헛되지 않았다.

제29회 충북민족예술제 팸플릿에 따르면 올해 예술제는 공연프로그램 13건, 기획 프로그램 2건, 상설 프로그램 3건 등 모두 18건으로 구성되었다. 공연 프로그램은 수변무대와 작은 무대에서 열렸다. 보다 많은 사람들이 즐길 수 있도록 시간이 겹치지 않게 공연 프로그램 일정을 조정했다. 수변무대에서는 〈바람아 춤추어라! 의림을 노래하자!〉로 문을 열었고 〈풍류제천〉으로 아쉬움을 남기며 다음을 기약했다. 풍물난장 〈갈바람 신바람〉과 청풍명월 음악회 〈강물 위에 뜬 달〉, 충북－베트남 문화예술 교류 사업의 일환으로 베트남 〈싸오비엔 가무악극장〉, 마당극 〈다 그렇지는 않았다〉의 공연이 펼쳐졌다. 작은 무대에서도 〈밴드죠의 하는말〉, 〈Lake concert〉, 〈가슴으로 스며드는 연극〉, 〈연희야 놀자〉, 〈가을 춤 소풍I〉, 〈가을 춤 소풍II〉, 〈통기타와 함께 떠나는 늘해랑과 그림일기 친구들〉 등의 공연이 이어졌다. 공연프로그램은 역시 알차고, 풍성하고, 다채로웠다. 오히려 너무나 짧은 기간 동안 단 한 번 진행되기 때문에 그 예술적 성취를 천천히, 오래도록, 충분히 느끼지 못하는 게 아쉬울 따름이었다.

기획 프로그램은 〈제천의병과 문화예술〉이라는 주제로 제천시민회관에서 학술세미나가 개최되었고, 의림대로 일대에서 길놀이 〈팔도에 고하노라〉가 펼쳐졌다. 길놀이는 '충북민족예술제'의 개최를 알리고, '의병'의 기상이 면면히 흐르는 제천의 정신을 '길놀이'를 통해 제천 시민과 함께한다. 대취타가 필두로 풍물패와 만장 행렬 등 150여 명의 규모였다. 상설 프로그램은 〈청풍명월 제천〉이라는 주제로 제천역 2층 로비에서 민화를 전시했고, 의림지 역사박물관 앞마당의 〈청풍명월 아트부스〉에는 예술체험 아트부스가 마련되었다. 의림지 수변무대 일대에는 의병만장전이 펼쳐졌다.

만장 행렬에 사용되는 만장의 글자는 충북민예총 서예위원회 소속 작가들이 쓴 작품들이다.

제29회 충북민족예술제를 충분히 둘러보았다고 말하기 어렵지만 개인적인 생각에 이번 예술제를 관통하는 키워드는 역시 '의병'이었다. 그 때문인지 〈제천의병과 문화예술〉을 주제로 한 학술세미나가 특히 기억에 오래 남는다. 세미나는 세 개의 발제와 주제 토론으로 구성되었다. 각각 일본 히토스바시대학 이규수 교수의 '제천 의병의 재조명과 현대사적 의미', 권순긍 세명대 명예교수의 '제천의병의 문학적 형상화와 역사적 의미', 엄태석 자작문화학교 대표의 '제천의병제와 지역문화예술'이다. 예술제 리뷰의 성격을 갖는 이 글에서 나는 발제자의 발제와 개인적인 생각을 두서없이 버무리기에 양해를 구한다. 혹시나 해서 말하지만 만일 발제자의 의도가 잘못 전달되었다면 그것은 전적으로 내 책임이다.

의병 전쟁은 근대 민족 운동의 원형이다. 의병 전쟁의 주도층인 유생과 평민은 일본 침략자와 그에 협력한 소수의 봉건 지배 계층에 대한 최대 저항 세력으로서 항일 민족 세력을 형성하는 데 가장 큰 역할을 담당했기 때문이다. 특히 제2차 의병의 경우 화이(華夷) 관념에 입각한 존왕양이(存王洋夷) 사상을 바탕으로 한 유생 주도의 제1차 의병과 달리 평민 의병장 진출이 활발해졌다.

의병 전쟁 연구는 의병장 개인에 관한 연구와 지역별로 편성되었던 의병진(疑兵陣)의 분석 등 다방면에 걸쳐 이루어져 왔다. 의진 연구 가운데는 제천 의진 연구가 대표적이다. 제천 의병은 서울

진공 작전과 충주 관찰부 점령 작전을 결행함으로써 서울의 일본군과 친일 세력에게 커다란 위협으로 간주되었다. 이 때문에 중앙에 주력군을 포진시킨 일본군과 친일 세력은 다른 어느 지역의 의병보다도 제천 의병의 진압에 어려움을 겪었다. 한마디로 제천 의병은 거병 시점, 항쟁 강도, 지속 시기, 참여 인원, 성과 등 여러 측면에서 조선의 의병 전쟁을 대표할 만한 위상을 지니고 있다.

1895년의 '을미의병'과 1907년의 '정미의병' 등 두 차례의 의병 전쟁은 당시 일제의 국권 침탈에 대항하여 국가와 민족을 지키는 유일한 대안이었음은 주지의 사실이다. 그중에서 제천에서 일어난 호좌의진(湖左義陣)은 을미의병과 정미의병의 중심에 있었다. 일제에 의한 명성황후의 시해와 단발령에 반발하여 복수보형(復讐保形)의 기치를 내세우고 의암 유인석을 의병장으로 제천에서 기병한 을미의병과 고종의 강제 퇴위와 군대해산에 반발하여 일어났던 운강 이강년의 정미의병은 모두 호좌의진의 깃발로 모여 일제의 침탈에 맞서 싸웠다. 그만큼 제천의병은 1895년 처음 의병이 일어났을 때부터 주권을 상실한 1910년까지 줄기차게 의병의 투쟁노선을 견지했다.

애국계몽문학은 가사, 신체시, 신소설 등 다양한 형태로 문학적 형상화가 이루어졌다. 하지만 의병전쟁문학은 상대적으로 빈약하다. 게다가 이미 문학사적 사명을 다한 옛 양식에 의존한 경우도 많다. 개화지식인들이 신소설을 통해 의병 전쟁을 다룬 경우에도 의병이 형상이 그리 긍정적이지 못하다. 이인직의 『은세계』(1908)

나 이해조의 『고목화』(1907)에서 의병은 '무뢰지배' 또는 '화적패'로 부정적으로 묘사된다. 반면 빙허자의 『소금강』(1910)에서 의병은 긍정적으로 묘사된다. 현대소설 중에서 권운상의 『월악산』(1994)은 제천의병을 구체적으로 다루고 있다. 평민 의병장인 김백선과 안승우의 갈등을 중심으로 결국 군율을 위반한 김백선이 처형됨으로써 제천의병이 와해되는 과정을 그리고 있다.

의병들의 분노와 결의와 함성이 잘 드러난 작품은 의병진에 직접 참여한 신태식의 『창의가』와 윤희순의 『의병가들』이다. 윤희순은 1907년 정미의병이 기병하자 여성들로 구성된 '안사람의병단'을 조직하여 의병들의 식사와 뒷바라지를 도맡았다. 그녀는 「안사람 의병가」와 「안사람 의병가 노래」 등을 지었다. 윤희순은 드라마 〈미스터 션샤인〉(2018)에서 김태리가 분한 고애신의 실제 모델이기도 하다. 드라마에서 고애신은 직접 총을 들고 친일파를 처단하고 그들과 맞서 싸우지만 유교적 가르침을 체화한 윤희순은 자신을 안사람으로 규정했다. 그럼에도 그녀는 을미의병 당시 주변 사람들의 반대를 무릅쓰고 의병을 도왔고, 정미의병 때는 본격적으로 '안사람의병단'을 조직해 전투물자 보급, 부상병 치료, 훈련 참가 등 적극적인 활동을 벌였다.

'제천의병의 문학적 형상화와 역사적 의미'를 발제한 권순긍 교수는 세미나를 마무리하면서 윤희순을 학술적으로 더 조명하고, 문화적으로 더 알려야 한다고 역설했다. 솔직히 말하면 나도 윤희순이 드라마 〈미스터 션샤인〉의 고애신의 모델이라는 사실을 이번에 처음 알았다. 많은 사람들이 알고 있듯이 드라마 속에서 고애신은 다음과 같이 시를 읊는다.

> "가을날 깨끗한 긴 호수는/ 푸른 옥이 흐르는 듯 흘러/ 연꽃 수북한 곳에/ 작은 배를 매두었지요// 그대 만나려고/ 물 너머로 연밥을 던졌다가/ 멀리서 남에게 들켜/ 반나절이 부끄러웠답니다."

이 시는 허난설헌의 「연밥 따기 노래」라는 시다. 강릉의 '허균, 허난설헌 문학관'은 드라마 속 이 장면을 콘텐츠화하면서 수많은 방문객을 유치했다고 한다. 정작 고애신의 모델인 윤희순은 제천에서 조명되고 있지 않는데 말이다. 한편으로는 부러웠고 다른 한편으로는 안타까웠다. 크기로 보자면 안타까움이 더 컸다.

제천의병은 역사적으로 중요하고 지역적으로 상징적인 사건이지만 오랫동안 잊혀졌다. 기억 속에서 사라져가던 제천의병을 일깨운 게 바로 '제천의병제'다. 제천의병제는 지역문화예술 운동의 산물로 지역 민예총의 태동과 함께 시작되었다. 1994년 제천민예총이 출범되면서 지역문화예술의 정체성을 고민하기 시작했고 결국 100년 전 잊혀진 역사적 항쟁에 주목했다. 제천은 구한말 전기 의병 봉기와 후기 의병 봉기에서 모두 중심에 있었던 곳이다. 하지만 당시만 해도 이 같은 사실을 아는 제천 사람은 많지 않았다. 제천의병을 주제로 민예총의 태동을 알리는 행사를 본격적으로 준비했다. 때마침 1995년은 을미 제천의병 창의 100주년이 되는 해였다. 제천의병 100주년을 여는 예술제로 시작한 제천의병제는 시민의 시선을 끌었고 때마침 제천시와 제원군의 통합 과정에서 '의림문화제'와 '청풍문화제'를 대체하는 문화예술행사로 자리를 잡았다.

제천민예총은 외래문화의 무분별한 유입에 맞서 '고유한 민족문화', 중앙에 집중되는 문화에 대응하는 '창조적인 지역문화', 퇴폐 향락적인 문화를 대신하는 '건강한 삶의 문화'를 기치로 걸고 지역에서 소외당하던 젊은 예술인들을 한자리에 모았다. 미술관, 전시관, 공연장에 박제된 예술을 거리로 끌고 나왔다. 만장과 기치를 들고 길놀이를 벌이며 사람들을 끌어 모았고, 그렇게 집중된 이목을 행사장으로 이끌어 축제판을 벌였다. 가로수 길에 그림과 사진을 전시하고, 시민회관 광장을 무대로 삼았으며, 거리에서 춤과 퍼포먼스를 선보였다. 하지만 시간이 지나면서 제천의병제 기념사업회의 동력도 약해졌고, 여러 가지 일들이 생기면서, 제천의병제는 "제향 정도와 간략한 기념행사로 남"았다.

최근 몇 년 동안 이런저런 이유로 제천을 여러 번 들렀다. 심지어 지난달에도 일 때문에 들렀다. 하지만 제천을 의병의 도시로 생각해 본 적이 없다. 솔직히 제천의병제가 지역문화의 산물이라는 것도 이번에 처음 알았다. 처음에 말했듯이 제천 하면 '청풍명월' 또는 '영화의 도시' 정도였다. 조금 더 나아간다면 한방 도시, 박달재, 의림지 등이었지, 제천에 대한 생각에 의병은 없었다. 다른 지역도 마찬가지이겠지만 제천시의 문화예술축제 또한 봇물이 터

지듯 하고 있다. 한방바이오박람회, 제천국제음악영화제, 박달가요제, 의림지 농경문화축제, 여기에 그보다 작은 지역 축제에 연간 수십억 원의 예산이 집행되고 있다. 그런데 문화 관련 행사와 예산이 늘었지만 정작 지역문화는 활력을 잃어가고 있다. 시민은 더 중심에서 밀리고 객석을 채우는 동원 객체로 전락하고 있다.

엄태석 대표는 '제천의병제와 지역문화예술'이라는 주제의 세미나를 마치며 현재 제천의 문화예술축제는 제천의 고유성을 담아내지 못한다고 안타까워했다. 녹취하지 않았기 때문에 그의 말을 정확하게 옮길 수는 없지만 맥락은 대체로 이렇다. 서울의 경동시장을 중심으로 한 서울한방진흥센터는 제천의 한방바이오박람회를 능가한다. 제천국제음악영화제가 제천의 도시 이미지를 온전히 반영하고 있다고 말할 수 없다. 사실 다른 도시에서 한다고 해도 전혀 이상하지 않다. 가요제의 경우에는 전국 각지에서 셀 수 없을 만큼 많고, 의림지 농경문화예술 또한 김제지평선축제와 뚜렷하게 차별화된다고 말하기 어렵다. 즉 제천만의 고유성을 살릴 수 있는 문화콘텐츠를 개발하고 이를 문화예술제로 승화시켜야 한다. 엄태석 대표의 말은 '콘텐츠에 대한 고민'이 있어야 하고 이를 '저항의 문화예술'로 이끌어야 한다는 한 문장으로 거칠게 요약될 수 있다. 그는 "대부분의 예술은 부당한 지배와 억압한 저항이고 불편한 사회에 던지는 메시지다"라고 말하는데 이는 '원래 예술은 불온하다'는 문장으로 환원된다.

지역문화는 그 지역의 역사적 공동경험 속에서 형성되고 전통으로 자리 잡으면서 현재 생존과 미래를 위해서 긍정적으로 기여하는 문화를 뜻한다. 지역의 독특한 문화 상징이 지역문화다. 한 지역이 갖는 전통적인 문화 요소를 현재 상황에 맞게 재생산한 독특한 문화 상징이 지역문화다. 지역문화는 지역민에 의해 생산되고 소비되고 유통되어야 한다. 지역문화의 주체는 시민이 되어야 한다. 하지만 언젠가부터 대다수의 축제에서 지역민은 점점 객체화되어 가고 있다. 객석을 채우는 동원의 대상으로 전락했다. 아무리 성공적인 축제라고 하더라도, 지역 주민들에게 의사를 묻고 공감대를 형성하는 과정이 생략되었거나, 기꺼이 행사에 동참할 수 있도록 지역적 맥락과 어울리며 개방된 판이 아니라면, 그저 단순한 이벤트일 뿐이다.

축제를 개최하는 궁극적인 목적은 축제를 통해 시민들이 지역에 대한 관심과 자긍심을 높이고 지역문화를 생산하는 예술가들의 발표 기회를 확대하고 역량을 높이는 기회를 부여하는 것이다. 또한 주민 참여를 통해 주민들의 문화적 욕구를 반영해 스스로 프로그램을 만들고 참여하는 주체적 역량을 향상시키는 것이다. 이를 통해 외부 관람객에게 우리 지역의 독특한 문화적 정체성을 체감할 수 있도록 하고 다른 지역에서는 보기 힘든 독특한 지역 문화의 고유성을 알리는 기회로 삼아야 한다.

지역 문화의 주체는 시민이다. 이것이 전제되지 않으면 지역문화는 절대 고양되지 않는다. 이는 결코 양보할 수도 양보해서도 안 된다. 그런 점에서 앞에서 언급한 제29회 충북민족예술제 관계자의 말, 즉 "예술가 주도형 축제가 아니라 시민과 함께 만들어가는 시민 참여형 축제"는 크고 깊게 울린다. 우리 모두 이를 새겨야 할 것이다.

진정한 예술은 관객과 예술가의 통합이다

2023년 충북민족예술제가 드디어 서른 번째를 맞이했다. "사람 나이 서른을 '마음이 확고하여 흔들리지 않는다'는 의미로 이립(而立)이라 이"른다. "충북민예총은 예술의 진보와 실천을 통해 지역 문화예술 발전에 헌신하겠다는 확고함으로 괴산, 충주, 제천에서 충북민족예술제를 펼쳐 왔"고 "옥천을 찾아"갔다. 옥천은 "정지용 시인의 정겨운 이야깃거리가 있는 아름다운 문향의 도시"다. 올해 제30회 충북민족예술제의 주제는 '서른의 동심, 동심, 동심'이다. 이는 '마음을 움직여[動心], 동심으로 돌아가[童心], 마침내 하나가 되는[同心]!' 것을 의미한다. 동심은 단순히 어린이의 마음이 아니라 인간이라면 마땅히 가져야 하는 순수한 본성이다. 그런데 동심은 태어날 때부터 가지고 있는 기본값이 아니다. 잃지 않으려고 부단히 노력할 때 조금이나마 남는 소중한 본성이다.

주지하듯 "옥천은 '그곳이 참하 꿈엔들 잊힐리야'라며 우리 민족의 이상적 공간을 그린 정지용 선생, 그리고 한국 동요의 초석을 다진 정순철 선생의 고향이"다. 일찍이 "정순철 선생은 '혼탁한 세상에서 더럽혀지기 쉬운 마음을 가끔은 동요의 나라에 들어가 세례를 받을 수 있다면 작지 않은 행복'이라고" 말한 바 있다. "우리는 새로운 걱정과 근심거리로 마음이 혼탁한 세상을 살"아 간다. 예술은 "혼탁한 세상의 어지러운 마음을 움직여 다시 동심으로 돌아가"게 하는 원동력이다. 그 중심에 바로 충북민예총의 '충북민족예술제'가 있다.

제30회 충북민족예술제는 10월 4일부터 10월 8일까지 닷새 동안 옥천에서 열렸다. 이번 충북민족예술제는 지금까지 해왔던 충북민족예술제와는 조금 다르게 진행되었다. 옥천지역 주민 이동편의와 행사 현장의 유동 인구를 감안해 두 파트로 나뉘어 진행되었다. 10월 4일부터 10월 6일까지는 '찾아가는 충북민족예술제'로 옥천 삼양초등학교, 장야초등학교, 옥천여자중학교, 노인장애인복지관에서 춤, 연극, 서예 체험, 전통 음악과 풍물, 공예 체험 등 다양하고 다채로운 공연과 체험이 진행되었다. 그리고 10월 7일부터 10월 8일까지 이틀 동안 옥천 관성회관 일대에서 '충북민족예술제' 본 행사가 펼쳐졌다.

찾아가는 민족예술제 첫째 날에는 '시 노래와 아프리카 음악' 공연이 삼양초등학교에서 열렸다. 전교생이 강당에 모여 조금 '낯선' 공연을 관람했다. 낯선 것은 이상한 것이 아니다. 단지 익숙하지 않은 것뿐이다. 사실 음악은 다양성이 중요하다. 다양한 음악을 들을 때 음악에 대한 편견, 더 나아가 사회에 대한 편견도 없어진다. 공연이 끝난 뒤에는 한 학년이 남아 나무공기 꾸미기, 저금통 만들기, 테이프 드로잉 등 여러 가지 예술 체험을 했다. 학생들이 시큰둥할 줄 알았는데 반응은 기대 이상이었다. 시간이 더 이상 허락되지 않는 것을 아쉬워할 정도였다.

옥천장애인복지관에서는 예술공장 두레가 마당극 〈착한사람 김삼봉〉을 올렸다. 관객들 대부분이 나이 지긋한 어르신들이었는데 그분들의 반응 또한 마찬가지로 뜨거웠다. 공연 전에 있었던 체험 행사에서도 줄을 서서 기다릴 정도로 많은 분들이 참여했다. 둘째 날과 마지막 날 공연에서도 관객들의 반응은 첫날 못지않게 뜨거웠다.

공연과 체험에 참여한 예술가들은 시간이 나는 대로 충북민족예술제를 홍보했다. 그 이유 때문인지 예술제 아트부스는 사람들로 붐볐다. 〈오일파스텔 팝아트 크로키 드로잉〉, 〈드림캐처 & 걱정인형 만들기〉 등 14개의 아트부스가 설치되어 예술 체험의 장을 제공했다. 특히 '크로키 드로잉'과 '동시랑 풀이랑 動, 童, 同' 아트부스에는 발길이 끊이지 않았다. 대부분 아이를 동반한 가족들이었다. 참석한 아이들과 부모들에게 학교를 물어보니 대다수가 삼양초등학교와 장야초등학교였다. 찾아가는 충북민족예술제에서 공연과 체험을 진행한 예술가들이 적극적으로 홍보를 한 덕분에 충북민족예술제는 예술가들만의 작은 잔치가 아니라 예술가들이 관객과 함께하는 큰 잔치가 되었다.

충북민족예술제 본 행사 첫째 날에는 충주민예총 무예위원회의 택견 시험 〈옛날 옛적 택견 마을〉을 시작으로, 옥천생활문화예술동아리의 〈우리 동네 프린지 in옥천〉, 교육극단 안의 참여극 〈호랑이 뱃 속 탈출기〉, 영화 〈38년생 김한옥〉의 상영이 이어졌다. 개막공연 '홍 페스타'와 주제공연 〈노래를 찾는 아이〉가 뒤를 이었다. 둘째 날에는 밴드 하는걸로의 음악 공연 〈예술제와 함께〉, 온몸주식회사의 무용극 〈보따리〉, 풍물위원회 판놀음의 〈얼쑤!〉, 정순철 동요콘서트 〈가을밤〉, 〈동심이와 함께 동심으로~〉, 폐막공연 〈노래는 동심의 씨앗〉이 펼쳐졌다.

제30회 충북민족예술제를 한마디로 총평하자면 '예술을 통한 관객과의 소통'으로 정리할 수 있다. 조금 아픈 이야기일 것 같은데 지금까지의 충북민족예술제를 비롯한 대부분의 예술제는 '예술가들만의 잔치'에 머물렀던 게 사실이다. 예술제의 방점이 대체로 예술가의 역량에 있었기 때문에 관객과의 소통은 뒤로 밀렸다. 하지만 올해 예술제는 그 어느 때보다도 관객과의 소통, 특히나 지역주민과의 소통이 두드러졌다. 개인적인 생각에 진정한 예술은 '관객과 예술가의 통합'에 있다.

혹자는 이를 '관객성'이라고 명명하기도 한다. 예술작품 그 자체, 창작자 혹은 연출자, 그리고 작품의 일부인 공연자들만큼이나 작품을 향유하는 관객의 역할과 위치가 작품의 완성도에 중요한 의미를 지닌다. 관객은 예술작품을 감상할 때 창작자 관점에서 작품에 관여하여, 예술을 경험하고, 작품을 통해 적극적으로 소통하기를 희구한다. 관객은 더 이상 창작가 표현하고자 했던 관념을 이해하는 제3자가 아니다. 해당 작품의 주체가 될 때 가장 극적인 카타르시스를 느끼며 자신의 느낌을 적극적으로 재생산한다.

관객성은 예술 작품을 접하는 시기 관객의 성격이나 성향, 역할 등으로 설명된다. 그런데 관객은 공연예술에서의 관객으로만 한정되지 않는다. 공연을 관람하는 관객뿐만 아니라, 문학작품을 읽는 독자, 길을 지나가다가 의도치 않게 어떤 작품의 일부가 되어 버린 행인마저도 관객이 될 수 있다는 것이 동시대 문화예술에서 설명하는 관객성의 요지다. 그만큼 동시대 문화예술에서 관객을 만나는 예술 창작자들의 인식이 변화했고 예술작품에 대한 능동적인 관객 참여가 많아졌으며 예술과 일상의 경계가 상당 부분 허물어졌다.

엘렌 로즈웰은 『21세기 예술경영: 예술과 관객의 통합』(2014)의 서문에서 예술가들이 "예술의 힘을 믿고 예술과 관객을 매개"하고 "관객들과 예술을 공유"해야 한다고 주장한다. 예술의 가장 중요한 목표는 '관객과 예술 공유'고 그 목표를 달성하기 위해서 '예술경영'이 필요하다. 예술경영에는 사업 수익과 기부 수익, 인적 자원과 기타 자원, 예술작품, 지역사회 참여 등에서 균형을 유지하는 동시에 티켓 판매를 위한 노력 등을 포함한다. 예술경영자에게는 예술적 기준을 높은 수준으로 유지하고 예술적 실천에 필요한 자원을 적극적으로 추구하기 위해 강력한 철학이 필요하다.

예술이 개인뿐만 아니라 집단에도 이익을 줄 수 있다는 생각은 미션 중심의 비영리 예술 단체가 단순 향유물이 아닌, 그보다 많은 것들을 지역사회에 제공하고 있다는 점을 시사한다. 많은 예술단체가 그들이 속한 지역사회 내에서 시민적·교육적·사회적·정치적 활동과 연계된 프로그램을 진행하고 있다. 이러한 프로그램은 교육적 요소를 포함하고 있지만 '지역사회 참여'라는 용어는 보통 훨씬 더 넓은 의미로 사용된다. 지역사회 참여에는 지역사회의 사업체, 단체, 정부 기관 및 개인들 간의 역동적인 협력 관계 등을 내포한다.

지역사회 참여는 예술이 지역사회에 가져올 수 있는 혜택뿐만 아니라, 지역사회의 필요성 측면에서 예술을 검토한다는 의미를 포함한다. 지역사회가 예술의 역할을 이해한다면 지역의 정체성, 삶의 질, 건강, 사회적 요구 및 경제 분야에 있어 문화와 예술을 핵심적인 개발 도구로 사용하는 것이 가능하기 때문이다. 지역사회와의 협력과 다양성이 예술단체가 프로그램을 제작하고 이를 실행하는 과정에서 중요한 역할을 한다는 것을 인지한다면, 예술단체는 지역의 개인과 사회에 큰 의미를 부여하는 생명력 있는 프로그램을 제작할 수 있다.

지역사회 참여는 예술과 문화가 이에 특별히 관심을 가진 소수의 사람들에게만 소비되는 단순 향유물이라는 오해를 불식시켰다. 예술단체는 지역사회 참여 프로그램의 목적이 대개 지역사회의 사회적 혹은 시민적 요구에 부응하는 것이라고 주장한다. 여기에는 공공 서비스를 충분하게 받지 못하는 주민들에게 제공할 서비스와 프로그램을 기획하는 것도 포함된다. 지역사회 주민이 저렴한 가격 또는 무료로 예술을 경험하고, 예술단체가 소장하고 있는 자료들을 열람하는 프로그램 등이 해당될 수 있다. 지역사회 참여는 예술단체가 단지 지불할 여유가 있는 사람들뿐만 아니라 지역사회 구성원 모두를 대상으로 한다는 점에서 예술단체의 자선적 미션의 핵심이다.

지역사회 참여는 종종 예술가 및 예술단체, 지역사회, 학교, 기업, 정부 기관, 혹은 이 모든 단체 간의 협업을 포괄한다. 지역사회 참여 프로그램은 지역사회마다, 예술단체마다 서로 다르다. 지역사회 협력체와 협업을 통해 개발되기도 하고 시간이 지나면서 상황의 요구에 따라 변하기도 한다. 지역사회 참여 프로그램은 예술단체가 그 미션을 달성하고 그 사회를 위해 봉사할 수 있도록 확실한 도움을 제공한다. 그러나 이러한 프로그램은 다른 이유로도 예술단체에 상당한 가치가 있다. 지역사회 참여 프로그램을 통해 예술단체와 지역사회 협력체는 서로의 자원과 전문지식을 공유할 수도 있으며, 이러한 방식은 두 그룹이 각자 수행한 것보다 향상된 결과를 가져온다. 프로그램은 새로운 관객과 연결고리를 제공하고, 미래의 관객을 개발하는 데 도움을 준다. 또한 예술단체가 새로운 자원봉사자와 후원자를 모집하거나 심지어 미래의 지도자에게 접근할 기회를 제공한다.

예술프로그램은 또한 다양한 집단의 사람들을 한자리에 모을 수 있다는 점에서 충분히 가치가 있다. 많은 지역사회에서 예술을 통해 다양한 연령대의 사람들로부터 다양한 문화적 배경과 사회경제적 배경을 가진 사람들까지 모두가 동등하게 함께할 기회를 제공한다. 무엇보다도 중요한 점은 예술프로그램이 지역사회의 삶으로 편입하는 데 도움을 준다는 사실이다. 예술은 단지 선택받은 소수를 위한 것이 아니라는 편견을 종식하는 데 일조한다. 잠재적 지지자들의 관점에서 볼 때 지역사회와 예술단체가 협력하는 것은 예술단체의 활동을 더욱 정당화하며 지역사회 내 예술의 가치를 강조한다.

진정한 지역사회 참여는 종종 단체가 수행하는 예술의 본질적 임무, 마케팅, 그리고 관객과 호흡하는 방식에 있어 비전통적인 사고를 적용하는 것을 포함한다. 새로운 협력체와 관객은 사업을 진행할 때 익숙한 방식에 대한 변화를 요구하기 때문에 불안감을 느낄 수도 있다.

예술 산업 종사자들은 새로운 관객에게 순수예술을 접할 기회를 제공하는 것이 곧 자신들의 자선적 사명의 달성이라고 오랫동안 믿어왔다. 하지만 이러한 견해는 순수 전통 예술이 본질적으로 더 훌륭하며, 예술에 정통한 사람들이 작품을 고르거나 이를 보여주지 않는다면, 진정한 예술적 경험은 불가능하다는 전제를 반영하기도 한다. 또한 예술 단체가 위대한 예술을 즐길 능력이 없는 관객에게 호소할 수 있는 가장 낮은 지점을 찾아 새로운 관객을 유치하는 데에 노력을 쏟을 것이라는 우려로 이어질 수도 있다.

그렇다면 예술 단체는 예술적 통제력을 잃지 않고, 그들의 오랜 관객들을 방치하지 않으면서 새로운 관객, 새로운 협력체, 새로운 아이디어에 문을 열고 자신을 확장할 방법을 모색해야 한다. 이는 예술의 본질에 대해 생각하는 방식과 관련이 있다. 예술을 고급예술과 저급예술 혹은 순수예술과 대중예술의 대결로 생각하지 않고, 모든 종류의 예술은 모두 동등하게 다양한 반응을 요구한다는 점을 인정해야 한다. 어떤 예술은 감각적이고 즉각적인 효과를 끌어내면서 재미있고 받아들이기 쉽게 다가온다. 어떤 예술은 우리를 사유하게 하고 종종 깊은 반응을 끌어내고 그 예술을 이해하기 위해서는 무엇보다도 교육이 필요하다.

지역사회 참여 개념은 모든 협력체가 한 가지 목표를 위해 동등하게 기여한다는 합의를 내포한다. 이러한 사고방식은 경험은 경험을 더해 확장된다. 오늘날 진행되고 있는 가장 흥미로운 예술 중 일부는 색다른 협력관계를 형성하고, 다양한 지역 내 공동체를 하나로 묶으며, 흥미로운 방식으로 기술을 사용하고, 다양한 스펙트럼의 지역사회가 그들 자신의 방식으로 예술과 만날 수 있도록 한다. 지역사회가 예술의 가치를 인정한다는 것은 예술이 지역사회에 제공하는 혜택에 공공 및 민간 부문, 그리고 자선 단체의 협력에 의해 실행되고 있음을 시사한다. 이는 새로운 재원 조성, 긴밀한 협력관계 구축, 그리고 새로운 관객 개발을 통해 예술을 지원하고 기금을 제공하는 것을 의미한다. 그 지역의 전통 예술단체만이 더 이상 그 지역의 예술을 전달하거나 문화적 결정을 내리는 주체가 아니라는 것을 내포한다. 이러한 변화는 결과적으로 지역의 많은 예술단체가 그들의 미션과 프로그램 제작에 대한 목표를 지역사회 요구에 비추어 고심하도록 한다.

예술의 지역사회 참여는 예술 및 문화의 사회적·시민적 혜택을 제공한다. 지역사회의 정체성 함양한다. 세계 곳곳의 지역사회의 이미지는 많은 부분에서 예술과 문화를 통해 확립된다. 예술을 통해 정체성을 강화하고자 하는 지역사회가 정체성을 그 지역 시민들로부터 진정성 있게 표현할 때 가장 성공적이다. 예술은 지역사회 주민의 삶의 질과 장소의 질을 향상시킨다. 또한 예술은 개인과 지역사회의 상처를 치료하는 데 있어서 중요한 역할을 한다. 예술은 긍정적 자기표현을 위해 사용되며 모든 연령대의 개인 발달 과정에 중요한 역할을 하고 지역사회에서 가장 강력한 치유력을 발휘한다. 예술은 사람들에게 함께 슬퍼할 방법과 희생자를 기리고 비극을 이해하는 방법을 제시한다.

많은 사람들이 예술을 즐거운 취미 생활 정도로 여기기 때문에 예술 활동이 경제에는 큰 영향을 미치지 않는다고 생각한다. 이러한 고정관념은 학교의 예술 프로그램을 줄이고 정부, 재단, 다른 기금 지원처로부터 받을 수 있는 예산을 축소하는 결과를 가져왔다. 이에 대응하기 위해 예술 산업 분야는 예술이 경제 발전에 공헌하고 있음을 증명하는 많은 양의 자료를 축적해 왔다. 일례로 미국 예술지원 시민단체 미국예술연합은 '예술이 국가 경제에 미치는 효과에 관한 연구'를 오래전부터 수행해 왔다.

이 연구에 따르면 예술은 성장하고 있는 주요 산업으로서 경제에 기여하고, 일자리를 창출하고, 지방, 주 및 연방 정부에 세금 및 수수료 형태로 수입을 돌려주고 있다. 이에 대해 상반된 두 가지 입장이 제기된다. 한편에서는 예술의 가치를 경제적 자료에 기대어 해석하는 것의 위험성을 지적한다. 다른 한편에서는 만약 예술이 공공 의제와 한층 더 가깝고 더 폭넓은 사회적 문제와 연관되어 있지 않다면 의사결정권자들이 예술에 대한 지원을 축소할 것이라고 주장한다. 의사결정권자들은 개인의 변화, 아름다움에 대한 인식, 그리고 지적 자극과 같은 예술의 본래 가치를 전달하는 수단으로 예술의 경제를 효과를 우선한다.

예술은 지역사회 내에서 발전해 왔으며, 지역사회를 살피고 그 안에서 번영해 왔다. 지역사회가 예술을 지원하는 게 아니라, 예술이 지역사회를 지원한다. 예술은 단순한 향유물이 아니며, 지역사회에 많은 혜택을 가져다줄 수 있다. 참여가 예술 프로그램의 핵심이라고 생각하는 지역사회는 거주민과 관광객이 삶을 동등하게 향상시키면서 해당 지역사회의 문화적 정체성을 선도하는 역할을 수행할 수 있다. 좋은 예술경영은 문화정책의 목적과 결을 같이하며 예술의 진흥, 시민들의 문화 향유 극대화 같은 높은 가치를 실현하는 최적의 시스템을 갖추고 운영하는 것이다.

충북민족예술제는 "작품성과 대중성이 공존하는 문화예술 축제" 이자 "화합과 교류의 장"으로서 자리매김해 왔다. 다양한 공간과 체험 및 전시 프로그램을 통해 충북도민에게 즐거움과 잊지 못할 추억을 선사하며 문화예술 향유권을 높이는 데 큰 역할을 해왔다.

올해 제30회 충북민족예술제는 “지켜보는 행사가 아닌 다양한 공연과 함께 호흡하고 어울리는 축제의 장”, “민족예술의 저변이 확대되고 민족 문화를 향유할 수 있는 기회”, “우리 마음 안에 있는 동심의 아름다움을 발견하는 시간”, “더 풍요로운 문화를 형성하고 서로에 대한 이해와 연대감을 높이”는 계기가 되기에 충분했다.

하지만 여기에 머물러서는 안 된다. 충북민족예술제는 ‘창작과 수용의 경계’에서 ‘21세기 예술사회학’의 전망을 제시해야 한다. 즉 예술가와 작품의 유기적인 작용, 참여, 체험 등을 통해, 예술가뿐만 아니라 작품과 관객을 생산자로 접근하도록 해야 한다.

대중문화의 두 얼굴

지금 생각해보면 격세지감을 느낄 수도 있겠지만, 한 때는 문화를 고급문화와 대중문화로 나누었고 이를 당연하게 생각했다. 꽤 오랫동안 대중가수들의 세종문화회관 공연이 거부되었다. 문예비평가 김창남은 『대중문화의 이해』(1998)라는 책에서 미학적인 차이를 기준으로 고급문화와 대중문화를 다음과 같이 구분했다. "고급문화는 유명 화가의 그림이 걸려 있는 '고급' 레스토랑에서 저녁을 먹고, 오페라 공연을 보는 것과 같은 것을 의미한다. 흔히 말하는 '교양' 있는 사람들이 즐기는 문화이다. 대중문화는 시끌벅적한 길거리 공연이 벌어지고 있는 거리의 고깃집에 가서 저녁을 먹고 소극장 연극을 보는 것과 같은 것을 의미한다. 즉, 단어 그대로 '대중문화'는 일반 '대중'이 부담 없이 즐기는 문화다."

그런데 문득 궁금해진다. 고급문화와 대중문화의 미학적인 차이는 무엇일까? 고급문화와 대중문화의 미학적인 차이는 누가 정한 것일까? 대중문화와 고급문화의 미학적 차이를 한 단어로 규정하기 어렵다. 단순한 일반화를 무릅쓰고 말하면 고급문화의 미학적인 특징은 '정교함'과 '견고함'에 있다. 고급문화의 수용자로서 미학적인 정교함을 경험하기 위해서는 그 문화에 대해 '지식'이 있어야 한다. 대표적으로 클래식 공연을 들 수 있다. 고급문화라고 할 수 있는 클래식 공연은 대중문화처럼 미학적인 만족감을 얻는 게 쉽지 않다. 클래식 공연에서 미학적인 만족감을 얻기 위해서는 지식이 있어야 한다. 그런데 그 지식을 얻는 것 또한 쉽지 않다. 클래식에 대한 지식은 고급문화와 대중문화의 미학적인 차이로 귀결된다.

대중문화는 이와 다르다. 물론 대중문화도 정교함과 견고함을 갖고 있지만 고급문화와 비교했을 때 한참 못 미친다. 대중문화의 미학적인 특징은 '다양성'과 '자율성'에서 찾을 수 있다. 앞서 말한 클래식 공연과는 다르게, 대중문화라고 할 수 있는 길거리 공연은 그 공연을 처음 보는 사람도 문화를 통한 미적 경험을 할 수 있다. 특히 길거리 공연은 공연의 완성도와 더불어 공연을 하는 예술가와 거리 자체에서 느껴지는 자유로움이 거리 공연을 즐기는 수용자들에게 큰 만족감을 선사한다.

상식적인 수준에서 말하면 문화는 인간이 만들어놓은 모든 것을 아우른다. 문화는 제도적인 것뿐만 아니라 정신적인 것, 물리적인 것뿐만 아니라 추상적인 것까지도 모두 포함한다. 문화는 완료형이 아니라 진행형이다. 고정되어 있지 않고 끊임없이 변주한다. 즉 문화는 범주도 넓은데다가 형태가 계속 변하기 때문에 일반화하기 어렵다. 하지만 '대중문화론'에 있어서 문화는 예술, 오락, 유행, 행동양식, 사고방식, 여가 이용 등의 좁은 범주에서 주로 논의될 수 있다. 문화는 인간의 생활상이나 감정을 직접적으로 반영하는 객관적 산물이기 때문에, 그들이 속해 있는 사회적 신분, 생산력의 발전 단계에 따라 고급문화와 민속예술로 구분된다.

사회가 고도로 산업화되고 이른바 대중 사회적 상황이 펼쳐지자 종래에 없던, 아주 새로운 문화 형태가 대두되기 시작했는데, 이른바 '대중문화'다. 대중문화는 인간이 이루어 놓은 문화 형태 속에 자본의 논리가 작용하여 형성된 문화적 산물이다. 대중문화가 갖는 사회 정치적 기능 속에는 자본주의적 메커니즘이 작용하고 있을 뿐만 아니라 이윤 추구의 목적이 강력하게 존재한다. 무엇보다도 대중문화는 상품 문화로 특징지어진다. 상품은 이윤 추구를 위해서 대량 생산과 대량 소비가 이루어지기를 기대한다.

대중문화는 생활 수준의 향상, 교육의 보급, 매스 커뮤니케이션의 발달 등에 의해서 추동된다. 문화의 한 장르를 대량 생산할 수 있는 테크놀로지, 즉 인쇄술, 영화, 라디오, 텔레비전, 인터넷 등은 규격에 맞는 획일적인 상품 문화를 대량으로 생산하고 대량으로 소비하는 것을 가능하게 한다. 대량 생산, 대량 소비를 전제로 하기 때문에 문화의 상품화, 획일화, 저속화가 가능해진다. 최근 들어서는 대중문화를 생산보다 소비에 더 방점을 두고 있다. 매스미디어에 의해서 대량 생산되고 대량 소비되는 대중문화는 한 사회의 지배적인 문화 형태로 만연하면서 그 사회의 정치적·사회적·경제적 풍토를 조성하고, 나아가서 인간들의 가치관이나 행동 양식까지도 규제한다.

서양철학사에서 테오도어 아도르노와 발터 베냐민은 특별하고 묘한 관계에 있다. 아도르노는 베냐민보다 열 살 가까이 어렸지만 물심양면으로 베냐민을 도와주었다. 특히 베냐민이 나치 치하 독일에서 탈출하고 미국으로 망명하는데 적극적으로 도움을 주었다. 하지만 그들은 예술적·철학적으로 서로 대척 지점에 있다. 아도르노가 귀족적이고 엘리트주의적이라면 베냐민은 혁명적이고 아방가르드적이다. 그들의 미학적 차이는 대중문화에 대한 태도에 잘 드러난다. 아도르노는 대중문화를 비판했지만 베냐민은 대중문화의 가능성을 긍정했다. 그는 대중예술에서 사회 변혁의 가능성을 예지했다.

아도르노는 막스 호르크하이머와 함께 프랑크푸르트학파를 이끌며 철학, 미학, 사회학 등 다양한 분야에서 광범위한 연구를 진행했다. 그는 후기 자본주의 시대의 대중문화를 지칭하기 위해 '문화산업'이라는 새로운 용어를 주창했다. 그는 대중문화라는 표현은 '대중 스스로에 의해 자발적으로 생겨난 문화' 혹은 '대중의 꿈과 희망을 대변하는 문화'라는 긍정적인 뉘앙스를 가질 수 있음을 염려해 문화산업이라는 용어를 채택했다.

아도르노는 전통적인 관점에서의 문화란 인간적인 가치와 창조성을 표현하는 것으로, 산업과는 적대적인 특징을 갖고 있으나,

오늘날의 독점 자본주의하에서 문화는 이윤을 추구하는 사업으로서 존재한다고 주장했다. 이러한 대중문화는 대중이 만들어낸 문화보다는 자본, 즉 시장 논리에 의해 출현한 상품으로서의 역할을 한다. 자본주의 내에 편입된 문화는 점점 발달하는 과학기술과 결합하여 새로운 개념으로 등장한다. 즉 같은 내용도 대중들에게 새롭게 인식될 수 있다. 상품화된 문화와 이를 소비하는 대중의 관계에서 문화는 단순히 인스턴트처럼 소비되고 버려지는 것이 아니라 장기적으로 정신의 영역에서 영향을 미친다는 사실은 주목할 만하다.

문화산업에서 문화는 상품으로서 철저히 생산과 소비, 공급과 수요의 원리를 따른다. 상품으로서의 문화 생산자 또는 공급자는 잘 팔리는 문화를 만드는 데 초점을 맞추어 대중들의 욕구나 쾌락을 충족시켜줄 문화만을 생산한다. 즉 수요가 공급을 발생하는 것이 아니라 공급에 수요가 맞춰진다. 대중들이 원하는 것이 아니라, 문화산업의 생산자들에 의해 그들의 논리에 맞는 문화의 수요가 형성된다. 일상의 지침을 잠시 해소할 수 있는 내용, 자극적인 즐거움에 매료되어 문제 해결에 나아가지 못하게 하고 순간의 기쁨으로 만족하게 하는 것이 문화산업에서 생산자로서의 역할이다. 전반적인 내용물의 변화는 없고, 유사하게 반복되는 익숙한 스토리가 기술과 결합되어 새롭게 느껴질 뿐이다.

이러한 현상은 지배계급이 그들의 지배 질서를 공고히 하기 위해서 사회가 변화될 수 없도록 대중을 장악하는 과정이다. 아도르노는 이러한 점에서 대중문화 대신 문화산업이라는 표현을 사용하여 그 문제점을 지적한 것이다. 표준화되고 획일화된 문화산업은 반복성을 통해서 대중들이 수동적으로 반응하게 만들고, 확장된 사고를 가로막는다. 표면에 드러나는 것은 다양성을 존중하는 것으로 보이지만 기저에는 대중을 획일화시킨다. 아도르노의 관점에서 자본주의적인 시장경제와 상품화가 총체적으로 되어 갈수록 문화의 타락과 몰락이 가속화된다. 이러한 몰락의 과정에서는 고급문화의 산물도 예외가 될 수 없다. 모두 시장성이라는 이유에서 조작된다.

다시 말하지만 아도르노는 대중문화가 자본에 종속되어 문화산업으로 전락되었다고 보았다. 그는 전체적으로 획일화되며 겉으로는 새로워 보이지만 실제로는 전혀 새롭지 않은 사이비개성화만이 이루어져 진정한 발전이 결코 이루어지지 않는다고 생각했다. 그래서 그는 천박한 대중문화를 경멸했다. 천박한 대중문화와 건전한 대중문화를 구분하기 위해서 문화산업이라는 용어를 주창했다.

아도르노는 두 가지 기준을 제시했다. 첫째, 대중문화의 형성에 있어서 그 수용자인 대중이 자발적으로 참여했는가다. 둘째, 대중문화는 대중을 억압하는 체제 및 사유에 저항하는가다. 그는 이 두 가지 조건이 결여된 대중문화를 문화산업이라고 보았다. 이러한 문화산업은 컨베이어 벨트 위에서 대량생산되는 상품의 속성을 갖는다. 이런 문화들이 매스미디어를 통해 대규모로 유통되는 것인데 똑같은 모양, 똑같은 맛에 자극적인 양념을 추가하여 보급되는 대중문화는 결국 사람들의 입맛을 마비시킨다. 미각이 마비된 대중의 틈에서 자신만의 입맛을 유지하기란 결코 쉽지 않다. 엄청난 노력을 들이거나 막대한 비용을 지불해야 하며, 남들도 다 그렇게 한다는 생각에 유혹당할 수 있다.

모든 대중이 문화산업이 전달하는 메시지를 수동적으로만 받아들이면 그 시스템을 비판하고 극복할 잠재력을 영영 상실해 버리는데, 이것이 바로 '대중의 좀비화'다. 시장과 각종 이데올로기에서 과연 벗어날 수 있을까? 아도르노는 이 세상에 다양한 대안들이 넘쳐나는 것처럼 보이지만 사실 그 사이에 본질적인 차이는 없다고 말한다. 그는 차이란 누구도 문화산업의 손아귀에서 벗어나지 못하게 통제하려는 생산자들의 의도로부터 나온 것일 뿐이라고 지적한다. 자본주의와 신자유주의를 혐오하는 사람들에게도 시장은 무엇인가를 팔아야 한다. 그리하여 체 게바라의 전기 영화가 만들어지는 것이다. 한편 팝 음악을 못마땅해 하는 사람들을 위해서도 반항의 아이콘인 힙합이 등장한다.

아도르노는 고급문화보다 더 열등하기 때문에 대중문화를 비판하는 게 아니다. 그래서 그는 클래식도 비판한다. 그는 문화 생산자가 지배 세력의 의도대로 획일화하기에 대중문화를 비판하는 것이다. 그는 과거에는 가벼운 음악과 무거운 음악이 존재했지만 20세기에는 모두 상품화되었기 때문에 이러한 구분이 무의미해졌다고 판단한다. 대신 그는 아르놀트 쇤베르크의 무조음악과 같은 아방가르드 예술 쪽에는 한 가닥의 희망을 둔다. 왜냐하면 무조음악은 기존의 음악적 구성을 따르지 않고 자유롭게 곡을 구성하며 현대음악의 문을 열었기 때문이다.

반면 베냐민은 대중문화에서 긍정적인 요소를 찾는다. 특히 그는 복제 기술의 발전이 예술에 어떤 영향을 끼쳤는지에 주목한다. 그런 내용을 담고 있는 논문이 바로 「기술복제시대의 예술작품」(1935)이다. 그가 가장 먼저 주목하는 것은 오늘날 예술 생산 조건에 있어서 기술의 발달이다. 예술의 생산 방식에서 무엇보다 중요한 변화는 기술적 복제가 가능해졌으며, 19세기 중반 이후 사진술과 영화의 탄생은 그간 예술이 지녀온 성격을 총체적으로 변화시켰다. 그는 그러한 변화를 '아우라의 상실'이라고 명명한다. 기술복제 시대의 새로운 예술은 복제본의 생산을 전제로 한다. 원본과 복제본을 구분하는 것이 무의미해졌다. 전통적 예술작품이 지니고 있던 아우라의 상실은 오늘날 기술 복제 시대의 예술을 특징짓는 핵심으로 자리 잡았다. 아우라의 소멸은 곧 고급문화의 몰락이다.

베냐민은 같은 작품이 복제되는 기술의 시대에 대중문화가 오히려 긍정적으로 작용할 수 있다고 보았다. 어떤 예술작품을 볼 때, 우리는 예술작품을 볼 뿐 아니라 그에 대한 기존의 해석과 역사 같은 것들을 한 번에 보게 된다. 어떤 예술작품을 볼 때 감상자들에게 느껴지는 이런 현상을 아우라라고 하는데 베냐민은 이 아우라를 부정적인 요소로 파악했다. 과거 예술작품을 볼 때 우리는 작품에서 느껴지는 아우라에 의해 감상에서 파시즘적인 강요를 당해야만 한다. 반면 기술이 복제되는 시대의 대중문화는 진본 개념이 사라짐으로써 아우라가 완전히 상실되기 때문에 수용자로 하여금 산만한 감상을 가능케 하여 긍정적인 방향으로 작용할 수 있다고 보았다.

아도르노는 고급예술뿐만 아니라 대중문화에 대해 시종일관 비판적 태도를 견지했다. 그는 대중문화의 속물성과 경박함을 신랄하게 비판했는데, 이는 당시에 많은 논란을 불러일으켰다. 또한 그는 당시의 유행이었던 예술 또는 예술가의 사회 참여에 대해 회의적이었다. 오히려 이를 적극적으로 비판했다. 1960년대 말 혁명의 기운이 사회를 집어삼킨 유럽 사회, 특히 독일 대학생들은 아도르노가 자신들의 사회 참여, 혁명적 행위를 공식적으로 인준해주길 원했다. 그러나 기대와 달리 아도르노는 그들의 과격함과 경솔함을 지적했고, 그 때문에 일선에서 물러나게 된다.

아도르노는 단순한 철학자, 사상가라기보다는 진정한 미학자다. 그리고 탁월한 음악이론가이기도 하다. 그의 예술관의 정수를 보여주는 작품이 바로 『미학이론』(1970)이다. 오늘날 몇몇 철학자들은 아도르노의 사상, 예술관은 오늘날 더 이상 유효하지 않다고 과격하게 주장한다. 하지만 주장의 옳고 그름을 떠나 그의 예술관을 살펴보는 것은 충분한 가치가 있다. 그의 글은 어렵지만 논리적으로 정치할 뿐만 아니라 때로는 숭고함까지 느껴지기 때문에 그의 글을 찬찬히 읽으며 그의 예술관을 머릿속으로 상상하는 일은 일종의 예술적 체험이다.

우리는 이미 메타버스를 타고 있다

세상이 코로나 전과 코로나 후로 나뉠 정도로 코로나는 우리의 일상을 완전히 바꾸어 놓았다. 코로나 이후 어떤 단어들이 사람들 입에 가장 많이 오르내렸을까? 그냥 머릿속에 생각나는 대로 적어보면 팬데믹, 언택트, 메타버스 등이다. 다분히 주관적인 생각이지만 이 단어들은 각각 시차가 있는 것 같다. 그리고 각각의 단어는 '공포', '적응', '희망'이라는 뉘앙스를 품고 있다.

코로나가 극성을 부리던 2020년 초 사람들은 처음 겪는 일이기 때문에 코로나를 두려워할 수밖에 없었다. 엔데믹도 아니고 에피데믹도 아닌 팬데믹은 코로나에 대한 사람들의 공포를 단적으로 예거한다. 사람들은 물리적으로뿐만 아니라 심리적으로 '락다운' 상태에 돌입했다. 직장인들도 학생들로 모두 집에 있어야만 있었다. 코로나로 재택근무와 온라인수업은 선택이 아닌 필수가 되었다.

하지만 시간이 지나면서 더 이상 코로나를 두려워만 할 수만은 없었다. 코로나 때문이 아니라 코로나에도 불구하고 일상생활을 해야만 했다. 단, 마스크를 쓰고 접촉을 가급적 줄이면서 말이다. 예전에는 당연히 한데 모여서 마주보고 해야 했던 수많은 일들은 비대면으로 바뀌었다. 사람들도 처음에는 비대면이 가능할까, 하는 의구심을 가졌다. 하지만 시간이 지나면서 익숙해졌고 비대면은 일상이 되었다.

'언택트'는 코로나에 대한 '적응'을 상징한다. 얼마간의 시간이 흐른 뒤에는 거의 전 국민에게 코로나 백신을 접종해 집단 면역이 이루어졌다. 실내에서 여전히 마스크를 쓰지만 사회적 거리두기는 해제되었다. 사람들은 코로나 이후의 삶에 적응을 넘어 새로운 시대에 희망을 갖기 시작했다. 아니 희망을 가져야만 했다. 어쩌면 '메타버스'는 코로나 이후 다가올 미래에 대한 '희망'을 상징할 수도 있다.

『메타버스의 시대』(2021)의 저자 이시한에 따르면, "메타버스는 현시점에 세상의 거의 모든 이슈와 관계되어 있다". 주지하듯 메타버스는 가상, 초월을 의미하는 '메타(meta)'와 세계 또는 우주를 의미하는 '유니버스(universe)'를 합성한 신조어다. 우리말로는 '확장 가상 세계' 또는 '가상 우주'로 번역된다. 메타버스는 가상의 공유 공간으로 현실의 대안이 아니라 또 하나의 현실로 우리의 삶과 생활방식을 전면적이고 획기적으로 변화시킬 것이다.

메타버스라는 단어는 1992년 출간한 닐 스티븐슨의 소설 『스노 크래시』에서 유래된다. 3차원에서 실제 생활과 법적으로 인정한 활동인 직업, 금융, 학습 등이 연결된 가상 세계를 뜻한다. 가상현실, 증강현실의 상위 개념으로서 현실을 디지털 기반의 가상 세계로 확장해 가상공간에서 모든 활동을 할 수 있게 만드는 시스템이다. 구체적으로 정치, 경제, 사회, 문화 등 모든 영역에서 현실과 비현실이 공존하는 생활형, 게임형 가상 세계라는 의미로 폭넓게 사용한다. 메타버스는 가상 세계이기에 어떤 방식으로든 구현될 수 있다. 가상 세계 공간에서 자신을 투영하는 나만의 아바타를 생성하여 가상의 세계에서 현실에서 할 수 있는 다양한 활동을 한다. 메타버스는 사회적·경제적 활동뿐만 아니라 문화적 활동도 가능하다. 가상의 공간에서 여가를 즐기고, 사람들과 소통하고, 문화생활을 즐긴다.

그런데 메타버스라는 개념의 뚜렷한 정의는 아직까지 확립되지 않았다. 일반적으로는 '현실 세계와 같은 사회적·경제적 활동이 통용되는 3차원 가상공간' 정도의 의미로 사용되고 있으나, 학자나 기관마다 나름 정의를 내리고 있어 넓은 의미로 통용되고 있다. 메타버스는 가상 세계이기에 어떤 방식으로든 구현될 수 있다. 가상 세계 공간에서 자신을 투영하는 나만의 '아바타'를 생성하여 가상의 세계에서 현실에서 할 수 있는 다양한 활동을 한다. 가상의 공간에서 여가를 즐기고, 사람들과 소통하고, 문화생활을 즐긴다.

메타버스에서 핵심은 즐기는 것에 있고, 이는 놀이로 치환될 수 있다. 메타버스는 4가지 놀이의 요소를 충족시킨다. 일반적인 삶, 즉 현실에서 벗어나 플레이어를 강렬하고 완전하게 흡수하는 매력을 지닌 활동이 바로 '놀이'다. 호모 루덴스라는 용어를 주장한 네덜란드의 사회학자 요한 하위징아는 놀이의 요소로 '경쟁'과 '모방'을 꼽는다. 프랑스의 사회학자 로제 카유아는 경쟁과 모방 외에 '운'과 '현기증'을 추가했다. 그에 따르면 놀이의 4가지 요소는 '아곤', '미미크리', '알레아', '일링크스'로 구분된다.

아곤은 시합과 경쟁을 의미한다. 이긴 자는 승리가 명확하고 기회의 평등이 인위적으로 설정된 투쟁이다. 아곤의 사례로 게임, 체스, 축구 등을 들 수 있다. 미미크리는 흉내, 모방을 의미한다. 놀이에서는 가상의 인물이 되고 그것에 어울리게 행동한다. 미미크리의 사례로 소꿉놀이, 인형 놀이, 역할극 등을 들 수 있다. 알레아는 확률과 운에 따라 좌우되는 것을 의미한다. 알레아의 사례로 주사위 놀이, 룰렛, 제비뽑기 등을 들 수 있다. 일링크스는 소용돌이, 현기증, 어지러움을 의미하며 일시적으로 지각의 안정을 파괴하고 현기증을 기초로 하는 놀이를 의미한다. 일링크스의 사례로 공중서커스, 뜀박질, 롤러코스터 등을 들 수 있다.

메바터스는 이 4가지 놀이의 요소를 충족시킨다. 미미크리는 메타버스의 핵심 요소이고, 여기에 아곤이나 알레아를 섞으면 메타버스가 놀이처럼 느껴진다. 거기에 재미를 동반하면 사용자들의 체류 시간은 현저하게 늘어날 수밖에 없다. 테마버스를 이용한 게임은 극도의 사실감을 경험하게 한다. 공중에 걸린 판자 위를 걸어서 케이크를 가져오는 게임이나 하늘을 나는 체험을 하게 하는 게임은 일링크스까지 경험하게 한다. 하지만 메타버스가 적절한 놀이터가 되기 위해서는 설계가 무엇보다도 중요하다.

프런티어의 '호기심을 따라가라'는 말에서 '호기심'에 주목하지만, 사실 더 중요한 것은 '따라가라'다. 메타버스를 앞당기는 것은 새로운 시대를 이끌어가는 프런티어다. 프런티어의 특징은 호기심, 진취성, 용기, 인내로 요약된다. 미국 서부 개척 시대에는 프런티어가 탐욕과 파괴의 다른 이름일 수 있지만, 새로운 공간을 만들어가는 창조의 시대를 대변하는 매체가 곧 메타버스이기 때문에 메타버스는 그 어느 때보다 프런티어 정신의 밝은 면과 어울린다.

메타버스 프런티어로서 갖추어야 할 첫 번째 조건은 '호기심'이다. 그런데 호기심과 계획만으로는 낯선 세상을 살아갈 수 없다. 실제 이미지의 공간을 탐험하고 개척하고 때로는 헤매는 과정 중에 미지는 인지의 영역이 된다. 성공한 많은 이들은 '일단 해봐라'라고 조언한다. 생각만 하지 말고 일단 해보고 그에 대한 피드백을 받는 게 훨씬 낫기 때문이다. 메타버스 시대에는 일단 빨리해보고 그 뒤에 보완책을 찾는 게 중요하다. 새로운 것에 호기심을 느끼고, 실패를 각오하고, 인단 빠르게 실천해보는 것이야말로 메타버스를 개척할 프런티어들의 기본적인 전제다.

메타버스에서는 오로지 상대방이 하는 말, 혹은 쓰는 글을 통해서 상대방과 소통한다. 그렇기 때문에 말을 잘하고 글재주가 훌륭한 사람은 메타버스 내에서의 가장 중요한 경쟁력을 이미 손에 넣은 것이나 다름이 없다. 메타버스 내에서의 가장 중요한 경쟁력을 얻기 위해서는 도래할 혹은 도래한 메타버스 시대에서 살아남기 위해서는 '메타버스 네이티브'가 되어야 한다. 메타버스 네이티브란 메타버스 안에서 행동 패턴이나 사고방식이 익숙한 사람들이다. 메타버스 네이티브가 되기 위해서는 선천적인 천성뿐만 아니라 후천적인 의지와 노력도 필요하다. 개인들의 입장에서 메타버스를 준비하기 위해서는 다음 4가지 방법 혹은 조건이 필요하다.

호기심, 의사소통능력, 창의적인 사고, 환경 적응력이다. 호기심 추구는 다르게 말하면 프런티어 정신이고, 이는 정신적 탐험과 육체적 탐험으로 나뉜다. 테마버스 시대의 프런티어의 특징은 호기심, 진취성, 용기, 인내로 요약된다. 메타버스에서는 무엇보다 대화 능력이 상당히 중요하다. 일반적인 대화에서는 의사소통에서 비언어적인 요소가 언어적 요소보다 중요하다. 하지만 메타버스 안에서의 대화에서는 거의 모든 게 언어적인 요소로 이루어지기 때문에 명료한 의사소통능력, 견고한 설득력, 상대방의 말을 정확하게 듣고 이해하는 커뮤니케이션 능력이 필요하다.

메타버스 시대 경쟁력의 핵심은 단어 그대로 격식을 파하는 '파격'에 있다. 메타버스 시대에는 규칙을 따르기보다는 새로운 규칙을 만드는 게 더 중요하고 필요하다. 제약 없이 규칙을 만들기 위해서는 창의력이 필요하다. 메타버스 시대에는 정복자가 아닌 적응자가 승리한다. 적응자가 되기 위해서는 알아채고, 스며들고, 반응해야 한다. 반응은 순응이 아니라 적응이다. 일단 시작하고, 돌아오는 피드백을 통해 수정하는 게 메타버스 시대의 성공 방식이다. 거듭 말하지만 메타버스 시대에 메타버스 내에서 성공하기 위해서는 일단 무언가 시작해야 한다.

현재 메타버스는 게임 등을 중심으로 발전하고 있지만, 앞으로 교육, 경제, 문화, 산업 등 사회 전 영역으로 확장될 것으로 예상되기 때문에 메타버스 시대를 대비할 필요가 있다. 메타버스는 현실세계를 기초로 물리적 제약이 없는 가상 세계를 상정하고 있다는 점이 가장 큰 특징이다. 아바타라는 아이덴티티를 통해 가상공간에서 언제 어디서나 접속할 수 있는 메타버스 플랫폼이 존재한다. 메타버스 플랫폼을 통해 참여자 간에 소통, 정보유통 등 다양한 서비스로 경제 활동 가치를 만들어 간다. 메타버스 경쟁력을 확보하기 위해서는 다음과 같은 방안이 효율적이다.

첫째, 가상공간의 페르소나, 메타버스 아이덴티티를 반영하는 것이다. 가상세계의 여러 공간에서 다양한 페르소나를 가지고 있는 디지털 아이덴티티가 메타버스 환경 내에서 상호작용할 수 있어야 한다.

둘째, 체험을 통한 자아실현, 가상세계 경험의 강화다. 메타버스 가상공간에서 경험하고 체험하는 모든 것이 현실적인 형태로 반영되고 상호작용할 수 있도록 하고 현실에서 이룰 수 없는 제한적 경험을 성취할 수 있도록 해야 한다. 메타버스는 현실세계에서 갖지 못하는 형태의 자아실현을 안겨줄 수 있는 수단이다. 메타버스는 현실에서는 경험할 수 없거나 이룰 수 없는 것에 대해 가상세계 경험과 체험으로 연결하는 인간 욕구를 주목하여 반영해야 한다.

셋째, 새로운 데이터의 원천, 디지털 아이덴티티 파생 정보의 활용이다. MZ 세대가 주류를 형성하는 메타버스 페르소나는 현실에서는 본래 캐릭터이면서 메타버스와 같은 가상세계에서는 특성 변경을 통한 부가 캐릭터로 다양한 페르소나를 갖는다. 즉 아바타와 같은 디지털 페르소나로부터 생산, 유통, 소비되는 데이터를 학습처리하고, 예측하고 분석할 수 있도록 메타버스 기반 서비스에 적극 활용될 수 있도록 역량을 높여야 한다.

넷째, 쉬운 메타버스 진입, 디바이스와 연계의 극대화다. 가상공간을 통해 제공되는 공연, 교육, 체험 등 서비스를 메타버스 플랫폼으로부터 접근이 쉽고 자유로워야 한다.

다섯째, 메타버스 플랫폼을 통한 가치 창출이다. 디지털 플랫폼은 네트워크로 연결된 세상에서 가치를 만들어내는 대상에 대해 생산하고 소비가 이루어지는 경제 활동의 공간이다. 메타버스에서 플랫폼은 가상공간을 제공하고 디지털 아이덴티티를 가지고 있는 아바타가 소셜, 경제 활동이 가능한 곳이어야 한다.

여섯째, 메타버스 개념을 넘어 몰입 등을 강화한 메타버스 서비스의 제공이다. 메타버스는 가상세계를 통해 연결되고 연결된 공간에서 소통 및 교류 활동을 할 수 있는 몰입, 경험 요소가 반영된 서비스가 반영되어야 한다.

메타버스는 게임 플랫폼으로 시작해서 빠르게 확산되었다. 정치, 행정, 비즈니스 등 사람이 살아가는 데 있어 필요한 거의 모든 분야에 도입될 것이다. 사용자 계층도 디지털 세상을 살아가는 모든 세대로 확산될 것이다. 기술적으로도 NFT 기술 도입 등으로 메타버스 내에서 자산 거래도 가능하게 될 것이다. 기업들은 현재의 비즈니스에서 메타버스의 활용 방안과 메타버스에서 가능한 새로운 비즈니스 창출을 준비할 것이다. 이미 준비를 끝마쳤는지도 모른다. 그렇다면 메타버스에서 사용자들을 범죄, 인권침해, 개인정보 탈취 등으로부터 보호할 수 있는 장치 또한 갖추어야 한다. 아마 이 부분이 가장 중요하고 시급할 것이다.

에필로그

유튜브 시대 독서의 의미

근대 이전 독서는 일부 지식인과 권력층의 전유물이었다. 보통 사람들은 여러 가지 이유로 책을 접하기가 어려웠다. 대다수의 사람들은 쓰고 읽을 수 있는 능력, 즉 '문해력'을 갖추지 못했다. 하지만 서양에서 근대 이후, 즉 구텐베르크 인쇄술과 산업혁명으로 더 많은 사람들이 책을 읽을 수 있게 되었다. 인쇄술의 발달로 사람들은 예전보다 책을 훨씬 더 쉽고 값싸게 접할 수 있게 되었다. 산업혁명으로 경제적 부가 축적되고 여유 시간이 생기면서 책을 읽을 수 있는 독자층도 늘어났다. 당시 늘어난 독자층 가운데 대부분은 '중산층'이었고, 나중에 그들은 시민 계급으로 성장하며 시민혁명을 주도했다. 서양 근대사의 중핵을 '인쇄술', '산업혁명', '시민혁명'으로 요약할 때 그 중심에는 '책'이 있다.

예전에 독서는 종이로 된 책을 직접 읽는 행위에 국한되었다. 책을 접할 방법은 도서관에서 빌리거나 아니면 서점에서 구입하거나 둘 중 하나였다. 하지만 지금 독서의 방법과 방식은 다양하다. 많은 사람들이 종이로 된 책뿐만 아니라 전자책을 읽는다. 전자책이 종이책을 대체했다고 말할 수는 없지만 전자책은 점점 보편화되어 가고 있다. 더 많은 사람들이 전자책에 적응하고 있고 나 또한 예외가 아니다. 예전에는 종이책이 먼저였지만 지금은 종이책과 전자책을 가리지 않고 읽는다. 책이 아니라 인터넷 콘텐츠를 읽는 것도 독서의 일종이다. 인터넷 콘텐츠는 기사, 사설, 블로그 포스트, 웹툰, 동영상 등 다종다양하다. 그렇다면 '유튜브 영상을 시청하는 것 또한 독서일까?' 만일 개인적으로 그 질문을 받는다면 대답은 '그렇다'다.

예전에 독서가 수동적이고 일방향적인 행위였다면 지금은 능동적이고 쌍방향적 행위다. 독자는 저자의 텍스트를 있는 그대로 받아들이는 것에 그치지 않고 자기 생각을 개진하며 적극적으로 독서에 참여한다. 더 이상 저자의 권위에 주눅이 들거나 복종하지 않는다. 저자의 생각을 무비판적으로 따르지도 않는다. 때에 따라서 독자의 생각이 저자의 생각과 전혀 다를 수도 있다. 독자가 저자가 될 수도 있다. 이처럼 독자와 저자의 위상이 달라졌다. 유튜브 세상 속의 독서는 독자와 저자의 변화된 위상을 잘 예거한다.

김성우와 엄기호의 공저 『유튜브는 책을 집어삼킬 것인가』(2020)에서는 저자들은 "유튜브 세상 속에서 독서는 민주주의에 기반한 행위"라고 말한다. 누군가는 민주주의가 갈등을 조장하고 분란을 야기한다며 민주주의에 대해 회의적인 시각을 표출한다. 하지만 원래 민주주의는 시끄럽고 소란스럽다. 다양한 의견의 표출과 충돌이 민주주의의 본령이라면 이는 당연한 현상이다. 서로 다른 사람들의 다양한 의견을 하나의 의견으로 모을 수도 없거니와, 그렇게 하려는 시도 자체가 민주주의의 근간을 훼손한다.

많은 사람들이 책을 읽지 않는다는 '두려움'을 갖고 있다. 조금 심하게 말하면 책을 읽지 않는 것에 대해 '죄책감'을 느낀다. 두려움과 죄책감 대신 이런 질문을 던져보자. '책을 꼭 읽어야 할까?', '책에서 말하고 있는 내용이 절대적으로 맞을까?', '책에서 말하는 내용을 꼭 따라야 할까?' 책을 안 읽는다고 두려움이나 죄책감을 느낄 필요는 없다. 즉 책을 많이 읽었다는 게 자랑할 일도 아니고, 책을 읽지 않았다는 게 두려워하고 죄책감을 느낄 일도 아니다. 책을 많이 읽었다고 남들보다 지적 능력과 공감 능력이 뛰어나다고 단언할 수 없다. 책은 살아가는 데 필요한 여러 가지 도구 가운데 하나일 뿐이다. 개인적으로도 단지 필요하기 때문에 책을 읽을 뿐이다.

사실 책이 살아가는데 필요한 도구가 된 것도 역사적으로 그리 오래되지 않았다. 앞서 말했듯이 18세기 영국에서는 산업혁명 이후 경제적으로 부를 축적한 중산층 계급이 대두되었다. 그런데 그들에게는 지식에 대한 갈증, 교양에 대한 갈증, 지적 욕구라는 약간의 허영도 있었다. 당시 그들이 생각한 교양은 라틴어로 쓰인 그리스 로마 시대의 고전이었다. 영국의 작가 알렉산더 포프는 생계 때문에 어쩔 수 없이 그리스 로마 시대 고전을 영어로 번역해서 잡지에 실었는데, 이게 소위 '대박'을 쳤다. 본의 아니게 그는 최초의 근대적인 전업 작가가 되었다. '소설(novel)'이라는 '새로운(novel)' 문학 장르도 바로 이 시기에 태동했다.

19세기 말 일본은 서구 유럽을 빨리 따라잡아야 한다는 생각에서 국가 주도로 유럽의 많은 책을 번역해 소개했다. 당시 번역한 책 중에는 영국, 프랑스, 독일, 러시아 등 유럽의 문학 작품이 많았다. 사실 세계문학전집은 이렇게 출발했다. 일본의 이 전통이 그대로 우리나라에 이식되었고 현재까지도 이어지고 있다. 최근 들어 세계문학의 스펙트럼이 넓어지기는 했지만 세계문학은 여전히 유럽, 특히 서유럽 중심의 문학이다. 지금까지도 이 책들은 '고전'이라고 불리고 있다.

앞에서 많은 사람들이 책을 읽지 않는다는 두려움을 갖고 있다고 말했는데, 그 두려움은 정확히 말하면 고전을 읽지 않는다는 두려움일 것이다. 조금 과장해서 말하면 '고전은 누구나 읽은 것 같지만 누구도 읽지 않는 책'이다. 책을 읽어야 한다는 강박관념, 특히 고전을 읽어야 한다는 강박관념에서 벗어날 필요가 있다. 고전을 읽어야 한다는 강박관념은 남들은 읽지 않지만 그래도 나는 읽었다는 지적 허영 또는 자기 위안의 발로일 수도 있다. 우스갯소리로 주변 사람들에게 '일독을 권한다는 말처럼 더 폭력적인 말은 없다'고 말하곤 한다. 책은 강요에 의해서가 아니라 필요에 따라 읽어야 한다. 거듭 말하지만 책은 도구일 뿐이다.

중고등학교 국어, 영어 등 언어 과목의 교과 과정은 주로 읽기로 구성되어 있다. 시험은 대체로 객관식으로 출제된다. 중고등학교에서 객관식 시험을 선호하는 이유는 평가의 공정성과 객관성 때문이다. 대학 시험 역시 마찬가지다. 전공과 교양 모두 성적 평가가 상대평가로 이루어지기 때문에 현실적으로 표준화된 시험을 치를 수밖에 없다. 성적 평가에 창의성을 반영한다는 것은 언감생심이다.

최근 들어 문해력의 중요성이 대두되고 있다. 어느 책에서는 문해력을 '미래의 중요한 경쟁력'으로 정식화한다. 여러 전문가들은 문해력을 키울 수 있는 가장 좋은 방법으로 독서를 꼽는데, 독서는 읽기, 쓰기, 그리고 말하기가 연동되어야 한다. 글의 종류에 관계없이 읽고, 쓰고, 말하고, 더 나아가 다양한 주제에 대해 토론하면서 비판적인 능력을 키워야 한다. 어휘와 문법은 문해력을 향상시키는 데 필수 도구다. 어휘와 문법은 이론이 아닌 글을 읽고, 쓰고, 말하고, 듣는 실제에서 키워야 한다. 물론 현실적으로 쉽지 않다. 하지만 세상에 쉬운 일은 결코 없다. 만족스럽지 않더라도 변해야 한다.

개인적인 경험을 말하자면 최근 몇 년 동안 여러 책읽기 모임에서 함께 책을 읽고 토론했고, 성인들을 대상으로 북클럽을 진행했고, 중고등학생을 대상으로 '왜 고전을 왜 읽어야 하는가'라는 주제로 작가 특강도 여러 차례 진행했다. 특히 중고등학생들에게 인문 고전이 무엇이고, 왜 인문 고전을 읽어야 하는지에 대해 이야기했다. 인문 고전 독서는 청소년 인성에 긍정적인 영향을 끼치고, 청소년 역량 증진에 기여하고, 자발적인 참여 의지를 제고한다고 말했다. 인문 고전의 특징에 대해 이야기하고 읽어야 할 책의 목록까지 제시했다. 그때는 그게 당연하다고 생각했는데 지금에 와서 그게 과연 올바른 행동이었는지 의문이 든다.

대부분의 독서 운동은 왜 책을 읽어야 하고, 어떻게 읽어야 하고, 어떤 책을 읽어야 하는지에 대한 설명으로 정식화된다. 이를 추동하는 게 바로 '계몽주의'다. 계몽주의란 독자가 책을 읽으면서 무지를 깨치고 새로운 깨달음을 얻는다는 이성적 사고를 가리킨다. 계몽주의는 전근대적 요소에서 벗어나 근대적 요소를 습득하는 일체화된 사고를 바탕으로 한다. 일체화된 사고에 토론의 공간은 없다. 오직 지식의 전달과 습득만 있을 뿐이다.

주지하듯 근대의 목표는 훈육과 교화다. 근대의 학교, 병원, 교도소 등은 이 목적에 충실하게 봉사한다. 지금까지의 독서 운동은 근대 계몽주의의 자장 안에서 틀 속에 무리 없이 작동되었다. 하지만 유튜브 시대가 도래한 지금 시점에서는 이 계몽주의의 틀에서 벗어나야 한다. 유튜브 시대 독서 운동은 지식의 전달과 습득 중심에서 마땅히 '토론' 중심으로 전환해야 한다. 독서는 기본적으로 자기 삶과 맞닿아 있어야 한다.

그런데 '서울대 선정 도서 100권' 가운데 과연 몇 권이 자기 삶과 맞닿아 있는가? 독서의 본령은 '소통'이라고 말하면서도 속도와 숫자에 천착한다. 소통에서는 속도와 숫자보다도 방향이 더 중요하다. 다시 말하면 독서에서는 무엇을 읽었는지 얼마나 읽었는지가 아니라 어떻게 읽었는지가 훨씬 더 중요하다.

다른 사람과 소통하기 위해서는 무엇보다 토론이 필요하다. 이는 누구나 알고 있고 그 누구도 반박하지 않는 주지의 사실이다. 소통을 위한 토론이라면 성과로부터 자유로워야 한다. 유의미한 결론이 나지 않아도 상관없다. 원래 토론의 목적은 결론을 내는 게 아니라 상대방의 의견을 듣는 것이기 때문이다. 상대방의 의견과 내 생각을 견주는 게 토론의 본령이다. 독서를 통해 깨달음을 얻고 깨달음을 통해 변화를 끌어내야 한다고 말한다. 깨달음을 얻지 못하고 변화를 끌어내지 못해도 괜찮다. 독서가 좋은 삶을 살아가는 데 분명히 도움을 줄 수 있지만 반드시 좋은 삶을 보장하지는 않는다. 좋은 삶은 누가 보장하는 게 아니라 스스로 만들어 가는 것이다.

지은이 **윤정용**(Yoon Jeongyong)

영문학 박사. 대학 안팎에서 영어, 문학, 영화, 책읽기, 글쓰기, 인문학 등을 강의하며 여러 매체에 다양한 주제로 글을 쓰고 있다. 지은 책으로 『영화로 문학 읽기, 문학으로 세상 보기』, 『Talk to movie, 영화에게 말을 걸다』, 『매혹적인 영화인문학』, 『무한독서』, 『조금 삐딱한 책읽기』, 『미래는 꿈꾸는 대로 온다』, 『낯선 시간 길들이기』, 『권력과 욕망의 영미드라마』, 『영화로 숨을 쉬다』 등이 있다. 현재 고려대학교 세종캠퍼스 글로벌학부에서 학생들을 가르치고 있다.

E-mail: greatray@hanmail.net

유한독서

© 윤정용, 2024

1판 1쇄 인쇄_2024년 10월 20일
1판 1쇄 발행_2024년 10월 30일

지은이_윤정용
펴낸이_양정섭

펴낸곳_예서
등록_제2019-000020호

제작·공급_경진출판
이메일_mykyungjin@daum.net
블로그_https://mykyungjin.tistory.com/
사업장주소_서울특별시 금천구 시흥대로57길 17(시흥동) 영광빌딩 203호
전화_010-3171-7282 팩스_02-806-7282

값 26,000원
ISBN 979-11-91938-80-7 03810

※ 이 책은 본사와 저자의 허락 없이는 내용의 일부 또는 전체의 무단 전재나 복제, 광전자 매체 수록 등을 금합니다.
※ 잘못된 책은 구입처에서 바꾸어 드립니다.